U0051264

全球高考 1#

#1st exam
最後的晚餐

木蘇里／著

目　錄
CONTENT

第一章	開局就是送命題	005
第二章	答成這樣要是能拿分，我砍頭慶祝	041
第三章	這種十字路口，他們更想原地站到去世	083
第四章	誰有翻譯軟體？	117
第五章	你今天縫娃娃了嗎？	163

第六章　我是 BUG ？考生？還是 NPC ？......... 205

第七章　有一種關係叫誰都別放過誰........... 245

第八章　你抽菸嗎？我不抽菸................. 295

第九章　為了給手機充電，稍微弄出點動靜..... 331

第十章　降龍十巴掌，掌掌靠臉扛............. 371

特別收錄　獨家紙上訪談，暢談創作源由......... 412

【第一章】

開局就是送命題

雪下了四個小時，沒有要停歇的跡象。

這是一間荒山小屋，牆上掛滿了獵具，蟲蛀的長木桌擺在正中央，桌邊圍坐了一圈人。男女老少都有，還夾帶了一名老外。

屋裡很冷，所有人都沉著臉發抖，卻沒人起來生火，因為桌上的老式收音機正在說話。

【現在是北京時間下午五點三十分。】

【離考試還有三十分鐘，請考生抓緊時間入場。】

收音機聲音沙啞，帶著上個世紀五十年代特有的電流聲，孜孜不倦地鬧著鬼。

這已經是它第二次播報了，第一次是在三小時前說「歡迎來到003712號考場」，直接把一位老太太歡迎到昏過去，至今都沒緩過來。

至於另一個不聽指令企圖強拆收音機的人……拆完電池盒的那一刻，他就中邪一樣地衝了出去，五分鐘後屍體跟著屋頂的積雪一起滑了下來。

那之後，再也沒人敢碰這東西。

【請還沒入場的考生儘快入場，切勿在外逗留。】

整段話循環播放了三遍，屋內一片死寂。

許久之後，有人輕聲問：「又發指令了……怎麼辦？它怎麼知道有人在外面逗留？」

眾人臉色難看，沒人回答。

又過片刻，坐在桌首的人很不耐煩地問：「所以誰還沒進來？」

這人燙了一頭微捲的土黃雞毛，身材精瘦，個頭中等。兩條膀子紋成了動物園，看不出是驢是狗，但架式挺嚇人的。

旁邊的人瑟縮了一下，答：「老于。」

「哪個老于？」

「進門就吐的酒鬼，帶著兒子和外甥的那個。」答話的人朝牆邊努了努嘴，小心翼翼地比了個「噤聲」的手勢。

牆邊有一張破沙發，躺著那位外甥。那是一位二十七、八歲的青年，個子很高，模樣極為出挑，扶著上門框低頭進屋的時候，跟身後的山松白雪渾然成景。不過，他從進門起就臭著臉，顯得有點倨傲。

據喝多了亂抖戶口本的老于說，外甥名叫游惑。

「他剛回來沒幾個月，趁著假期抽了個空，來哈爾濱找我。本來明早就要送他去機場的，欸……都怪我！喝多了沒控制住量！」

老于一頓送行酒把自己喝飄了，仗著夜裡人少，在大街上蛇行。

兒童醫院前面的人行道上，不知誰放了一堆銀箔紙錢，老于蛇行過去的時候沒穩住，一腳踩在銀箔堆裡，然後天旋地轉，連兒子帶外甥地被打包送到了這裡。

進這間小屋的時候，他還沒緩過那股暈勁，「哇」地吐了游惑一身。吐完老于就嚇醒了酒，誠惶誠恐，不敢跟游惑說話。

來這裡的人都是在大白天裡活見鬼，毫無準備。只有那位叫Mike的老外背包裡有套乾淨衣服。游惑換上之後就遠離眾人，窩在沙發上再沒吭聲，似乎睡過去了。

越過擋臉的手臂，可以看到他右耳戴著一枚耳釘，映著屋內的油燈和屋外的雪色，亮得晃眼。

天應該是黑了，但漫山遍野都是雪，襯得外頭依然有亮色。

一個挺著大肚子的女人驚慌地看向櫥櫃，手機時間在這裡變得混亂，只有櫥櫃頂上的鐘能告知時間，「快六點了，那個老于會不會……」

磅磅磅！話沒說完，屋門突然被拍響。

眾人驚了一跳，瞪眼看過去。窗戶上的雪被人抹開，老于那張大臉抵在玻璃上，用誇張的口型說：「是我啊，開門。」

眾人微微鬆了一口氣，還好，趕在六點前回來了，沒有送命。

進屋的兩個雪人正是老于和他兒子于聞。

「外面怎麼樣？」大家急忙問。

老于原地抖了一會兒，用力搓打著自己的臉，又打了打兒子，終於暖和了一點，「我兜了一大圈，沒用！不管往哪兒走，不出十分鐘，準能看到這破房子橫在面前，走不出去！」

「有人嗎？或是別的房子？」

老于搖頭道：「沒有，別指望了。」

眾人一臉絕望。手機沒信號，時間混亂，樹都長一個樣，分不出東南西北，什麼都沒有。

這就是他們現在的處境。

喔，還有一臺收音機，吵著鬧著讓人考試、考試。

考你娘的試。

老于前腳進門，收音機後腳就響起了沙沙聲。一個下午的時間，足以讓大家產生條件反射，眾人當即閉嘴，看向收音機。

【考生全部入場，下面宣讀考試紀律。】

剛入場的老于和于聞相繼嘁了口唾沫。

【考試一律在規定時間內進行。】

【考試正式開始後，考生不得再進入考場。考試中途不得擅自離開考場，如有突發情況，須在監考者陪同的前提下暫時離開。】

【除了開卷考試以外，不得使用手機等通訊工具，請考生自律，保持關機。】

【考試為踩點給分，考生必須將答案寫在指定答題卡上（特殊情況除外），否則答案作廢。】

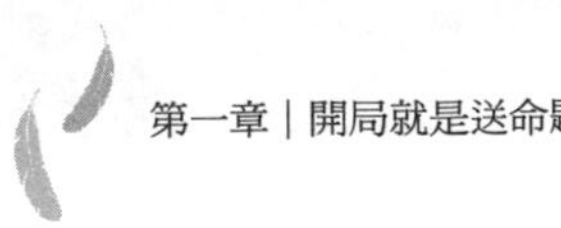

收音機說完，再度歸於寂靜。

片刻之後，屋子裡「嗡」地掀起了一陣議論。

「監考是誰？」

「還有開卷？」

「答題卡又是什麼東西？」

「還研究起來了？你們瘋了？」紋身男摸著一把瑞士軍刀，不知道在打什麼主意。

「不然怎麼辦？」大肚子女人哭過的眼睛還沒消腫，輕聲說：「別忘了之前那個人。」她指了指屋頂。

紋身男想起那具屍體，臉也白了。

他僵了片刻，終於接受現狀，捏著瑞士刀朝這邊招了招，「小鬼。」

于聞左右看了看，指著自己的鼻子，「你叫我？」

「對，就是你。來，坐這兒。」紋身男拍著離他最近的空位。

「我……」于聞轉頭看了一眼他哥，發現他哥依然死在破沙發上。他很識時務地嚥下髒話，說：「我十八歲。」

更何況那紋身男頂多也就二十五、六歲，哪來的臉管別人叫小鬼？

「稱呼無所謂！」紋身男有點不耐煩，「坐過來，我問你，你是學生嗎？」

于聞：「算是吧。」

紋身男皺著眉說：「你會考試嗎？」

老于條件反射地說：「他會啊！他就是考試考大的！」

「你可以閉嘴嗎！」于聞對著酒鬼老子總是不客氣。

但他呵斥完親爸一轉頭，發現屋裡所有人都眼巴巴地盯著他。

「……」于聞斟酌了一下用詞，說：「我六月剛考完大考，玩了三個多月，已經……嗯，已經不大會考試了。」

大肚子女人驚慌了一下午，勉強衝他笑了一下，說道：「那也比我們強。你才三個月，我們早就忘光了。」

「不是。」于聞覺得有點荒誕，連害怕都忘了，「你們平時不看小說、不看電影嗎？鬧鬼時候的考試能是真考試？那肯定就是個代稱！」

「代什麼？」

于聞翻了個白眼，「我哪知道，反正鬼片都是死過來死過去的，誰他媽會在這裡考你數理化啊？這房子教育部建的？」他光說還覺得不過癮，意猶未盡加了句：「呵。」

那位死在沙發上的表哥終於被他「呵」醒了。

于聞轉頭看過去。

就見游惑坐起身，半睜著眼掃過眾人，然後悶頭揉按著脖子。他踩在破木地板上的腿很長，顯得沙發更加矮舊。

時間彷彿是掐算好的，在他終於放下手抬頭的時候，櫥櫃上的鐘「噹噹」響起來，六點整。

收音機的電流聲又來了。

【現在是北京時間下午六點，考試正式開始。】

【再次提醒，考試開始後，考生不得再進入考場，考試過程中不得擅自離場，否則後果自負。】

【考試過程中，如發現違規舞弊等情況，將逐出考場。】

【其他考試要求，以具體題目為準。】

它叨叨著威脅了一通，停頓了兩秒，繼續說。

【本場考試時間：四十八小時。】

【本場考試科目：物理。】

于聞：「……」

【現在分發考卷和答題卡，祝您取得好成績。】

收音機說完最後一句，又死過去了。

于聞：「……」天殺的考卷和答題卡不是應該先發嗎？

大肚子女人低低叫了一聲，驚慌地說：「這面牆！」

她說的是火爐子上面那堵牆，之前這塊牆面上除了幾道刀痕之外，空空如也。現在卻多了幾行字——

題目：一群旅客來到了雪山……

本題要求：每六個小時收一次卷，六小時內沒有踩對任何得分點，取消一人考試資格，逐出考場。

這兩行字的下面是大段空白，就像考卷上留出的答題區域。

這叫什麼題目？問什麼？答什麼？眾人都很茫然。

別說六小時，就是六百個小時，他們也不知道得分點怎麼踩。

就在這時，一陣冷風裹著雪珠灌進屋，劈頭蓋臉砸得大家一哆嗦。

他們循風看過去，就見游惑不知什麼時候走到了窗邊，打開了半扇窗。

「你幹什麼？」紋身男怒道。

游惑一手插在長褲口袋裡，另一隻手正要往外伸，聞言回頭瞥了一眼。可能是他目光太輕的緣故，總透著冷冷的嘲諷和傲慢。

紋身男更不爽了，「開窗不知道先問一聲？萬一出事你擔得起？」

「你誰？」游惑丟下兩個字便不再理他，兀自把左手伸出去。

老于忍不住了，拱了拱兒子，低聲慫恿：「你問一下。」

不知道為什麼，老于總顯得很怕這個外甥。

于聞喊道：「哥，你在幹麼？」

游惑收回左手，朝他晃了一下，總算給了個答案，「試試逐出考場什麼後果。」

眾人倒抽一口冷氣，因為殷紅的血正順著他的手指流向掌心，因為皮膚白的緣故，顯得愈發觸目驚心。

他隨意擦了一下，又在窗臺上挑挑揀揀，拿起一個生銹的鐵罐丟出窗外。

眾目睽睽之下，鐵罐在瞬間瓦解成粉，隨著雪一起散了。

這時再看牆上的「本題要求」，每個人的目光裡都充滿了驚恐。

牆邊，游惑把窗戶重新關好，目光一一掃過他們的背影——

唯一跟考試沾得上邊的于聞，他再瞭解不過。這位同學高中三年周旋於早戀、聚眾被毆、朝會上被檢討、偷偷上網，公務繁忙，還要抽空應付高頻率突發性中二病，目前尚未脫離危險期。

物理？指望他不如指望狗。

至於其他人，老、弱、病、孕，還有小流氓，五毒俱全。

開局就是送命題。

游惑把牆角裝炭的鋁盆踢過去，老于小心翼翼地生了火，映得爐膛一片橙紅。

于聞蹲在爐邊，垂頭喪氣地往爐裡扔木枝。

火光搖晃，他悶悶地看了一會兒，覺得臨死前有必要找人聊聊感受。結果一抬頭，就見他哥站在旁邊烤手，一副興致缺缺的冷淡模樣。

于聞考慮了兩秒，決定還是安靜地死。

「欸，那什麼。」老于突然出聲。

游惑朝那邊掠了一眼。

「不知道怎麼稱呼妳。」老于拍著大肚子女人的肩，「妳挺著肚子呢，怎麼能在這發呆受凍呢？太不講究了，過去烤烤。別受了寒氣，回頭弄個兩敗俱傷。」

于聞在旁邊小聲嘀咕：「還兩敗俱傷，會不會用成語？」

老于拍了他一巴掌，抬頭就見大肚子女人眼淚啪啪地往下掉。他嚇了一跳，「幹什麼？這是怎麼了？」

女人低低哭著，「有沒有命生還不知道呢。」

話雖如此，她還是挪了椅子坐到火爐邊。

女人哭了一會兒，終於停了。她鼻音濃重地跟老于說：「對了，叫我于遙就好。」

老于努力哈哈了兩聲，寬慰道：「沒想到還是個本家，我看妳跟我外……」

他餘光瞥到游惑在看他，舌頭掄了一圈改道：「兒子差不多大，挺有緣的，回頭出了這鬼地方，我們給妳包個大紅包沖沖晦氣，保證母子平安。」

紋身男陰沉著臉咕噥了一句：「都他媽這時候了，還有興致聊天呢？操！」

眾人聞言面色一僵，四散開來，在屋子各處翻翻找找。只不過其他人是奔著題目去的，紋身男奔的是各式防身獵具。

游惑站著沒有走開，他烤暖了手，在寫著題目的牆面上輕抹了幾下，又低頭撥著爐臺上的雜物。那上面擱著幾個瓶瓶罐罐，一堆發黑的硬幣，幾塊形狀奇怪的卵石，七零八落的雞毛，甚至還有不知哪個世紀遺漏的發霉奶嘴。

于聞看游惑沒走，也沒敢亂動。

他記起大考前老師叮囑過的話，讓他們沒有頭緒的時候就多讀幾遍題目。於是他就杵在牆壁前，反覆咕噥著。

「一群遊客來到雪山……」

「遊客……」

「雪山……」

「嘶——」念完一回神，發現屋裡格外安靜，所有人都屏息看著他。

于聞：「我就念念。」

老于有著傳統家長都有的毛病，人多的時候，希望孩子當個猴兒，「想到什麼了嗎？說說看？」

于聞翻了個白眼，「沒有。」

眾人滿臉失望，又繼續翻箱倒櫃。

只有紋身男不依不饒，他懷疑地打量著于聞，「真沒有？別是想到什麼藏著掖著吧？」

于聞：「我幹麼藏著掖著？」

紋身男盯著他的眼睛看了一會兒，弄得人很不爽快，「行吧，最好是沒有。」

這小流氓可能威脅人威脅慣了，句句不討喜。說完又轉頭去翻獵具了。

于聞無聲地伸出一根中指，心想：傻比。

此同學大考前剛成年，正處於自戀的巔峰期，覺得普天之下淨傻比，親爸爸都不能倖免，唯一的例外就是游惑。

其實他跟游惑熟悉起來，也就這兩年的事。老于說游惑之前在國外待著養病，後來時不時會回來一趟。每次回來，都會去他家小住兩天。

兩天兩天地加起來，實際也沒多長。

但于聞憑藉著從未用在學習上的鑽研精神，還是瞭解到了一些事。

比如游惑的記憶力有點問題，他對某幾年發生的事、碰到的人毫無印象。在國外養病也是因為這個原因。

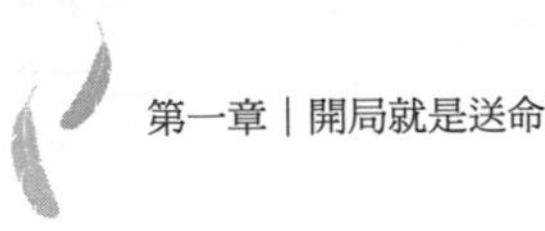

再比如，家裡幾個長輩都有點怕他。這點于聞真是百思不得其解，他問過老于幾回，老于說他成天不幹正事淨瞎想。

時間久了，他又覺得這很正常，畢竟連這屋裡剛見面的小流氓都有一點怕游惑。

仗著他哥在旁邊，于聞本打算跟紋身小流氓叫個板，氣他兩回。結果一回頭，發現游惑早沒了蹤影。

于聞愣住，「人呢？」

大肚子的于遙問：「找誰啊？」

于聞：「我哥。」

于遙：「他往那邊去了。」

她身體不方便頻繁移動，沒法滿屋子翻東西。

她衝屋子另一頭努了努嘴。

這間屋子其實不算小，一樓連客廳有三個房間，邊角的陰影裡還有一個老舊的木梯，連著上面的小閣樓。實在是堆放的東西太多，又塞了這麼多人，才顯得昏暗又擁擠。

一層的臥室門都鎖著，鎖頭鏽跡斑駁，構造古怪。更怪的是，一間門上掛著公雞，一間掛著母雞。那兩隻雞被放乾了血，羽毛卻梳得很整齊，頭被掰著朝向同一個方位，看著有種怪異的驚悚感。

于聞過來的時候，游惑就站在門邊的陰影裡，比雞嚇人。

「哥你手裡摸著個什麼東西？」于聞搓了搓雞皮疙瘩。

「斧頭沒見過？」游惑懶懶地抬了一下眼。

「見過……」

于聞心想：就是見過才慌，你好好的為什麼拎斧子？拎也就算了，游惑是鬆鬆散散地捏著那個小型手斧，另一隻手的拇指毫不在意地摸著刃。

「屋裡轉一圈，想到線索沒？」游惑頭也不抬地問。

「啊？」于聞有點茫然，「應該想到什麼？」

游惑看向他。游惑的個子高，看人總半垂著眼。眸子又是清透的淺棕色，眼皮很薄，好看是好看，但不帶表情的時候，有種薄情寡義的距離感。別的不好說，反正感受不到親情。

于聞慫得不行，「你舉個例子。」

游惑：「跟雪山相關的題有哪些？」

于聞：「不大知道。」

游惑：「你沒上學？」

于聞：「上了……」

游惑：「上給狗了？」

于聞：「也不全是，學了點技巧。三長一短選最短，三短一長選最長，兩長兩短就選B，參差不齊全選C。物理基本靠這個。」

游惑：「……」

于聞：「還有一點至關重要。」

游惑：「……」

于聞：「學會放棄。」

游惑：「滾。」

于聞懷疑再說下去，斧頭會插在自己腦門上，於是訕訕地閉了嘴。

他親愛的表哥總算收回眼神，懶得再看他。

過了一會兒，于聞沒忍住，又憋出一個問題，「哥，你拿這個幹什麼？」

「找筆。」游惑說完，略帶嫌棄地應了一聲，把那巴掌大的小型手斧丟進了一個廢桶。

于聞盯著斧子，「找什麼玩意兒？」

游惑說：「筆。」

于聞覺得他和游惑之間肯定有一個瘋了。不過游惑沒有多搭理他，說完就沿著木梯爬上了閣樓。

挑挑揀揀，時間居然走得格外快。

牆上紅漆的數字總在不經意間變換模樣，從六變成五，又變成四。

第一次收卷的時間越來越近，眾人也越來越焦躁。找不到頭緒、沒有線索，還有個堪比大考倒數計時的東西懸在那裡。高壓之下，總會有人病急亂投醫。

游惑從閣樓上下來的時候，大肚子女人于遙正用手蘸著一個小黑瓶，要往答題牆上寫東西。

一股濃郁的酸臭味從瓶子裡散發出來，像是放久了的劣質墨水，但那顏色又跟墨水有一點差別。可能是燈光昏黃的緣故，透著一點兒鏽棕色。

「我、我這樣寫真的沒問題嗎？」于遙面容忐忑，聲音慌張，似乎在徵求其他人的再次確認，「跟物理沒什麼關係吧？」

「題目一點資訊都沒透露，誰知道什麼東西能得分！」一個禿頭小個子中年人陰沉著臉罵：「我懷疑根本沒他媽什麼正確答案！現在空著是空，等到六個小時結束，空著還是空，左右跑不了要死人。」

他又瞪向于遙，「有膽子寫嗎？沒膽子我來！」

于遙瑟縮了一下，濕漉漉的手指還是落在了牆壁上。

她畫了兩道，卻發現指尖的墨水並沒有在木石牆壁上留下什麼痕跡，筆畫在寫下的瞬間就已經消失了。還伴隨著極為細微的水聲，就好像被那個答題牆吞嚥了一樣。

「我、我寫不上去。」于遙慌了。

「怎麼可能！墨水不夠？」禿頭跨步衝過去，在墨水瓶裡蘸了滿滿一手指，用力地畫在答題牆上。

結果和之前如出一轍，那道長長的捺還沒拖到頭，就已經消失不見了。

那種細微的水聲又若隱若現。

禿頭在原地愣了一會兒，情緒陡然失控，「不會啊，怎麼會寫不上呢？一定是墨水不夠多！墨水不夠多，對，墨水，再弄一點就可以了。」

他伸手就要去抓那個墨水瓶。

眼看著一整瓶墨要被潑上牆，禿頭的手突然被人按住了。

他轉頭一看，游惑居高臨下看著他，冷著臉不耐煩地說：「別瘋了，牆不對勁！」

禿頭下意識掙扎了兩下，臉都憋紅了，也沒能把手抽回來。

「于聞。」游惑轉頭，「牆邊的麻繩給我。」

禿頭臉紅脖子粗地跟他較勁，「幹什麼你？」

游惑單手靈活地挽了個結，在他身上一繞一抽，連胳膊帶手一起捆上了。

于聞同學驚呆了，「哥，你以前幹什麼的？怎麼捆得這麼熟練？」

游惑淺色的眼睛朝他一掃。

于聞這才想起來，他哥可能自己都不知道。

禿頭被扔在破沙發上，游惑把那瓶根本不知是什麼玩意兒的「墨水」重新蓋上。

擰緊瓶蓋的瞬間，屋裡所有人都聽到了一聲輕輕的嘆息。

「誰？」眾人寒毛都豎起來了。

答題牆最後一點污漬消失後，原本空白的地方突然多出了一行字：

違規警告：沒有使用合格的考試文具，已通知監考。

監考官：001、154、922

公雞打鳴聲驟然在屋內響起。

于聞差點兒嚇得一起打鳴。他一把抓住他哥的袖子，縮頭縮腦地朝聲音來源看過去。就見那隻掛在門上的公雞脖子轉了一個扭曲的角度，死氣沉沉的眼珠瞪著大門。

游惑抬腳就要往大門邊走，于聞死狗一樣地墜在他袖子上，企圖把他拖住。最終，于聞被一起帶到了大門邊。

窗外，狂風襲捲的漫天大雪裡，有三個人影悄無聲息地到了近處。

為首的那位個子很高，留著黑色短髮，穿著修身大衣，即便只有輪廓也能看出身材挺拔。他走到門口的時候，一陣風斜颳而過，雪霧迷了眼。

他低頭輕眨了一下，雪粒從眉目間滑落。再抬眼的時候，烏沉沉的眸子映著一點雪色，剛好和屋內的游惑撞上。

游惑幾乎是無意識地摸了一下耳釘。

于聞在他耳邊用蚊子哼哼的音量輕輕問：「你不會認識吧？」

游惑皺了皺眉，低聲道：「忘了。」

從所站的位置來看，為首的男人應該就是監考官001。

他就像個避雪的來客，一邊打量著屋子，一邊摘下黑色皮質手套，吊兒郎當地笑了一下說：「還不錯，知道生火。外面雪有點大，過來一趟挺冷的。」

沒人笑回去，屋裡大半的人都往後縮了一下。

他就像是沒看見這種反應一樣，自顧自地走到爐邊，借火烤手。剛才的笑意依然停留在他唇角，帶著一股懶洋洋的戲謔。

衣肩和領口落的雪慢慢消失，留下一點洇濕的痕跡，又慢慢被烘乾。

眾人盯著他，卻沒人敢開口。

鐵罐扔出去都成了粉，但他們跋涉而來，連皮都沒破。

于聞藏在游惑身後抖，連帶著游惑一起共振。

這沒出息的用氣聲問：「他們還是人嗎？」

那位001先生似乎聽見了，轉頭朝游惑看了一眼。

他的眼珠是極深的黑色，掩在背光的陰影裡，偶爾有燈火的亮色投映進去，稍縱即逝。但那股戲謔感依然沒散。

游惑面無表情地看著他，摁住了亂抖的背後靈，平靜地問：「能閉嘴嗎？」

于聞不敢動了。

直到那位001先生烤完了火，重新戴上手套，留在門口的監考官才用公事公辦的口吻說：「我們是本次的監考官，我是154號，剛剛收到消息，你們之中有兩個人沒有按規答題。」

大肚子于遙臉色慘白，本來就站不住，此時更是要暈了。她就像個水龍頭，眼淚汩汩往外湧。

至於那位被捆在沙發上的禿頭，他已經不敢呼吸了。

「但是……」有人突然出聲。

154號監考官停下話頭，朝說話人看過去。

于聞猛地從游惑背後伸出頭。令人意外地，這個不怕死的問話者，竟然是他的酒鬼老子，老于。

「最、最開始也沒規定我們要用什麼答題啊。」老于被看慫了，結結巴巴地說。

「一切規定都有提示。」154說。

「提示在哪裡？」

154號面無表情地看著他，「我不是考生。」

「可、可我們不知道啊！不知者不罪……」老于越說聲音越細，到最後就成了蚊子哼哼。

154號：「這就與我們無關了。」

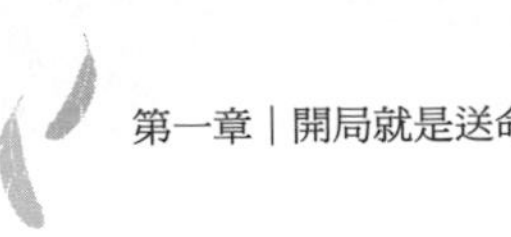

154號監考官頂著一張棺材臉，繼續公事公辦地說：「我們只處罰違規的相關人員，其他人繼續考試。」

他說著，摸出一張白生生的紙條，念著上面字跡潦草的資訊：「據得到的消息，違規者是一名中年男子和一名小姑娘……」

154轉頭看了001先生一眼，又轉回來看向紙條，停了幾秒，繃著臉重複了一遍，「一名中年男子和一名女士。兩名違規者跟我們走一趟。」

在他說話的這段時間裡，另一位監考官922號已經一把拎起沙發上的禿頭男人，拖死狗一樣把他拖到了門口。

屋門被打開，冷風呼嘯著灌進來，雪珠劈頭蓋臉，屋裡人紛紛尖叫著縮到爐邊，好像被雪珠碰一下就會灰飛煙滅似的。

眾人眼睜睜地看著922號監考官帶著禿頭跨出屋門，忽地消失在了風雪中。

徒留下禿頭驚恐的嚎叫和地上的一片水漬。

154號繼續頂著棺材臉，說：「還有一位小……嗯，一位女士在……」

他抬起眼，皺著眉在屋裡掃視了一圈。

老于和兩位好心的老太太趁亂把于遙擋在身後，卻抖得像篩糠。

154號的視線剛要落在那處，001先生朝游惑抬了抬下巴，「另一個是他，帶走。」

「誰？」154號低頭看了眼紙條。

上面凌厲潦草的字跡明晃晃地寫著——小姑娘。

154號一臉空白地看著游惑。

被看的游惑擰著眉盯著001先生，面容冷酷。

154號毫不懷疑，如果這位冷臉帥哥手裡有刀的話，他們老大的頭已經被剁了。

「這……」他剛要開口，下指令的001先生翻起大衣衣領，往手指間呵了一口氣，轉身走進了風雪裡。

「操！哥！」

「狗日的！你們怎麼不講道理啊！」老于蹦起來。

「不是他！是我啊！不是他——」于遙茫然兩秒，連忙撥開人往外擠。

結果就看見屋門敞著，沙粒狀的雪被風吹攪著，一捧一捧撲進來。門邊哪裡還有什麼人影？那三位監考官帶著禿頭男人和誤抓的游惑，早就無聲無息消失了。

「別喊了！人都沒影了，有本事追去！」紋身男啐了一口，大步走過去把門拍上了，又掛了兩道鎖。

屋裡登時安靜下來，老于滿眼血絲，氣得一拍大腿，重重坐在地上。

于遙跌回椅子裡，哭得更厲害了。從進了這屋子起，她就沒停過，快把一輩子的眼淚哭完了。

于聞白著臉在門口僵立半晌，又轉頭撈起他爸，皺著眉低聲說：「我哥給我留話了。」

「什麼？」老于驚住了。

那監考官速度快得不像人，游惑還有時間留話？

「讓我找把刀。」于聞說。

「什麼刀？」

于聞緩緩搖了一下頭，沒回答，而是轉頭看向那面答題牆。老于跟著看過去。他先是漫無目的地掃了一圈，最後目光終於定在了一處。

那是幾道細細的刀痕。

「誰劃的？」老于愣了一下。

于聞：「之前就有，顯示題目之前就有，我看到了。」

他又回味了一下，終於明白他哥之前的舉動了，「我知道了。」

老于很懵，「你又知道什麼了？」

「哥他之前一直說要找筆，但手裡翻的卻是斧子和獵具。」于聞看向牆面的刀痕，說：「剛才監考官不是也說了嗎，所有的規矩都有提示，那些刀痕就是。」

墨汁無法在上面留下痕跡，那柄刀可以，所以它是規定的筆。

老于眼睛一亮，咕噥了一句：「果然還是厲害的。」

于聞：「啊？」

「那咱們就找刀去！也算幫點忙。」

老于剛要轉頭隆重宣布這個消息，就被于聞死死按住了嘴。

「不不不，別！」

于聞假裝在安撫老于，啪啪啪地猛拍老于的背，一邊說：「放心放心，我哥一定不會有事！」

老于血都要被他打出來了。

他又用極低的聲音說：「哥說，刀被藏了。」

雪下得更大了。

風沒個定數，四面八方地吹。到處都是霧濛濛的一片，看不清山和樹影的輪廓，但遠處有燈。

游惑冷著臉走在雪裡，他被推出門的瞬間，身後的屋子就沒了蹤影，想回也回不去。

不過有一點可以證實——在監考官的陪同下，他們不會在雪裡粉身碎骨。

但比起雪，監考官更讓他糟心。

禿頭還在號喪，搞得他像個送葬的。好在路不算很長，在凍死之前，他總算看到了房子。那是一座小洋樓，孤零零地被樹林包圍著。一般來說，鬼片就喜歡盯著這種房子拍。

「到了。」154號把游惑往屋裡推了一下。

燈光映照下，游惑那張好看的臉可能凍硬了，薄唇緊抿，皮膚冷白，薄情寡義的味道撲面而來。

這小樓也不知是哪個鬼才搞的裝修，一層到處是壁畫和雕塑，大大小小填滿了角落，隨便一轉頭，就能看到一張白生生的僵硬人臉。

禿頭一進屋就坐地上了，眼看著又要暈開一灘水跡，922號毫不猶豫把他拖進了走廊。

禿頭的哭叫從那邊傳來，「幹什麼？我錯了我錯了——我再也不亂來了！你要幹什麼？」

「怕嗎？」一個低沉的聲音突然在耳邊響起來。

那位001先生正站在游惑旁邊摘手套，漫不經心地問了一句。

游惑看了他一眼，徑直地掠過他走了進去。

154號看了一眼游惑，又看了一眼001。

「看我幹什麼？」001監考官衝走廊一抬下巴，戲謔地說：「快去，有人迫不及待。」

小洋樓看上去不大，那條走廊卻很長。長得讓人懷疑是不是碰到了鬼打牆，怎麼都走不出去，好在並不是真的沒有盡頭。

幾分鐘後，922在前面停住了腳步，打開了一扇門，把禿頭推進去，然後上了鎖。

游惑終於冷臉開了口，問：「怎麼處罰？」

154號愣了一下，說：「關禁閉。」

游惑：「……」他覺得這群人可能玩扮家家酒玩上了癮。

他看了154號一眼。

154說：「沒騙你，確實是關禁閉。」

不知道為什麼，他一名監考官，在說這個話的時候聲音居然一改常態，有一點緊繃。

「你在害怕。」游惑說：「你被關過？」

154皺了一下眉，「我怕什麼，你比較需要害怕。」

說話間，游惑突然感覺腳下有點怪，鞋底的觸感不一樣，似乎變得有點黏膩。

緊接著，他又聽見了一點細微的水聲。他低頭一看，就見一片濃稠的水從一扇門底下滲出來，那扇門關著禿頭。

愣了兩秒，游惑才反應過來，那是血。

沒過片刻，禿頭的叫聲隔著門穿了出來。因為隔音很好的緣故，顯得悶而遙遠，但即便這樣，依然能聽出淒厲和崩潰。

「放心，死不了。」154說著，打開了對面的另一扇門，趁著游惑出神，把他推進了門裡，「抓緊時間。」

說完，他砰地關上了門，在外面咔嚓咔嚓地上鎖。

游惑聽見他的聲音從門縫裡模模糊糊地傳進來：「拿錯文具而已，不至於那麼狠。禁閉室只會讓你反覆經歷這輩子最恐懼的事情，三個小時之後我來接你。」

小洋樓二層的一間屋子裡，001號監考官坐在一張扶手椅裡，一手支著下巴。

桌上有個金屬製的鳥架，上面站著一隻通體漆黑的鳥。

他的眸光落在窗外的雪林裡，手指正撥弄著鳥頭，臉上沒什麼表情，顯得有些百無聊賴。

922號監考官正在瘋狂抱怨剛剛違規的禿頭考生，「他媽的一路上尿我四回，我說一句他就嚇尿一回、說一句他就嚇尿一回！」

154號進來，手裡的紙條抖得嘩嘩響，「小姑娘！你自己寫的小姑娘！」

他那張棺材臉終於繃不住了，如果借他一百個膽子，他就敢把那張小紙條懟到001的臉上去。

可惜他不敢。

不過他倆罵了一會兒後發現，扶手椅裡的人毫無回應，依然目光沉沉地落在窗外。

「老大？老大？」922試著叫了兩聲，最後不得不提高音量，「秦究！」

那位001先生終於回過神來。

922把154往前懟了一步，自己溜得八丈遠。

154：「……」我操。

秦究目光在他倆之間來回掃了一圈，「走神了沒聽清楚，重抱怨一遍？」

154搖頭說：「算了算了。」

922訕訕上前，「老大，你幹麼了？」

秦究挑眉道：「你這是什麼沒頭沒腦的話？」

「沒，我就是感覺你好像心情不好。」922說。

「有嗎？」

「有一點。」922斟酌道：「因為突然被拽過來監考這一場？」

「不是。」

「那你怎麼……」154咕噥了一句。

「聲音高點，後半句沒聽清楚。」秦究瞥了他一眼。

他漆黑的眸子盯著人看的時候，總讓人覺得不安，哪怕154和922跟了他快三年了，也依然不大習慣。

154又往後縮了半步，清了清嗓子說：「我說，如果你心情很好，幹麼還拽個沒犯規的人過來？這有點違反規定吧。」

秦究說：「我在遵守規定，他手上沾了那『墨水』你沒看見？」

154愣了一下：「喔，我沒細看。」

秦究撥著黑鳥的頭，說：「況且……」

922和154豎起耳朵，然而他們這位老大況且了有十分鐘吧，也沒況且出什麼下文。

又過了半天，他才說：「算了，沒什麼。」

兩位下屬一口氣差點兒沒上來，又不敢造反，灰溜溜地走了。

小洋樓的三樓有個小閣樓，裡面有一牆的白螢幕，每個螢幕都對應一間禁閉室。在禁閉室裡的人，所經歷的場景都會在這上面投映出來。某種程度來說，這裡能看到很多人的祕密。

不過此時，這間屋子上著厚重的鎖，沒人過來窺看。

有兩個螢幕正亮著光，一個是禿頭那間、一個是游惑那間。

禿頭男人所在的那個螢幕，鏡頭血色模糊，隔著那層紅色，隱約可以看見一個吊著肩膀的人影，和一片慘白的臉。

而游惑的那個螢幕，卻一片空白。

那個螢幕顯示的就是房間最原本的模樣，有三面鏡子、一個掛鐘、一張木桌和一個木凳，沒了。

三個小時後，154拎著鑰匙來開禁閉室的門。

他做好了被胳膊大腿飛一臉的準備，結果鎖一撤，他就愣住了。因為禁閉室裡什麼也沒有，而被關禁閉的那位冷臉帥哥，已經趴在桌上睡著了。

他手肘擋著臉，就像是在真正的高中課堂上打了個盹兒。

154進門的聲音終於吵醒了他，他皺著眉半睜開眼，看了154一眼又重新閉上，帶著滿臉的起床氣和不耐煩緩了一會兒，才直起身靠在椅背上，問：「關完了？」

154：「……」要不您再睡一會兒？

游惑從禁閉室出來，走廊一片安靜。

對面的禿頭沒了聲音，房間滲出來的血流淌得到處都是。他略帶嫌惡地皺起眉，繞開血跡往外走。

沒走多久，他又忽地停住腳。

一種詭異的、被窺伺的感覺如影隨形，就像有什麼東西勾頭看下來，以毫無生命機質的眼睛靜靜地盯著他。

游惑抬起頭，頭頂是白色的天花板，除了一盞晦暗的燈，什麼也沒有。

「差點兒違規睡過頭了，要死的棺材臉居然不……」有人急步從樓上下來，剛拐過走廊，嘀嘀咕咕聲就猛地剎住，「你！欸？你出來了？」

游惑從天花板收回視線。

來人是監考官922號。

他看到游惑，立刻換回公事公辦的語氣，說了句「借過」便大步走到走廊深處，打開那扇汩汩流血的門。

片刻後，禿頭被放了出來。922架著癱軟的中年人，走得像個偏癱。

「你怎麼還在這兒？」他問。

游惑插著口袋懶懶地說：「等你。」

922：「154呢？不是應該由他負責送你回考場嗎？」

游惑：「不知道。」

「這個要死的假正經又偷懶去了？」922在嗓子底咕噥了一句。

他把逐漸下滑的禿頭往上拎了拎，也沒工夫糾纏，朝門外偏了偏頭，吩咐道：「走吧，送你們回考場。」

小洋樓二層。秦究抱著胳膊，懶洋洋地斜倚在窗邊，眸光垂落。

房間裡的燈光投映在樹林裡，922帶著兩個考生從光影中穿過，很快淹沒在雪霧裡。秦究瞇起眼睛，盯著那處有些走神。

黑鳥突然低啞地叫了兩聲，牠是這個考場監考處自帶的寵物，姑且就叫牠寵物吧。非常有眼力見，明明跟這幾個監考官剛見面，就飛快認了老大。

過了一會兒，秦究才「嘖」了一下走回桌邊。他撥弄著黑鳥尖尖的喙，順手給牠餵了一粒食，說：「是不是好像少了什麼？」

黑鳥唯妙唯肖地嘲了一聲：「呵。」

秦究：「一位監考官？」

黑鳥：「呵。」

秦究敲了鳥嘴一下，開門下樓，沒走兩步，黑鳥撲著翅膀跟了過來。

他在大廳環視一圈，拐進了那條走廊。其中一間禁閉室隱約傳出椅子挪動的聲音，正是剛剛關過游惑的那間。

秦究挑著眉，好整以暇地敲了三下門，「有人？」

裡面椅子重重砸了幾下。

秦究：「我方便進去嗎？」

椅子快把地砸塌了。

秦究卸了鎖，門一開，露出了失蹤的154號監考官，他正累厥在椅子裡，兩手背在椅子後面，身上捆著繩，嘴裡塞了個偌大的紙團。

紙團上，有人用馬克筆冷靜地寫了幾個字：滾你媽的小姑娘。

秦究忽然笑了。

154正要帶著椅子蹦一下，提醒秦究先把他放了。結果看到秦究笑又有點慫，把椅子輕輕放下了。

好在那句罵人的話，秦究沒欣賞太久。

片刻之後，154總算甩開繩子恢復了自由。

他揉著被勒紅的手腕，痛斥：「我做監考官三年了，從來沒見過這樣的考生！人家哭天搶地，他睡覺？人家誠惶誠恐不敢惹監考，他上來就給我捆了好幾道？」

秦究撐著桌子聽完，懶懶地說：「罵得還挺押韻，繼續。」

154：「……」如果可以，他想把紙團上的「滾你媽」展示給老大。

「身為監考，被考生反捆在禁閉室，丟人嗎？」秦究笑問。

154繃著棺材臉，「丟。幸好沒讓922看見，不然他能笑兩年。」

所有熟悉這套機制的人都知道，監考官都是歷屆考生裡抽選的。只有最優秀的人，才能完成這個身分轉化。

這些人按執行力和強悍程度排了序，就是如今的監考官號碼。序號是個位數的，都是大佬中的大佬，沒人敢惹。比如001。

「你剛才說，那位……」秦究頓了一下，似乎在斟酌一個形容詞，不過最終還是挑了一下眉，說：「考生在禁閉室睡覺？」

「對。我進來的時候，鼻子還是鼻子，眼睛還是眼睛，禁閉室該是什麼樣還是什麼樣，沒有任何變化。他根本沒有怕的東西。」

154想了想，又道：「這樣的人我這輩子也就見過這麼一個。」

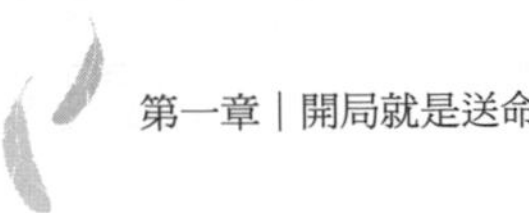

秦究瞇著眼睛，手指撥弄著肩上黑鳥的脖頸。

「也許是人生太順利了，沒碰見過害怕的事？」154看了秦究一眼，似乎在猜測，「不過所謂的順利也就到今天為止了，他們這組考生手氣開過光，居然第一道就抽到牙膏題。」

秦究瞥了他一眼。

「題目跟擠牙膏一樣，擠一下蹦一句，也不知道是不是一種BUG。」

秦究：「又是哪位亂取的代稱？」

「922那傻子取的，跟我無關。」154繃著臉一本正經地說：「但還算貼切。我當年考試的時候，最怕這種題！倒不是真的有多難，而是最初的信息量約等於零，根本找不到拿分點，所以第一次收卷都默認作廢，註定要有一個同伴祭天。」

154回想了片刻，又後怕般地喃喃：「還好我總共就碰見一次，僥倖沒被選中。不知道今天這組考生裡，祭天的會是誰？」

他看了一眼時間，「也沒幾秒了。」

雪山小屋門前，累成死狗的922礙於面子，把臉繃得大氣不喘，臨走前又叫住了游惑。

「還有事？」游惑面露不耐。

第一次收卷時間就要到了，隔著咆哮的風雪，他都能感受到小屋裡的恐慌，真的一秒都耽誤不起。

922說：「還有一條規定，作為闖過禁閉的人，本輪收卷，你們兩個不能答題。」

游惑臉色又冷了一層。

922擺了擺手，「別瞪我，反正這種題目第一輪都是送命，踩不到加分點的……」

他沒說完，游惑已經扭頭打開了屋門。熱氣撲面的瞬間，雞鳴聲毫無徵兆地響起來——收卷時間到了。

禿頭嚇得撲跪在地，連滾帶爬地縮到了牆角，兩眼無神地發著抖。他起了個帶頭作用，傻在屋子裡的人緊跟著癱了好幾個。

于聞半跪在地上，膝蓋壓著倒地的紋身男，手裡捏著個東西，像是剛搶到手。他在雞叫聲中茫然地看過來，舉起手喃喃道：「哥，刀我找到了，但是時間……到了？」

然後呢？

所有人都茫然地癱在地上，驚恐得忘了呼吸。雞鳴叫得他們心慌。

「真的……會被逐出考場嗎？」有人極輕地喃喃了一句。

真的會在風雪裡灰飛煙滅嗎？像那個扔出去就散成粉末的鐵罐？

砰！鎖好的屋門突然彈開，重重地撞在牆上。眾人一抖。

門外，還沒離開的922也站住了腳。一股前所未有的風捲了過來，像是高空航行的飛機突然卸了艙門，巨大的吸力拚命拉拽著眾人。

「啊——」老于驚呼一聲，突然滾倒在地，猛地朝門外滑去，彷彿有一雙看不見的手，拉扯著他的腳踝，要把他扔出去。

——雞鳴九聲，收卷才結束。

——還有，這弱智題目第一輪有個訣竅，嘖……挺不要臉的。

這兩句話突然浮現在腦中。游惑來不及細想，抓過于聞手裡的細柄折疊刀，從凝事的長桌上撐跳過去，站在答題牆前。

最後一聲雞鳴裡，他潦草地寫了一個字：解。

門外的922：「……」這踏馬也行？

還真的行。

雞鳴和風雪戛然而止。

老于的腦袋勉強剎在門邊，最頂上的頭髮已經沒了。于聞抱著他一條腿，狼狽地滾在地上。他們心臟狂跳，白著臉茫然了好一會兒，然後扭頭看向答題牆。

過了一個世紀吧，那個龍飛鳳舞的「解」字旁邊多了個紅色批註：+2。

眾人驚呆了。922也看醉了，他在冷風中站了幾秒，扭頭就衝回去打報告。

又過了半晌，屋裡的人才消化掉這一幕，他們軟著腿從地上爬起來。

「哎喲我去，可嚇死我了……」老于被削成了地中海，頭皮還破了一塊，汩汩往下淌血，好在人還活著。

于聞撒開他爸的腿，死狗一樣癱在地上。過了好幾秒，又噌地坐起來啪啪給自己掌嘴，「瞧瞧我這豬腦子！怎麼把這茬兒給忘了！考試前老師千叮嚀萬囑咐，拿到卷子甭管會不會，先把解字全寫上，一個字值兩分呢！哥，你怎麼這麼厲害！」

「……」游惑悶不吭聲收起刀，並不覺得這是誇獎。

為了防止這智障繼續提「解」字，他主動問了于聞一個問題：「刀誰拿的？」

一提到刀，于聞瞬間拉下了臉：「還有誰！」

他指著紋身男說：「他！在他那裡找到的！我就說他不對勁，大家都想著找題找線索，他他媽跟狗熊屯冬糧一樣，把各種刀具往兜裡扒。要不是于遙姐被他撞到肚子，大家鬧起來掉了刀，指不定要找到什麼時候呢！」

想起剛才的場景，他忍不住一陣後怕。

如果沒有發生那些口角混亂，如果他們運氣差一點，找到刀的時間晚一點，就是游惑回來也趕不上第一次收卷。那他爸老于……

紋身男被摁在椅子上，眾人正要興師問罪，答題牆卻突然起了變化。

題幹：一群旅客來到了雪山，在獵戶甲的小屋借宿。甲說：我有十三套餐具，但食物有限，只能宴請十二個人。餐具裡藏著祕密，有一個人註定死去。你會倖免嗎？這其實也不是很難，畢竟光是世界上最美妙的東西。

要求：找對那套該死的餐具（但不可損壞餐具）

考查知識點：光學

就在大家看著題目發愣的時候，下面又浮現出一行字。

違規警告：受處罰的考生違規答題，已通知監考。

監考官：001、154、922。

眾人：「……」

十分鐘後。

小洋樓二樓，監考官的辦公室裡。001號監考官和二進宮的違規考生沉默相對。

游惑：「……」

秦究：「……」

過了很久，撥弄著筆的監考官哼笑一聲，撩起眼皮懶洋洋地問：「你是不是打算住在這兒？」

游惑弓身坐在沙發上，支著兩條長腿，一隻手百無聊賴地摸著耳釘。聽見秦究的話，他抬了一下眼皮，冷冷的目光從對方臉上一掃而過，又垂了回去。

不解釋、不反省、不搭理。這態度，顯然是最難搞的那種刺頭。

154一進他們老大辦公室，就感到了一陣窒息，活像到了政教處。

「您找我？」有考生在場，154表情更正經了，說話都帶上了敬稱。

「第二次違規，處罰是什麼？」秦究緩緩轉著手裡的筆，看向他，說道：「一陣子沒來，我記不大清了。」

154木著臉沉默兩秒，說：「關禁閉。」

秦究：「……」

游惑的手指停了一下，終於抬起頭。他表情依然很冷，除了睏懨懨的懶，看不出任何情緒，但154就是覺得他滿含嘲諷。

可能基因裡帶的吧，也可能他們老大就容易吸引這種目光。

秦究：「除了禁閉，就沒點別的什麼？」

154張了張口，屋裡有什麼東西「滴」地響了一聲。游惑目光一動，落在秦究手腕上。有什麼東西忽閃著亮了一下，聲音就是從那裡發出來的。

154說：「看吧，加罰是違反規定的。」

秦究垂了一下眼，漫不經心地理著袖口，那道忽閃的亮光緊跟著暗了下去。再抬眼的時候，他的目光跟游惑對上了。

「只有桌子、椅子的禁閉室有點無聊。」他看著游惑，話卻是對154說的。

154點頭，「確實。」

「要不你跟他一起？好歹有個場景。」

154：「……」這是罰誰呢？

秦究笑起來，「玩笑而已，別當真。」

154已經習慣這種神鬼莫測的混帳話了，他迅速鬆了一口氣，說：「那……還把他送去樓下，再睡三個小時，補完覺送回去？」

「我這兒是飯店鐘點房？」

154不吭氣了。他眼觀鼻鼻觀口地等了一會兒，沒等到新指令，便瞄了一眼。

沙發上，游惑正看著窗外，不知是發呆還是怎麼，一副「你們隨便搞，搞死算我輸」的模樣，態度極其不端正，冷傲散漫。

至於他們老大秦究……他兩手鬆鬆地交握著，目光落在游惑素白的側臉上。

對這位極其難搞的考生，秦究應該是起了一絲好奇心，但不知為什麼又顯得心情不大好。

「老大？」154出聲提醒了一句。

又過了片刻，秦究才收回目光，衝154提議道：「再去騙一個考生違規，跟他關一起。」

154：「……」胡說什麼呢這是？

手腕又「滴」了一聲，應該跟之前一樣，是一種示意和警告。

154牙關繃了一下，秦究卻沒太在意。

「不關了，直接打發走？」

滴。

秦究「嘖」了一聲。

他想了想，問154：「上一個用過的禁閉室，清理了嗎？」

154看了游惑一眼，非常茫然，「有需要清理的地方？繩子收起來了，『滾你媽』的紙團我也扔了。」

聽見紙團，游惑摸著耳釘的手指停了一秒，但他依然看著窗外，冷著臉裝聾作啞。

秦究說：「另一間。」

154：「喔，還沒。本來要清理的，但考生違規太過密集，我跟922還沒顧得上。」

「那就讓這位密集的……」秦究頓了一下，看向游惑，「怎麼稱呼？」

游惑冷哼一聲。

「讓這位哼先生去清理吧。」

游惑：「……」

眼看著辦公室要發生凶案，154忙不迭應了聲，繃著臉迅速把危險分子請下樓。

樓下雜物間裡，922跟154挑挑揀揀找著工具，真正受罰的考生抱著胳膊靠在門邊，臉色陰沉。

「別臭著臉。真打起來，你肯定打不過他。」922說。

可能是那個「解」字太騷了，922對游惑的態度改了一些，說話不像之前那麼公事公辦。游惑沒吭聲，但從表情看，顯然當他放屁。

「你以為001號叫著玩的？」922說：「我當年第一次見到老大……哪一場考試來著？在什麼野戰軍基地旁邊吧，記不清了。反正一條街！整整一條街，地上全是血，他手裡拎著這麼個樣式的扛炮……」

「找你的桶去。」154繃著臉打斷他的話。

「喔。」

922意猶未盡地回憶了一番，又在154的逼視下正了神色，衝游惑說：「你先過去，我一會兒把桶拿過去。」

游惑和154先去了那條長走廊。

「這些血都需要弄乾淨。」154指了一下地上亂淌的血跡，又走到關禿頭的禁閉室門前開鎖。

「你們以前是考生？」游惑突然開口。

154一愣，點頭道：「是啊，好幾年前了。」

「怎麼轉成監考的？」

154斟酌了一下，說：「順利通過考試，成績優秀。」

游惑皺起眉，「這考試究竟是什麼東西？」

154看了他一眼，有些含糊地說：「一種特殊的篩選機制吧，考試嘛，都是這樣。」

游惑諷刺道：「篩什麼？膽子大的狀元？」

說話間，上次那種被窺視的感覺又來了。游惑朝頭頂瞥了一眼，依然是白生生的天花板，沒有什麼孔洞，也沒有東西勾著頭從上往下盯著他。

「什麼樣的人會被拉到這裡來？」他無視掉那種感覺，繼續問道。

154想了想說：「異常危險的人。」

游惑面無表情。

154想起那一屋子老弱病殘孕，又說：「可能不大準確。」

游惑：「那這算什麼？靈異事件？」

154搖了搖頭：「不是靈異事件，是……」

滴。

又是那種聲音。游惑回頭看了一眼，以為那位討厭的001監考官跟過來了。他看到後面空無一人，才反應過來，這聲提示來自於154。

154摸了一下手指。他食指戴了個素圈戒指，一道警告意味的紅光就從戒指下隱隱透露出來，他看到紅光，便立刻閉了嘴。

「這是什麼？」游惑問：「剛才那位001身上也有。」

「違規提示。」154轉了一下戒指，擋住光。

「你們也有約束和規定？」

「那當然！可多了！」922的聲音傳來。

他拎著一個鋁製桶，跨過各種血跡走過來，「禁止聊危險話題、禁止濫用職權欺凌考生、禁止幫助考生作弊、禁止監考官跟考生亂搞關係……」

游惑：「……」

「喔，當然，這點基本不大可能。」922說：「不打起來就不錯了，真打起來，還有禁止監考官違規弄死考生等等。」

「考生弄死監考官呢？」游惑問。

922：「……」

「所以，你們違規會有什麼後果？」

154臉白了一下。相對好說話的922也沉默了兩秒，然後乾笑著說：「別問了，反正很可怕。我目前還沒體驗過，未來也不大想體驗。」

「所以不要再問危險問題了，相安無事不好嗎？」922把鋁桶放在游惑面前，「好好通過考試，先爭取活著出去，有些事你自然就知道了。」

154不再開口，他把禁閉室的鎖卸了。門一開，馨香撲鼻，裡面除了血，還有些殘渣黏附在地面和牆上。

游惑表情厭惡，「平時這些禁閉室都是你們掃？」

「當然不是靠手動。」922捏著鼻子說：「不然跟懲罰我們有什麼區別？」

「噁心是有點噁心，但打掃總比關禁閉好一點。」

游惑冷著臉看向他。

922訕訕地說：「呃，對你而言，總比跟我們老大共處一室好，是不是？」

說完，他拖著154忙不迭地跑了。走廊重歸安靜。

真打掃是不可能的。游惑靠在門邊，冷眼掃量了一圈，然後拎著鋁桶接了一桶水，直接潑到房間裡。水將血跡沖開，那些黏附在地板和牆壁上的東西也被洗刷了一下，泛著白。

游惑蹲下身，他腳前就有一塊，細看像是骨渣，上面居然纏著一團黑色長髮，那禿頭腦子裡都存了些什麼鬼片？

游惑忍著反胃，冷臉進了門。

整個房間囫圇清掃一遍，血水和殘渣裝了一整桶。最上面的頭髮堆中，一片不知哪裡脫落下來的皮膚突兀地纏在其中，皮膚泛著被水浸泡過的白，簡直像假的。

上面一道刺青格外顯眼，是個小巧簡單的風鈴花圖案。

三個小時後，922再次出發，帶著游惑回考場。

秦究活動了一下筋骨，打算找154弄點食物。結果打開辦公室的門，一桶血肉殘渣恭恭敬敬地放在他門口，旁邊夾著一張臨時扯下來的紙，潦草的字跡有些瘦長，寫著：送你，不謝。

154的聲音傳過來，「老大，我打算烤塊牛肉，你要吃點什麼嗎？」

秦究：「……今天都不會餓了。」

154：「啊？」他拿著烤箱手套拐過來，盯著那個血淋淋的桶看了三秒，說：「我覺得我今生都不會餓了。」

秦究抬手摘下那張紙，靠在門邊細看了一會兒，接著問154：「同一個考生，第三次違規的處罰是什麼？」

他說起話來不緊不慢，某些字眼還會略拖一下，以至於每句話都像一種漫不經心的挑釁。

154：「應該不會再有第三次了吧？」

「萬一呢？」

154小心地說：「處罰是咱們全程現場監考，重點監控。」

秦究：「……」

小樓靜得令人害怕。

【第二章】

答成那樣要是能拿分，我砍頭慶祝

這次送考生回小屋，922又在門口徘徊了一會兒。

有了上次的經歷，他實在很好奇游惑還能幹出什麼來。結果沒過幾秒，他就後悔得痛心疾首，因為游惑出來了。

922一臉無奈，「你又怎麼了？」

游惑：「想起一件事。」

「什麼事？」

「這裡的紀律，基本參照現實考試？」

922點頭，「參照肯定是參照的。」

游惑：「有一條考試紀律裡沒提到。」

922：「哪一條？」

「考生如果碰到問題，是不是也可以找監考官？」

922：「……是。」但我們不大想讓你找。

為了避免麻煩，922立刻補充道：「跟現實考試一樣，禁止問答案，這個我們不幫忙，也幫不上忙。」

游惑「嗯」了一聲，表示知道。

但他一貫很敷衍，這個「知道」922持懷疑態度。

「所以碰到問題怎麼找你們？」

922說：「就是用規定的筆在答題牆考試要求下面，寫……」他本來想說寫監考官的號碼，由於內心過於抗拒，舌頭打了個結，出口就變成了：「寫001。」

游惑面無表情地看著他。

922一臉無辜地重複道：「嗯，寫001。」

過了有一個世紀那麼長，游惑點點頭，轉身把他拍在了門外。

922作死作了個大的，興高采烈地回去了。

小屋裡，爐火依然燒得很旺，眾人坐得涇渭分明。

因為藏刀的事，紋身男被排擠在了眾人之外，一個人陰沉著臉坐在桌角。其他人都離他遠遠的，就連走路都要刻意繞開。

見游惑回來，于聞一蹦而起，「哥！監考官有沒有把你怎麼樣？罰什麼了？你還好嗎？」

他揮舞著答題的刀，連珠炮似地問了一串，所有人都看了過來。

游惑皺著眉讓開刀刃，用腳把他排遠些，說：「沒事。」

「你確定？」于聞完全不信，他朝牆角看了一眼，壓低聲音說：「那人只被抓了一回，就成了這樣，懲罰手段得多恐怖？」

游惑朝牆角看過去，關過禁閉的禿頭正縮在那裡，眼珠黃濁，充血外突。他神經質地前後搖晃著身體，嘴裡嘀嘀咕咕地說著什麼，言辭含混不清，儼然嚇瘋了。

游惑看到禿頭就想起那間禁閉室，瞬間有點反胃。

「他一直這樣？」

「對啊。三個小時了，一點兒沒緩過來。」于聞打了個寒噤，又悄悄說：「他不是一直叨叨咕咕的麼，我還特地蹲那兒聽了一會兒。」

「說什麼？」

于聞搖搖頭，說：「就聽見一句『命不好』，喔，好像還有一句『燒紙錢』什麼的，其他都沒聽懂。」

游惑「嗯」了一聲，沒多言。

「你還比他多罰了一次呢，怎麼好像還行？」于聞很好奇。

游惑懶得多解釋，敷衍地說：「方式不一樣。」

于聞：「那你都罰了些什麼？」

游惑掐頭去尾地說：「睡了一覺，給監考送了一桶血。」

于聞：「給監考送血幹什麼？」

游惑冷冷地譏諷：「誰知道，他喜歡吧。」

于聞敏銳地發現，他哥說的是「他」，不是「他們」。

「哪個啊？喜歡那東西？他是變態嗎？」

游惑：「001。」

于聞：「噫……」

游惑跟監考官互不順眼，不想多說這個話題，他掃視一圈，皺眉問于聞：「你們就這麼癱了三個小時？」

「怎麼可能。」于聞抬手一指答題牆，說道：「哥，你的『解』給了我啟發，所以我去寫了幾個字。」

游惑看向答題牆，那上面，密密麻麻全是于聞的狗爬字。

游惑：「……」

于聞說：「我們老師說過，想到什麼寫什麼，哪怕不會，把思考的過程寫下來，沒準兒也能踩對幾分呢。」

游惑：「所以你寫了篇作文？」

他努力辨認著那些狗爬字，指著其中一行問：「這句是什麼？」

于聞比他辨認得還用力，「好像是……已知我們一共十三人，餐具十二份。」

游惑：「你抄題目幹什麼？」

于聞：「我考試一般寫無可寫的時候，為了多幾個字，會強調一下題目的關鍵。」

游惑：「……」還他媽題目的關鍵。

他又指著另一堆圈圈，「這什麼？」

于聞：「G=mg，g=9.8N/kg。」

游惑：「這跟光學什麼關係？」

于聞：「主要是我也不知道餐具跟光學什麼關係。」

游惑：「……」

于聞怕他哥氣死，又補充了一句：「光學也是有的。」

游惑懶得看長篇大論的廢話，直接問：「寫哪裡了？」

于聞訕訕地說：「這裡，我寫了折射率、平行光、球面、透鏡、焦距、成像，這些詞都算光學的吧？還畫了鏡面成像的簡易圖。」

游惑面無表情，于聞想了想，還是把他哥從答題牆前面拉開，換了個話題：「不說這種不高興的事了。除了答題，我們還幹了點別的。」

事實上，答題牆更新之後，他們就把屋子翻了個底朝天。

題目說：這是獵戶甲的小屋，他有十三套餐具，但食物只夠十二個人吃。

但他們找遍了閣樓、櫥櫃、瓶瓶罐罐，一沒看到獵戶甲，二沒找到一份餐具，至於食物……更是做夢。

「我們找了兩個多小時。」于聞喪氣地說：「就這麼間小破屋子，兩個小時啊！可想而知，真的翻遍了。什麼都沒有，狗屁題目。」

游惑問：「確定全都翻遍了？」

「其實也不是。」旁邊一個穿著病號服的竹竿男人咳了幾聲，插話道：「有兩個地方沒碰。」

他抬起瘦骨嶙峋的手指，指著那兩間鎖著的房間。

兩扇房間門上，一個掛著母雞、一個掛著公雞，脖子扭曲著，漆黑的眼珠一動不動看著窗外。可能是那兩隻雞模樣詭異，每次叫起來，不是違規就是收卷，所以沒人敢碰。

「我們找過鑰匙，沒找到。」

游惑點了點頭，走近細看了兩把掛鎖，又轉頭掃了一圈牆壁。

于聞生怕他哥抄起斧子劈門，連忙道：「哥！我玩過的遊戲比在座所有人都多，這種上了鎖的門，最好別硬來。」

游惑涼涼地問他：「我看上去像智障？」

于聞縮回脖子，不敢說話。

過了片刻，他才訕訕地說：「那你為什麼要看牆？」

「獵具都有誰動過？」游惑問。

眾人聞言，目光都移向紋身男。

「操，他媽的看我幹什麼！」紋身男被看得窩火，大聲道：「之前冤枉老子藏刀，這次又要冤枉我什麼？」

「冤枉？」游惑皺眉。

「那麼多人滾一起，誰他媽知道刀從哪裡掉出來的。」紋身男罵罵咧咧了幾句，煩躁道：「服了，跟你們這些傻逼解釋不清！」

游惑涼涼地看著他。

紋身男靜默兩秒，又說：「算了算了，你他……你要問什麼，問！」

游惑衝牆壁一抬下巴，「把你弄下來的獵具掛回原處，我看下位置。」

紋身男瞪著他，「我有病嗎？摘下來還要掛回去？」

三分鐘後，紋身男兜著一袋獵具，一一掛回原處。游惑插著兜，跟在後面。

「我又不是狗，你能不能別一副遛大街的樣子！」紋身男不滿地罵著，但還是老老實實地把最後一樣放了回去，然後隔空啐了一口，走開了。

「哥，獵具怎麼了？」于聞問。

游惑指著最後這面牆說：「有兩個空釘子。」

「所以？」于聞依然不解。

「釘子上掛的東西去哪裡了？」

屋內安靜了一下，忽然有人說：「是啊，少了兩樣東西。沒人私藏吧？」

眾人紛紛搖頭。

老于：「之前就那樣了。」

大家看著他。

「就考試之前，我不是要出門轉一圈嗎？」老于衝游惑說：「你在睡覺，我就沒叫你。出門的時候我想看看屋子裡有沒有傘，當時這兩個釘子就是空著的，我確定。」

「你的意思是，從我們進屋起，就有兩樣獵具不在了？」

「那麼在誰那裡？」

「獵人甲？」于聞猜測道：「所以其實是有獵人甲存在的，只不過他不在屋子裡，而是出門打獵了？」

眾人有點慌：「我們又不能出門，他不進來，我們怎麼找到他？」

游惑：「時間沒到吧。」

眾人對時間的猜測將信將疑，但游惑已經拽了把椅子坐著烤火了。

大家忐忑不安地跟著坐下，圍在火爐旁發呆。

于遙撐著腰，小心地挪過來。她看了游惑一會兒，對方的側臉被火光勾了輪廓，比平時略顯溫和一些，但垂著的眉眼依然透著冷淡。

她滿臉愧疚地說：「對不起。」

游惑抬眼看向她。

于遙低聲說：「那個墨水明明是我寫的，卻害你被罰。之前就想跟你道歉了，還沒開口你又被監考官帶走了。我知道道歉也沒什麼用，下次如果再有什麼，我替你去。」

游惑看了于遙一眼，又收回目光，繼續烤著火，「不用。」

于遙張了張口，還想說什麼，最終還是什麼也沒說。她坐著發了一會兒呆，突然問游惑：「你不怕嗎？」

游惑伸直一條腿，火爐太暖和，烤得他又有點睏。

他安靜片刻，懶懶地開口：「怕什麼？」

「怕死，怕違規，或者隨便什麼。大家都很好奇，感覺你很厲害，好像什麼都不怕。」

「怕有用嗎？」

于遙點了點頭，輕聲說：「也對，但克制不住吧，我就很怕。」

游惑眼也沒抬，說：「妳膽子不算小，那種成分都搞不清的墨水妳也敢往牆上寫。」

他說話不費勁，好像連嘴唇都懶得動，嗓音很低，有種冷冷的質感。但被溫暖的爐火一烤，也沒什麼責怪的意味。

于遙低下頭，依然愧疚得不知道說什麼。

她憋了很久，才憋出一句：「我其實……」

但話沒說完，她就發現游惑一條腿踩在椅子邊緣，手肘搭在膝蓋上，似乎又要睡著了。她愣了一下，還是把話嚥回去，她沒有驚醒游惑，又慢慢挪回到兩位老太太身邊。

「他怎麼又睡著啦？」老太太輕聲說：「他來之前是不是沒睡覺啊？」

于聞隱約聽見這麼一句，他看了游惑一眼，心想：不，我哥睡覺了也這麼睏。

于遙卻沒多話，她靠在老太太身上，目光落在遠處某個牆角，似乎又發起呆來。

不知過了多久，櫥櫃上的時鐘輕輕跳了一格。

北京時間，凌晨四點整。

突如其來的雞鳴驚得大家一個激靈。

他們猛地坐起身，面面相覷，這才反應過來，自己居然迷迷瞪瞪地睡著了。

于聞啪啪給了自己兩巴掌，稍稍清醒一些，他剛放下手，就聽見了一種奇怪的聲音。

「噓——」他抬手示意了一下，輕聲問：「你們聽見沒？」

「什麼？」老于瞪眼看著兒子鬧鬼，一頭霧水。

「沒聽見？」于聞說：「就是一種咯吱咯吱的聲音。」

屋裡倏然安靜下來，沒人敢動。

所有人都一臉驚疑，屏息聽著動靜。

果然，過了大約幾秒，咯吱咯吱的聲音又響了起來，這次所有人都聽見了。就像是雪地裡，有什麼東西拽著某種重物緩慢地拖行。

那個病號竹竿兒突然打了個手勢，指著窗外，無聲說：「這邊。」

他嘴巴還沒來得及閉上，屋門就「吱呀」一聲打開了。一個黑黢黢的影子從門口投映進來。接著，一個白臉人拽著一根麻繩子進屋了。

他骨架很寬，個子卻不高，臉像過度曝光的紙，眼睛也很奇怪，黑色的瞳仁部分太大了，以至於眼白所剩無幾。

他勾著背，一點一點地捲著繩子，腰間掛著的寬背刀和小陷阱圈叮噹作響。

屋子裡沒人說話，眾人眼睜睜看著他把一個麻袋拖進屋，然後關上門。

直到這時，他才轉頭看向爐火，漆黑的眼睛眨了兩下，「啊……真好，來客人了。」

很顯然，來鬧鬼的這位，就是他們等了很久的獵人甲。

他緩緩搓著自己的手說：「這兩天大雪封山，我就知道又有食……唔，又有客人要來了。外面可真冷啊。」他輕聲慢語地說：「雪堆得太厚了，大家都躲起來了，幾乎找不到獵物。我花了很久很久，才挖出來一隻。」

他踢了踢那個麻袋，衝眾人殷勤地笑起來，嘴幾乎裂到了耳根，「你們運氣可真好，趕上了我的飯點。」

他又嘆了口氣，解釋說：「沒辦法，雪山上東西太少了，總是隔很久才來一群，我得勒緊肚皮，才能活下去，所以我一天只吃兩頓飯，早上四點一頓、下午四點一頓，跟我共進美餐的機會可不多。」他看著櫥櫃上的鐘說：「哎呀，正是時候。你們在這等了這麼久，一定餓狠了，我都聽到你們胃裡的聲音了，是不是迫不及待了？」

客人：「……」

「你們一共幾位來著？」他伸出手指，一個一個按人頭數過去，「老太婆、病秧子、小流氓、酒鬼、酒鬼兒子……」

沒有一個稱呼是好聽的，但凡被他數過去的人臉都綠得很。

他數到游惑的時候頓了一下，不大高興，「怎麼還有一個睡不醒。」

「算了。」獵人甲被攪和了興致，轉頭看了一眼答題牆的題幹，說：「聽說一共有十三個人，

但我的食物有點少，只夠十二位，真遺憾。」

他說著，舔了一下嘴唇，「我是真的餓了。不過你們還要稍等一會兒，我得準備準備。我可是第一次見到這麼多客人。」

于聞：「……」我也是第一次見到這麼娘的獵人。

獵人甲彎腰抓起麻袋。麻袋看上去特別沉，不知道裝了些什麼，眾人也不大想知道。

他拖著麻袋走到屋子一角，在掛了母雞的屋子前停步。

鑰匙叮叮噹噹一陣響，獵人甲仔細挑出一枚，打開了屋門，一股腐朽的怪味散開來。

很難形容那種味道有多難聞，就像是壞肉、灰塵和腐爛的木頭堆在一起。

那個掛著母雞的房間，大家一直以為是臥室，現在才發現，那其實是一間廚房。裡面有一個長長的案臺，躺個人上去不成問題，而另一邊是紅色的長木櫃，櫃子上掛著好幾把鎖。

獵人甲衝眾人笑了笑，又鞠了一躬，說：「稍等，很快就好。」

然後關上了屋門。

爐火邊沉寂了好半天，有人驚惶地說：「我不想吃飯，我想回家。」

「誰他媽不想回家！」紋身男不知什麼時候挪到了人堆裡，可能也怕那個獵人甲，「回得去嗎？你有本事現在開門衝出去！」

眾人又沉默下來。

過了半晌，老于嚥了口唾沫，「那個獵人嘴好大，吞個把人頭不成問題，我老覺得他要吃人。」

于遙喃喃：「那個麻袋裡裝的什麼？」

這兩句話放在一起聽，效果非常可怕。

眾人目光投向窗戶。

外面漫天大雪依然沒停，考試前老于出去探路就說過，四面全是雪，樹都長一樣。方圓百里沒有房子，沒有人煙，安靜得嚇人，哪來的獵物？

更何況獵人甲說，食物是他挖出來的。

他們下午剛到這裡的時候，有一個男人不聽指令拆了收音機，不久後，他的屍體就被埋在了雪地裡……

眾人不約而同想起了這件事，臉上露出深深的恐懼，于聞更是快要吐了。

「要吐轉過去。」游惑的聲音冷不丁響起來：「別再弄我一身。」

「哥你醒了？」于聞驚喜地叫了一聲。

「喊什麼！能不能小聲一點！」紋身男粗著嗓子斥道。

游惑瞥了紋身男一眼，說：「我沒睡。」

于聞：「喔——那你幹麼總閉眼睛？」

「眼睛不舒服。」

于聞想起來，他爸老于似乎說過，游惑的眼睛做過手術，光亮的東西看久了會疲勞難受。不過平日裡，他從沒聽游惑自己提過，以至於他總不記得這件事。

「哥，那獵人說的話你都聽見了？」于聞問。

游惑「嗯」了一聲。

于聞：「怎麼辦？」

游惑懶懶地說：「我有點餓，等開飯。」

于聞：「……」你嚇唬誰？

游大佬一句話效果拔群。

屋子裡瞬間恢復寂靜，每個人都覺得瘆得慌。

廚房的隔音不大好，窸窸窣窣的聲音從裡面傳出來。

沒過片刻，他們聽見裡頭又是一聲重響，就像是什麼大而冷硬的東西被擱在了案臺上。接著便響起了剁骨頭的聲音，一下接一下。

櫥櫃上的時鐘不緊不慢地走，每一秒都很熬人。

過了一百年吧，廚房門終於開了，飄散出來的味道變得更加古怪，就像在之前的基礎上，添了一絲凍過的血味，幽幽帶著腥氣。

獵人甲撈了一條黑乎乎的布巾擦手。

他探出頭來，安撫眾人，「馬上就好了，你們知道嗎？凍過的肉，口感非常妙，帶著一點兒冰碴，嚼起來嘎吱嘎吱的……」這大白臉描述著那種聲音，自我陶醉了片刻，然後說：「你們會喜歡的。」

于聞縮在人群裡，仗著他哥又醒著，用氣聲罵：「操……這個變態。」

剛說完，他就聽見他哥的肚子叫了一聲。

于聞：「……」

獵人甲忽然笑了，說：「啊哈！我聽見了！很高興有人跟我一樣期待大餐。來吧，東西有點多，我需要一位好心的客人幫我一下。」

那雙瞳仁過大的眼珠緩緩轉了一圈，幾乎所有人都在往後縮，只有游惑沒動。

他不僅沒縮，似乎還想站起來。

于聞一臉驚恐地摁住了他。

「不不不，我知道你們都很害羞，不用毛遂自薦。」獵人甲說：「我自己來，食物來之不易，我要挑一個細心穩重的人，否則要是打碎了盤子，那多可惜。」

他挪動著寬大的身體往客廳裡走，因為比例不協調，走得有點笨拙。

眾人大氣不敢喘，目光飛快地朝某處掃了一下。

那邊的牆角裡，瘋瘋癲癲的禿頭男人縮成了陰影，他似乎根本不知道屋裡多了一個人，依然碎碎叨叨地念著什麼，前後小幅度地搖晃著身體。

唯一值得慶幸的是，獵人甲的注意力都在大部隊這邊，似乎並沒有注意到那個落單的人。

就在獵人甲走到禿頭身邊的瞬間，人群中有人驚慌地抽了一氣。

「嗯？」獵人甲突然停住步子，歪過頭。

「臥槽。」于聞低呼。

獵人甲這頭歪得十分嚇人，脖子扭轉的角度絕不是正常人能做到的，就像隻貓頭鷹，臉橫在肩上。

他就這麼歪著頭，看到了縮在腳邊的禿頭男人。

「啊……這裡還有一個客人，我怎麼給漏了，讓我來看看。」獵人甲說。

他腿太粗，蹲得十分艱難。

禿頭兩眼渾濁，完全沒發現面前多了一張大白臉。

獵人甲不滿自己遭到無視，捏著禿頭的下巴，拍了拍他的臉，「醒醒？親愛的客人？」

醒了兩下，沒醒成功。

獵人甲「啪」地給了他一巴掌。

眾人：「……」

禿頭一個激靈，兩眼終於聚起焦，他瞪大渾黃的眼珠，跟獵人甲無聲對視。

兩秒後，獵人甲的鞋被尿濕了。

獵人甲：「……」他那張白臉抽動了一下，又咧開嘴笑了，「我看這位客人就很符合我的要求，來，幫我端一下盆子好嗎？」

禿頭癱軟在地，完全不會動。

「起來！」獵人甲站起身，一把將禿頭拎起來。

禿頭瘋狂發著抖。

「站直！」

禿頭被嚇住，顫顫巍巍地站在那裡。

獵人甲又笑起來，「看，這才是一位好客人。跟我來。」

禿頭男人回頭看了看人群，還沒等得到回應，獵人甲又說：「我希望其他客人待在原地，誰動一下，我都會不高興，那這位客人就很危險了。」

原本想給他打手勢的人都默默縮回來，禿頭嚇得再不敢回頭，抖抖索索跟著獵人甲。

獵人甲準備食物很粗暴，廚房到處都濺著碎肉。

案臺上擺放著十三個空瓷盤，剁好的肉則裝在一個玻璃盆裡，擺得滿滿當當。

肉凍得很硬，一時間看不出來源。而餘下的都被扔回了麻袋，麻袋口緊緊紮著。

禿頭抖如篩糠，渾黃的眼睛瞄著桌上的剁骨刀。

「您在看什麼？親愛的客人？」獵人甲突然輕聲問。

禿頭腿一軟，連忙收回目光。

「啊，這樣才對。」獵人甲拿了兩個盤子放在他手裡，說：「盤子可能有點重，你的腿又抖得這樣厲害，一定要小心謹慎，走穩一點。如果你不小心摔了它，那……我們的食物可能就夠了。」

禿頭嚇懵了。

走出廚房的時候，獵人甲又對著所有人強調了一遍：「記住了嗎？幫我忙的時候一定要小心，這屋子裡，誰不小心損壞餐具，誰就會受到處罰。唔……你們也不想餓著肚子，變成別人的食物吧？」

眾人聽見這句話，不約而同看向答題牆。

那上面，答題要求後面就跟著一句話——不得損壞餐具。

原本他們以為這道題的死亡人數是一，萬萬沒想到後面還跟了個陷阱。

禿頭和獵人甲把十三個餐盤端出來，沿著長桌放了一圈，又把盛著肉的玻璃盆放在桌子正中間。

擱下最後一個餐盤的時候，禿頭長長地鬆了一口氣，順著桌沿滑下來，兩股戰戰地癱坐在椅子上。

「別！」有人驚叫了一聲。

禿頭愣了一下，看向人群。就見老于擠眉弄眼地指了指答題牆，他慌忙看過去。

之前題目更新的時候，禿頭剛從禁閉室回來，從頭至尾一直癱在牆角發癲，根本不知道變動。

他看見那句「只能宴請十二個人，有一個人註定死去」，臉色刷地就白了，誰知道他坐的位置是不是要死的那個？

禿頭掙扎著要起來，一雙大手重重摁在他的肩膀上。

獵人甲湊在他耳邊說：「你已經選好座位了，不可以再換，站起來也沒用，算了吧。」一句「算了吧」，把禿頭當場嚇暈了，他陷在椅子裡，再沒動彈過。

獵人甲有點遺憾，「欸……怎麼就暈了呢？這才剛把肉端上來而已，還有酒呢。」飯都還沒吃，先倒下去一個。

獵人甲那雙瘮人的眼睛又瞄向了其他人。

「我還需要一個人，來幫我拿一下酒杯。」他又笨拙地走向眾人，嘴裡咕咕噥噥：「誰呢？我喜歡孩子，挑個孩子吧……」

他說著，眼珠滴溜轉了一圈，目光落在了于聞身上。

于聞瞬間沒了氣。

獵人甲笑著抬起手，「就你吧……」

話音剛落，游惑一聲不吭，橫插在了于聞面前。

「……孩子。」獵人甲剛伸直的手指，不偏不倚正指著他。

大白臉瞬間僵硬。

游惑涼涼地看著他，「我？可以。」

獵人甲：「……」可以個屁。

他看上去有一點點生氣。

游惑又說：「反悔了？」

獵人甲縮回手指，皮笑肉不笑地抽了一下，慢吞吞說道：「不會，怎麼會。作為主人，當然要說話算話。」

他嫌棄了片刻，還是招了招手，「來吧，好心的客人。」

說的是「來吧」，聽著像「你怎麼不去死」。

獵人甲轉身往廚房走去。

游惑眼也不抬，就要跟過去。

于聞嚇了一跳，急忙拽住他，低聲喝道：「哥！你幹麼？」

游惑瞥了他一眼，「端酒。」

「你沒聽他說啊！不小心摔一個杯子，那是要死的！」于聞急道。

游惑：「……我是中風還是麻痹？端個杯子都能碎？」

于聞：「……」

話是這麼說沒錯，但是……他總覺得他哥什麼都幹得出來。

「你先告訴我，你幹麼要主動端杯子。」于聞不依不饒。

游惑朝答題牆抬了抬下巴，把袖子從于聞手裡拽出來，說：「看見答題要求了嗎？」

「當然啊，我又不瞎。」

游惑不鹹不淡地說：「那教你一件事。」

「什麼？」

「越是強調，越是有鬼。」說完游惑便走了。

于聞在原地愣了半晌，猛地看向他爸，「我哥他什麼意思？我怎麼這麼慌！」

老于更慌。

游惑來到廚房。

獵人甲正在腰間掏鑰匙。黃銅圓環上一共栓了七把鑰匙，他從中挑出三把來，依次打開紅木櫃右邊的門，慢吞吞地從裡面拿出了十三只高腳杯，在案臺上又排成行。

游惑隨手拿了一只起來翻看，乍一看就是普通的高腳杯，沒發現什麼特別。

獵人甲皺著眉發脾氣，「放下！我讓你碰了嗎！你這位客人怎麼一點兒規矩都不懂？」

游惑嗤了一聲，把杯子擱回案臺。

他越過門，朝客廳的鐘看了一眼，冷聲催促：「以你的速度，一天的時間夠兩頓？」

獵人甲：「……」

他瞪了游惑一眼，低聲咒罵了幾句，又勉強擠出一個笑，「沒關係、沒關係。大度的主人總能容忍客人出言不遜，我知道你是太餓了。」

游惑冷笑一聲。

獵人甲：「……」

他可能頭一回碰到這麼剛的客人，頓時不想再說話，扭頭準備他的美酒去了。

趁著獵人鼓搗酒杯，游惑扶著木櫃門，把櫃子裡的東西掃了個遍。

除了已經布置好的瓷盤，還有正在準備的高腳杯，櫃子裡只剩下銀質的醬汁小盅，一捆刀叉和

一捆銀勺。

「好了！」獵人甲突然出聲：「偷看是不禮貌的行為。」

游惑沒搭理。

獵人甲又說：「幫我把刀叉銀匙一起拿出來，謝謝。」

游惑瞥了一眼他的表情，把櫃子裡的東西掏給他。

獵人甲小心地把鑰匙掛回腰間，又摸出圓形的托盤，把高腳杯一一放上去。

游惑說：「我發現一件事。」

獵人甲動作一頓，大白臉警惕地看著他，「什麼？」

游惑：「你對高腳杯格外小心。」

獵人甲：「……」他沉默了片刻，又辯解道：「你看錯了，用餐是一件神聖的事情，我對每一樣餐具都很虔誠。」

游惑「嗯」了一聲。

獵人甲依然警惕地看著他。

游惑：「我剛才胡謅的。」

獵人甲：「……」

客廳裡，丁聞正為他哥牽腸掛肚，生怕游惑天不怕地不怕，把廚房餐具悉數搗毀。

結果就聽獵人甲一聲怒氣沖沖大吼：「滾！」

游惑面無表情出來了，兩手空空。

「什麼情況？」眾人俱是一愣。

「杯子呢？」于聞比劃著，「不是讓你端杯子去嗎？怎麼被轟出來了？」

游惑沒有回到人群裡，而是插著口袋站在餐桌附近，「他改主意了，打算自己端。」

眾人驚疑不定，總覺得惹怒獵人甲不是什麼好事。

人家是題目啊！誰知道能幹出什麼事來？萬一張口就能說死一個人呢？

就在大家面面相覷的時候，獵人甲自己端著一個大托盤出來了，上面放滿了高腳杯和刀叉。

獵人甲把游惑轟開一些，自己一套一套地擺放起來。

不知為什麼，游惑就那麼站在一旁看，好像擺放餐具是個多值得觀賞的事一樣。

于聞快要急死了，他用誇張的口型招游惑：「哥！哥你先過來啊！站那兒幹麼啊！」

游惑卻像是沒看見一樣，一直垂著眼，懶懶地看著獵人甲。

「滾開！」獵人甲毫不客氣地衝游惑罵。

罵完，他又轉頭對眾人露出一個笑，「怎麼傻站著？快來坐啊，我們就要開飯了。」

他說著，似乎有點餓，便自顧自地停下來，伸手從玻璃盆裡抓了一塊生肉。

眾人眼睜睜看著他嘴巴張得像個黑洞，把整塊肉吞了進去，連骨頭帶渣地嚼著，就像他之前描述的那樣，發出嘎吱嘎吱的聲音。

兩個老太太一屁股坐在了地上。

屋裡恐慌感更重了。

獵人甲吃完，舔了一下自己的嘴唇，又輕聲細語地說：「啊，失禮了。」

他指著游惑責怪道：「都是這個莽撞的客人，讓我有一點生氣。我這人有個毛病，一生氣肚子就會餓。」

他眼珠又轉了一圈，數了數盆中的肉塊，說：「怎麼辦，我不小心吃了一份，只剩十一份了。」

眾人一愣，死死盯著他。

獵人甲端起最後一個高腳杯，笑著說：「那只能委屈你們……再死一位了？」

眾人臉上瞬間沒了血色。

一片死寂中，一個冷調的聲音突然響起來：「這不合規定吧？」

說話的不是別人，正是游惑。

獵人甲一愣，想要轉過頭去看他，但因為身子不協調，又扭成了一個怪異的姿勢。

「又是你！」

獵人甲皺著眉，正要發怒。

游惑突然抬起長腿，對著他就是一腳。

一瞬間，天旋地轉。

接著就聽「啪」的一聲，他那張大白臉就摔到了地上，跟他一起摔下來的，還有他手裡的那只高腳杯。

「……」獵人甲盯著杯子碎片茫然了兩秒，眼睛陡然瞪大，滿是驚恐。

屋子裡沒有人敢動。

所有人都維持著某個姿勢僵在那裡，目瞪口呆。

緊接著，讓人心驚肉跳的半夜雞叫又來了！

四個多小時沒動靜的答題牆上，又多出來一句話。

違規警告：違反考試要求，已通知監考。

監考官：001、154、922。

眾人：「……」

于聞瞪著答題牆，傻了半天，突然有點心疼監考官。

樹林深處的小洋樓裡，922抓著一張通知單跑進辦公室。
「老大……」
秦究皺起了眉，第一反應是去看鐘。
「別看了，剛送回去一小時。」154一臉木然。
秦究短促地笑了一聲，不知喜怒，「這回又是什麼？搶著答題？」
154搖了搖頭，「不是，比這個嚴重一點。他搞死了題目。」
秦究：「搞死了什麼？」
154面無表情地說：「您沒聽錯，題目本人死了。」
秦究：「……」
跟上來的922一臉懵逼，「題目還他媽能死？怎麼搞的？」

掛在門上的公雞又一次扭轉脖子，盯著窗外叫。
三位監考官披雪而來，一進門便寒氣撲面。
熟悉的場景、熟悉的人，屋子裡的老弱病殘們臉都木了。
154臉更木，「我們又收到了違規通知。」
他摸出了一張紙條，說：「通知上說，某位考生……」

「某位看著乖巧但屢教不改的考生。」秦究一邊摘手套，一邊戲謔地補充著。

154難以置信地看著他。

「有問題？」秦究挑起眉。

154：「……沒有。」

他就是納悶，得多瞎的眼睛，才能在游惑身上看出「乖巧」來？

但亂補充的人是老大，他只能任其放屁。

游惑抱著胳膊倚牆而立，冷冷睨了秦究一眼。

秦究卻唇角帶笑，隔著橙黃的爐火和燈光，點頭回禮。

動作是真的紳士，氣質也是真的嘲諷。

154生怕某監考官和某考生當場打出血，連忙繃著臉說：「……某位考生違規答題，致使該題中的主幹部分……」

922：「就是獵人甲。」

154：「……當場身亡。這種情況目前比較罕見……」

922：「聞所未聞。」

154：「……我們需要做個詢問調查，希望你們解釋一下。」

922：「主要指個別考生。」

154閉了一下眼。

老大成天拉仇恨，同事腦子有問題。

他緩了一下，面無表情地把紙條收起來。對眾人說：「獵人甲在哪裡？」

屋裡的考生們讓到兩邊，露出長餐桌，桌腳邊躺著一大團抹布。

監考官走到近處仔細分辨，才發現那不是抹布，而是一件黑色長襖，襖子上裹著破舊發霉的斗篷，邊緣是黑熊皮毛，散發著陳舊難聞的酸腐味。

倒了血霉的獵人甲大臉朝下，直挺挺地硬在這團衣服裡。

本著監考官的職業道德，922給獵人甲翻了個身。

活著的獵人甲皮膚就一片慘白，死去之後更泛著青灰。他的臉側向一邊，雙目圓瞪，還保持著難以置信的驚嚇表情，嘴巴像裂開的洞，唇舌鮮紅。

922一本正經後撤一步，趁著沒人看見，手指在154的大衣背後上擦了擦。

154：「……」

他克制住翻白眼的衝動，彎腰查看。

獵人甲粗大的手指中還捏著一截玻璃杯腳，杯子的其他部分已經在地板上碎裂成碴。

接到的違規通知顯示，這位獵人甲說：「屋子裡所有人，誰摔壞了餐具，誰就會受到嚴厲處罰。」這和考試要求完全一致，本是說給考生聽的。

誰知剛說完沒多久，他自己就摔了一跤，死得比誰都快。

雖然知道大致過程，154還是公事公辦地向游惑確認道：「你踹的？」

游惑垂眼看著他，懶嘰嘰地開了口：「腿麻沒站穩，踉蹌了一下。」

眾人：「……」神他媽踉蹌一下。

154：「這個理由是不是略有一點敷衍？」

游惑：「餐具不能損壞，我規定的？」

154：「那倒不是。」

游惑：「這肢體不協調的甲，你們生的？」

154：「……」

對方又冷又嘲諷，監考官154感覺有點頂不住。他轉頭想找更嘲諷的人來救場，卻發現旁邊只

有922，他們老大根本沒來查看屍體。

見監考官愣神，于聞壯著膽子問：「呃……杯子是獵人甲摔的，死也是他自己憑本事死的，您能不能不算我哥違規？」

滴滴滴——154還沒張口，屋裡便響起三聲違規提示。

同時警告三位監考官，這還是第一次。

屋裡眾人沒聽見過這種聲音，有點不明所以。

于聞四處找來源，警惕地問：「又怎麼了？」

922安撫說：「別緊張，只是考試系統催我們趕緊處罰。」

眾人沉默片刻，更緊張了。

又有人出聲說：「那……能不能讓我替他受罰？」

眾人扭頭看去，說話的是于遙。

她舉著細白的手，就像課堂上的學生企圖引起老師注意。近看可以發現，她的手正在發抖，但眼神卻很堅持。

可惜，被監考官直接略過了。

系統又催了兩回。

兩位監考官穿過人群，走到游惑身邊。

其他人想跟過來，又猶猶豫豫不大敢。

尤其154走到半路還掃了他們一眼，想動的人就都釘在原地了。

對著游惑，922說話就沒那麼正經了，他仗著其他考生聽不見，便滿嘴胡言：「不是我們想跟你過不去，不瞞你說，收到違規通知單的時候，154踩空一節樓梯，我牛肉掉腳上了，老大逗鳥呢，差點兒把鳥頭擰斷。我們都不想處罰你，真的，那是折磨誰呢——你別冷笑，我發現你對我們老大特別有意見。」

游惑的視線在秦究身上一掃而過，又倏地收回來，好像看一下眼睛都痛。

922搖頭說：「你膽子是真的肥。」

游大佬不為所動。

922又說：「人家答題牆上明明確確寫著規定，不能損壞餐具。是，你確實沒直接捧著杯子摔。真要那樣幹了，現在硬在地上的就是你自己。但要說杯子摔了題目死了，你卻屁事沒有……我是系統我都氣。」

「間接原因也是原因。」922摸了摸自己的脖頸。

之前系統發出警告提示的時候，他的那點紅光就藏在手指裡。

922停了一下，對游惑說：「這已經是系統公平衡量的結果了。」

游惑直起身。

「你要幹什麼？」154警惕地問。

游惑的身高目測在一百八十五公分左右，比154高了一截，跟922其實差不多。但當他站直身體，目光投過來的時候，總會給人一種居高臨下的感覺，連922都不例外。

游惑輕飄飄地掃了他們一眼，「我有說過拒絕處罰嗎？」

922：「那你抱著胳膊在這裡擺什麼造型？」

游惑動了動嘴唇：「出於禮貌，讓你們把話說完。」

兩位監考官：「……」

要有槍，他們就開了。

游惑抬腳就走。

穿過人群的時候，老于一把抓住他，「你真去啊？」

游惑下意識皺了眉，他一向討厭皮膚接觸，尤其這種突如其來不打招呼的，但老于擔心得真心實意，他忍了兩秒才把手抽出來，「不差這一回。」

這都三進宮了，有什麼可怕的呢？他心想。

就那麼一幢小樓，禁閉關過，血水掃過，骨頭肉渣都見完了，還能翻出什麼花？

況且，再怎麼煩人的處罰……哪怕是讓他跟那位001號大眼瞪小眼，也不過就三個小時。

他拎著最後一點兒耐心，衝老于擺擺手，頭也不回朝門口走，平靜地說道：「那點處罰時間，睡一覺就過了。」

話音剛落，一個熟悉的嗓音便響了起來。

「這位屢教不改的哼先生——」

游惑在門口停住腳步。他握著門把手，面無表情地看向左邊。

秦究撐著沙發靠背站在那裡，手裡把玩著一根皮鞭……喔不，長皮繩。

他拖著調子問他：「你腳步匆匆，是要去哪裡？」

游惑跟他對峙片刻，終於動了動嘴唇，「投胎，等你一起怎麼樣？」

秦究短促地笑了一聲，嗓音很沉：「受寵若驚，不過不用跑那麼遠。」

游惑皺起眉，「什麼意思？」

「啊對。」秦究轉頭看向屋裡的方向，「我們另一位監考官呢？你是不是忘了告訴他這次的處罰措施？」

游惑將信將疑地看向154。

就見對方又摸出一張紙條，念道：「根據規定，同一位考生在一場考試中連續違規三次，將成為特殊對象，監考官全程現場監考，重點監控。」

眾人：「……」

不知道為什麼，監考官的語氣非常沉痛。

154看了游惑一眼，又繼續念道：「另剝奪該考生選擇權一次。」

屋內一片死寂。

片刻後，游惑看向秦究，冷聲說：「開什麼玩笑？」

秦究衝他比了個「請」的手勢，紳士得簡直討打，「沒開玩笑，離考試正常結束還有……」他從大衣口袋裡掏出一個手機，半真不假地看了一眼，「……三十六小時又二十四分鐘，這意味著我們要同室共處一天半。我們連行李都帶來了，就在門口，你不妨開門看一看？」

游惑打開門，朝外看了一眼。

門邊，兩個行李箱整整齊齊立在那。

游惑：「……」

三十六小時又二十四分鐘……這就不是睡一覺的事了……這得他媽得長眠。

而且帶行李箱是要噁心誰？

「喔對，我還想提醒你們一句。」秦究的嗓音又響起來：「距離第二次收卷還有二十四分鐘，馬上就要變成二十三了。按照規定，違規考生這段時間裡無權答題。為了防止某些屢教不改的先生強行犯規，我只能幹點失禮的事了……」

秦究說著，手裡的皮繩已經繞好了圈，順勢往游惑左手一套。

他抓著游惑的肩膀將他轉了個身，把右手也套了進來，然後猛地一抽。

啪——繩套瞬間成結，死死扣住了游惑的手。

秦究站在他背後，扶著他的肩膀低頭說：「這是那只髒桶的回禮，喜歡嗎？」

游大佬喜歡得快要炸了。

閣樓不高，一根木柱豎在正中央，像傘柄一樣撐住屋頂。不大的空間裡塞了一張四柱床，床單被褥幾百年沒洗過，帷幔破爛不堪，散發著一股難聞的酸味。

秦究用手套抵著鼻尖，四下掃量。

「我想想，把你放在哪裡比較好。」他輕聲說。

他個頭比游惑還要再高一點，站直就會撞屋頂，只能全程低著頭。

「床上？床柱剛好可以固定繩子。寬度肯定是夠的，就是短了點。」

秦究搖了搖床柱，想試試堅固程度。結果一轉頭，就看見了游惑的「同歸於盡」臉。

要是于聞或老于看見游惑這副表情，肯定撒腿就跑，但秦究卻笑了。

他低沉的笑聲悶在嗓子裡，說：「好吧，確實不那麼乾淨，柱子也有點細，很大機會拴不住……這裡地方不大，你希望呢？」

游惑冷著臉，不打算理他。

誰知秦究也不急，就那麼等著。

游惑被看了一會兒，終於不耐煩地說：「我希望你能自己躺到那張香噴噴的床上，把繩子套在自己的脖子上，再把另一頭交給我，而我只要伸手一抽就徹底清靜了，可以嗎？」

秦究眯了一下眼睛。

有那麼一瞬，游惑以為他一定不高興了。誰知他又笑了一聲，說：「恐怕不大可以，我沒有那種愛好。」

游惑：「……」神經病。

神經病還有殘留的人性，沒有真的把游惑安置在獵人的床上。

游惑坐在地板上，兩手背在身後，被捆在那根支撐屋頂的柱子上。

秦究繞過他去開窗。

閣樓的窗戶非常小，不比巴掌大多少，但寒冷的空氣灌進來，還是衝散了那股難聞的酸味。

秦究：「冷嗎？」

這話簡直就是放屁，大雪天穿T恤，不冷難道熱嗎？

但比起冷，游惑更受不了那股餿味。

他略過秦究的問話，皺著眉說：「能不能讓我站著？」

「不能。」

「……」游惑冷冷地瞪著他。

秦究回到床邊，坐靠在木質小圓桌上，跟游惑面對面，「你腿太長，搞不好會衝我踉蹌一下。還是坐著比較穩。」

游惑：「……」穩你媽。

接連氣兩回，游惑轉頭看向右側，懶得再搭理他。

右邊，本該是牆的地方蒙著一塊玻璃。從游惑的角度，可以透過玻璃看到樓下半個客廳，考生們或站或坐地呆在那裡。

沒了游惑，那幫老弱病殘孕就成了無頭蒼蠅，搓著手打轉，不知所措。

于聞抓著刀，在答題牆邊垂死掙扎。

他打算把自己畢生所學的物理公式全寫上去，不管跟光學有沒有關係，結果絞盡腦汁卻發現，畢生所學只夠他寫五分鐘。

書到用時方恨少。于聞活了十八年，第一次想到這句話，哪裡都痛。

「還有嗎？你們誰還記得點東西？」他轉頭向身後的人求助。

于遙面露愧色：「我高中還是學理化的呢，大學轉了文，又工作這麼多年……就牆上那些，你不寫我都想不起來了。」

于聞小狗一樣看著她，「姐，妳再想想，隨便什麼，啥補充都行！」

他萬幸長得像媽，雖然跟游惑差得遠，但放在學校也能算棵草。

于遙活生生被于聞看出母愛，猶豫著說：「就記得個折射示意圖，最最最簡單的那種，畫出來你別笑我。」

「不笑！誰笑我砍誰，真的。」

這胡說八道的誓發得太凶，于遙懵著臉縮了一下，這才扶著肚子挪過去，拿著刀劃了個弧線，又畫了兩道折射光。

于聞「唔」了一聲，心說真的簡單，但就這個他都沒想起來。

「還有誰？」

于聞像個歇斯底里的傳銷員，目光一一掃過剩下的人。

倆老太太……算了，物理是啥都不一定知道。

紋身男和病竹竿已經心虛地低下了頭。

禿頭又暈又尿的，不瘋就不錯了。

還有一個老頭帶對雙胞胎孫女，老頭耳背還有點老年癡呆，孫女估計上小學……用物理虐待兒童，于聞下不去手。

老外Mike就會兩句話——「尼嚎」和「尼朔什莫」，屁用沒有。

老于……老于就知道酒。

于聞終於體會到了他哥的絕望。

922把行李往屋裡搬，看到他呆立在爐膛前，問道：「我建議你離火遠一點，別題沒答，先燒死了。」

于聞破罐子破摔地想：算了，燒炭吧，死得紅一點。

他抬頭朝閣樓看過去。玻璃年代久，磨得太花，閣樓裡燈光又暗。也不知道那個001監考官會把他哥怎麼樣？他哥會不會就看著這裡，看著他們手足無措，然後失望地覺得他是個廢物……

「還有五分鐘。」922提醒了一句。

眾人慌得不行。

這破屋子能住人的地方有限，能坐人的地方同樣有限。

餐桌上都擺著餐具，其中某一套代表著死亡，椅子根本不能亂坐。

922拎著行李箱轉了一圈，還是擠著154坐在了沙發上。

154納悶地低聲問：「老大不是在閣樓？」

922：「我知道。」

154：「那你把行李箱放這裡幹什麼？等他自己搬上去？」

922：「兩個不好惹的都在上面，我暫時不大想上去。」

154：「……」出息。

922努了努嘴，「看我幹什麼，要不你去？」

154正襟危坐看著考生，「我監考。」

「讓你監督這些了嗎？最該監督的人就在樓上。」

「有老大就夠了。」

922：「……」

154：「……」

兩位監考官相對無言。

最終還是922感嘆了一句：「我監考三年了……不對，不止監考，哪怕算上我自己考試那會兒，都沒見過這種無法無天的考生。」

他以為154會附和點頭，誰知對方想了一會兒，說：「你見過的。」

922一愣，「啊？誰？什麼時候？」

154朝閣樓方向抬了抬下巴。

922茫然片刻才猛地反應過來，對啊，他怎麼忘了呢！上一個這樣難搞的考生，後來成了監考官001號。

秦究當年難搞到什麼程度呢？傳說差點兒把考試系統氣瓦解。

「說起來，我一直想等哪天膽子肥一點，問問老大以前的壯舉。」922說：「畢竟我只親眼見到過兩次。」

154連忙制止，「開什麼玩笑？你別亂來！」

922不解，「幹麼？問都不能問？我發現我每次提老大以前，你都要打斷我。」

「我那是怕你死得太快。」154板著臉說：「以前的事情老大自己都不記得，據說是考試系統出過一次意外，誤傷到他，就忘了一些。」

922呆住了，「還有這種事？我怎麼不知道？」

154面無表情：「因為你只知道吃。」

922目瞪口呆地坐在那裡。

154又補充說：「你沒發現他自己根本不提以前的事嗎？我剛當監考的時候作死過一次……反正，我不想再經歷一次，你也肯定不想，所以求你自重。」

閣樓裡，唯一的一盞燈沒有點亮。

空間不大，樓下的光穿過活板門和玻璃投映進來，足以給人或物鍍一層毛茸茸的邊。

窗外的雪依然很大，呼嘯著拍打而過。

游惑始終看著樓下，好像沉默無奈，又好像並不著急。他的眼珠蒙著一層清透亮光，耳釘偶爾會在某個角度晃一下眼。

秦究看了他一會兒，忽然嗓音沉懶地開了口：「我是不是見過你？」

過了片刻，游惑才轉過頭來看向他，淺棕色的眼睛像冬夜寒泊。

「沒有。如果真見過，恐怕只能活一個。」游惑的聲音涼絲絲的，帶著嘲諷。

「是嗎？」秦究頂了一下腮幫，似乎真的考慮了片刻，然後贊同道：「有點遺憾，不過，好像確實是這樣。」

說話間，閣樓的梯子吱呀吱呀響起來。

154的聲音傳過來：「老大，時間馬上就要到了。」

922的低聲嘀咕也傳了進來，他似乎跟在154身後，「上面還好吧？我怎麼這麼慌。」

154悄聲喝止：「你閉嘴吧。」

「老大。」154先探進頭來，「你們要下去嗎？要收卷了。」

秦究問：「答得怎麼樣了？我看有位小鬼奮筆疾書，沒停過筆。」

922人未至，聲先到：「沒用的，具體寫了些什麼我是沒細看，但大概掃一眼也知道，答成那樣要是能拿分，我砍頭慶祝。」

154：「……」

櫥櫃頂上是個老式鐘，秒針每走一格都會發出聲響。平時沒人在意，這時候就清晰得令人心焦。

它滴答滴答響了幾下，收卷的雞就叫起來了。

三位監考踩著這種令人心慌的聲音下樓，為了防止違規，愣是等到九聲叫完，才給游惑鬆了綁。

眾人像竹籠裡新下的雞崽子，挑了個離大門最遠的角落擁擠在一起。好像這樣，不得分就不會被轟出考場一樣。

幾乎所有考生都閉上了眼，等著審判到來。

一等就等了一分鐘。

922：「……別是字太多，系統當機了吧？」

這位監考話音剛落，答題牆就有了變化。長篇大論洋洋灑灑的答案裡，有兩處多了個血紅色的圈。

于聞從手指縫裡看出去。

其中一處，就是他寫上去的：折射率。

而另一處，則是于遙最後關頭補充的：那張極為簡易的折射示意圖。

在兩個紅圈旁邊，冒出了兩個數字：

+1。

+2。

眾人看著數字，還沒反應過來。

答題牆又有了變化，所有沒能加分的廢棄答案都消失了。空出來的部分多出一行紅色的字：

加分點：十三個人中一人死亡，達成題目要求，+6。

附加：考生全部倖存，+2。

本次評卷共計：十一分。

小屋裡安靜了半晌，緊接著于聞一聲嚎叫：「操！加十一分！我還以為我們死定了！結果居然加了十一分！哥！我拿了一分呢！看到沒！」

922在這位考生震耳欲聾的聲音中，目瞪口呆地問154：「系統瘋了吧！搞死題目還他媽有附加分吶？」

見154也很懵逼，他又轉頭瞪向游惑。

這位被捆了二十多分鐘的大佬，靠一隻腳獨得八分。

游惑冷眼欣賞了一番他的表情，衝他伸出好看的手說：「頭拿來慶祝一下。」

922：「……」

系統算出總分後，可能也覺得自己瘋了。

憋了半天又憋出一行字：卷面-2。

共計那邊跳了一下，從十一分變成了九。

奮筆疾書的于聞同學，先加一，後減二，共計負一分。

可喜可賀。

就在小屋裡，考生和監考都瘋了的時候，答題牆上的題又變了模樣。

題幹：獵人的小屋裡只剩下十二位客人和十二套餐具，一人一份，再不會有爭搶。但餐具裡的祕密依然還在，它就藏在光的下面。坐在陰謀面前的人將面臨詛咒，那個人會是你嗎？

要求：找到那套特殊的餐具（但不可損壞餐具）

考察知識點：光學。

題目更新完畢，眾人正發愣，屋裡突然響起一道聲音……就像尖銳的指甲劃過木板。

「誰、誰啊？」大家被弄得寒毛直立，四下尋找聲音來源。

這種恐怖環境裡，沒人願意落單，誰也不肯脫離人群去找，只能勾著脖子亂看。

直到有人突然崩潰哭叫：「在後面、後面！就在我背後！救命……」

哭叫的人是禿頭，他是唯一一個沒有去答題牆前湊熱鬧的人。

從頭到尾，他都孤零零地待在餐桌旁，活像脖子以下全癱似的，窩縮在他選中的座位裡。

禿頭之前被獵人甲嚇暈過，現在又被刮劃聲嚇醒了。

他涕淚橫流，驚慌地叫：「就在我背後，幫幫忙！救我，救我啊！」

「可是你背後沒有人啊……」于遙輕聲說。

「對啊，沒有人……」

禿頭一聽這話，哭得更凶了。

大家也不大敢靠近，只能拚命衝禿頭招手說：「你別癱著不動啊！你先過來再說！快過來！」

「我動不了啊！這椅子……我動不了，它拽著我！」禿頭慌得語無倫次。

「你是說，這椅子坐上去就走不了？」

「對，走不了……它要我死，要我死啊！」禿頭哭著說。

眾人嚇得離餐桌八丈遠，游惑卻獨自朝那邊走去。

「哥？」于聞叫了一聲。

他本打算拽住游惑不讓對方冒險，但想想他哥的表現，再想想他自己那個騷氣絕頂的負一分，決定還是跟著游惑。

他們繞到禿頭身後，終於知道了聲音來源。

禿頭那張椅子背後，木屑撲簌下落，就像一隻無形的手在刮椅子的表皮，露出淺色的芯。

于聞：「它在寫字？」

游惑「嗯」了一聲。

這位大佬對「鬼」的耐心比對人好，就那麼抱著胳膊等在一旁。

屋裡的考生們遲疑片刻，匆匆跟過去，縮在游惑身後。

「十二！它寫的是十二！」紋身男叫道。

緊接著，旁邊一張椅子也響起了指甲抓撓的聲音。

游惑朝那邊走了兩步，一大群人呼啦跟過去。他停住腳步，一大群人又烏泱泱地來了個急剎車。

「……」游惑懷疑他們考的不是物理，是鬼捉人。

指甲抓撓的聲音持續了五分鐘，餐桌旁的每個座位便多了編號。

一到十二，一一對應，作用也一目了然。

如果找到那套餐具，只要把編號寫在答題牆上就行。

于聞猜測說：「我跟于遙姐的答案被圈出來加了分，都是跟折射有關的。那是不是就代表……想要找到那套餐具，需要用到折射？」

「應該就是了。」大家七嘴八舌地應著聲：「可是，折射是啥？」

于聞：「……」

他凝固的樣子太好笑，于遙沒忍住，噗哧一聲。

她總是在哭，脆弱又哀怨。這是她第一次有了哭以外的表情，連她自己都愣了一下。

她在原地怔了片刻，忽然走回到人群裡，耐著性子給幾位老人解釋「折射」的意思。

于聞從凝固裡解凍，一抬頭就發現游惑在出神。

「哥……」于聞悄悄挪到他身邊。

他順著游惑的目光看過去，那邊既有湊堆的老人，又有破沙發，沙發上還坐著陰魂不散的三位監考官。

這智障耳語說：「你看監考官幹什麼？」

游惑聞言收回目光，居高臨下改看他。

于聞縮回脖子，訕訕地說：「算了算了，隨便看，我不問了。」

雖然熬過一次收卷，又贏得了六個小時的時間，但沒有人覺得寬裕，大家像鑑寶一樣盯著桌上的餐具。

「這盤子能碰嗎？」紋身男咕噥了一句：「要是拿起來看一眼，會不會算我選了座位？」

「最好還是別碰吧，死……」

老于話沒說完，游惑就拿起了一只高腳杯。

老于：「……是不可能的！」

紋身男翻了個天大的白眼。

眾人驚疑不定地盯著游惑，見他好好站著，沒被強行摁在椅子上，這才放了心，紛紛拿起餐具查看起來。

「你膽子怎麼這麼大！」畢竟是外甥，老于匆匆過來問游惑：「萬一拿杯子也算呢？」

游惑又拿起第二個杯子，「不會，我在廚房就拿過一個。」

老于：「……」你還挺驕傲？

老于被外甥氣出血，又出於害怕不敢訓，只能在游惑看不到的角度乾瞪眼。

「爸你讓一讓。」

于聞越過老于，拿了一柄銀勺，沒看出名堂，又換了一柄銀叉。

這些乍一看都是最尋常的東西，盤子是白瓷的，連個花紋都沒有，銀勺銀叉也簡陋的很。

就在他換了個醬汁盅的時候，他終於發現，他哥根本不碰別的東西。

「哥，你怎麼只看杯子？」于聞忍不住問了一句。

「別的沒必要。」游惑放下第三個杯子就不再看了，直接離開了餐桌。

「沒必要？」于聞愣住。

在他愣神的工夫裡，紋身男這個急脾氣已經看了大半圈，他煩躁地抱怨道：「這些破玩意兒什麼也沒有，藏個鳥的祕密！」

另一個人也喪氣地說：「題目越說越玄乎，連個提示都沒有，怎麼找？」

游惑半蹲在獵人甲的屍體邊，拿起一塊玻璃碎片翻看。

對他而言，題目透露的線索已經不少了。

之前在廚房，他就要過獵人甲，發現對方格外在意這些高腳杯。而當獵人甲摔了一個杯子後，題目就說「只剩下十二套餐具」。

這就意味著，對於題目而言，一套餐具中實際有效的東西，只有那只玻璃高腳杯。

所以，所謂的祕密一定藏在杯子裡。

于聞盯著答題牆愣了一會兒，突然一拍大腿，蹦起來：「噢——哥我明白了！其他都是廢的！只有杯子是餐具！」

眾人拿著盤子、叉子、勺子傻在那裡。

于聞揮著手發動群眾，「別看那些了，就看杯子！」

他發射過來，在獵人甲身邊急剎車，一屁股坐在地上要表揚，「我是不是還挺聰明的！」

游惑敷衍地哼了一聲。

不過，興奮並沒有持續太久，沒過片刻，眾人又垂頭喪氣起來。

他們看完了每一個杯子，試過呵氣、試過捂熱、試過搖晃，正過來、倒過去看了個遍，也沒找到蹊蹺。

沙發上。

922捏著手指關節說：「我有一點急，還有一點餓。全程監考這麼熬人的嗎？」

154說：「忍著，早呢，還有三十六個小時。」

922一臉絕望。

秦究支著頭，目光越過長桌落在某一角。

那裡，游惑正背對這邊翻看摔碎的高腳杯，肩胛骨和脊背繃出好看的弧度。

他垂著雙眸看了很久，忽然說：「你們以前有沒有見過他？」

154一愣：「誰？」

922更懵：「啊？」

這個反應就足以說明一切了。

秦究靜了片刻，懶洋洋地說：「沒誰，你們要真餓了就去廚房弄點吃的。」

154和922往廚房看了一眼，木著臉說：「一點也不餓。」

又過了幾秒，922搓著手站起來說：「唔……我去廚房轉一轉。」

154服了，「……那種廚房你也下得去手？」

922說：「我就看看。」

他走開之後，154又盯著考生看了一會兒，忽然福至心靈地明白了秦究剛剛的問話。他看了游惑一眼，又猶豫著看秦究。默不作聲看了有一分鐘吧，他們老人終於開了金口：「我是死了嗎？你這麼守靈一樣看著我？」

154：「……」

秦究瞥了他一眼，「有什麼話就說。」

154斟酌了一下，說：「我只是想說……如果見過的話，那位什麼違規幹什麼的先生應該會認出我們。」

秦究的視線又回到了游惑身上。

片刻後，他「嗯」了一聲。

154說得沒錯，如果真的見過，不會是現在這種反應。

總不至於隨便來個人都跟他一樣少一段記憶，哪來那麼巧的事。

922在廚房轉了兩圈，最終選擇轉移陣地。

他回到沙發旁，跪在地上開行李箱，從裡面拿出一個烤架，又拿出一盒切好的牛肉。剛打開盒蓋，就聽見餐桌旁于聞一聲驚叫：「哥你別衝動！」

三位監考轉頭看去，剛好看到游惑拿起獵人甲握著的杯底，順手在桌沿一敲。

就聽咔嚓一聲，杯底又斷了一截……

922手一抖，牛肉潑了一褲腿。

他拎著殘留的半盒，問154：「四次違規能把他吸納成同事嗎？我不想再給他當監考了。」

154：「……」

誰想誰傻比。

【第三章】

這種十字路口，他們更想原地站到去世

考生們嚇了一跳，老于急得直跳腳，「你！你怎麼又！不是說了不能損壞餐具嗎？你……唉！」

游惑捏著杯底觀察，頭也不抬地說：「我有分寸。」

922：「……」你摸著良心再說一遍你有什麼？

一個違規當飯吃的人好意思說自己有分寸，要臉嗎？

屋裡安靜了好幾秒。

幾乎所有人都覺得游惑又違規了，他們神情忐忑地盯著答題牆，等它刷出第四條違規通知。

沒人知道連續四次違規會遭到怎樣的處罰。有禿頭發瘋在前，他們也不敢想像。

某個瞬間，答題牆的通知區域似乎紅了一下，可一眨眼又恢復了原樣。

它就這麼紅了白、白了紅，反覆跳了幾次，最終居然一個字都沒有顯示出來。

154看醉了。

922還在旁邊添油加醋，「感覺系統都要憋死了……」

最終，打破寂靜的還是游惑本人。

他把敲斷的杯底遞給于聞，說：「看看裡面有沒有東西，我眼睛不舒服。」

于聞跪在地上，慌得一批，「哥，損壞餐具算違規……」

游惑讓開燈火，閉了一會兒眼睛，嗓音冷淡地說：「你哪隻眼睛看到我損壞餐具了？」

于聞舉著磕斷的玻璃，心想：我瞎了嗎？

游惑：「題目說了現在一共十二套餐具，數數會嗎？」

于聞：「……」

游惑：「我教你？」

于聞：「……」

眾人安靜片刻，恍然大悟。

是啊！題目上明明白白寫著「獵人的小屋裡只剩下十二位客人和十二套餐具」，那十二套餐具都整整齊齊放在木桌上，標了號，一個不少，哪裡會包含摔碎的這只？

不管考試系統是不是無意的，它已經從餐具裡除名了，二次損壞又有什麼關係呢？

「哥，你是我爸爸！」于聞瞬間復活，興沖沖地舉起半個杯底對著光。

老于正想給他腦門一下，剛抬手，就聽于聞「咦」了一聲說：「別說！好像真有！」

高腳酒杯的底座是個微凹的圓，上面支著用來抓握的細長杯腳。不過，柱狀的杯腳被游惑磕斷了一截，不那麼平整。

于聞在油燈和爐火的映照下變換角度，把自己拗成了蜘蛛精，然後叫道：「就這個角度！從這裡看過去！真的有東西！」

考生們呼啦一下圍過來，頭擠著頭，卻找不對距離和角度。

「究竟什麼東西？在哪兒呢？」

紋身男努力片刻，終於放棄，「看見什麼了？能不能直說！」

于聞：「我要能看清，用得著這麼扭著嗎？」

他正要跟紋身男吵一架，肩膀就被人拍了兩下。

「我看一下。」

說話的是游惑。

他閉目養神緩了一會兒，眼睛似乎好受了一點，從于聞手裡拿走了杯底。

「吶，你這樣，從這裡看。」于聞老老實實把玻璃轉了個角度，指著玻璃柄和圓形底座相接的地方，說：「這裡是不是有東西？我感覺像是嵌了一張圖片。但內容看不清，模模糊糊的，不知道是畫了什麼還是寫了字。」

游惑「喔」了一聲，乾脆俐落又是一敲。

咔嚓一聲，細柄和底座從相連的地方斷裂，整整齊齊，就好像這裡本就很容易碎。

「有東西！」于聞接住那個從連接處飄落下來的東西，供祖宗一樣供在手心。

眾人定睛一看，真的是一張薄薄的圓片，比豌豆粒大不了多少。在游惑砸碎玻璃前，它應該就貼在細柄底下。

它的背面一片空白，像微縮的鏡面。

正面則寫著微縮的字母：Simon the Zealot。

老外Mike輕聲念了出來。

兩位老太太皺出滿臉褶子，「啥？」

Mike：「……」

老太太：「……」

不會用中文解釋，真是要了狗命。

愣神間，有人低聲說：「最後的晚餐。」

「咒誰呢你？」紋身男怒目而視。

說話的是那個病懨懨的竹竿，他總是一副說話都累的模樣，安靜得近乎抑鬱。事情沒少做，但存在感很低，這是第一次，所有人都等著他發話。

而大家想了好一會兒，才記起來他叫周進。

周進有氣無力地白了紋身男一眼，說：「我說的是達文西的名畫《最後的晚餐》。」

紋身男還想再開口。

周進怕他再問出「達文西是誰」這種糟心問題來，趕緊轉移目光，看著游惑說：「Simon the Zealot，畫裡十二門徒之一。」

「十二門徒你都會背啊？」于聞發出學渣的叫聲。

周進咳嗽了片刻，輕聲說：「我學美術的，剛好瞭解一點。」

又是晚餐，又是十二，這些關鍵字眼都和屋裡的情景完美契合。

雖然幾位老人對《最後的晚餐》不大瞭解，但連那對上小學的雙胞胎小妹妹都叫了個名字：「猶大！」

「對啊！猶大！」于遙和于聞不是姊弟，勝似姊弟，相繼附和著。

最後的晚餐，十二門徒裡的猶大作為舉世聞名的叛徒，在這裡散發出答案的味道。

大家頓時亢奮起來。

然而刀都拎起來了，大家又猛地反應過來：「不對，不是寫名字！」

長木桌上，每套餐具都有相應的編號。寫在答案牆上的，不該是「猶大」這個名字，而是那只藏有「猶大」的杯子所對應的數字。

脾氣最急的紋身男又衝到了餐桌邊，拿起一只高腳杯看了起來。

他剛剛親眼看到，那個寫著鳥語的紙片是從細柄和底座的連接處掉下來的。但他拿著杯子，上下左右全方位盯了一遍，也沒能看到紙片內容。

紋身男眼珠都快貼在杯壁上了，「我為什麼看不見？」

其實不止是他，大家之前就檢查過這些杯子，如果一眼就能看到藏著的字，還用等到現在？

所有人都知道名字藏在哪裡，可他們看不見。

而這些杯子，跟地上那只不一樣，它們不能摔、不能斷，不能像之前游惑所做的那樣，直接把底座磕開。

于聞忽然一拍腦袋，「我知道了！」

「什麼？」

「折射啊！」于聞說：「我跟于遙姐寫的折射就在這裡！名字藏在杯子裡，咱們看不見，就是因為……呃……折射得不對！我忘了怎麼形容了，反正我好像做過這樣的題。」

眾人：「……」這倒楣孩子的形容就很令人絕望。

看他那不流暢的比劃，讓人很難相信他知道題目怎麼做。

即便如此，大家還是抱了最後一絲希望，「那要怎麼才能看見？」

于聞一臉羞愧，「我……高二、高三就不學物理了，那題少說也有兩三年了，我……忘了。」

「……」就他媽知道！

游惑面無表情地看著于傻子瞎比劃。

他本打算再容忍一會兒，結果餘光瞥到了監考官們。

922已經拖了個炭盆，開始支鐵架了。那殘餘的半盒寶貝牛肉被他小心地排列在烤架上。

154繃著臉，時不時覷他一眼，不知是餓了，還是難以忍受同事的智障。

至於那位001……他都不用動，坐在那裡就是大寫的挑釁和嘲諷。

游惑收回目光，一把拽下獵人甲腰間的鑰匙，抬腳便進了廚房。

寫著名字的薄紙貼在高腳杯的腳心，透過玻璃折射出來，正常的角度看不清怎麼辦呢？那就讓它再折一道。

游惑在廚房翻箱倒櫃，卻沒有找到能用的水。獵人甲口口聲聲說要有酒，但他端出來的卻是空空的酒杯。

整個廚房唯一的液體，是蜿蜒在地上的血水。

就這些，還快晾乾了。

越是難找的東西，越是關鍵。

這幾乎變相告訴游惑，答案的關鍵就在這裡了。

他拎著鑰匙從廚房出來，在屋裡掃視一圈，目光最終落在了隔壁。

那隻掛著公雞的房門是這裡唯一沒有打開過的。他二話不說挑出最後一把鑰匙，插進鎖眼一擰。

喀噠一聲，房門應聲而開。

陳舊的灰塵味撲面而來，游惑抵住鼻尖，伸手搧了兩下。

面前的房間狹小得像個雜物室，但裡面並沒有堆放掃帚拖把，只有一個孤零零的木架，架子上斜放著孤零零的酒。

眾人圍聚過來，游惑拿出酒瓶，說：「找到了。」

于聞這個馬後炮一拍大腿，「對對對！加水！我想起來了！」

瓶蓋一拔，濃烈而刺鼻的劣質酒氣布滿了整間小屋。

這是獵人大餐中最重要的一樣，但他永遠都沒機會開飯了。

游惑往一號高腳杯裡倒入淺琥珀色的酒液，所有人都伸頭看著杯口，屏住呼吸。

「欸！真的真的！看到了！」酒鬼老于最為積極，第一個叫出來。

周進也激動起來，「馬太！沒錯了，就是《最後的晚餐》，趕緊把猶大找出來吧！」

杯子裡藏著又一個名字：Matthew。

眾人緩緩一動，十二只杯子一一斟了酒。

門徒的名字也一個接一個浮現出來：

Bartholomew、John、Thomas、Philip……

當他們斟到十一號的時候，釘在十二號座位上的禿頭一直在抖。

現在只有兩個名字還沒出現，剛巧是這幅巨作中最重要的兩位，猶大和耶穌。

如果十一號出現耶穌的名字，那麼猶大就藏在他面前的杯子裡，而他就會成為那位被詛咒的客人，很有可能會死在這裡。

禿頭怕得快要吐了，即便是在禁閉室，即便看到那些支離破碎的血肉，他也沒到這種程度。

因為那些血肉畢竟是別人的，而現在，快死的卻是他自己。
突然，人群爆發出一陣歡呼。
周進的聲音夾在裡面：「Judas！猶大！」
禿頭愣了半晌，癱軟在桌上。
是十一號！萬幸！猶大在十一號杯子裡！
不是他！不是報應……
答題的刀被塞到周進手裡，他露出了進屋後的第一個微笑，「我來嗎？行吧，我來……」
周進在答題牆前站定，握著刀柄深吸一口氣，然後在牆上刻下了「1」。
就在他正要落筆，刻下第二個「1」的時候，一個人影突然從後面抄過來，抓住他的手腕。
「不對，差點被誤導。」
周進愕然轉頭，就見游惑站在他旁邊，冷靜地說：「不是十一，是十二。」
最後的晚餐，最終被釘上十字架受難的人是耶穌。坐在那個位置上，才是被詛咒的客人。
猶大只是背叛者而已。
「12」這個數字端端正正刻在了答題牆上。
游惑放下刀的時候，安靜許久的收音機忽然滋滋響了起來。
【檢測到標準答案。】
【考生提前交卷，本場考試順利結束。】
【稍後清算最終懲罰與獎勵。】
提前三十五小時二十二分十一秒的交卷，感受一下。
本場考試一共四小題：
（一）未知（五分）

（二）未知（五分）
（三）用餐人數由十三位變為十二位（六分）
（四）找到被詛咒的餐具（八分）
常規情況下，本題共計二十四分，特殊情況下，有額外加減分的機會。

答題牆上刷出了新內容，眾人輕聲議論著。

「前面還有兩題未知吶？」

「是啊，咱們一上來就拿了第三小題的分，前面兩題應該都跳過去了。」

「不，先拿的明明是『解』的分。」

「看順序，『解』字那兩分占的好像是未知題裡的分數。」

「我跟于遙姐的踩點分，可能也算在未知裡。」

「看來前兩題都是鋪墊？」

「會不會是由獵人甲觸發的？」

「也許吧，誰知道呢，反正我也不想知道。」

獵人甲的意外死亡導致兩道小題沒刷出來，成為了永久的未知。

那兩道小題一共十分，占比不少，但沒人覺得遺憾。

如果不是因為游惑在場，他們第一次收卷就會有人祭天，之後更是難說。四十八小時下來，死五、六個人都有可能。

這種情況下，誰還在意答題機會呢？題目少、難度低才是他們的追求。活著就是萬幸。

答題牆還在核算分數。

解字兩分、折射率踩點三分、第（三）題六分、附加兩分、卷面扣兩分，第（四）題八分。

共計十九分，超出本題平均分數十一分。

共計用時十二時三十七分四十九秒，相較於平均用時，節省了三十五小時二十二分十一秒。

于聞「謔」了一聲，對游惑說：「那要這麼算，平均用時就是四十八小時？」

154監考官快聽不下去了，「四十八小時才是正常的。」你們克制一點，不要太膨脹可以嗎？

但他轉念一想，就這短短十二小時，還得刨去游惑睡覺的三小時，被迫打掃外加噁心人的三小時……也就是說，如果不算關禁閉的時間，這些人，不，某考生六小時不到就能考完？

這還是人嗎？

不是人的游惑得到了相應的獎勵，答題牆緩緩刷出一條通知——

獎勵：考生游惑獲得抽籤權兩次。

「抽籤權？」游惑皺起眉。

他不知道這考試又在搞什麼名堂，反正答題牆是短暫地死了，說完「以資鼓勵」，它便重歸安靜，再沒蹦出一個字。

疑惑間，屋裡響起「叮咚」一聲，就像誰收到了新消息。

游惑感覺身後忽然站了人，一隻手擦著他的臉頰從後面伸過來，筋骨修長的手指鬆鬆地拎著一個撲克牌紙盒，在他眼前晃了晃。

游惑瞬間癱了臉，「又是你……」

「看到手指就知道是我了？」

監考官001說話一貫的漫不經心，聽得游惑想打人。

秦究笑著後撤一步，剛好讓開游惑的手。

「偷襲在我這不管用。」秦究拆了紙盒，把裡面一套卡牌拿出來說：「先把籤抽了。」

眾人聞言都圍了過來。

但他們始終很怕秦究，總覺得他就算笑起來也不代表友好和親近。

於是他們箍了個直徑四公尺的圈，腳不動，只伸頭。

秦究手裡的牌背面一模一樣，正面則寫著不同內容，有幾張非常吸引人，比如：總分加十五（單人）、總分加十（全體）、免考（單人單場，按平均成績計分）。

還有一些很奇葩的，比如：一張小抄、臨時抱佛腳。

看名字大家都知道是什麼意思。但具體怎麼操作？對考試有多大幫助？就很難說了。

除了這些明顯是獎勵的，卡牌裡還混雜著很多令人哭笑不得的東西。

游惑一眼掃過去，起碼有十來張寫著同樣的內容：「優秀考生，再接再厲」、「三好學生，以資鼓勵」、「名列前茅，特此表揚」。

反正他是不能理解，在這種鬼地方拿獎狀有什麼用。

翻譯一下可能就是：謝謝惠顧，歡迎再來。

游惑指著其中幾張最特別的卡面問：「黑卡什麼意思？懲罰？」

那幾張卡正面全黑，一個字也沒有，看著就不像正經好卡。

秦究抽了一張出來，在游惑面前翻著面展示了一下，拖著調子說：「不算懲罰，但確實有點特殊，至少不能算常規的獎勵。一張黑卡，代表一次考制改革，當天生效。」

幾位年輕人的臉頓時就綠了。

「這他媽還有改革呢？」于聞尤其綠得濃郁。

他高中三年飽受改革摧殘，改革的風聲吹到哪裡，他們的複習計畫就改到哪裡。今天還是三加二，明天二就改成算等級。

萬萬沒想到，他高考都熬完了，改革還是躲不掉。

就在眾人臉色難看的時候，秦究又倒了倒紙盒，從裡面拿出最後一張牌說：「差點漏了，還有這張，你們應該非常喜歡。」

保送（單人）。

小屋裡安靜片刻，陡然響起嗡嗡議論。

「這個保送是我理解的意思嗎？」說話的是周進。

因為生病，他的情緒不能過於激動，成了那些醬油考生裡唯一一個能平靜問話的人：「這是指不用考試？」

秦究還沒說話，922先插了句嘴，他似乎特別喜歡這種介紹「保送卡」的時刻。

「這個看起來跟免考牌有一點相似。但免考牌呢，指的是某一門免考，按照考試平均成績計分，只能說是一張非常安全的卡，中規中矩的獎勵。」

922接著說：「保送卡不同，這是真正的王牌卡，一副牌裡一張。抽到它就表示你直接通過了所有考試，可以好吃好喝睡一覺。等睜開眼，你就回家了。」

回家？聽到這個詞，屋裡所有考生幾乎都愣住了。

這是十二個小時裡，他們最不敢想的事情。活命都要靠同伴和運氣，誰還敢奢望回家呢？

但現在，這張保送卡勾起了所有人回家的欲望。

老于壯著膽子問：「沒有這張卡的話，我們要多久才能回去？」

922想了想說：「看現在的考試制度吧。考完規定科目，分數達標，滿足這兩個條件就可以回家。」

老于還想說什麼，秦究已經把保送卡連同其他牌一起收攏，玩撲克一樣洗了兩次牌，然後背面朝上撚成扇形對游惑說：「來吧，兩次機會，抓緊時間。」

游惑卻沒動，他轉頭衝其他人說：「誰運氣好，來抽。」

剛說完，收音機沙沙出聲。

【警告：考生不得轉讓抽籤權。】

游惑：「……」

「系統發的警告，瞪我幹什麼？」秦究抬了抬下巴，懶洋洋地說：「不要恃靚行凶，快抽。」

——滾你媽的恃靚行凶。

游惑一張臉天寒地凍，他盯著秦究看了好幾秒，重手重腳地扯了一張牌。

沒抽牌的眾人緊張極了，屏住呼吸盯著牌面。

游惑翻過來一看。

名列前茅，特此表揚。

註：這是對考生實力的肯定，望繼續保持。

游惑：「……」煩什麼來什麼，狗屁運氣。

收音機不合時宜地嗶嗶。

【使用一次抽籤權。】

秦究舌尖頂了頂腮幫，嘴角翹了一下，「還行，再來一次。」

游惑破罐子破摔，又扯了一張。

圍觀的于聞雙手合十，不知在發什麼功。但可能起了一點效果，至少這次不是鼓勵卡。

游惑翻開卡片。

監考官的幫助。

註：你出色的表現贏得了監考官的青睞，有權在考試期間向監考官提一次額外要求，監考官有義務滿足你，有效期截止至下一場考試結束前。

游惑覺得這卡句句都是諷刺。

好在他即時恢復冷靜，問了秦究一句：「監考官每場都是固定的人？」

秦究說：「當然不是，每開一場新的科目，監考官都會隨機刷新。」

收音機又沙沙說起話來。

【累計使用兩次抽籤權，抽籤結束，恭喜。】

話音剛落，安靜許久的答題牆又嘎吱嘎吱地刷出新內容。

懲罰：一位客人坐在了受詛咒的位置上，他避開了死亡，將成為新的獵人甲。

後半句刷出來的時候，大家看著文字，居然沒理解它的意思，或者說沒敢理解它的意思。

「什麼叫成為新的獵人甲？」有人喃喃地說。

屋子裡忽然響起淒厲的尖叫，大家僵硬地轉了脖子。

坐在十二號位的禿頭終於坐直了身體，他瞪大了眼睛，驚恐地看著自己的雙手。

原本的膚色正迅速褪去，變成了泛著青灰的慘白。他的嘴唇變得鮮紅，在慘白皮膚的映襯下，以常人達不到的狀態朝兩邊裂開，鬢角和手指也浮出了詭異的斑點。

禿頭茫然地抬起頭，愣了好一會兒，忽然扭著脖子僵硬地站了起來。

他的模樣動作越來越像死去的獵人甲，只有表情還依稀保留著原本的驚恐。

「不行、不行、不行，不能這樣……你們不能走！陪我，陪我一起吧！好不好？」

他喃喃了兩句，猛地朝眾人撲過來。

呼——風雪呼嘯而過，不知從哪裡湧了過來，劈頭蓋臉吹得人睜不開眼。

他們下意識用手肘護住臉，等再睜開時，小屋沒了，變成獵人甲的禿頭男人也不見蹤跡，就連三位監考官都消失了。

他們站在漫天的大雪裡，面前是一片松林，隱約顯露出一條下山的路。

下山的路很長，大家走得異常沉默。

一半是被「禿頭變成獵人甲」嚇的，一半是被凍的。

這群人半扶半背地走了半小時，單調的景色終於有了變化。松林盡頭豁然開朗，連接著山下的大路，路邊斜立著一塊界碑。

一面寫著：雞鳴山麓。

另一面寫著：往前一百公尺。

雞鳴山這個名字，很容易讓人想起獵人小屋掛著的死雞，指的顯然是他們下來的這座山。

但是往前一百公尺指的是大路正前方……正前方雪霧濛濛，什麼也看不清。

「往昂昂昂前一百公尺是什麼？下半截被欸欸欸雪埋了？」于聞嘴唇打抖，凍得像個結巴。

他兩手塞在口袋裡不願意伸出來，用鞋刮了刮界碑上的雪。

大家問：「寫了什麼？」

于聞縮腳哆哆嗦嗦走回來，「土都歐歐凍硬了，刮不開。」

界碑上依然只有半截「往前一百公尺」，除了更清晰外，沒有絲毫變化。

「不會又是？」周進臉凍得像鬼，低聲說。

于聞：「不不不會，剛熬過一場就來新嚶嚶嚶的，那不是逼咦咦咦人去死？」

眾人沉默，腳步猶豫起來。

「死得還少了？」游惑扔了一句，走去了前面。

他的嗓音太適合風雪了，張口能凍人一個激靈。

大家打著寒噤面面相覷，連忙跟上他。

有游惑帶路，大家根本走不慢。

沒過一會兒，前方的雪霧中出現了房屋的輪廓。

獵人小屋的陰影還留在他們心裡，所以看到房屋的瞬間，他們並沒有很驚喜，但大家很快發現，房屋不止一棟。

他們沿著一段緩坡走上去，發現前面稀稀拉拉站著幾棟房屋。

說是小鎮，那就太過誇大了。這就像一個冷門的山區景點，景區腳邊有零星住戶做點遊客生意，一年也接待不了幾位，時刻準備關門。

離他們最近的那棟房屋懸掛著燈箱，白底紅字寫著：住宿、暖氣、餐飲。

重點突出，吸引力非常致命，大家當即就走不動路了。

「咱們要不在這裡湊合一宿？」老于語氣很小心。

他以為自己會遭到游惑的冷眼反對，因為很難判斷這裡是否安全。

結果他外甥進門比誰都快。

游惑早就餓了。

在雪地裡跋涉的時候，他最後悔的事就是交卷太快，如果再慢幾分鐘，922的牛肉就能熟了。

只怪那位001號監考官太扎眼，攪了他到嘴的飯。

想到秦究那張臉……游惑摸了一下耳釘，心情極差。

於是，旅館櫃臺一抬頭，看到的就是他神情冷懨的送葬臉。

櫃臺：「……」

櫃臺是個瘦猴似的小年輕，他安靜兩秒，轉頭就衝裡面喊：「老闆！來人了！」

「喊魂啊？來人你不會招呼一下？」說話的是個女人，嗓音生脆，隔著門都能感覺到潑辣。

「我怕招呼跑了。」櫃臺看了游惑一眼，訕訕地說。

「這個鬼地方，能跑哪兒去？你告訴我。」一樓走廊最裡面的門開了，一位短髮女人拎著菜刀就出來了。

櫃臺嚇一跳，連游惑都呆了一下。

「老闆妳這是幹什麼？」

「喔，沒事。」短髮女人說：「今天不想吃飯堂，跟對面要了點菜肉，自己做點。」

她把菜刀垂下，衝游惑笑說：「喲，大帥哥！剛考完？小胡給登記一下。」

有老闆撐底氣，櫃臺小胡這才衝游惑說：「報一下名字好嗎？我看看你們得住幾天。」

老于他們搓著手進門，聽見兩人的話，臉色當時就不好了。

「剛考完？你們怎麼知道我們……」

老闆挑起秀眉，笑得像個山妖怪，「這話真是稀奇了，麻煩看看這行字好吧？」

她用刀背哐哐敲著牆，櫃臺小胡識趣地讓開一步，露出完整的牆皮，上面寫著：考生休息處。

考生休息處？眾人臉色更難看了。

周進喃喃說：「我以為……」

老闆見怪不怪地說：「以為自己離進城不遠了是吧？正常，你們第一次進休息處吧？都這樣。」

老于問：「還有，什麼叫看看我們得住幾天？住幾天不是我們自己說了算？」

老闆笑得更厲害了：「想得美。」

老于：「……」

「行了，不開玩笑！」老闆說：「哪場考試結束應該休息幾天，都是有規定的。不是你們想待多久就待多久。別在這耗著了，趕緊把名字報一報，都堵門口算怎麼回事兒。」

紋身男一聽不樂意了，露出了市莽氣，「操，住個雞巴！明擺著要命的店，你們誰他媽愛住誰住去，我走了！」

誰知老闆比他更莽，她手裡菜刀往櫃臺一插，小胡一蹦三尺高。

「走，不走是孫子。」老闆指著門外對紋身男說。

紋身男：「……」

他怒目圓瞪，把衣領裹緊，拉鍊頭咬在嘴裡，轉頭就走了。

住宿登記登出了一股江湖氣。

其他眾人看著櫃臺的菜刀，走也不是留也不是，只有游惑面不改色地報了姓名。

小胡劈裡啪啦敲著鍵盤，說：「查到了，你們這次一共有七天的休息時間。從現在……」他轉頭看了一眼牆上的掛鐘，「下午三點十二分算起，七天後下午三點十二分自動退房。這是你的房卡。」

游惑接過房卡，卡片正面寫著房間號，游惑在404。

老闆勾頭看了一眼，補充道：「喔對了，我們這裡沒有什麼數字避諱，所以分到諸如404、414之類的……那都是命，別太較真。畢竟不住帶四的，也不代表考試不會死，是吧？」

她一句話，把所有人的臉都安慰綠了。

游惑頭也不抬，把房卡翻了一面。

背面第一行寫著：考生休息處，經營人：楚月

下面是一張表格式的准考證。

姓名：游惑

准考證號：860451-10062231-000A

已考科目：物理

累計得分：19

老闆楚月終於有了驚詫的神色，「你一門就拿了十九分？看不出來啊！」

游惑冷冷地抬起眼。

楚月：「喔沒有，誇你呢！誇你長了張禍害人的臉，名字取得真好！」

游惑：「……」

她沒等游惑開口，哈哈一笑便拎著菜刀鑽回屋。

小胡想了想，規規矩矩給游惑背臺詞：「熱水都有，供暖到位。剛進門的，別急著烤手洗澡鑽被窩，一會兒我給你們拎桶雪和酒來，把露在外面的胳膊腿搓熱了再進裡面。早上七點、中午十一點、晚上五點準時供應三餐，飯堂就在一樓，那邊拐彎過去就是。三餐每頓兩小時，也就是說，上午九點、中午一點、晚上七點整停止供應食物，廚子脾氣大過天，自己掐著點，過期不候。」

游惑聽完，點了一下頭說：「有吃的嗎？」

小胡：「過期不候。」

游惑看著他。

他看著游惑。

兩秒鐘後，小胡扭頭就喊：「老闆！客人要吃的！」

楚老闆聲稱自己是個膚淺的人，看臉辦事。

萬幸，這組考生裡有游惑。於是沒多久，眾人暖和過來，齊齊坐在飯堂裡，吃到了楚老闆親手包的餃子。

于聞嚷著沒胃口，吃得賊多。

熱騰騰的食物下肚，緊繃的精神終於放鬆一些。大家有點昏昏欲睡，相互靠著在座位上發呆。

楚月說：「你們這組考生真有意思。」

游惑看著她。

大雪天，楚月卻抱著一杯冰啤。她喝了一口，解釋說：「昨天早上來這登記入住的那組，只有三個人吧，喏——」

她衝天花板指了指，「除了飯點，根本不出門。飯點都不一定出現，吃東西只扒兩口就飽了。要麼發呆、要麼哭。」

「三個人？他們考什麼？進去的時候幾個人？」于聞問。

「跟你們一樣啊。」楚月用理所當然的語氣說：「最近在我這入住的，都考的同一場。」

于聞：「……同一場？獵人甲那個？只剩三個人？」

楚月說：「三個人是有點少，但多的也就五、六個吧，人家那才是常態。」

「妳接待過多少組？」于聞想起禿頭變成的獵人甲，搓了搓自己的雞皮疙瘩說：「那豈不是有很多獵人甲？」

楚月說：「當然不是，我所說的同一場，就是指同一個考場。他們結束考試離開那裡，你們才有可能進去。」

她壓低嗓音，神祕兮兮地說：「知道嗎？有的考場裡啊，還能找到以往考生的痕跡呢。上次聽說有人撿了一節手指骨，還有人撿到過戒指，你們可以試試喔。」

人真是承受力極強的生物。第二天，大家就適應了考生休息處的生活。

這裡雖然不是城鎮，但比起獵人小屋，實在好太多了。

有飯吃、有覺睡，出門不會死，也不會有兩隻雞追著你提醒要收卷。

休息處對面有間屋子，三層高，掛著厚重的塑膠門簾。塑膠泛黃，早就不透明了，只隱約露出一圈白熾燈光。

屋子外掛著木牌，寫著「倉買」。

「倉買是什麼？」雙胞胎小姑娘異口同聲地問。

老于對孩子挺有耐心，解釋說：「就是雜貨鋪，什麼都賣。以前沒見過嗎？」

不僅小姑娘，好幾個人都搖著頭說：「我們那邊不這麼叫。」

「是嗎？」老于嘀咕。

他多長了個心眼，跟著大家去買東西的時候，拽著店主強行聊了兩句，發現對方居然真的是

老鄉。

倉買店主姓趙，是個很不熱情的老鄉。

「老哥，我就管你叫老哥了啊。」老于不見外地說。

店主趙頂多四十，肯定比老于年輕，身材結實，脊背板直。但他居然不要臉地把這聲「老哥」認下了，叼著菸，半死不活地說：「隨意。」

老于說：「老哥離家挺多年了吧？口音都沒了，我口音已經算輕的，你比我還輕。要不是看到倉買倆字兒，我都不敢認。」

趙嘴裡菸直噴，「差不多吧。」

「一直在這開店？」

趙：「算是。」

老于「喔」了一聲，試探著問：「我看老哥你這站姿，以前當過兵吧？怎麼來這兒開店了？」

趙終於從煙霧裡睨了他一眼，說了個長句：「我沒當過。不過看你站姿，以前是真當過兵吧？怎麼胖成這樣？」

老于：「……」

趙接連吸了幾大口，把嘴裡的菸抽得只剩屁股，碾著菸灰說：「別套近乎了，老鄉那套在這裡不管用。今天還淚汪汪的，完了明天沒準兒就死了。」

老于：「……」

「要買東西趕緊的，不買就走。」趙說著，又彈出一根新菸點上了。

倉買一樓煙霧繚繞，病號周進的肺都要咳出來了，也沒放棄購物的機會。

因為店裡東西比他們想像的多得多。它更像一個外表破舊的綜合大超市，衣服褲子棉被枕頭，鍋碗瓢盆杯勺筷子，跌打損傷內外用藥，超市有的它都有，超市不一定有的它也有，把三層小樓填得滿滿當當。

每層都擺著幾個購物車，落了一層灰。

大家人手一個，隨便一擦就開始瘋狂掃貨，活像鬼子進村。

「等等，這些東西都沒有標價啊！」于聞突然叫道。

周進拿了幾瓶止咳露，又裹了一堆消炎止疼藥，說：「早發現了，咳咳……這就跟旅遊景點一樣，價格肯定是翻倍的。」

「趁著大家都怕死，瘋狂宰客嘛，太正常了。」大家附和著。

誰都知道這個道理，但誰都沒少拿。

錢能換命的時候，也就不心疼了。

于聞還是覺得有點不對，他推著車四處找哥，在三樓角落找到了游惑。

令他驚訝的是，游惑也在掃貨。

「哥，你居然也推了個車？」于聞跟過去。

游惑聞言瞥了他一眼，那表情就像在說「你這放的哪門子屁」？

于聞訕訕地擺手說：「沒事，我就看看……」

既然連他哥都在買東西，那應該沒什麼問題。

于聞頓時放下心來，翻了翻游惑的購物車。

他本以為會看見一堆應急用具，比如什麼電筒、電池、繩子、刀具……

結果……這位大佬拿了一套換洗衣物、一個黑色背包。

沒了。

「呃……哥，你還拿別的嗎？」于聞問。

游惑在衣架裡排了排，拿了一件黑色羽絨服扔進購物車，「差不多就這些。」

于聞突然覺得，拿了一堆螢光棒、電筒、電池的自己……像個演唱會黃牛。

他們回到一樓的時候，大家已經挑得差不多了，連人帶車圍著結帳的櫃檯。

游惑不愛擠，遠離人群，百無聊賴地等在牆邊。

打頭的老太太問店主：「就這麼些，你算下錢。」

趙叼著不知第幾根菸，透過霧氣掃了一眼五花八門的購物車，意味不明地哼笑了一聲說：「一看就是頭一回。」

大家不明所以。

趙：「一般人來這裡，最多只敢挑這個數。」

他豎起兩根手指頭。

「什麼意思？老哥，兩樣？」老于問。

趙：「嗯，這就是我見過最大方的了。」

這他媽得多貴？

眾人默默看了眼自己堆成山的購物車，周進終於沒忍住問道：「……可以微信支付寶嗎？刷卡也行。現金沒帶多少。」

于聞附和：「我都一年沒取過現金了。」

趙：「微信支付寶刷卡都不行。」

周進和于聞先喪了氣。

趙又說：「現金也不行。」

于聞：「哈？那用什麼？」

趙從櫃檯玻璃下面摸出一張卡，長得跟他們人手一張的小旅館房卡一模一樣。

「你們都有這個吧？刷這個。」趙彈了彈卡面，好像之前沒表現出來的熱情，都攢在這一刻了。他笑著說：「房卡背面不是准考證嗎？上面有累計得分吧？我這兒的東西啊，都得拿分買。也不貴，日常用品包括衣物每樣零點五分，食物藥品每樣一分，至於刀這種開了刃能當武器的，每樣兩分，非常好記。你們要不自己先算算價？」

眾人當場愣住，臉色煞白。

就他們那些滿滿當當的購物車，足以把分數買成負的。

周進看著一車藥物，當即嗆了一口涼氣，咳得撕心裂肺。

怪不得……怪不得那些購物車都落了灰，怪不得最大方的人也只拿兩樣。手裡的分數都是戰戰兢兢拿命掙的，誰也不敢說下一場會考成什麼樣。

如果在這裡多買一兩樣，回頭一結算，離及格剛好差一分，怕是要切腹。

趙對這種場面見怪不怪，他刺激完人，又恢復成不冷不熱的弔喪樣，說：「來，結帳。」

剛說完，櫃檯前圍著的人齊齊往後退了兩步。

「都不買？」等在牆邊的游惑突然說。

所有人連同店主在內，都把目光投向他。

他直起身，把車推到櫃檯邊，從牛仔褲口袋裡掏出房卡遞給趙，「結帳。」

趙：「……」

他張嘴看著游惑的購物車，菸屁股掉在鞋上。

游惑手指夾著卡等了一會兒，略有些不耐煩。

趙猛地回神，匆忙彈起一隻腳，碾著菸屁股說：「我算一下……」

內外衣物加上牛仔褲、黑包、羽絨服，一共三分。

游惑聽見結果，點了點頭。

他似乎覺得預算還有富足，目光掃過老闆背後的櫃子，又說：「再拿一包菸、一個打火機。」

趙：「……」

于聞忍不住了：「哥你又不抽菸，買這個幹麼？」

游惑把衣物放進黑包，頭也不抬地說：「以防萬一。」

兩分鐘後，當游惑單肩背著背包回住處時，他准考證上的累計總分已經變成了十五。以跳樓的速度，成了小組最低分。

于聞看著對方毫無變化的冷臉，覺得他哥真的剛。

考生休息處的七天眨眼就過。

最後一天下午三點十二分，全員自動退房，楚老闆親自把他們轟出大門。

「喏，朝前直走，兩百公尺處有個十字路口，去吧。」楚月衝他們揮了揮手說：「千萬別耽擱，晚了選擇權就不好使了，希望這次不是永別。」

她說完就關上了旅店大門。

那個寫著「住宿、暖氣、餐飲」的燈箱閃了兩下，忽地滅了。

那幾棟房屋依然站在雪霧裡，但一盞燈光都沒有，就像是早已廢棄多年的危房。

「這兒真不是鬼屋？」于聞打了個寒噤。

游惑想起之前問監考官的話。

他問這是不是靈異事件，監考官回答說不是。對方當時還想補充點什麼，但還沒來得及開口，就收到了違規預警。

所以……這究竟算什麼呢？

游惑在心裡琢磨，等下一場考試開始，一定要找機會騙監考官說實話。

希望這次抽到的監考官老實好騙。

兩百公尺說長不長，大家很快走到了楚月說的地方。

那確實是一個十字路口，路口中間孤零零地豎著一個保安亭，亭子外面癱靠著一個人影。

那人看到他們，掙扎著站起來。

大家走近了才看清，正是那位不願意住休息處的紋身男。

不過他此時已經變了一番模樣，渾身血跡斑斑，左胳膊毫無生氣地垂著，一條腿也瘸著。

「你怎麼成了這樣？」

雖然大家都不大喜歡他，但也沒人希望他變成殘廢或者死去，畢竟原本只是陌生人，無冤無仇。

紋身男啞著嗓子說：「沒瘋就不錯了。」

「你在這裡待多久了？」大家看著保安亭。

紋身男說：「兩天。」

「幹麼不回考生休息處？」

紋身男臉色有點尷尬，又有點憤怒：「回去是孫子，而且……我轉身就找不到路了。原路返回也沒能找到那幾棟房子，只有這裡。」

「那你怎麼沒繼續走？」于聞問。

紋身男掃視一圈，指著幾個路口說：「自己看路標。」

經他提醒，大家這才注意到，十字路口通往四個方向，每個路口都豎著一塊牌子。

正常情況下，那些牌子上會寫XX路或者XX街，但是這裡不是。

這裡東南西北四個路牌，分別寫著四個詞：語文、外語、數學、歷史。

保安亭內，小喇叭突然響起來，收音機裡那個熟悉的聲音又出現在了這裡。

【本輪考試制度為三加一加一，恭喜你們順利完成了其中一門，現有另外四門待考。】

【考生擁有選擇權，可以自主安排考試順序。】

【請在三十秒內做出選擇。】

【遲到者，剝奪考試機會。】

眾人：「……」

這種十字路口，他們更想原地站到去世。

狗腿于聞一把抓住游惑，說：「哥，你選哪個我就選哪個！」

其他人也紛紛看著他。

誰知游惑掃視了一圈，面無表情地說：「有得選？我這裡四個方向顯示的都是外語。」

于聞：「啥？」

更煩人的是，在游惑的視線裡，每個路口都有一個身影。

那人個子很高，在雪中撐傘而立，似乎在等他。

游惑冷笑一聲，臉氣綠了。

游惑：「于聞。」

「嗯？」突然被點名，于聞立刻應聲：「怎麼了？」

游惑：「你看到的路口有人嗎？」

于聞茫然四顧，「人？什麼人？」

游惑目光落在遠處，「比如某個陰魂不散的監考官。」

于聞：「……你不要講鬼故事！」

科目都還沒選呢，監考官來幹麼？

其他人聽見游惑的話，也都紛紛轉頭掃視一圈，四個路口除了標牌之外空空如也。

「算了，沒事。」游惑說：「我這裡只有外語，沒別的選擇，你確定要跟我？」

于聞說：「其實外語是我的軟肋。」

游惑睨了他一眼。

于聞又說：「但我想了想，好像也沒有哪個不是軟肋。」

游惑：「……」

于聞雙手合十拜大佬，「哥，你去哪兒我去哪兒！做牛做馬都可以，保佑我門門都過，長命百歲。」

游惑：「……」

一群人都眼巴巴地看著他。

游惑「嘖」了一聲，把外套拉鍊拉到了頭，掩住下巴和嘴唇，懶懶地咕噥道：「麻煩。」

「哥，你說什麼？」于聞沒聽清，湊了過來。

游惑的臉快跟雪混為一體了，「我說，你們的外語在哪邊？」

眾人紛紛指向左手邊。

游惑抬腳就走。

保安亭內，小喇叭又開始催命。

【友情提示，選擇時間還剩五秒。】

眾人一驚，撒腿就跑。

豎著「外語」標牌的路口和其他三條一樣，濃霧瀰漫。

沒有人知道，霧後面會有什麼等在那裡……

【四秒。】

【三秒。】

【兩秒。】

【一秒。】

【自主選擇權關閉。】

在倒數計時清零的瞬間，最後一位也剛好踏進濃霧裡。

秦究穿著黑色大衣，鴿灰色的羊絨圍巾掩在衣領裡，他一手插在大衣口袋中，另一隻手舉著一柄黑傘，不急不慌地等著來人。

游惑高高的身影穿過濃霧。

他面容冷白，神情懨懶，右肩鬆鬆垮垮地掛著一只黑色背包。

明明距離還遠，秦究卻能看清所有細節。對方淺棕色的眼珠總好像蒙了一層薄脆的玻璃，跟單邊的耳釘一樣，含著冷冷的光。

秦究微抬傘沿，白色的雪順著緊繃的傘骨滑落下來。

看著游惑走到近處，他禮貌地傾了一下手，把游惑籠進傘下，拖著調子說：「真巧，又見面了，哼先生這幾天睡得還好嗎？」

游惑：「……」明明知道名字，非要叫諢號，是不是有病？

他看了秦究兩秒，冷聲說：「剝奪選擇權就是去哪裡都有你？」

秦究瞇起眼笑了一聲，「不能這麼說。所謂的剝奪選擇權，就是指違規考生，也就是你，在進入下一場考試時，無權自主選擇考試科目。應該考什麼，要看主監考官，也就是我，下一場監考什麼。這麼解釋你能明白嗎？」

游惑：「……」

他那語氣，活像在給一個撒潑的小鬼講道理，這顯然是一種故意的挑釁，聽得游惑一肚子氣，臉都凍硬了。

秦究看著他的臉色，笑意更深，「至於監考官監考什麼，一般而言是可以選的，但我有點懶，所以總是隨機，這次隨機到了外語。不過，看你的臉色似乎很不高興，下次——」

游惑臭著臉打斷他：「還他媽有下次？」

秦究：「很難說，畢竟你前科累累。」

游惑：「……」

秦究：「你希望隨機到哪一門，可以提前告訴我。表現良好的話，可以考慮。」

游惑想說我希望你隨機去世，你能不能考慮一下？

但他想了想，照這系統的有病程度，搞不好他得跟著一起去世。

於是他攢了一肚子氣，頂著一張送葬臉，一言不發地等在濃霧邊。

沒過片刻，于聞拖著老于從霧裡鑽出來，然後是于遙和Mike。

「哥！」于聞匆匆跑過來，一看見秦究就來了個急剎車，「你、您怎麼在這裡？」

強烈的求生欲讓他換了敬稱，但掩蓋不了他活見鬼的表情。

秦究慢條斯理地說：「陪著你哥等你們。」

于聞更見鬼了，一臉驚悚地看向游惑。

游惑：「……」

如果目光能變成刀，秦究已經死了。

于聞壯著膽子說：「上一輪的全程監控還要帶到這一輪來嗎？」

秦究瞥了他一眼。

于聞：「喔。」

在于．非常慫．聞同學眼裡，這位001監考官也是一位大佬，大佬總是傲慢的，只有同樣的厲害角色，比如他哥，才能讓對方多看一眼、多說兩句。

他很有自知之明，所以不敢多搭話。

「周進他們還沒來？」于遙跟Mike也過來了。

老于說：「剛剛就跟在後面，再等等。」

結果他們等了一會兒，等來兩個陌生面孔。一個國字臉，個頭不高，但渾身肌肉虯結，挎著一個運動包。另一個瘦削一些，緊裹著外套，嘶哈嘶哈地往手上呵氣。

「怎麼回事？還有其他人？」于聞驚訝地說。

游惑看向秦究。

秦究歪了一下頭，問游惑：「有人說過考試成員總是固定的嗎？」

游惑：「沒有。」

秦究說：「選擇同一門考試，不代表會分在一個考場。比如922和154號監考官，這次也隨機到了外語，但他們就不在這一場。說明什麼呢？」

游惑：「說明他們也不想見到你。」

于聞看了秦究一眼，深怕他哥把監考官當場氣死。

誰知秦究只是瞇著眼睛笑了一下，「錯了，說明這場考試人數少，只需要一名監考官。」

「人數少？」游惑皺起眉。

果然，他們又在濃霧邊等了五分鐘，再沒等到上一場的人。

事實證明，周進他們都被分去了另外的考場。

原本的團隊雖然老弱病殘孕五毒俱全，但好歹相處過，知道一點底。

現在多了兩名陌生人，又需要新的磨合，也不知是好是壞。

「還好老于沒丟。」于聞後怕地說

那兩位陌生人對新同伴見怪不怪。

國字臉眉心始終皺著，看上去很凶，衝大家點了一下頭，就不理人了。

那位瘦削的倒是熱情一點，「我叫陳斌，重慶來的。他叫梁元浩，河北的，是吧？」

他轉頭問了梁元浩一句，梁元浩掃了眾人一眼，「嗯」了一聲算是回答。

「重慶的啊？我以前在那邊當過幾年兵，這麼算來也是老鄉。」老于作為社交鬼才，拐彎抹角又認了個老鄉，很快跟陳斌熟絡起來。

「我跟梁元浩前一門同考場，這次又分到一起，也算緣分。這是我第三門考試了。」陳斌提起這個很喪氣，「前兩門都是僥倖才能活下來，分數低得嚇人，及格希望渺茫。」

老于正要安慰，游惑忽然插了一句：「你知道及格多少分？」

陳斌一愣：「六十啊，你們不知道嗎？」

老于搖頭說：「不知道，我們上一門的滿分好像是……二十四吧？還有什麼額外的加加減減，搞不明白。反正不是什麼整數，也沒聽說過其他幾門多少分，算不出及格線。」

陳斌問：「你們沒碰到過老手嗎？」

老于：「沒有，上一場的人都跟我們一樣，頭一回。」

陳斌：「喔，那就怪不得了。我剛好碰見過一個有經驗的兄弟，他說每門考試的卷面分數會略有出入，但五門一起剛好一百分，所以咱們總分得過六十才行。」

「六十啊……」老于一臉愁容地掰指頭。

陳斌更愁，「我兩門下來才十分，剩下三門得考成什麼樣！」

梁元浩臉色鐵青，有點煩躁地走遠幾步。

陳斌衝眾人解釋說：「他人不錯的，只是考完三門了分數還不大理想，有點急……」

這畢竟是要命的事，脾氣再壞都正常，眾人表示非常理解。

于聞指著Mike安慰說：「別焦慮！看，咱們有祕密武器大寶貝！這場考外語，我們有外國朋

友Mike！」

陳斌委婉地說：「看到了，一來我們就看見了。但是我剛剛發現，這位朋友好像不大會說中文？那雞同鴨講，一樣要糟……」

于聞又指著游惑，繼續安慰說：「沒事，我哥在國外住過一陣子，他也可以。不過……他不大愛說話。」

陳斌一下子活過來，「沒關係，有懂的就行！」

就連梁元浩都跟著活了幾下。

Mike和游惑彷彿一劑強心針，隊伍氛圍瞬間輕鬆了一些。

「所以……我們現在要去哪兒？」聊了半天的人終於開始面對正事。

游惑面無表情地往左邊一指。

大家這才發現，三公尺外，豎著一塊公車站牌，站牌是最簡陋的那種，用一根鐵杆支著。萬幸，牌子上的字是中文，寫著「城際大巴」，下面禮貌性地用英語翻譯了一遍。

至於這輛巴士發往哪裡、途經哪裡，則一片空白，什麼資訊都沒有。

就在大家愣神的時候，大雪裡忽然傳來了喇叭聲。

一輛車從濃霧裡開出來，顫顫巍巍地停站牌前。

那輛車灰塵太厚，幾乎看不出原本的漆色，車輪上濺滿了泥。用「大巴」形容實在抬舉它了，它更像上個世紀九十年代搖搖晃晃的中巴，拐彎都喘的那種。

這輛車？考外語？眾人神情古怪，心裡直犯嘀咕，就連監考官秦究的表情都不大好。

看到001不開心，游惑就放心了。他拎著背包，第一個上了車。

車廂裡倒沒那麼破舊，座位還算整潔。

游惑在最後一排靠窗的位置坐下。

見秦究也上了車，他摸出手機撥弄了一下，然後塞上白色耳機，靠著窗戶開始睡覺。

司機是個黝黑的中年人，從頭到尾沒說過話，不知道是不是啞巴。

他看見眾人挨個上了車，便一踩油門出發了。

就在游惑真的快要睡著時，車內廣播又開始報喪了。

【現在是北京時間六點三十分。】

【離考試正式開場還有三十分鐘，下面宣讀考試紀律。】

熟悉的考場紀律一一重複。

有Mike和游惑這兩顆定心丸在，眾人情緒普遍比較穩定，不像第一次那樣抖得厲害。

【考試過程中如發現違規舞弊等情況，將逐出考場。】

【其他考試要求，以具體題目為準。】

就像惡作劇似的，廣播在這裡停了一會兒，直到眾人消化完所有內容，它才緩緩憋出最後幾句話。

【由於場次特殊，提前播報考試資訊。】

【本場考試時間：十天。】

【本場考試科目：外語】

【本場外語語種：吉普賽】

【祝各位取得好成績。】

眾人：「……」

你再說一遍？

【第四章】

誰有翻譯軟體？

廣播說完考試資訊就死了，車裡一片寂靜。

什麼大寶貝、什麼定心丸，在「吉普賽」面前通通成了做夢。

大家茫然片刻，癱軟在了座位上。中巴瞬間變靈車，拖著幾個死人。

睡覺被吵醒就夠令人討厭的了，還是被這種糟心事吵醒。游惑正要坐直，就從眼縫裡看見某人朝這裡走來。

他立刻閉上眼，假裝已經睡死過去。

中巴像開在雲中，毫無顛簸。

腳步聲在旁邊停下，游惑腦後枕著的椅背塌陷了一塊。接著，他的耳機線被人輕扯了幾下。

「……」游惑冷臉裝睡。

耳機線又被輕扯幾下，連帶著耳垂、耳釘都在動。

「……」游惑繼續裝死。

「信號都沒有，塞得哪門子耳機？別裝了。」某個熟悉的、拖腔拖調的聲音響了起來。

「……」游惑實在裝不下去了，他半睜開眼，眸光從眼尾瞥掃出來，看著耳機線上那隻手：「有事？」

問完這句話，他才抬眼看向站著的人。

從神情到語氣，充分表達了「有屁放沒屁滾」的傲慢情緒。

秦究收回揪耳機線的手，搭在前座的椅背上。

他用下巴指了指游惑身邊的座位，似笑非笑地說：「你的背包？麻煩它讓個座。」

「它不願意。」游惑面無表情地說完，塞緊耳機，又閉上了眼。

沒過兩秒，那煩人的手又來了，直接摘了他的耳機。

手指擦過耳郭、耳垂的時候有點癢。

游惑抬手捏住耳釘，擰著眉睜開眼，「還有什麼事？」

「如果它實在不願意，我只好自己動手了。」秦究笑著拎起黑包，輕掂了一下分量，然後擱在了游惑頭頂的行李架上。

游惑盯著他：「你不能換個空座？」

秦究：「恐怕不能。全車一共九個座位，你們占了七個，我不坐這裡就得去捆司機了。你很難說，但其他人應該不希望我那麼做。」

游惑：「……」

他上車的時候根本沒數過座位，誰能想到一輛破車位置這麼緊張。

秦究在身邊坐下。這人穿著大衣顯得高高瘦瘦，但靠近了就能感覺到，他的身材應該是挺拔悍利的，隔著布料都能感覺到硬邦邦的手臂和體溫。

還好車內座位不多，前後排空間大，否則這兩人的腿都無處安放。

但即便如此，膝蓋還是不可避免會碰到。

游惑想把腿伸直，但那樣會踢到前座的人。

而且這種時候，好像誰先讓開，誰就落了下風似的。游惑想了想，乾脆破罐子破摔，重重抵在秦究膝蓋上。

他拉高衣領準備合眼睡覺，就聽秦究低聲咕噥：「吉普賽，真行。」

游惑氣醒了，「這不是你選的科目？」

秦究瞥了他一眼，手指懶洋洋地比了個縫隙，「要這麼說，我有一點冤。」

——你冤個屁！

游惑冷冷看著他。

「看看你們挑的人。」秦究指著Mike坐的地方，「據我所知，這位考生身世很繽紛啊。混了美國、法國、俄羅斯、西班牙四種血統，然後長成了這樣。」

游惑：「……」

「抱歉，不小心帶了點攻擊性。」秦究看上去一點兒也不抱歉。

游惑：「考生資訊你都有？」

「你猜？」秦究嗓音低沉，即便拖著腔調也很好聽。

游惑冷嗤一聲。既然能把人拉來這個鬼地方，他相信考試系統應該掌握了完整的資訊。那監考官們知道多少呢？

游惑回想他們之前的表現，感覺應該不多。

監考官也受規定束縛，或許……他們想知道考生的具體資訊，也需要走一個獲取流程？而且那個流程應該不簡單，否則001、154、922第一個要查的就是他。

秦究支著頭，烏沉沉的眸子看了他一會兒說：「放心，一般而言，我對考生資訊沒什麼興趣。」

游惑「喔」了一聲，極其敷衍。

「總之，隊裡有這麼個寶貝，你們輪到這種鬼地方也不稀奇。」秦究說。

游惑不知道所謂的考試系統背後究竟是什麼，但感覺是個刁鑽古怪的脾氣。為了避開他們這組人所有的「母語」，九曲十八彎地搞出個「吉普賽」，似乎也是情理之中。

既然找到了原因，他便沒再把鍋扣給秦究。

而且不知道是不是錯覺，從剛才上車起，秦究就顯得有點不大高興。

游惑看著垂眸出神的監考官……

也許是車外雪光太亮，他眼睛又疼起來，有點難受，他草草揉了兩下，塞上耳機繼續悶聲睡覺了。

車行駛了十分鐘，路邊突然顛簸了一下。

頹喪的考生們被顛回神，這才發現車外的景象已經變了。

漫天的雪霧已經沒了蹤影，眼前是一條盤山公路。路況不好，車開上來之後便一路顛個不停，到處都是凝固的泥巴、硌腳碎石。

這路還很窄，如果兩方會車，都得掛一檔，一點點挪蹭過去。

山下草木叢生，一眼望不出深度，滾落下去很可能屍骨無存。就這樣，這破中巴還開得格外奔放。

行至中途，司機鬆開一隻手去擰廣播旋鈕。車內廣播滋滋響了幾下，跳轉到某個頻段，唱老舊的歌，偶爾穿插一句交通提示，說某山路部分路段有山體滑坡的情況，無法通行。

播報間，車前方就出現了一塊警示牌。

警示牌前面是一大塊山石和橫倒的樹，正常車子顯然過不去。

但司機居然完全無視警示牌，開著破車搖搖晃晃顛了兩下大的。

眾人一陣驚呼，等他們重重落回座椅，車已經穿過了滑坡路段，繼續往深山裡開去。

自從進了深處，天倏然陰沉下來。

車裡明明有暖氣，大家依然不自覺地打了個寒顫。

從盤山路另一邊出來時，路邊有一個老舊的路牌，標著道路編號。

老于裹緊了衣服縮在座位上，看著那個編號咕噥：「這條路好像靠近邊境了……」

「真要出去？」于聞瞪大眼睛。

老于：「不知道啊。」

于聞縮著脖子，慌忙盯著車外，「邊境線能亂竄嗎！」

說話的工夫，中巴車一個大轉彎，鑽進了路邊的林子裡。

眾人被這神鬼莫測的路線弄懵了，想問問吧，司機又是個啞巴。

又過了十分鐘。

車子從林中鑽出，在泥路邊急剎車。

「哥，醒醒，下車了。」于聞單腿跪在座位上，越過椅背去叫游惑。

他是真的佩服他哥的大心臟，居然睡得這麼沉。

游惑扒拉了一下頭髮，半睜著眼掃過身邊，座位已經空了。

他下半張臉掩在衣領裡，悶聲說：「人呢？」

「啊？」于聞沒聽清。

游惑搖了搖頭，徹底醒了。

他站起身跺了跺睡麻的腳，低頭朝窗外看去，「這是哪兒？」

這回于聞聽清了，「不知道，司機把車停這兒就跑了。」

「什麼叫跑了？」

于聞朝窗外一指，「喏，就這麼一條泥路，他跑進去了。」

他們似乎停在了某個村子路口，穿過雜亂的樹枝，隱約能看見高低交錯的屋頂。除了一條通往村子的小路，再沒有其他可以走的地方。

他們被看不到邊際的樹林圍住了。

于聞跟在游惑身後下了車，考生們傻在車門外面面相覷。

監考官秦究則遠遠站在林子裡，扶著一棵樹，不知抬頭在看什麼。

「老于說之前那條路靠著邊境，咱們會不會在現實裡的某個地方？」于聞問游惑。

新加入的陳斌插話說：「以我的經驗，應該不會。不過你會在這裡看到一些現實的影子，某些東西甚至在哪裡見到過。」

于聞：「如果不是現實存在的地方，那所謂的死，是真的死嗎？」

陳斌苦笑一下，「不知道，只有試了才知道。但誰敢拿這種事去試呢？」

于聞垂頭耷腦地說：「也是……」

游惑沒糾結這種話題，他下車之後在泥路附近轉著一圈。

沒多會兒，他踢了踢某處說：「這裡有地碑。」

「我正找著呢，原來在你那兒。」陳斌是個有經驗的，下了車也在到處找資訊。他走過來蹲在地碑面前，扒開覆蓋的雜草，「應該寫著地名吧，雖然用處不算大，但是能知道自己在哪兒也是個安慰……」

大家聞言都圍過來，就見那破爛不堪的石碑上面刻著幾個奇奇怪怪的圖形。

「這畫的什麼？」

「字母吧……」

陳斌從包裡掏出紙巾，把沾了泥巴的部分擦掉，大家艱難地辨認著。

于聞：「k……這是 a？」

陳斌：「lo……這又是個什麼玩意兒？」

「p 吧。」于遙扶著肚子，歪著頭認字，「那個像 h…… u…… v。」

撇開那些雜七雜八不知有用沒用的部分，這碑上刻的地名長這樣：kalo phuv。

眾人：「……」

這是啥玩意兒啊？

講個笑話，看地碑能知道自己在哪兒。

大家正崩潰的時候，那個一聲不吭跑掉的司機又回來了。他帶了兩腳黑泥以及一位裹著軍大衣、戴著皮帽的中年男人。

看臉，應該是國產的。

司機說：「喏，就這些人。」

老于一愣，「你會說話啊？」

司機瞥了他一眼，聲音沙啞地說：「他會把你們帶去那家的，記得啊，別進林子。」

他說完衝皮帽男擺了擺手，轉頭鑽進中巴車，開著車就走了。

車子歪歪扭扭鑽進林子裡，轉眼間，就被層疊的枝枒遮擋住，沒了蹤影，甚至連油門和摩擦聲都消失了。

林子異常安靜，眾人寒毛直豎。

「我們是來做什麼的？」游惑問那位皮帽男。

皮帽男「啊」了一聲，說：「不是說來找黑婆嗎？怎麼？你們自己都懵了？」

「黑婆？黑婆是誰？」陳斌跟過來問。

皮帽男不知為什麼瑟縮了一下，他把帽子下口封好，垂著眼悶聲說：「一個老婆婆，當年戰亂時候跟著俄羅斯人來這裡的，好像是什麼吉普賽人，反正……」

他又把自己裹得更緊一點，小聲說：「我帶你們過去吧，你們小心一點。她到了這裡後，我們整個村子都不正常。你們怎麼想的……要來這裡住十天？」

眾人欲哭無淚，心想：我們有病嗎？想住這裡？

帶路的皮帽男是村長，他說這叫「查蘇村」，一共有十八戶人家。

村子靠近邊境，當年戰亂的時候，黑婆跟著俄羅斯人流落到這裡，就這樣寄住下來。

那個地碑就是她刻的，代表著什麼意思，村長也說不清。

眾人跟著他，沿著泥路往村子裡走。

小路一邊是河，結了一層厚厚的冰。另一邊是高低錯落的房屋，有些是水泥牆，有些還保留著磚砌的痕跡，但不論什麼結構，屋頂都是一模一樣的暗紅色。

「不是說十八戶嗎？」于聞小聲嘀咕：「這些房子隨便數數也不止十八家吧？」

村長就像沒聽見一樣，裹緊軍大衣悶頭往前走。

「欸，別走那麼快啊，問您話呢，老哥！」老于這時候還不忘加個「您」。

村長被他拍得一驚，終於停了一下腳步，含糊地說：「以前肯定不止十八戶，走了一些、死了一些，慢慢人就少了嘛。」

他隨手指了兩家，「像這棟，還有這棟，一看就是沒人住的。」

老于正要點頭，就聽游惑不冷不熱地插了一句：「看不出，我覺得每家都像沒人住的。」

村長一愣，「為什麼這麼說？」

游惑：「太安靜。」

他說完，所有人都剎住腳步。

雜亂的腳步聲一停，反常的寂靜就被突顯出來。

真的太安靜了。明明是清早，卻沒有人語、沒有鍋碗瓢盆碰撞的聲音、沒有開門關門聲……什麼都沒有。

眾人起了一身雞皮疙瘩，齊齊瞪著村長。

村長尷尬中透著一絲恐懼，他猶豫了片刻，長嘆一口氣，「真的有人住，只不過……大家不大敢出門，一般能睡多久睡多久。」

「不敢出門？為什麼？」

村長小心地朝遠處瞥了一眼。

眾人跟著看過去。小河另一頭有幾間風格迥異的矮房子，灰撲撲的很不起眼，就連屋頂也是黑色，幾乎跟它背後的樹林融為一體。

村長似乎怕被什麼人聽見，用極低的聲音悄悄說：「夜裡不安全。你們在這裡住的話，千萬記住，晚上別出門，聽見什麼都別開門。」

「什麼意思？」眾人又怕又疑惑。

但村長已經不敢再說了，他連忙擺了擺手，悶頭繼續帶路。

大家一頭霧水，但又不敢多問。

「臥槽。」行路中，于聞突然驚叫一聲，拱著游惑說：「哥，看那間房子。」

游惑看過去，其他幾個聽見的人也跟著朝那邊望。

就見某棟房子二樓，有人站在窗簾後，靜悄悄地看著他們。

「冷不丁瞄到窗邊一張臉，嚇死我了！」于聞摸著胸口說。

緊接著他們便發現，這樣做的不止一家。

好幾棟房子裡，都有人這樣扒開窗簾，悄悄往外看。

村長說：「有客人來，他們也很好奇。只是被嚇多了，輕易不敢出來。」

「那就一直在屋子裡待著？」于聞訝異地問：「餓了怎麼辦？不吃不喝啊？」

「我們這裡家家都有地窖，地窖裡儲著糧呢，有梯子下去。」村長解釋說：「而且也不是完全不出門，下午或是快傍晚的時候，大家會出來活動一下，但天黑前都會回屋。」

「喔。」

「跟那位黑婆有關？」游惑問。

村長緘默片刻，點了點頭又輕聲說：「我聽說你們是來找她做活兒的？」

「做活？什麼活？」

聽到這種跟目的相關的事，大家都豎起了耳朵。

「死人活啊！」村長把自己嚇得一臉青灰，壓低了嗓音幽幽地說：「黑婆喜歡跟死人打交道，比如把碎掉的人縫起來。」

「……」

村長：「家裡人丟了，找她算算死沒死，死在哪個地方。」

「……」

村長嚇別人很來勁，「有時候還自己撿人回來做。」

于聞都嚇懵了，「……什麼叫撿人回來？」

「好比幾年前吧……」村長指著那條結冰的河說：「這條河頭上就漂過來一個姑娘，黑婆拖了個大簍子，拾掇拾掇回去了。」

漂？拾掇？這人用詞是個鬼才，把大家嚇得不行。

好幾個大男人都嘔了一下，于遙更是腿都軟了。

倒是游惑沒什麼變化，「既然她做的都是死人活，你們活人怕什麼？」

村長揣著手，喪著臉搖頭，「你不明白，欸……住一晚就知道了。」

很快，村長帶著他們走到凍河盡頭，踩著厚厚的冰面去了對岸。

那幾間灰撲撲的屋子就杵在他們面前。

走到近處他們才發現，這幾間屋子都是石砌的，外牆凹凸不平。灰色的石面上用白漆畫著雜亂的圖案，門口掛著風乾的樹枝，墊著破舊的毛氈。

其中有一間比較特別，窗臺上還放著老舊的水晶球以及一些……白森森的東西，看著像是手指骨。

眾人還沒進屋，就聞到了一股熏香味，濃得人頭暈。

村長恨不得離房子八丈遠。

「這間就是黑婆住的地方。」他伸頭看了一眼，說：「現在幾點？」

眾人紛紛翻出手機，卻發現自己螢幕上顯示的時間是晚上二十三點十三分，顯然跟這裡不同步。

正懵著，一個低沉的嗓音響起來：「六點五十五分。」

大家轉頭看過去，說話的是秦究。

他晃了晃自己的手機，說：「還行，比你們準一點。」

陳斌一臉驚訝，「這位帥哥有點厲害啊！每門考試的季節和時間都跟現實不一樣，你手機怎麼做到這麼同步的？」

秦究把手機重新放回口袋，懶懶地說：「可能因為我是監考官吧。」

陳斌一邊理包一邊「喔」了一聲。

兩秒後，他手一滑，包啪地掉在地上。

「你誰？」

秦究沒搭理他，而是從口袋裡摸出一張卡牌，轉過頭對身邊的游惑說：「我這樣算不算幫了你一次？」

牌是游惑之前抽中的那張「監考官的幫助」。

游惑抽走卡牌，翻轉了一面，直接懟到秦究鼻尖前，「麻煩把字認全，額外的幫助，知道額外什麼意思嗎？」

秦究似笑非笑，「不大知道。」

——笑屁。

游惑：「滾去查字典。」

考生沒戴手錶，問監考老師時間，這能算額外幫助嗎？當然不算，這就跟拉著監考老師去廁所一樣，這是本職工作。

卡牌當然沒有報廢，秦究說了一句「真遺憾」，又把牌收回了口袋。

村長茫然地站了一會兒才回神，提醒眾人說：「黑婆每天早上七點三十分起床，那之前是不開

門的。我先帶你們認一下住的地方吧。」

除了黑婆住的那間之外，旁邊空著的屋子一共有四間。

每間屋子都很狹小，裡面鋪滿了針織舊毛毯，只有一間臥室，一張床，打扮得像個馬車篷。

村長說：「得麻煩你們擠一擠了。」

新加入的陳斌和梁元浩當然住一間，于遙一個姑娘家不方便跟其他人合住，所以單獨一間。

剩下于聞、老于、Mike、游惑還有秦究，得分兩間。

游惑想了想，問秦究：「這裡有你的監考小洋樓嗎？」

秦究：「托你的福，全程監考，沒有小洋樓可以住。必須得跟考生擠在這狹窄、逼仄、不大乾淨的地方。」

游惑假裝沒聽見，繃著一本正經的臉對村長說：「你看著辦吧。」

于聞說：「要不，我、老于、我哥三人擠一擠，都是一家的嘛！」

Mike看了秦究一眼，抵死不從。

誰看到監考官都怕，數來數去……只有游惑除外。

兩分鐘後，眾人小心翼翼地看著游惑和秦究走進其中一間。

剛準備坐下，屋子裡突然響起了熟悉的聲音。

【現在是北京時間七點，考試正式開始。】

【第一場考試，聽力。】

【聽力原文將於三十分鐘後開始播放，每道題只播放兩遍，希望考生認真答題。】

【另，禁止考生和監考官發展不正當關係，請重新分配房間。】

眾人：「啊？」

游惑：「……」

系統可能不想活了。

等待題目的過程本該是緊張的，但系統一句沒頭沒尾的警告，愣是把這種緊張搞沒了。

考生們驚呆了，卻沒人敢亂說話。

于聞原本想跟進屋看看，現在懸著一隻腳，進也不是，不進也不是，因為屋裡兩位大佬的氛圍有點嚇人……

游惑看了秦究一眼，又沒什麼表情地收回視線。

他頂著一張送葬臉，沿著牆線在屋裡找了一圈，終於找到了發聲源。

那是一隻烏鴉標本，僵硬地站在銅架上，翅膀支棱著，鳥嘴大張。

十幾秒前他們剛進門的時候，鳥嘴還是閉著的。

游惑連腰都沒彎，垂著眼皮看烏鴉，問道：「考試系統誰在操作？傻逼話誰設置的？有地方投訴嗎？」

烏鴉：「……」

游惑轉過頭去看秦究。

秦究手腕上「滴」了一聲，亮了紅光。

他摸著手腕對游惑眨了一下眼，「友情建議，這種事能不問就別問。第一次是警告我不能違規洩密，再問一次，就是你被逐出考場了。」

游惑拍了拍烏鴉的頭。

烏鴉：「……」

秦究的眼珠深黑，在游惑臉上停了片刻，才轉而看向烏鴉。

「行，換房間，那我跟那位混血考生住吧。」他盯著烏鴉的眼珠說。

這次烏鴉靜了兩秒。大家以為妥了，誰知它又突然出聲，重複著之前的話。

【禁止考生和監考官發展不正當關係，請重新分配房間。】

為了照顧Mike，它還用英文翻了一遍。

Mike：「……」

「或者跟這位？」秦究又隨手一指于聞。

【禁止考生和監考官發展不正當關係，請重新分配房間。】

「……」

大家在複讀機一樣的聲音中明白過來，這應該不是針對秦究和游惑，這踏馬是把全員當對象了。

于聞悄悄拱了拱親爹，「這系統受過什麼刺激吧？敏感成這樣……進一間房就是亂搞，湊一張床那不得子孫滿堂？」

老于：「不准亂講葷段子！」

于聞：「啊？」

秦究也走到了烏鴉面前，他說：「乾脆全程監考也算了，讓這位考生自由發揮。」

滴——違規預警。

監考官001先生徹底氣笑了。

不讓同住一間房，還得全程監考。這說的是人話？

秦究摩挲著手腕，看著烏鴉。

那一瞬間，眾人明顯能感覺到氣氛很緊繃。

他看上去似乎要做點什麼，可片刻之後，他只是不緊不慢地說：「這樣吧，考生住房間，我委屈一點，在沙發上將就一下。」

這次烏鴉總算沒有再出聲，算是預設了這種處理方式。

眾人長長鬆了一口氣。

游惑奇怪地看了秦究一眼。儘管他跟這位監考官很不對盤，也不得不承認，秦究身上有種特別的氣質，就好像那些條條框框的規定根本束縛不住他。

這位001號監考官就算笑著站在那裡，用漫不經心的腔調跟考試系統打商量，也給人一種……隨時會搞垮規則的感覺。

他的讓步和妥協，就像獅子懶散地打了個盹，並沒有削減任何攻擊性。好比犯睏的獅子說啾人一口，誰敢讓牠啾？

住宿的問題總算還是解決了。

兜了一個大圈子，最終的分房方式跟最初也沒什麼區別，氣倒是沒少受。

這幾棟屋子的裝飾都相差無幾，每間房內都站著一模一樣的烏鴉。

這是系統的發聲筒，用來傳達資訊，除了游惑摸過一次烏鴉的頭，其他房間的沒人敢碰。

時間很快就到了七點三十分。

眾人在忐忑之中聽見主屋響起了吱呀聲。門開了，黑婆終於醒了。

烏鴉又開始說話。

【聽力正式開始，請各位考生迅速到場，每段話只播放兩遍。】

一看黑婆醒了，村長就像是耗子見了貓一樣要開溜。

溜走之前，他對眾人說：「黑婆見人有個規矩，進門前必須抽一張牌。」

又抽牌？游惑頓時拉下了臉。

「什麼牌？撲克牌還是那些女生玩的塔羅牌？」于聞上學期間可能沒少被茶毒，居然有點瞭解，「抽完之後給占卜嗎？」

「占卜了，你聽得懂嗎？」老于沒好氣地說。

「也對，那抽了幹麼？」

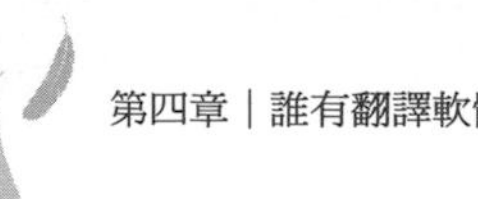

村長欲言又止，最後說：「代表你今晚能不能睡個安穩覺。」

他可能料到眾人要說什麼，又連忙補了一句：「不要想著逃過，抽是一定要抽的，否則後果更要命。」

村長似乎想起了什麼往事，又抖了一下。

「反正記住，千萬千萬不要惹她生氣！」丟下這句話，村長忙不迭地跑了。

他裹著軍大衣，匆忙穿過冰河，鑽進了對面一幢並不起眼的房子裡，門窗緊閉。

一時間整個村子又安靜下來，河對岸和這邊彷彿是兩個世界。

有上一次考試的經驗，眾人不敢亂耽擱，很快來到了黑婆門前。

一位瘦小的、像禿鷲一樣的老婆婆等在門口，她的臉像陳年的老樹皮，溝壑深邃，但眼睛卻黑白分明，像個孩子。

這反而給人一種違和的詭異感。

她裹著花紋繁複的頭巾，兩手叮叮噹噹掛滿了串飾。

那串飾應該很重，以至於她抬手都有點艱難。

黑婆眼珠一轉不轉地盯著眾人看了幾秒，突然笑了起來，牙齒細而尖，看得人不寒而慄。

她咕噥了一句什麼，在眾人面前攤開一疊卡牌，衝站在最前面的老于努了努嘴。

「我、我抽嗎？」老于慌得不行。

黑婆又把牌往他手裡懟了一下。

老于看了眾人一眼，猶豫地從裡頭抽出一張。

黑婆翻開，看清牌面的人倒抽一口氣。

雖然牌上的文字根本看不懂，但那個拿著碩大鐮刀站在石柱上的身影卻被很多人熟知。

于聞輕聲說：「我操……這是死神吧？我不記得這種牌有什麼牌面了，但是好像是有個死神……」

眾人背後刷地起了一層白毛汗。

黑婆又咯咯笑了一下，聲音嬌俏得像個小姑娘。

就在這時，她扶著的門上突然嘎吱嘎吱響起了聲音，依然是指甲劃過的那種……

考過一場的眾人對這種聲音再熟悉不過。

果不其然，眨眼間，那扇門上出現了一道考試題。

聽力題：請考生根據所聽內容回答下列問題。

（一）黑婆的姓名是？

（二）黑婆的家人在哪裡？請找到他們。

（三）黑婆房子裡有幾個人？

題目要求：每天清晨七點三十分收卷，沒有踩對得分點，隨機選擇一名考生入棺。

入棺……入什麼棺？

題目出來的瞬間，黑婆張開嘴，露著尖細的牙……說了一長段亂碼。

「……」八臉懵逼。

門上又響起了嘎吱聲。

題目下面多出來一行字：聽力播放完一遍，下面播放第二遍，請考生認真聽題。

黑婆又要張嘴，突然橫空伸出一隻手，拿著個布團塞了過去。

黑婆的嘴瞬間被堵住。

游惑的聲音響起來：「不好意思，妳等會兒再說。」

眾人：「啊？」

新加入的陳斌和梁元浩目瞪口呆……還他媽有這種操作？

「哥，你……」于聞看著黑婆嘴裡的布團，小聲問：「這東西哪兒來的？」

游惑答：「隔壁房間裡順手摸的。」

他想了想又補充道：「不算髒。」

于聞：「……」親哥欸，這是髒不髒的問題嗎？

不過那布團確實非常乾淨，花紋妍麗繁複，還帶著香味，跟黑婆屋裡散發出來的熏香有點像。

眾人自我安慰道：起碼不是黑婆討厭的味道對吧？

但是……這麼幹真的沒問題嗎？不會惹黑婆生氣嗎？

村長臨走前苦口婆心強調過，千萬千萬別讓這位老太太生氣……這才過了幾分鐘？

「我看你一天不違規渾身難受。」被迫成為貼身監考官的秦究說。

游惑：「剛剛播報的考試要求，有規定不許暫停聽力？」

秦究：「那倒確實沒有。」

游惑：「有規定不讓堵題目的嘴？」

秦究：「也沒有。」

游惑：「哪裡違規？」

秦究似乎覺得挺有意思的。他衝門裡比了個「請」，示意游惑繼續，可能想看看他還能幹出點兒什麼事來。

就見游惑從牛仔褲口袋裡掏出手機，點開錄音介面，然後摘了黑婆嘴裡的布團說：「繼續。」

眾人：「……」

黑婆：「……」

「對啊！手機能用啊！」

大家這才反應過來，這次考試他們始終沒有被強制關機，幾分鐘前他們還用手機看過時間，但誰都沒想起來可以錄音。

游惑這一舉動提醒了所有人。

一時間，眾人紛紛掏起口袋，七位考生七部手機，全部對準了黑婆。

兩秒後，監考官001先生也拿出了手機。

新加入的陳斌這時候才犯慫，「這樣真的沒問題嗎？她會不會生氣？」

游惑：「現在急，晚了點。」

「……」兩位新人忽然感覺自己上了賊船，下不來的那種。

陳斌握著手機抖了半天，卻發現黑婆的眼睛始終只盯著游惑。好像其他人都不重要，這位第一個招惹她的人才是重點。

黑婆的眼睛瞳仁極大，這使得她眼睛黑色的部分格外多，且極深。眼珠轉動的時候還好，一旦定住，就像死人的眼睛。

任誰被這雙眼睛盯著，都會恐懼不安，但游惑卻毫不在意。

黑婆看著他，他居然垂著薄薄的眼皮擺弄手機，把剛才的錄音檔保存下來。

他實在太淡定了，以至於其他人都不好意思慌。

游惑存好錄音，又把檔名改成「一段鬼話」，這才問黑婆：「有別的事沒？」

黑婆面無表情地盯著游惑看了半天，又咯咯笑起來，好像剛才那段堵嘴和錄音都只是無關緊要的插曲，又或者……她記了帳留待後算。

黑婆精瘦的爪……手指抓住了游惑的手腕，把他拽進門，又歪著頭看向別人。

其他考生沒長那麼多膽子，被她一看，立刻老老實實進了門。

黑婆滿意地點了點頭。

梁元浩在隊伍最後，剛跨過石門檻，屋門在他身後吱呀一聲關上了，還咔噠落了鎖，就好像有

什麼東西跟在他背後一樣。

眾人看著關好的門，忽然想起題目最後一問，黑婆屋裡有幾個人……

大家的臉刷地白了，努力擠在一塊，誰也不願意落單。

黑婆的房子比想像中寬大一點。據說吉普賽人不論住在哪裡，依然保留著祖先的習俗，把每一間屋子都布置得像馬車篷，到處鋪著毛氈和毯子。

屋裡的香薰味更重了，讓人頭昏腦脹。

窗臺和爐臺上放著破舊的茶杯、茶匙和托盤，木桌上放著一罐黑乎乎的東西。

游惑低頭聞了一下，聞到了陳茶的味道，除此以外還有菸絲味。不算好聞，但勉強能拯救一下被香薰包圍的鼻腔。

唯一的監考官也相當不客氣，進門之後便挑了個單人沙發坐下。

屋內，爐膛邊有兩個竹筐，裡面裝著毛線球，插著長長短短的針。

黑婆伸手進去，串飾叮叮噹噹磕碰在一起，墜得她手一沉。

她從竹筐裡撈出幾個毛線布偶來。那些布偶實在不好看，臉和手腳是發灰的舊布，拿棉花揣成鼓囊囊的團或者長條，再用粗毛線縫到一起。

有一個布偶已經完工了，被黑婆放進圍兜。另外那些都還是半成品，有的差腿、有的差頭，看畫風，像用於占卜或詛咒的巫蠱娃娃。

黑婆指了指牆角的木架，又咕嚕了一段亂碼。

這次大家經驗十足，錄音從進屋起就沒關過，自然全錄了下來。

游惑朝木架看過去，就見上面並排坐著幾個縫好的娃娃。

黑婆把圍兜裡的那個也放過去，然後把毛線和針一一塞進眾人手裡。

她指著竹筐說：「#￥＊&…（&％」

這次就算是吉普賽語，大家也能明白她的意思——她讓大家把剩下的娃娃做完。

黑婆拿了個沙漏出來，倒扣在木桌上，然後佝僂著背離開了。

她剛出門，屋裡便接連響起咔噠聲。

陳斌反應很快，撲到窗子邊拽了兩下，著急說道：「全都鎖上了……她把我們鎖在這裡了，怎麼辦？」

于聞衝竹筐一努嘴，「意思很明顯了，還放了沙漏，要麼是沙漏漏完才放我們走，要麼是在沙漏漏完前，我們得把這些娃娃縫好。」

眾人面面相覷，遲疑著在地攤上盤腿坐下，各自拿起沒完工的巫蠱娃娃發起了呆。

老于長嘆一口氣說：「還能怎麼辦，縫吧。既然這位黑婆是題目，總得跟著她的要求走。有什麼等沙漏漏完再說，對吧？」

他們現在下意識把游惑當隊長，說完一句話，總要去詢問一下游惑的意思。

但他一轉頭就發現，自家外甥並沒有急著坐過來，而是站在窗邊撩著簾子往外看。

「怎麼了？」大家精神緊張。

「沒事。」游惑說。

他想看看黑婆去哪裡。

窗外，黑婆背影佝僂。眨眼的工夫，她居然已經走得很遠了，片刻之後沒入了那片黑色的樹林裡。

游惑放下窗簾。

他本要回到爐膛邊，但腳步卻頓了一下。

木架最底層，有一個娃娃歪在邊角上，搖搖欲墜。上面積了一層灰，並不起眼，但支棱出來的那隻腿卻吸引了游惑的目光。

他走過去，彎腰撿起了那個娃娃。

從布料和灰塵來看，這娃娃應該是很久之前做好的，做工倉促簡陋，四肢和身體連接的地方，針腳歪斜，手臂跟細長的腿還不是一種顏色，讓這個娃娃顯得怪異又可憐。

但這並不是吸引游惑的主因。

他之所以盯上它，是因為它的一條腿上有花紋。娃娃粗製濫造，花紋卻極為生動，就像在活人腳踝上紋的刺青，刺青的圖案是一串風鈴花。

游惑盯著那個刺青看了幾秒，伸手拍了拍沙發上的人。

秦究一直支著頭看他，被他拍了兩下，懶懶開口道：「說。」

游惑拎著娃娃的腿遞給他，「眼熟嗎？我臉盲，怕記錯。」

秦究看向那個圖案，「我應該眼熟？」

游惑不耐地嘖了一聲：「我上次從禁閉室裡掃出來的東西……就是放在你門口那桶，裡面好像有這個。」

秦究：「……」你居然還有臉提？

別人不知道有沒有臉，反正游惑很有臉。

他說：「那塊帶刺青的就放在桶中心，最上面，應該很顯眼，沒看見？」

秦究氣笑了，「你故意噁心我，我還得細細觀賞？」

他撥弄著娃娃的腿，翻看片刻又說：「況且……我如果認真回答你了，算不算額外的幫助？」

游惑收回娃娃，「不記得算了。」

其他人沒去過禁閉室，不知他們在打什麼啞謎，更不敢亂插話。

老于作為一個資深酒鬼，有手抖的毛病。

他拿了一根粗針，捏著毛線一頭對針頭，對了五分鐘也沒能成功穿進洞裡。

于聞瞄了兩眼，終於還是沒忍住，一把奪過來。

「喝喝喝，喝得一身毛病！現在手抖以後腳抖，有你受的。」他咕噥著幫他爸穿好針線，又丟回去。

其他人也陸續穿好，拿著娃娃準備落針。

只有于遙，握著娃娃呆坐半晌，低聲說：「我感覺這些娃娃很怪，我有點怕，能不能不縫？」

她的聲音太低了，幾乎是在喉嚨裡咕噥的，唯一聽見的，只有離他最近的老于。

老于拿著針愣了一下，正要出聲安慰，就聽游惑說：「等一下。」

他說得太突然，大家嚇一跳，連忙停住手，茫然看著他。

「怎麼了？有什麼不對勁？」陳斌問。

游惑走到竹筐邊彎腰查看。他在那些胳膊、大腿、腦袋裡扒拉著，拿起幾根粗製濫造的娃娃手腳，又丟回筐裡。

「別縫了。」他拍了拍手上的灰。

「為什麼？」不怎麼開口的梁元浩忍不住了。

游惑指了指竹筐，解釋道：「這裡面的布料差不多，都是灰的。但木架上完工的那些，手腳顏色差異很大。」

梁元浩皺眉，「那又怎麼樣？」

「不怎麼樣，直覺有古怪。」游惑站直身體。

陳斌看得出來，這群考生都很聽游惑的話。

他拉了梁元浩一下，衝游惑尷尬地笑了笑，「顏色這個……確實有點怪，但黑婆讓我們縫這個。不縫的話，確定不會出事嗎？」

游惑：「不確定。」

陳斌：「……」

梁元浩還要說什麼，陳斌拽著他搖了搖頭。

「哪來那麼多百分之百確定的事，聽不聽隨意。」游惑本來也沒多少耐心，老妖婆的鳥語就夠煩人的了。

他說完拽了張椅子坐到爐邊，一聲不吭烤火去了。

「哥……你真不縫？」于聞拎著娃娃，小心問他。

游惑手指抵著下巴，「嗯」了一聲。

「那行吧，我……我也不縫了。」于聞遲疑了一下，把手裡的娃娃放回竹筐。

其他人有了上一輪的經驗，也跟著放下娃娃。

這其實是一個很沒有把握的選擇。但在這種世界，本來就沒有什麼事是有把握的，每一次都是拿命在賭。

只不過游惑賭得格外淡定。他就像一位特別的冒險家，臉是冷的，骨頭裡卻又野又瘋。

這種冒險性的選擇，能說服其他人，卻很難說服陳斌和梁元浩。

尤其是考過三場，分數依然極低的梁元浩，他現在壓力太大，看誰都帶著懷疑。

他沒經歷過上一場考試，不知道這隊人的分數，更沒見過游惑之前的表現。

在他看來，游惑從進考場起，就一直在違規邊緣試探。每一次舉動都在挑戰考試系統的底線，挑釁這些不知是人是鬼的東西。

他真的無法理解這種行為……老實一點不好嗎？為什麼非要跟這些可怕的東西對著幹呢？多活一會兒可以嗎？

他憤憤地說：「隨你們。」

接二連三的死亡讓他風聲鶴唳，已經不知道該怎麼辦了。但相較於游惑，他更願意老老實實按照黑婆的要求做。

說著，他拿了一條娃娃腿縫了起來。

粗毛線從布料中穿過，發出沙沙的摩擦聲。

陳斌看了看他，又看了看游惑，兩廂為難。

沙漏漏得很快，沒過片刻就空了。

梁元浩手笨，緊趕慢趕也只縫上了兩條腿。

陳斌最終還是選擇聽黑婆的，但他耽擱得更久，只來得及縫一隻胳膊，還只縫了半截。

咔噠一聲，小屋門鎖開了，黑婆佝僂著肩背進了屋。

她歪著頭掃了一眼屋內，然後邁著小步子走到梁元浩和陳斌面前。

「唔……」黑婆拎起他們手裡的娃娃，皺著眉，似乎很不滿意。

梁元浩臉色刷白，低聲抱怨：「都是些不相干的事，在那浪費時間，不然我肯定能縫完……」

黑婆又看向其他人，卻見他們都空著手，臉頓時黑了下來。

眾人驚疑不定地看著她，生怕她突然暴起。

誰知她黑了一會臉，又舔著嘴唇笑了。

她把娃娃放進竹筐，收攏了一下，又說了一串聽不懂的話，便把他們趕出了小屋。

屋門關上的瞬間，烏鴉的聲音就響了起來。

【聽力考試播放結束，你有足夠的時間思考所聽內容。】

【明早七點三十分，閱讀考試準時開始，請勿遲到。】

【祝你取得好成績。】

游惑和秦究進了屋，其他人像找母雞的小雞，悉數跟進來，把客廳填得滿滿當當。

「所以剛剛縫娃娃有什麼目的嗎？」于聞撓著頭說：「沒看出來啊，好像縫也沒事，不縫也

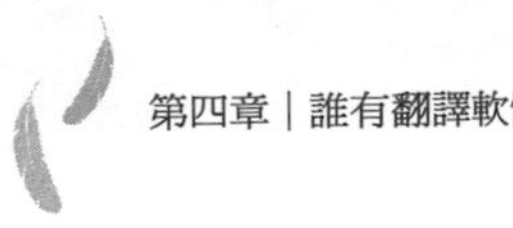

沒事。」

老于拍了他一下，「別做夢了，哪來這種好事。可能只是沒到時候罷了，等著吧！」

游惑沒管這個，只是從手機裡翻出錄音，「誰有翻譯軟體？」

于聞連忙說：「我有我有！」

「但現在手機沒信號啊。」陳斌說。

于聞：「我這個不用上網，詞庫下載好的，而且語音辨識！」

大家頓時亢奮起來。

游惑點了播放，把手機扔在于聞手邊。

于聞寶貝一樣握著自己的手機虔誠聆聽。

眾人目不轉睛地盯著他，滿懷期待。

沒多久，黑婆那段亂碼放完了。

眾人沒敢說話，屏息凝神。

等了有兩分鐘吧，于聞白著臉說：「我日……」

「怎麼了？」

「翻譯軟體沒有吉普賽語……」

「什麼鬼翻譯軟體！」

陳斌梁元浩都不信邪地開了自己的APP，翻找半晌發現，居然真的沒有。

眾人：「……」

——操。要死在外語上了，一門連翻譯軟體都識別不了的外語……虧系統做得出來。

「……上網呢？」于聞戳著手機螢幕，有點急，「是不是我下的詞庫還不夠？上網有用嗎？監考官能幫這個忙嗎？」

眾人聞言朝秦究看過去。

這位監考官先生站在客廳一角的櫥櫃前，百無聊賴地翻看熏香爐。他後腦杓好像長了眼，頭都沒回，說：「獎勵牌不是你們抽的，看我幹什麼？」

屋子裡熏香太濃，他擰開爐蓋，挑揀出那塊熏人的玩意兒，丟在一邊。這過程中，他瘦長的手指在爐中撥弄著，完全不怕燙。

眾人聽了他的話，又眼巴巴看向游惑。

但還沒等游惑開口，最先提議的于聞又慢慢冷靜下來，「算了，詞庫應該下全了，我就隨便問問……幾個版本的翻譯軟體都沒吉普賽語，那就算上網，可能也翻不出來。如果真的查不到什麼東西，還會白白浪費一張牌。」

陳斌左右看了看，忍不住問道：「究竟是什麼牌？從進隊開始我就總聽你們提，但一直沒好意思問。」

當初抽牌的時候，全隊的人都看著，該知道的都知道，也沒什麼好隱瞞的。

大家七嘴八舌給陳斌解釋了一下獎勵牌的用處。

陳斌聽得目瞪口呆，「……還真有獎勵？我以前只在傳言裡聽過，還以為是騙人的。你們做了什麼？怎麼拿到的機會？」

眾人面露羞愧，心想全靠系統隨機，給了他們一根金大腿。

陳斌是個識時務的，見大家面色各異，也沒多追問。

他朝梁元浩看了一眼，發現對方緊抿嘴唇，臉色很難看。其實他自己的臉色也沒好看到哪兒去。

他們雖然沒親見過獎勵牌，但聽說過。

不管因為什麼理由拿到獎勵機會，都只證明一件事——這支小隊非常厲害。或者說，這支小隊裡有非常厲害的人，而這位厲害的人是誰，不言而喻。

而他們兩個剛剛很不巧，跟大佬做了相反的選擇。

陳斌輕拱了梁元浩一下，趁著其他人正在討論，小聲問他：「後悔嗎？」

梁元浩拉著臉，粗聲粗氣地說：「後果還沒顯露出來。一次對就能次次對？反正我不後悔。」

「我有一點。」陳斌一臉愁苦，看著地面出神。

「哥，要找監考官幫忙嗎？」于聞問。

「不找。」游惑坐在沙發扶手上玩手機。

秦究把熏香爐的蓋子重新扣上。

他隨便抽了一條彩巾，擦乾淨手指，然後不慌不忙地踱到游惑身後。兩手撐著沙發背上說：「真不找？這張牌在我這裡捂很久了。我真是迫不及待想用掉它。」

游惑頭都沒抬，冷笑一聲算是回答。

秦究更有興味了。

這位考生實在很有意思，正常範圍內的小問題，他一點兒也沒少問，指使起監考官來半點不客氣。可一旦涉及到求助牌，他就打死不用，好像求助就是低頭一樣。

——一塊難啃的硬骨頭。

001監考官在心裡點評。

游惑點了幾下手機，黑婆小姑娘似的聲音又在屋內響了起來。

這不像英語。英語大家都懂，即便學得差，多放幾遍、放慢一點，就能聽個七七八八。吉普賽語他們真的一竅不通，就算把這段錄音迴圈播放一整天，那一竅也不會被打通。

他們沉默著杵在客廳裡，絕望地被鳥語包圍。

那段話放了有十來遍，突然有人打了個響指。

眾人猛地回神，「誰？怎麼了？」

打響指的居然是Mike。他張著嘴，一動不動地聽完黑婆最後兩句話，神情激動地叫了起來，因為語速太快，聽著也像亂碼。

老于他們懵逼半晌，轉頭問游惑：「他說啥？」

游惑皺著眉說：「他說黑婆的吉普賽語裡夾著波斯和俄語詞彙。」

他轉頭問Mike：「你確定？」

作為四國混血，Mike雖然長得對不起血統，但在語言上還是有底的。他放慢語速解釋了一下，說自己的外祖父來自於俄羅斯，他對俄語雖然不精通，但詞彙量還行。至於波斯語，他在大學期間心血來潮選修過。

吉普賽人在遷徙過程中，經常會受居住地人的影響，所以語言裡常會帶入外來詞。他們還會學當地的語言，就比如黑婆能聽懂考生說的中文一樣。

村長說過，黑婆當年是跟著俄羅斯人來這裡躲避戰亂的，想必受了俄羅斯同伴的影響，語言用詞裡會有混雜，這點也許連她自己都沒有意識到。

一聽這話，大家立刻興奮起來。

于聞大狗一樣盯著Mike說：「來！快說快說！你聽到了什麼？」

聽到這個問題，Mike又有些赧然。他微胖的臉盤子脹得粉紅，「呃」了好幾聲，才憋出了幾個詞。

「墳。」

「花。」

「針。」

「太陽。」

游惑看向Mike，轉頭對眾人說：「沒了。」

眾人：「……」

「題目是什麼來著？」老于問。

于聞面無表情地說：「一、黑婆叫什麼？二、黑婆家人在哪裡？三、黑婆屋子裡有多少人？」

這四個詞，哪個能回答……好不容易燃起的希望又噗地滅了。

大家伸長的脖子又縮了回去，臉色晦暗。

太陽不知不覺斜向西邊，藏在了林子後面，暈出一片並不明亮的餘暉。

坐在窗邊的于遙忽然撩開簾子，輕聲說：「村民……」

「啊？」于聞湊過去，「什麼村民？」

于遙徹底拉開窗簾，指著並不大的石砌圓窗說：「河對面有人出來活動了，應該是村民吧？」

凍結的河在傍晚泛著一層光。光的對岸，有三兩個人影正從房子裡出來，挎著籃子，小心翼翼地往河邊挪。

「還真是。」陳斌咕噥：「村長說他們傍晚會出來活動一下，人多熱鬧點是吧？但是……」

三兩個人哪裡熱鬧了？不管怎麼說，有人的地方就有線索。

游惑穿上黑色羽絨服，把拉鍊拉到下巴，掩住下半張臉，抬腳便出了門，其他人陸陸續續跟了出來。

秦究不緊不慢地走在游惑旁邊，落後他半步，「用分數買的衣服？」

游惑瞇著眼，從狹長的眼縫裡睨他。

「雖然收過你幾份大禮，但我這人很大度。不介意給你幾句忠告。」秦究兩手插在大衣口袋裡，跟他並肩慢慢穿過凍河，「這個考試，能及格的人屈指可數。反正我監考這麼久，也沒見過多少。對於一般考生來說，最好前期別亂花分數。」

游惑直挺的鼻尖掩在衣領下，但依然會在呼吸間形成一團白霧。

他走到對岸，淺色的眼珠一動，目光落在不遠處的一位中年女人身上。

女人是寒冬邊境典型的打扮，穿著極長的冬衣，從脖頸一直裹到腳，大圍巾恨不得埋住整顆腦袋。她笨拙地在河邊蹲下，招呼身邊的男人說：「來，把冰鑿了。」

游惑看了一會兒，丟給秦究一句：「一般的忠告留著給別人去，我用不上。」

說完，他便朝那兩位村民走了過去。

兩位村民看到游惑，略微愣了一下，然後凍僵的臉緩慢笑起來，「你是新來的客人？村長跟我們提過。」

游惑朝村長的房子看了一眼，門窗緊閉。

「嗯，早上剛到。」他回答說。

村民點了點頭，不算熱情，「你們住在河對岸？」

「嗯。」

「……」那對男女沉默了一會兒，沒憋住，說：「你沒有什麼要問我們的嗎？剛來村子一定很不習慣吧？」

游惑抬了抬眼，「還行。」

兩人：「……」

他們面面相覷片刻，又蹲下身去挖河面的冰。鑿了兩下，他們朝游惑瞄了一眼。

「你們去黑婆那兒了？」那個中年女人忍不住問道。

游惑點了點頭，「對，在那裡待了一下午。」

「喔……做什麼了嗎？」

游惑說：「做了幾個娃娃，不知道你們見過沒。」

兩位村民動作頓了一下，有點瑟縮。

游惑又說：「也有幾位沒做。」

讓他奇怪的是，村民居然又瑟縮了一下。

片刻之後，女人抬頭說：「沒有，一般只有客人會去拜訪黑婆。我們很少去河對岸。」

游惑：「以前也來過客人？」

女人點了點頭，「來過的，跟你們差不多吧，總是一群一群地來。」

游惑說：「後來他們怎麼樣了？」

女人有一瞬間的茫然，接著搖了搖頭說：「好像……沒看到他們離開。」

剛過河的幾位考生一聽這話，差點兒掉河裡。

秦究走到游惑身邊，他微微低頭說：「你可真是個套近乎的鬼才。」

游惑：「……」

他正想回嘴，男村民手裡的鐵盆突然噹啷一下掉在冰面上。

兩人看過去，就見那個男人盯著游惑的眼睛看了幾秒，又盯著秦究看了幾秒，慢吞吞地說：

「我好像……在哪裡見過你們。」

游惑一愣，「誰？我們？」

「對，我見過的。」男村民一把抓住游惑的手。

他的手掌粗糙如砂紙，擦得皮膚生疼，又硬又冷。

游惑抽回手，臉色很不好看。

「在哪裡見過？」他活動著手腕問。

男村民站在原地，茫然地想了兩秒。又像是沒聽見問題一樣，重複地說：「我肯定見過……我見過的。」

「欸，又來了。」那個要鑿冰的女人放下鑿具，嘆了口氣對游惑等人說：「你們別見外，這人啊就這個毛病。」

「什麼意思？」

「他這裡不大好。」女人指了指自己的腦袋，解釋說：「一陣兒、一陣兒的，發起病來就喜歡拽著人說我看你眼熟，我是不是在哪裡見過你？要不就是問人家，你認識我嗎？你記得我嗎？」

話音剛落，那個男村民又抓住了秦究，低聲問：「你認識我的，你記得我嗎？」

秦究：「……」

女人說：「看吧！就是這樣。」

「怎麼瘋的？」秦究問。

女人回想了片刻，又搖了搖頭低聲說：「一直都這樣。」

她招呼了一聲，另外兩個在河邊打水的人走了過來，一邊一個架起男村民。

「你們先把他帶回去吧，估計得瘋一會兒。」女人說。

兩位同鄉點了點頭，把男村民往房子裡拽。

被拖拽的時候，男村民又拉住離他最近的于聞，掙扎著說：「我見過的，我真的見過的。」

他皮膚灰暗，臉上滿是乾紋，嘴角和眼角尤為嚴重。兩鬢夾著幾根白頭髮，顯得有些滄桑。

于聞被他嚇了一跳，又覺得有點可憐。

他說：「別這麼拽吧？要不我幫你們？」

兩位村民搖了搖頭，「沒事，不用。我們習慣了，他瘋起來力氣大得很，你架不動的，只能這樣拽著。而且……」

其中一個耿直地說：「你們是黑婆的客人，我們……唔，不大歡迎陌生人進自己家。」

很快，男村民被拽進一棟紅頂房子，房門關上便沒了動靜。

這段插曲弄得眾人面面相覷。

但這些村民相當於遊戲中的NPC，NPC之間發生的事情，很難說是不是固定的日常劇情。沒弄清原委之前，貿然插手不大明智。

於是大家看在眼裡，並沒有輕舉妄動。

游惑記住了那幢房子，這才收回視線。

聊了半天，關係也沒見親近。這位大佬沒了耐心，他也不兜圈了，乾脆地問道：「你們有人懂吉普賽語嗎？」

女人又開始鑿冰了，她手揚得很高，鑿具重重砸在冰面上，帶起一層碎碴，一下一下帶著股狠勁。

這種場面看得人莫名害怕，就好像那裡如果躺一個人，她也會這樣用力鑿下去。

她鑿了好幾下，搖頭說：「不懂，沒人懂。」

「但是村長說黑婆做死人活。沒人懂吉普賽語的話，怎麼跟她溝通讓她做活？」老于忍不住問道。

女人說：「都是客人來找她，我們不用。而且以前她不是一個人，有俄羅斯人、有幾個小孩，俄羅斯人？小孩？眾人感覺問到了重點，一下子興奮起來：「那是不是黑婆的家裡人？」並不是總說吉普賽語。」

女人點了點頭，「是的吧。」

「他們人呢？去了哪裡？」

女人搖了搖頭，「走了，去了哪裡不知道。可能回家去了？反正突然就不見了。」

「有知道的人嗎？」

女人又搖頭說：「沒有，我們哪兒敢多問黑婆的事。」

大家又懊喪起來。

游惑看了一眼遠處沉落的夕陽，問：「這裡有墳墓嗎？」

女人鑿冰的手一頓。她安靜了好一會兒，突然抬頭看著眾人笑起來。

這麼一笑，她的面容生動多了，卻也讓人毛骨悚然。

她笨拙地抬起手，隨便一指，「看見這些樹林沒？」

眾人轉眼掃了一圈。

綿延的樹林圍了一個密不透風的圈，把整個山村包裹在其中。

女人笑著說：「林子就是墳，這一圈樹林啊……全都是墳。」

夕陽徹底沉到了林子後面，最後一絲餘暉消失殆盡，天色不知不覺黑了下來。

女人抬頭看了一眼，連忙拎起鐵桶。

「等等。」游惑一把抓住她。

女人掙了兩下，「幹什麼？天黑了，別抓我！我要回家！」

她力氣極大，遠在游惑意料之外，所以一時不察，居然真讓她掙開了。

女人拎著桶連退幾步，催促眾人說：「你們也趕緊回屋吧。天黑了！」

「天黑怎麼了？之前村長也說過，天黑你們就不出來了？」

女人發著抖，她裹緊了圍巾，四下看了一眼，然後輕聲說：「天黑有鬼，到處都是。它們會敲你的門，開你的窗子，站在床邊或者鑽進床底。你們要小心……」

說完，她食指壓在嘴唇上，「噓」了一聲。

大家被她「噓」得毛骨悚然。

女人說完這句話，拎著鐵桶匆忙走了。

夜幕之下，她走得特別快，眨眼的工夫，身影已經到了遠處的房屋前。

她打開門，左右看了一眼，然後小心翼翼地鑽進了屋子裡，門窗緊閉。

一時間，萬籟俱寂。

幾棟房屋裡亮著零星的燈光，但光太昏暗，偶爾還會輕輕搖晃，反而讓人更加不安。

陳斌他們搓了搓胳膊，說：「怎麼辦？聽力題沒有頭緒，我們……要不回去再研究研究錄音？」這話說得很絕望。

沒有翻譯機，村民不懂吉普賽語，據說夜裡還有鬼敲門……他們該怎麼搞到聽力的題目？

「我進趟林子。」游惑突然說。

「你進哪兒？」老于被外甥嚇一跳，但話還沒問完，游惑沙沙的腳步聲已經往遠處去了。

「操。」老于不敢對外甥說髒話，對著地啐了一聲，喊著問：「你等等！你好歹拿個燈！」

游惑頭都沒回，很敷衍地擺了一下手。

眾人：「……」

老于急忙問：「誰誰誰！來個手電筒！手機也行！我的下午耗沒電了。我他媽……怎麼也不能看著他一個人往墳地裡鑽！」

眾人面面相覷，紛紛搖頭。

下午反反覆覆的錄音播放，耗盡了所有人的手機電力，僅剩的那點也不敢拿來照明，否則撐不了幾分鐘就要徹底關機。

「老手呢！二位？有帶手電筒的嗎？」老于又看向陳斌和梁元浩。

梁元浩：「沒有。」

陳斌尷尬地擺了擺手，「休息處倒是有得賣，但是……我們分數實在太可憐，沒敢買。」

「那什麼……」于聞突然出聲，遞過來一根細長的東西，「我斗膽……花了零點五分買了一根螢光棒，能用嗎？」

老于上去就是一下，「買都買了，你買啥螢光棒！買盒火柴也是好的！」

于聞叫道：「小說看多了……有的地方不能用明火。」
他拎著螢光棒，拽著老于去追游惑。
于遙細聲細氣地說：「我……我也去吧。」
一串人都跟著游惑跑了，只剩下梁元浩和陳斌懵在原地。
「他們……考試這麼莽的嗎？」陳斌喃喃道：「那我們去不去？」
梁元浩沉著臉說：「都說了，那裡全是墳。你要去你去，我回屋了。」
樹林裡安靜極了，連一隻鳥都沒有，游惑踩斷幾根樹枝，順腳踢到後面去。
秦究不冷不熱地哼笑了一聲，拖著調子說：「能不能有點公德心？你後面還有人。」
游惑一聲不吭，又往後踢了幾根斷枝。
秦究「嘖」了一聲。
游惑插著兜，逛墳地就像逛公園，好像黑暗的環境並不會對他造成阻礙。
「你確定不用燈？我倒是可以借給你。」秦究說。
游惑：「夜視能力很好，不勞操心。你能不能閉嘴安靜一會兒？」
秦究：「不大願意。」
游惑不理他了。
在林子中走了一會兒，秦究停住腳步說：「誰在喊魂？」
游惑跟著聽了片刻，聽到了于聞哆哆嗦嗦的聲音：「哥——哥你在哪兒——」
隱約還能看見一節綠瑩瑩的玩意兒，映照著幾人的臉。
游惑就地折了幾根樹枝，摸出打火機點著。
「那邊那邊！我看到了！」于聞看見火光，鬼喊鬼叫地衝過來。
老于扶著樹直喘氣說：「欸……你……祖宗欸，你找什麼吶？」

游惑說：「隨便看看。」

眾人臉綠了一下。

「……那、那看到什麼了沒？沒有的話，要不咱們先回去？」老于試探著說。

游惑樹枝往腳下一劃，「看，一排墳。」

大家嚇了一跳，朝火光映照的地方看去，就見游惑腳尖抵著一塊地，地面上並排列著一排墓碑。碑上刻著古怪的文字，像字母又像圈圈圓圓的蚯蚓。這跟之前村口地碑上的文字很像，看得出都是黑婆刻的。

于聞一臉懵逼，「這種地方你是怎麼找到的？」

「下午黑婆進過這片林子。」游惑蹲下身，突然衝于聞招了招手，問道：「你手機是不是還有剩餘電力？」

「一點點。」

「拍一下，照抄在黑婆門上。」

大家都愣住了，「幹麼？」氣死黑婆？

游惑說：「墓碑上有什麼？」

老于說：「死人名字，照片，生卒年。」

游惑面無表情。

老于求生欲爆發了一下，又道：「還有死者親屬，誰誰刻的。」

眾人：「……」對喔！這碑是黑婆刻的！黑婆的名字肯定在碑文裡啊！

于聞在給墓碑拍照，游惑舉著火把照明。

突然，他感覺右腳被人輕踩了一下，不滿地問秦究：「踩我幹什麼？」

秦究：「嗯？」

他低頭一看，游惑的鞋尖沾了一些泥土，新鮮得很，確實像是被踩過。

秦究抬起眼，「我有這麼無聊？」

游惑：「誰知道。」

別人都離他幾步遠，唯獨秦究跟他並肩而立，腳尖一轉就能搆到。

況且就這群人，誰膽肥敢這麼玩？

001先生剛背上黑鍋，于聞又叫了一聲：「誰踢我？照片都拍糊了。」

老于連忙撇清：「我沒有啊。」

于遙也擺手說：「不是我。」

于聞咕噥說：「妳也不是，他也不是，那還能有誰？」

眾人安靜兩秒，突然齊齊看向地面。

游惑舉著火把一掃，發現四周無端起了變化。

有幾處泥土微隆，鋪在上面的枯枝敗葉翻到兩邊，就好像……短短十幾秒的工夫，有什麼東西從泥地裡爬了過去。

眾人僵在原地，驚恐對望。

火光照得大家臉色發白，于聞嘴唇一抖，正要說什麼，游惑抬起食指抵住嘴唇。

寂靜之中，林子裡接二連三響起窸窸窣窣的爬行聲。

山坳裡動輒有回聲，遠近重疊，根本判斷不了是哪裡傳來的，有的簡直像貼在腳邊……

Mike他們當即下肢麻痹，完全不敢動。

游惑轉身照亮一處草叢，眾目睽睽之下，有幾個顏色慘白的東西一閃而過，眨眼便消失了。

看動靜，似乎在往村子裡去。

陳斌和梁元浩同住一屋。

他們覺得夜闖樹林不明智，在村內遊蕩也不明智。最討巧的做法就是躲回屋裡，悶頭睡一覺。

陳斌站在窗邊，不放心地說：「真不管他們啊？這樣不大好吧……」

「你考幾場了？怎麼還這麼優柔寡斷。」梁元浩撐在衛生間的水池旁，往臉上潑水，「這場考試還是團隊計分，只要答對題，所有人都能加分，何必各個都往上衝呢？如果他們找到了線索和答案，那就太好了，咱們也不欠他們的，之後找機會報答一下。」

陳斌：「那要是沒找到呢？萬一出事呢？」

梁元浩動作一頓，抽了條毛巾搓臉，含糊地說：「那……也是他們太魯莽了，咱們勸過的是不是？送我們來的司機，還有村民都說過，不要亂進林子。他們自己明知故犯，太不惜命了。」

陳斌依然沒精打采，梁元浩又道：「老實跟你說吧，我考了三場，體會最深的就是這個詞。咱們得惜命，不能所有人一起莽。雞蛋不能放在一個籃子裡，小孩兒都懂這個道理。這也算保留退路，萬一有人出事了，我們還能頂上。」

他出神片刻，又補充說：「這樣勝算最大。」

陳斌看著他說：「梁哥，你啪啪算勝率的樣子……像人形計算器。」

梁元浩抓了抓寸頭，煩躁地說：「不提這些，我要睡了，你最好也趕緊睡吧。」

他們一人捲了一床被，不敢耽誤，逼著自己睡下。

本以為要輾轉很久，誰知屋裡的熏香助眠有奇效，很快鼾聲就響了起來。

隔壁屋子突然響起了敲擊聲，很輕，但在夜裡卻顯得極為清晰，令人毛骨悚然。

陳斌翻了個身，梁元浩依然打著鼾，一無所覺。

敲擊聲接連在幾棟屋內響起，越來越近……

幾分鐘後，這間屋裡終於也響起敲擊聲。

篤篤篤。

陳斌又翻了個身，眼皮顫動了兩下。

篤篤篤。敲擊聲又響起來。

陳斌猛地一驚，終於嚇醒。

他沒敢睜眼，一動不動地硬在床上，聽著敲擊聲的位置。

然後他冷汗就下來了……因為那聲音就在床下，隔著床板敲在他背部。

篤篤篤。那東西似乎知道他醒了。又三下敲完，一個輕飄飄的聲音突兀響起來：「我在找不聽話的客人，你今天縫娃娃了嗎？」

陳斌差點當場尿出來，他死死閉著眼睛，企圖裝睡。

那聲音卻不依不饒：「告訴我，你今天縫娃娃了嗎？」

身邊的梁元浩小腿一抽，似乎也醒了。

那聲音已經貼到了兩人耳邊：「最後再問一次，你今天縫娃娃了嗎？」

屋子裡一片死寂。

那聲音輕輕嘆了口氣：「唉……」

梁元浩突然叫起來：「縫了縫了！都縫了！」

「噢……真是聽話的客人。」那聲音遺憾地說：「那你們只好活著了……」

梁元浩和陳斌陷在驚恐中，消化了兩秒才明白它的意思，頓時有點慶幸。

那聲音又問：「誰縫得多呀？」

梁元浩立刻說：「我！我！我縫了兩條腿！他只縫了半截胳膊！」

陳斌嚇懵了。

「那真是太好了。」那聲音說。

梁元浩鬆了口氣，眼睛悄悄睜開一條縫。

結果就見寒光一閃。

他看到的最後一個畫面，就是一隻慘白的手高舉著剁骨刀，衝他的腿剁下去。

那瞬間，他居然想起了那位在河邊鑿冰的女村民。

他心想：這動作真像啊……

游惑他們幾乎在林子裡耗了一夜，轉遍各處也沒能找到那些爬行的東西。

泥土翻攪的痕跡轉眼間就消失了，枯枝敗葉好好地鋪在地上，好像從來沒有挪動過。

直到天微微泛起亮光，他們才從林子裡出來。

「好像也沒那麼可怕？」老于犯起了嘀咕：「都說別進林子，咱們在裡面待了一夜，也沒出什麼事啊。」

于聞一臉麻木，「嚇就嚇飽了……」

「但命還在啊，咱們也沒受什麼傷。」

「那倒是。」

但他們想起昨夜的動靜，又感覺沒那麼簡單。那些慘白的玩意兒窸窣而過，更像是找到了別的目標，暫時放了他們一馬。

天很快亮起來。

村民們的房子卻依然黑著，窗戶破舊，有的門上還結著蛛網，乍一看，就像荒廢的舊屋一樣。

游惑冷不丁在一間屋前停住腳步。

眾人一愣，突然想起來，這是那位瘋子村民住的房子。

「你們先走。」游惑扔下這句話，就去敲瘋子的屋門。

「你要找那個村民啊？」于聞問：「你相信他昨天說的那些？」

他知道游惑缺失記憶，以為游惑會對這事很敏感。

突然有人說見過他，雖然看著很不靠譜，但沒準兒他哥好奇心作祟，想問問看呢？

結果游惑說：「不信。」

他昨天仔細注意過，那位瘋子看他的眼神渙散，看向秦究的時候卻亮了一下。

尤其當他對秦究說「你認識我」的時候，表情是認真的。如果那瘋子嘴裡有真話，也是對秦究的那部分更真一點。

不過那時候秦究被擋了一下，沒看到，也沒什麼反應。

況且，這位001先生認識哪個NPC、搭不搭理人家……關他屁事。

游惑心想。

他來敲門只是因為瘋子口無遮攔，最容易套話。

他們敲了五分鐘，沒有得到任何回應。

「不敢出來吧？或者沒起床？村長不是說了嗎，所有村民都害怕夜裡的東西，所以會努力讓自己睡得沉一點，起床晚一點。」

「等傍晚吧。」

眾人想起村長的話，沒有在這裡乾等。

收卷時間越來越近，他們匆匆穿過凍河，圍在了黑婆門前。

門上，前一天顯示的聽力題目清晰可見，答題區域還是一片空白。

有了上一次的經驗，他們很快找到了答題的筆——這次是真的筆，不過材質特殊，是用白骨雕成的。

于聞抓著它，頭皮都麻。

他翻出墓碑照片，依葫蘆畫瓢在答題區域抄了一大段鬼畫符，連標點都沒落下。

題目（一）黑婆的名字叫什麼？

正要抄第二題，就被游惑攔住了。

「別抄了。」

「為什麼？」于聞說：「這墓碑上應該也有出現黑婆家人的名字啊，咱們相當於找到了兩題的答案。」

游惑看著他，那表情活像要在他臉上刻個「蠢」字，「能不能留一題明早用？」

于聞：「……能。」

老大不小的考生們圍著門，翹首等放榜。

游惑一夜沒休息，靠著牆在晨曦中昏昏欲睡。

他從偶然的餘光中瞥見秦究站在遠一些的地方，一手插兜，另一隻手裡把玩著那張幫助牌。

從這個角度和距離，看不清秦究的表情。

但游惑莫名覺得，這位001號監考官身上缺了點什麼。

具體什麼，說不上來……畢竟他對秦究的認知僅止於這幾天而已。

不知等了多久，老于突然「欸」了一聲，疑問道：「馬上就收卷了，那個陳斌還有那個……梁元浩怎麼還不起床？」

「不知道，烏鴉剛剛就提示過一次，該醒了吧？」

老于說：「你們等開門，我去叫他們。」

他說著，轉頭去敲陳斌和梁元浩的屋門。

敲門聲和烏鴉叫聲幾乎同時響起，第一次收卷時間到了。

黑婆房門上，密密麻麻的墓碑文中有兩個詞被挑了出來，畫了個圈。

Floure Jaroka，加五分。

眾人長長鬆了一口氣，高興起來。

金大腿果然是金大腿。

緊接著，下半截門上顯出了新的題目。

閱讀題：查蘇村一年一度的巫蠱節到了，黑婆給村民們早早準備了禮物。沒有猜錯，就是精心縫製的娃娃。她寫了一封長長的禱告信，信中給每位村民送了祝詞。閱讀禱告信，根據信中資訊，說明黑婆將娃娃送給正確的村民。巫蠱之神在上，不細心的人總會遭到懲罰。而細心的人，村民會為他們指明回家的方向，沒有林木的地方有回家的路。你們能找到嗎？

【第五章】

你今天縫娃娃了嗎？

閱讀比聽力還令人絕望。

眾人抽了一口冷氣，還沒來得及吐出，老于的叫聲就傳了過來。

一夜工夫，陳斌和梁元浩的屋子天翻地覆。

「我的天，你們快來！」

臥室到處都是血，地上、牆上、床上……還有兩道長痕一直蔓延到大門口。

大家趕過去的時候，老于正貼在客廳牆邊：「我他媽進來都懵了！根本沒地方下腳！」

「我操……怎麼回事？那兩人呢？」

老于指著敞開的臥室門，「應該還在床上，被子鼓著。叫了幾聲，沒人應……我想掀開看看的，又怕太冒失了。」

其他人臉色慘白。他們從沒見過這種陣仗。

「還、還活著嗎？」于聞驚恐地問。

老于沒吭聲。就這種出血量，換誰都得涼。

更何況這裡血腥味濃郁，地板上的血已經乾透……起碼晾了有一夜了。

屋裡一時間沒人說話。這兩位新加入的成員跟大家感情不深，尤其梁元浩，行事說話都不討喜，但他並沒有害過誰，沒人希望他們落得這種下場。

「我再去確認一下……」

這種時候，老于當過幾年兵的素質就顯出來了，別人都快吐了，他抹把臉就能上，他也就對著外甥會慫。

不過老于臉還沒抹完，游惑已經進了臥室。

秦究沒有跟進去。他抱著胳膊斜倚在門框上，落在游惑身上的目光饒有興味，但唇角卻抿成一條刻板的直線。他似乎對這種血腥場面有些厭惡，又好像無動於衷。

老于也想進臥室。但某位監考官把臥室門擋得嚴嚴實實，他斟酌了片刻，沒找到開口機會。

我徘徊兩圈，考官總能聽見動靜吧？老于心想。

誰知並沒有……他轉了四圈，監考官頭都沒回。

等這位監考官先生分點注意力給他，估計能等到下輩子。

老于憋了半天，憋出一句：「那個……」

他剛出聲，臥室裡突然傳來重物落地的聲音，接著是一聲失了智的慘叫。

剛吐過的于聞衝進來，「哥——哥你怎麼了？」

老于也嚇了一跳。

堵著門的監考官終於側過身，瞥了于聞一眼，「你哥叫得出這種聲音？」

于聞：「啊？」他心想：我哥叫什麼聲，你管得著嗎？

緊接著他便反應過來……對啊，他哥那半死不活的性子，殺了他都不會叫這麼慘。

那……房裡還有誰？

一群人衝進房間，尖叫聲頓時此起彼伏。

「操，你們是人是鬼？」于聞瞪著床邊的地板，嚇得聲音都劈了。

眾人瞪著的地板上，陳斌跌坐在那裡，看著滿地血跡，叫得比誰都大聲。

游惑被他們叫得頭疼，冷著臉喝道：「閉嘴！」

大家總算安靜下來。

他們驚恐又茫然地對望片刻，忍不住問：「你……你還活著嗎？」

老于小心翼翼摸了陳斌一下，「活的，還熱著。」

「那……梁元浩呢？」

陳斌呆滯半晌，才輕聲說：「沒了。」

「什麼叫沒了？」

陳斌顛三倒四地說：「昨晚……昨晚有人敲我們的床，問我們娃娃，還拿了刀，我暈過去了。」

眾人基本沒聽懂。

「等會兒，慢慢說，我們捋一捋。」老于說。

捋了十分鐘，他們終於弄清了原委。

「所以縫了娃娃的人會被找上門，縫哪裡剁哪裡？」

陳斌點了點頭，「它問我們誰縫得多，梁元浩說他多，縫了兩條腿，然後……腿就被剁了。我當時就嚇暈了，最後聽見那個聲音對我說……」

「說什麼？」

他嚥了口唾沫，又發起抖來，「它說……明天見。」

梁元浩就這麼沒了蹤影。

客廳那條拖行的血跡應該是他留下的，但血跡到門口戛然而止，之後又去了什麼地方，便無從得知。

其實大家隱約可以猜到，梁元浩十有八九是被拖進樹林了。

可是樹林圍著村子繞了一圈，廣到看不見邊際，在裡面找人，無異於河底撈針。

他們找了很久，沒能找到任何痕跡，不得不在烏鴉的警告聲中回到屋前。

【警告：閱讀題已經開始，請考生不要浪費考試時間。】

烏鴉陰森森地重複了三遍，大家面色晦暗地敲開黑婆的門。

一切都像是昨天的復刻。

黑婆又攤開了一疊牌，讓站在最前面的人抽一張。

大家臉色都很難看。他們昨天抽了一張死神，今天隊伍裡就少了一個人，要是再抽一張凶牌，

誰知道會是什麼結果？

這次站在前面的是于遙。

黑婆盯著她看了很久，看得她手都抖了。

她垂著頭，咬牙抽了一張。

這張牌不像死神那麼好認，牌面上是一個金髮天使在吹奏樂器，他身前有一面布旗，旗上畫著紅十字。

「這是什麼牌？」大家都很忐忑。

于遙捏緊了牌，低聲說：「審判。」

「啊？」大家也沒想到她認得，又追問道：「好牌壞牌？」

于遙愣了一下，才說：「代表復活、新生和好運……」

「那是好牌啊！」眾人一下子高興起來。

老于說：「復活？梁元浩會不會……還有得救？」

復活和好運總算讓大家放鬆下來。

黑婆卻很不高興，甚至遷怒到了抽牌的于遙。她始終盯著于遙，眼神怨懟。

半晌之後，她才邁著小步進了房間，從床頭櫃裡拿出一個信封。

不出意外，這就是題目所說的禱告信了。

黑婆把信封交給大家，然後伸出食指點著木架上的娃娃，嘴裡念叨：「yeck, dui, trin, store, pansch……desh ta sho.」

黑婆說完亂碼，又苦惱地搓著手。

「這是幹啥呢？」于聞感覺自己在看默劇。

游惑：「數人頭。」

黑婆似乎對娃娃的數量不滿意，又把那個竹筐拖了出來，一人塞了一團毛線球。

她把沙漏倒放，又離開了。

有了梁元浩的教訓，大家看毛線球的眼神都不一樣了。

這他媽哪裡是毛線球，這就是一把把剁骨刀啊！

「這誰敢縫啊……」老于咕噥了一句，把毛線球扔回竹筐。

大家紛紛照做。

游惑卻突然出了聲，他問陳斌：「昨晚的話重複一遍。」

陳斌茫然，「哪句？」

「聽話的客人那句。」

陳斌顫抖著說道：「喔，那怪物問我們有沒有縫娃娃，我們說縫了，它說我們是聽話的客人，只好活著了……」

聽話的客人，只好活著了？

眾人一愣，之前他們被嚇得不輕，都沒注意到這個內容，現在重新再聽，簡直毛骨悚然。

「聽話的客人只好活著……那不聽話的呢？」

游惑說：「只好去死了。」

「……」

縫了剁手剁腳剁腦袋，不縫就去死。那還縫不縫？

眾人慌亂至極，好半天沒個主意。

秦究作為監考官，看戲看得百無聊賴，他拿起黑婆的信封，拆出幾頁禱告信看鳥語。

剛看沒兩行，就被人不客氣地奪走了。

「你能不能有點監考官的自覺，不要妨礙考試？」游惑嗆了他一句，拿著信紙在沙發裡坐下。

「不能。」秦究維持著拿信的姿勢，食指拇指摩挲了兩下，偏頭說：「怎麼辦？我突然感覺監考官有點無聊……」

游惑冷笑一聲，「感覺真靈敏。」

「所以這張求助牌，你打算什麼時候用？」秦究摸出卡牌在游惑面前晃了兩下。

大佬無動於衷，說：「留著發霉吧。」

禱告信是鬼畫符，游惑翻了不到五秒就丟開了。

狗屁題目。

監考官撿起信紙，拖腔拖調地氣人，「怎麼？優等生的小聰明不管用了？」

游惑起身就走。他在黑婆屋內轉了一圈，試圖找到吉普賽語之外的提示。

這場考試的背景故事中，黑婆的家人也許是丈夫來自於俄羅斯，黑婆自己應該會說俄語，某些情況下也會使用。他想找到這類痕跡……

然而黑婆清理得很乾淨，他一點兒也沒找到，該怎麼辦呢……

今天沙漏的時間比昨天長，但大家依然覺得漏得很快。

「沙漏都過半了，娃娃怎麼說？縫不縫？」老于問說。

于遙小聲提議說：「再找找，也許有辦法？」

「要不……我們今晚還去樹林吧！昨天不就這樣躲過一劫嗎？」于聞說。

晚上的樹林非常嚇人，但差點兒嚇死總比真死好。有了昨天的經驗，大家對此非常贊同。

正要一致通過，某大佬又開始特立獨行了，「我回屋睡覺。」

于聞叫道：「為什麼啊？」

游惑說：「試試會不會死。」

眾人：「啊？」這他媽還能試？

「你一個人待在這裡？那怎麼行！」老于當場反對。

結果就聽監考官漫不經心地問了一句：「不好意思，我不是人？」

監考官能算人？起碼在考生眼裡不算。

但秦究說話，老于也沒敢吱聲抗議，他們怕他。

其實本場考試到現在，這位001號監考官還沒做過什麼可怕的事。

他沒有行使過職權，沒有抓過誰違規，沒有沒收過物品工具，但考生還是怕他。

因為大家預設監考官是系統的一部分，是這個系統的眼睛和爪牙。

考試系統很可怕，所以監考官也一樣。不到萬不得已，沒人想惹他。

喔……游惑除外。

老于想到游惑就頭疼，想到「不守規矩」的游惑要跟「不能亂惹」的監考官單獨相處，更是渾身都疼。

「要不我也不去林子了。」他說。

「能活到現在都靠你，把你留在這裡，我們自己去避難，這……我做不到。」于遙小聲說：「萬一能幫上什麼忙呢？」

其他人也紛紛附和，結果慘遭拒絕。

游惑扔了一句「人多太吵」，就不再搭理人了。

大家拗不過他，又怕不聽話拖了後腿，只好妥協。

天色漸黑，河對岸的村民又出來幾個，一如既往在鑿冰。

「好像還是那幾個人？」于聞隔著窗子數人頭，「那個穿大長襖的，是昨天的大姐吧？還有那個瘋子……那兩個戴皮帽的，是不是昨天把瘋子拽進屋的？」

這位同學手機沒少玩、遊戲沒少打，視力卻好得很，至今沒架過眼鏡。

其他人看不清那麼遠的地方，但根據著他的描述掃一眼，好像是那麼回事。

游惑看了片刻，目光又落回到木架上。

先前黑婆數人頭的時候，他跟著數過，已經完工的娃娃一共十六個，大致分布他也記得。

但現在再看，有幾個娃娃似乎……悄悄挪動過？如果他沒記錯的話，第一層最左邊的娃娃下午還橫躺著，現在卻坐得很端正……

游惑走到木架前正要細看，黑婆就回來了。

她進屋第一件事就是檢查成果，令她不高興的是，所有客人都兩手空空，沒人聽她的話！

黑婆一聲不吭地盯視片刻，突然冷笑一聲。她蹣跚地走到牆邊，那裡釘著于遙抽出來的「審判」牌。她咯咯笑著，把正位的「審判」牌撥成了倒立的。

「……」眾人被這舉動驚懵了。

卡都抽完了，還能動？他們不懂這套卡牌的含義，但直覺這不是好事。

于遙哆嗦著說：「如果倒立……就表示反義。」

復活、希望的反義，那不就是死亡和絕望？

黑婆又翻出一個布袋。

她把木架上的娃娃統統掃進布袋裡，又從竹筐中挑出四個未完工的，一起扔進去，把布袋塞給了離她最近的游惑。

四個半成品都很陳舊，其中一個髒兮兮的，就像在地上滾過，或是不小心被火燎過……

一領到娃娃，他們就被黑婆轟出了門。

今天沙漏比昨天慢，他們結束的時候，村民已經鑿完冰各自回屋了。

這些村民關上門就翻臉不認人，誰敲也不開，大家便沒去浪費時間。

他們兵分兩路，游惑和秦究鑽進了住處，其他人則順著凍河去樹林。

「我還是沒想明白，為什麼村民那麼怕那個林子？」于聞咕噥說：「雖說都是墳，但露出地面的真沒幾個。嚇人是嚇人，但總比待在屋裡好吧？」

老于：「誰知道。」

于遙說：「總有怕的理由吧……」

雖說要避險，但他們始終不放心游惑，所以沒去樹林深處，而是在邊緣徘徊。

「就在這等著吧。」于聞手搭涼棚望了一眼，「這邊沒有遮擋，可以直接看到我哥的屋子。」

大家自然沒有異議，席地坐下，啃著硬邦邦的乾麵包等待夜深。

亮著燈的屋內。

游惑一格一格地翻看櫥櫃，秦究坐在沙發裡，把長棍麵包掰折成兩半。

「分你一半，怎麼樣？」他說。

「免了。」游惑頭也沒回。

他離沙發這麼遠，都能聽見麵包可怕的「咔嚓」聲，可見乾到什麼程度。

秦究的聲音又響起來：「不滿意？那分你一大半吧。」

游惑餓了一天，心情很不美妙，他「砰」地關上櫃門，目不斜視從沙發旁走過，「要噎死別拽上我。」

櫥櫃、爐邊、木箱、鐵罐……從客廳到廚房再到臥室，所有能找的地方他都找過了，真的找不到第二樣食物，這倒楣考場怎麼不炸了呢？

游惑不高興地直起身，臉就被什麼東西碰了一下。

他垂眼一看，半截麵包橫在臉前，像架在脖子上威脅的刀。

秦究在他身後說：「別掙扎了，我早就找過了，沒有其他吃的。」

游惑面無表情，拒不妥協。

這位不務正業的監考官又用麵包碰了碰游惑的嘴角，說：「我建議你嚐一下試試，沒有想像的糟糕。我手底下還沒出過餓死的考生，不要這麼特立獨行。」

游惑一臉嫌棄地僵持片刻，重重接下。

「明明三個監考官，為什麼全程監控的是你？」游惑掰了一塊麵包，冷聲問。

秦究重新回到沙發裡，往乾淨的鍋裡放茶葉。

他把歪斜的小鐵鍋架在火盆上，這才撩起眼皮問：「考場的規矩，全程監控這種無聊事一般是主監考官來，很不巧，我就是那位倒楣人士。怎麼，你想誰來？」

游惑：「922、154，隨便誰。」

至少人家知道帶牛肉。

樸素的火爐很旺，鐵鍋很快發出滋滋聲響。

秦究在熱氣中瞇了一下眼睛，漫不經心說：「我會替你轉告他們的，能被考生惦記，他們一定高興壞了。」

好好的話，從他嘴裡說出來就很嘲諷。

游惑沒搭理。

茶水咕嚕嚕地煮著，屋子裡安靜了片刻。

游惑塞了幾口乾麵包便沒了胃口，他拍了拍麵包屑，看了秦究一眼問：「你是主監考官？」

秦究：「不像？」

游惑：「序號誰排的？」

「能力？戰力？參考因素據說很多。」

秦究就像對什麼都不上心，連跟自己有關的事情，都用的是「據說」這種詞。

游惑：「所以001就是第一位？」

秦究笑了一下，伸開長腿換了個姿勢，說道：「也不一定，據說曾經還有一個初始值，算是……前輩？」

「初始值……000？」游惑隨口道。

「那倒不是。」秦究說。

據極其有限的資訊顯示，那時候系統還不是現在這樣，監考官全部來源於特殊選拔，人少而精。其中一位監考官格外年輕，也格外厲害。

「好幾年前的事了。」秦究說：「那時候排序用的是字母，那位排位A。」

也許是鍋裡茶水在沸，熱氣蒸騰上來。

游惑聽見「排位A」的時候，走神了一瞬。

秦究摩挲著杯口邊緣，挑眉道：「我發現你對我那位前輩很有興趣？」

游惑回過神來。麵包早被他丟在一邊，他手指抵著下巴，表情又恢復懶冷：「等茶等得無聊，隨便問兩句而已。那位能壓你一頭的監考官人呢？」

「你這形容不大準確。」秦究半真不假地糾正道：「他做監考官的時候，我還是考生。後來轉為監考，跟他真正共事的時間也很短，很難說誰壓誰一頭。」

游惑哼了一聲。

「至於他現在……」秦究說：「死了？我不是很清楚，總之已經被系統除名了。」

游惑覺察到他語氣的微妙變化，抬眼道：「你不喜歡他。」

秦究笑了一聲，嘴角又懶洋洋地掛下去。

因為系統誤傷，秦究的記憶有缺失，那幾年的人和事都記不清了，自然也包括那位監考官A。

為了自檢故障，那幾年的相關資料被系統封禁，目前誰也調不出。

他對考官A的全部認知，都來自於別人之口。

據說他做考生的時候，就總給A找碴。

據說他們共事期間關係依然很差，水火不容。

據說那次系統故障，故障區只有他跟A兩位主監考。在那情況下兩人都沒能握手言和，最後損失慘重。秦究鬼門關裡走了一趟，而考官A則被系統除名。

這些據說裡，有多少真多少假，無從得知。

關於那次系統故障，秦究幾乎忘得乾乾淨淨，唯獨對一個場景留有一點模糊的印象。

那應該是一片廢墟，周遭是支棱的防護網、散落的生銹車輛和機器，還有斷裂的纜線……

他曲著一條腿坐在某個橫倒的金屬管上，手肘搭著膝蓋，襯衫前襟上全都是血。

他咳嗽著，哼笑了一聲。

面前卻還有一個人，那人的穿著打扮和模樣長相，他根本想不起來，反倒記得對方身後極遠的地方，是漫無邊際的防風林。

照那些據說來看，對方應該就是監考官A。

這是那些年在他腦中殘留的唯一痕跡，而他每次想到這個場景，心情都會變得非常差。差到什麼程度呢？就好像……再也痛快不起來了。但要說討厭，又似乎不是那麼回事。

陳茶的味道散開來，不算太香，但還算提神。

游惑盯著秦究看了片刻，站起身從櫥櫃裡翻出一個還算順眼的杯子，不客氣地從鍋裡舀了一杯茶。他喝了幾口，麵包乾堵心口的感覺總算下去了。

剛剛跟監考官閒聊活像吃錯了藥，這會兒氣順了，他又恢復如常，丟下杯子便進了臥室。

臥室還算整潔。櫃子裡塞了好幾床被子，專供前來送死的客人共赴黃泉。

游惑扯了一床被子出來，打算蒙頭就睡。

但他關門前瞥見了客廳板直的沙發，動作又停了一下。

一分鐘後，大佬拎著另一床棉被往沙發上扔，因為動作很不客氣，差點兒扔了監考官滿臉。

秦究端著茶杯讓過偷襲，驚訝地看了看被子，又看了看游惑。

游惑頂著一臉「監考官怎麼還不去死」的表情，睏倦地進了臥室，毫不客氣地關上了門，發出「砰」的一聲響。

前半夜，村裡風平浪靜，預料中的怪物、剁骨刀都沒出現。

游惑撐著眼皮等了兩個小時，終於放棄，扯過被子翻了個身沉沉睡去。

直到凌晨時分，牆上的鐘咔噠咔噠跳過最後幾格，變成三點整。

熟悉的敲擊聲又來了……

篤篤篤。那聲音先是響在牆外，又很快到了牆內。

篤篤篤。幾分鐘的工夫，它就響到了床底下，貼著床板，敲在游惑背心。

游惑一無所覺，他睡著了總是很難醒。

篤篤篤。

游惑依然一動不動，他側臉壓在枕邊，一隻手伸出被外擋著眼睛，睡得非常安穩。

鬧鬼鬧了快五分鐘，沒人理它。

敲擊聲終於停下了，它似乎非常困惑，又有點惱怒。

臥室裡安靜半晌，突然響起了窸窸窣窣的聲音，跟前夜樹林裡的聲音一樣，就像有什麼東西在木地板上爬行。

那東西從臥室爬到了客廳，找到了屋裡的另一個活人。

篤篤篤。敲擊聲終於又響了起來……

第一遍剛敲完，和衣睡在沙發上的監考官動了一下，他閉著眼捏了捏眉心。

就聽茶几上，一個女聲幽幽地問：「我來找不聽話的客人，你今天縫娃娃了嗎？」

監考官：「……」

題目怕不是瘋了，居然饑不擇食地來剁監考官？

秦究眼睛都沒睜，應付地說：「沒縫，怎麼辦吧？」

「喔……那真是太遺憾了，只好留下你的腦袋了。」

女聲輕嘆一口氣，遺憾得跟真的一樣。

下一秒，一條慘白的手臂猛地揚起，掄刀就要剁。

結果落下的瞬間，卻被另一隻手攥住了，分寸不得近。

秦究攥著怪物坐起身來，右手居然還能分神打開落地燈。

燈光一亮，總算照清了怪物全貌。

那其實不能叫怪物，只是一條手臂。沒有頭臉、沒有身體軀幹，沒有其他一切，只是一條手臂。

看創口，應該是被剁下的，不像最近，估計是很久之前。

聯想到昨晚梁元浩的遭遇……這鬧鬼的手臂，沒準就來自於曾經某個倒楣的考生。

因為沒有軀幹限制，鬼手臂靈活至極，它掄著剁骨刀，在秦究手下不斷翻扭，試圖去砍對方的頭。

秦究煩不勝煩。他冷笑一聲，從茶几下抽出皮繩，連刀帶手捆了個結實，然後拎著這份大禮，敲響了某位睡神的門。

游惑是被羽毛搔醒的。

他偏頭打了個噴嚏，抓著頭髮滿臉不耐煩地坐起來，這才發現床邊坐了一個人。

「你怎麼進來了？」游惑一臉不高興。

秦究晃了晃手指，鑰匙叮噹作響，「靠備用鑰匙。」

游惑不滿：「不能先敲門？」

秦究：「……」真有臉說。

「你手上又是什麼東西？」游惑的目光落在他另一隻手上。

那裡，某個慘白的玩意兒正瘋狂扭動。

秦究把手臂拎到他面前，毫無起伏地說：「Surprise，送你的晚安禮物，喜歡嗎？」

游惑：「啊？」

「這東西趕來剁你的頭，你沒有理它，它就找上了我。」秦究說：「勞駕你有點考生的自覺，處理一下。」

游惑被這睜眼送溫暖的舉動噁心了五分鐘。

對秦究說：「給我。」

秦究以為他要弄死或者埋了，誰知這位別出心裁的考生把皮繩鬆了鬆，一端拎在手裡，另一端扣著鬼手放在地上。

「你要幹什麼？」

「看不出嗎？它扭成這樣肯定要走，我遛它回去。」游惑說。

秦究：「嗯？」

二十分鐘後，林子裡凍傻了的一群人，遠遠看見某位大佬遛著一隻狗……不，一隻手，直接朝這裡來了！

那手動得賊快，五指扒地，上下翻飛。

無奈被一根皮繩限制了發揮，於是扭動過程中它企圖掄刀反抗，均慘遭鎮壓。

畫面實在很有衝擊力，大家都看醉了。他們原本怕得要死，睏意上頭還得扒住眼皮以求保命，現在被游惑一刺激，瞬間精神抖擻。

「哥你……」玩得開心嗎？于聞想問。

不過看他哥一副「踏馬又沒覺睡」的死人臉，他還是把話嚥下去了。

游惑遛到近處，強行讓慘白鬼手剎了車。

鬼手掄著剁骨刀轉了一圈，瘋狂掙扎。

大家驚得後退半步避開刀刃，又匆忙圍過來，七手八腳地把它摁緊。

陳斌神情複雜地問游惑：「你怎麼把它逮住的？」

昨夜還發瘋砍人的怪物，今天就成了笑柄，擱誰誰不懵？

尤其他還差點兒成為被砍的那個，死裡逃生的後怕情緒還沒散呢，就欣賞到了這麼一齣……

「沒抓。」游惑用下巴指了指秦究，「他拎給我的。」

陳斌：「……」

拎……

秦究大度地說：「不客氣。」

游惑：「我謝你了？」

秦究點頭一笑，「我勉為其難可以意會一下。」

大家萬萬沒想到是監考官動的手，當即愣了一會兒，才小心翼翼地問：「那……幫助牌已經用掉了？」

秦究從口袋裡摸出牌，語氣非常遺憾：「目前還沒有。」

大家很驚訝：「欸？為什麼？」

游惑：「他那是正當防衛，用什麼幫助牌。」

秦究盯著他的後腦杓，片刻之後點了點頭說：「……行吧。」

正當防衛？大家更懵了，「這東西還能襲擊監考官？這麼瘋的嗎？」

游惑三言兩語說了一下事情經過。

于聞一捶手心，「要這麼說，是不是怪物來了，只要不醒就沒事？我就說嘛！怎麼可能橫豎都是死，總要有個逃生點。」

「謔，說得輕巧，那你要怎麼控制自己不醒？又不是不睜眼就可以。」老于沒好氣地說。

于聞：「喔……吃點安眠藥呢？」

「傻兒子你找一片安眠藥給我看看？」

于聞：「……」

分析到最後，大家還是覺得這場考試有點蠻橫。

倒不是真的無從下手，反正有游惑在總能下手，而是……不論黑婆還是鬼手，他們行為上都有不講道理的地方。

比如除了題面要求，黑婆還額外搞出了抽牌和縫娃娃的障礙。

再比如鬼手居然會迷失目標，放過游惑這個考生，轉而去攻擊監考官。

「真的挺奇怪的……」于遙試探著分析道：「會不會以前考題不是這樣的，為了越考越難所以

加了麻煩？」

這姑娘進步很大，上一場考了多久就哭了多久，這場好多了。

眾人一時間都沒有頭緒。

而且主動權在考題手裡，他們就算有頭緒，也無法保證自己能活多久。

「晚上林子有動靜嗎？」游惑問。

「跟昨晚差不多。」

「好多東西在爬，但太快了，我們就沒有貿然去追。」于聞說：「嗖嗖就沒影了，現在看來……應該都是這種東西。」他覷了一眼慘白鬼手。

游惑「喔」了一聲，示意眾人把鬼手放開。

他揪了揪皮繩，說：「來，繼續跑。」

鬼手：「……」

這東西可能被欺負狠了，軟在泥土裡裝死，半天沒有動彈。

游惑等了片刻就沒了耐心，踢了它一腳說：「不走就耗著吧，耗到天亮拖你去林子外。」

這些東西白天不見蹤影，只在夜裡出來，必然是有原因的。

游惑猜測，也許它們不能見日光？或者害怕別的什麼東西……

果不其然，話音剛落，鬼手猛地彈起來瘋狂扭動。

「這是怕了吧？」

一看威脅有用，眾人紛紛開始扔狠話。

「現在眼看著要四點了，天亮起來快得很。」

「也可以讓村民看看夜裡威脅他們的是什麼東西，挨家挨戶敲門……」

于聞快扯到「山村一日遊」的時候，鬼手突然靜止。

它趴在那裡，灰白腐朽的手指一下一下地抓著地。這像是某種呼吸的頻率，又好像在表達不安和恐懼……

怕什麼呢？村民？游惑不解地皺起眉。

他正想扯動皮繩說點什麼，鬼手瞬間有了動作。

它五指抓地，飛快往樹林深處鑽去。

它似乎急切地想要回到窩裡，在天亮之前用潮濕的泥土把自己封蓋起來。

大家拽著皮繩，跟著它在林中穿行，很快就沒了方向。

樹林深處有晨霧，陰冷極了。

濕重的空氣把火把的亮光悶得很暗，抖動著彷彿隨時要熄。

「什麼味道？」老于吸了吸鼻子。

越往深處去，樹林中瀰漫的味道越是清晰濃郁。

陳斌當時就變了臉色：「這味道……這味道跟咱們屋裡的很像，昨晚我跟梁元浩就是聞著味道睡過去的。」

不提還好，一提所有人都回想起了那股薰香味。

跟黑婆屋內的略有區別，讓人昏昏欲睡。

Mike身胖體虛，他熬了一宿又跑了這麼多路，這麼一熏，當即踉蹌著絆倒在地，其他人也接連有了反應。

動靜一亂，鬼手趁機繞過樹幹。

皮繩繃緊的瞬間，刀刃一割，繩子應聲而斷，鬼手一猛子扎進濕泥中，眨眼便沒了蹤影。

等大家緩過來再去翻找，已經找不到任何痕跡了。

「操——就差一點點！」眾人懊喪不已。

但跑了就是跑了，再不爽也只能鎩羽而歸。

很快又到了天亮。

七點三十分還差五分鐘，烏鴉開始叫魂，提醒眾人又要收卷了。

于聞抱著手機給他哥磕頭，「幸好幸好，昨天攔住我沒讓我答完，要不然今天就完了……」

嚴格來說，他們這一晚有過收穫，但能得分的確實沒有。多虧游惑長了個心眼，把聽力第二題的答案留到了今天，否則當場就要死一個。

黑婆的家人在哪裡？請找到他們。

答案很簡單，寫樹林或是寫墳墓都可以。畢竟她那些家人都已經入了土，變成了幾塊墓碑。

于聞抓著骨筆寫下一個「樹」字，正要寫「林」，一個嗓音慢腔慢調地響了起來。

「我有一個問題。」秦究抬起兩根手指。

「快寫。」游惑催促完于聞，轉頭對秦究道：「什麼問題非要這時候講？」

秦究：「試圖憋過，不大憋得住。」

游惑：「說。」

秦究敲了敲門板，「考吉普賽語答中文，還催他快點寫？你真是個不可多得的人才。」

游惑：「……」

眾人接連「臥槽」，心說大意了！題目都是中文，搞得大家鬼迷了心竅，下意識也答了中文。

秦究剛提醒完，手腕上的紅燈就連響三聲。

負責傳聲的烏鴉剛張開嘴，秦究就堵了回去：「監考規則第七條，考生在答題規則上出現概念模糊，犯了顯而易見的錯誤，監考官有提醒的義務。他們現在這種行為不是智障得顯而易見？」

他譏嘲地說完，又轉頭對考生道：「不好意思，人身攻擊了。」

眾人：「……」

話是很有禮貌，但語氣戲謔中透著一股吊兒郎當，聽著就很氣人。

秦究氣完考生，又不慌不忙地轉頭對烏鴉說：「我只是履行義務而已，全程監考夠悶的，別找碴。」

眾人大氣不敢喘，總覺得這位監考官下一秒就要死了。

出乎意料的是，烏鴉張著大嘴沉默片刻，竟然真的閉上了。

秦究依然倚著門柱，全程連姿勢都沒有變過。他收回目光衝眾人說：「距離收卷時間還有兩分鐘，我臉上長了答案？」

于聞抓著骨筆，慌得一比，「哥，樹林或者墳墓的吉普賽語怎麼寫？」

游惑：「……不會。」

「對了！上次Mike聽錄音是不是聽到了墳這個詞？他會的吧！」

關鍵時刻，于聞的記憶力突然靈光。

他蹦起來找人，「Mike呢？人呢？」

「還在沙發上暈著呢！」老于直奔房間。

對於小樹林的薰香味，Mike的反應格外大，回來之後吐了兩回，被眾人安頓在了屋裡，至今沒醒。大家之前把握十足，就沒叫醒他，誰知關鍵時刻出了這種亂子。

「對不住、對不住……」

老于上去就是兩巴掌，好不容易把Mike弄醒了。

Mike暈勁還沒退，睜眼先乾嘔了兩聲。

「Help！Help！Help！」

老于掏出唯一會說的英文，拽著Mike衝了出來。

黑婆門前，答題的骨筆被游惑握在手裡。

他寫字很快，硬是在兩分鐘的工夫裡抄了一遍墓碑，為了節省時間，還略去了黑婆的名字。

一看Mike過來，他重重劃上最後一道，把骨筆塞給對方，「來寫。」

烏鴉最後兩聲叫喚裡，Mike在旁邊補上了「墳墓」這個詞。

呼——還好趕上了。

眾人長長吁了一口氣。

「簡直生死時速……」于聞摸著心口，堵在嗓子眼的心臟又落了回來，「希望這個墓碑會提到地點，而不是簡單的某某某葬在這裡。」

不過不要緊，就算碑文沒提到，還有Mike的單詞。

雙重保險在身，分是肯定能踩到的。

眾人心想。

他們等了好一會兒，答題區域終於有了變化。

系統的批改結果出來了……

打的是叉。鮮紅的叉落在那裡，它左邊是墓碑碑文，右邊是Mike寫的墳墓。

意思很明顯：兩個都不對。

所有人包括游惑都愣住了，這結果太出乎意料了。

「錯了？怎麼可能？」

「系統故障了？判分判錯了？」

大家怎麼也想不通，這題為什麼會錯。

游惑盯著答題牆，眉頭緊鎖。

碑文和單詞都不對，如果不是判分出錯，那就代表一種意思——那是黑婆家人的墳墓，但他們並不身處墳墓裡。

他的目光一動，落在了聽力第三題上。

第（三）題問：黑婆房裡有幾個人？

游惑：「……」

問：一位熱衷於迷信活動的人，有可能把死去的家人留在屋裡嗎？

答：老巫婆什麼事幹不出來！

大家還沒從震驚中回神，答題區域就刷出了新內容。

遺憾通知：本輪收卷，系統沒能從答案中檢測到得分點。

處罰結果：隨機選擇一名考生入棺。

這行字緩緩刷出的時候，游惑拍了拍秦究的肩。

秦究偏過頭來，目光從他的手指移到臉上，「我猜猜看，我們哼先生終於要求助了？」

游惑：「……」誰跟你「你們」。

不到逼不得已，他其實不想動用那張幫助牌。但是現在情況確實令人頭疼。

他不知道系統會隨機到誰身上，也不知道有沒有鑽空子的可能。

如果實在麻煩……正琢磨著，處罰結果下面又刷出一段字來。

注：查蘇村的葬禮總在深夜，我們遵循這裡的傳統，所以處罰將在今夜執行。

今夜？這次的處罰不同於上一場考試，居然不是立即執行。

游惑瞬間從秦究肩上收回了手。

秦究：「嗯？」

游惑說：「早呢，再說。」

秦究：「……」他看了游惑一會兒，說：「我覺得有必要給你一點小小的提醒，系統執行處罰的時候是不會打招呼的，也不會提前幾秒告訴你們它選中了誰。很有可能你們面對面說著話，其中一個說消失就消失了。」

「如果到時候消失的是你，你該怎麼開口求助呢？」秦究問。

「那位922監考官說過，有事找你們，寫001就可以。」游惑說。

秦究：「……」

「既然說到這裡，我就順便問了。」游惑嘲諷道：「聽說必須寫在答題卡上？這是什麼傻逼規定。」

在獵人小屋沒什麼問題，因為那裡空間小，走到答題卡前不過幾步路。

但像查蘇村這樣的考場或者更大的地方，要找監考官還得兜個大圈子，那也太不合理了。

秦究說：「922？我得給他記上一筆。不過那是找一般監考官的方式。」

游惑：「……找你這種自稱主監考的呢？」

「喔，那方式就多了。」秦究笑了一下，說：「你可以試著寫在考場任何一處地方，看我會不會知道。」

游惑：「……我有病？」

處罰結果剛出來時，大家還勉強慶幸了一下，至少還有大半天的時間緩衝。

到了下午他們才意識到，預告式的處罰比即刻執行的處罰更熬人。

就像刀已經架上脖子，鋒利的刃緊貼皮膚，劊子手卻跟你說：「不好意思，沒到時間呢，你再等等吧。」

黑婆一如既往地讓他們縫娃娃，不剁完所有考生決不甘休。

大家的心思早就飛了，個個坐如針氈，煩躁不安。

他們精神太過恍惚，甚至沒有注意到某大佬的反常舉動——

在眾人心懷惴惴的時候，他從竹筐裡撈出了好幾個娃娃，又隨手扯了根針。

人家縫娃娃都很注意針腳，不說均勻，起碼得縫一排。他倒好，一針過去一針過來，就算串好一個胳膊。

等大家終於看到他時，這位大佬面前已經擺了一排。

順嘴一數，共計八個。

老于差點兒給他跪下，「……你這是幹什麼？」

游惑三兩下搞定第九個，眼也不抬地說：「做點準備。」

他這嚇人的準備一直做到沙漏漏完。

黑婆一進門就和十六個娃娃對上，老臉當時就木了。

她做了這麼久的題目，頭一回碰到這樣的客人，頓時啞口無言，她看瘋子一樣看著游惑。

半晌過後，黑婆低聲咕噥著，把那十六個新娃娃慢吞吞地擺滿木架。

夜晚來得比前兩天快。

趁著村民還沒進屋，眾人穿過凍河去找他們。

「你們還在啊……」女村民抱著一盆碎冰，主動跟他們打招呼。

不過招呼的內容不能細想。

老于頭頂游大佬聖旨，開門見山：「妹子，跟妳打聽個事兒！」

女村民反應了一會兒，說：「什麼事啊？」

「聽說村裡有個習俗，葬禮只能在晚上？」

「對啊。」

「喔，那你們這裡時興土葬還是火葬？」老于又問。

女人愣了一會，不知為何發起呆來。

那一瞬，她的腦袋輕微偏了一下，似乎想往樹林某處看過去。

但她很快又恢復原狀，語氣茫然地說：「土葬啊。不火葬的，不能火葬。」

「為什麼？」游惑突然插話。

女人歪頭想了片刻，「不為什麼，習俗就是不火葬。」

游惑沉吟起來。

老于又問：「那你們這要是下棺材……一般下在哪裡？」

女人：「林子裡啊。」

「我知道在林子裡。」老于心說這不是廢話麼，他耐著性子解釋道：「我的意思是，這一圈樹林不是都占了位嗎？我就想問哪裡比較空，還有下棺材的地方。你們總不會一個疊一個吧？」

「喔，那倒不會。」女人想了想，指著東西兩側說：「那一塊，還有這一塊，都還空著呢。」

大家趕忙記住地方。

老于還想再問，女人看了一眼天色說：「天又要黑了，我得趕緊回屋去。你們也回去吧，千萬不要亂跑，千萬別進林子。」說完，她攥著鐵盆慌慌張張地跑了。

關門聲接連響起，村子瞬間又恢復寂靜。

老于沒好氣地說：「就這膽子，還葬禮設在晚上……你說系統是不是扯淡？這些村民晚上連門都不敢出，怎麼可能去林子搞葬禮？」

「題目說是，那就是吧。這地方哪能以常理判斷。」陳斌咕噥。

不管怎麼說，他們起碼搞清了下葬的位置。等到有人被處罰入棺，他們找起來也能有點頭緒。

告別村民，眾人沒有各自回屋。

游惑的房子不知不覺成了大本營，所有人都聚在那裡。

夜色逐漸濃重。

他們一邊啃著乾麵包，一邊討論晚上該做的事。

「如果要進林子的話，最好再帶點趁手工具。」于聞舉手提議：「一方面防身，另一方面……萬一走狗屎運又捉到一隻鬼手呢？」

「我在屋裡找到過麻繩。刀應該各屋都有，就是不知道能不能砍贏剐骨刀。」老于說：「還有，要挖棺材的話還得有鏟子，是吧？」

他說著轉過頭，下意識尋求游惑認可。

誰知身後那張單人沙發空空如也，坐在裡面的游惑已不見蹤影。

「人呢？剛剛還在呢……」老于疑惑地說。

眾人紛紛看向空沙發。

屋內沉寂了十數秒，突然炸了開來。

「操！」于聞已經等不及找了，直接扯開嗓子喊：「哥？你人呢？」

他接連問了三遍，毫無回應。

最可怕的是，秦究還在。

考試期間游惑去哪兒，貼身監考官必須得跟到哪兒。唯一的例外……只有系統處罰了。

他們忽然想起秦究上午的話：「你們有可能正面對面聊著天，而對方說消失就消失了。」

誰他媽能想到，系統隨機也能隨得這麼巧，直接把金大腿給隨沒了。

此時此刻，金大腿正躺在一方狹小空間裡。

腿伸不直，手抬不高，氧氣非常有限。

不用想也知道，他就是那個「隨機入棺」的歐皇[1]。

他對這個結果並不意外，或者說他對哪種結果都不意外。因為下午縫娃娃的時候，他就已經想好了兩種準備。

如果別人入棺，逼不得已的情況下他可以動用一下幫助卡。如果是他自己入棺……說不定連卡都省了。

黑暗中，游惑試著伸手摸了摸棺壁，潮濕陰冷，散發著泥土的厚重味道。

他猜測棺材安置在樹林某塊泥地之下，樹林那麼大，就算劃定了大致範圍，找起來也是大海撈針。

人找人，總是很難的。但是……其他東西找人就說不準了。

山村東側的樹林裡，老于他們一人拎著一捆麻繩，舉著火把四處尋找。

突然，他們腳步一頓。

老于精神緊張地比了個「噓」。

眾人屏息凝視，聽到了熟悉的窸窣爬行聲。

但是今晚的爬行聲有點特別，它們似乎沒有往村子裡爬，而是……往林子中間去了。

註釋1：歐皇：網路遊戲用語，比喻運氣好的玩家。此處為反諷。

數秒後，于聞低呼一聲：「臥槽……看那邊！」

他一指前方。大家循著他指的方向看過去，當即就瘋了……

十多條慘白的鬼手鬼腳從四面八方蜂擁而來，聚集在前方某片空地上。

它們掄著大大小小的剁骨刀，陰森森地說：「你今天縫娃娃了嗎？」

六尺黃土之下，游惑在稀薄的空氣中說：「還行，縫了十六個。」

鬼手鬼腳沉默片刻，掄刀就砸。

陳斌對這些東西有陰影，突然看到一大群，嚇得手腳全麻。

「這是什麼情況啊！」

「它們剛剛是在說縫娃娃吧？」于聞躲在樹幹後，瞪眼看著那邊，「咱們幾個都沒動手，今天下午唯一縫娃娃的人不就是我哥？」

他低呼一聲：「那些玩意兒在找我哥！他肯定就在那邊！」

老于突然明白了游惑所說的「準備」。

怪不得他縫起了娃娃……敢情是未雨綢繆，先給自己打上標記，萬一入棺了正好引鬼手來找。

他還嫌一個動靜不夠大，一搞就是十六個，這是拿怪物當狗呢？喔不，不僅是狗，還是現成的挖掘隊……

挖掘隊情緒飽滿、效率奇高。刀光在夜裡閃成了片，掄起來完全不知道累，嘩嘩幾下就把那片濕泥攪了個天翻地覆。

眾人看呆了。

好在他們沒有呆到底。

老于攥著麻繩，看著那片刀光嚥了口唾沫，「那是我親外甥，我不能這麼乾站著。你們……我不強求，但我一會兒得上……」

「還有我！」于聞說。

陳斌看著那邊，刀光每每晃過他都會抖一下。

他啪啪拍著自己的臉，壯著膽子低聲說：「我之前雖然……雖然不總是集體行動，但也不是黑心眼。這麼多怪物呢，你們兩個哪裡招架得住，別把我算在外，把我當什麼人了……」

眾人紛紛應和。

老于點了點頭，「那行！我們一會兒這樣……」

蠻拚肯定拚不過，敵眾我寡。

況且俗話說「橫的怕不要命的」，那些手手腳腳壓根兒沒命可要，殺起來要多瘋有多瘋。

老于掏出陳年的本事，用麻繩做套。

「你還會這個呢？」陳斌很意外。

「別看我現在是個酒鬼，二十年前也是練過的。」老于嘿嘿一笑。

但他酗酒多年，手指已經不再靈巧了，打結的時候顯得異常笨拙。

「行了別吹了，肚子快比于遙姐大了。」于聞最煩聽見親爹提酒，他一把抓過剩下的麻繩，飛快地繞結。

明明指法是一樣的，卻比老于熟練多了。

「你也會？」于遙輕聲問。

「我教的！」老于有點驕傲，又有點感慨：「他小時候我教的，居然沒丟。」

于聞翻了個白眼。

他幾秒一個結，很快處理完了所有麻繩。

「喏，拎著這頭甩過去。電視看過沒？」于聞試了試，拎著繩子分給其他人，「得有點準頭。」

這位同學長年不務正業，考試不行，飛鏢彈弓打氣球倒是回回高分。小時候跟沒發福的老于玩套馬，一套一個準。

他高中能早戀，除了臉，基本靠這些。

老于接過繩子掂了掂，「一會兒先套那些腿，重心不穩，一套就倒。反正沒手可怕……」

于聞咕噥說：「怎麼不來幾個腦袋呢，套上了掄圓砸過去。」

討論著，眾人集體沉默了兩秒。

因為他們忽然發現……自己居然在討論怎麼打題目。

「不管了。」老于一咬牙，「走一步看一步。大不了就跑！」

他知道，泥土已經翻開，刀刃砸下來了。

眨眼的工夫，游惑頭頂棺蓋哐地一響。

十數把砍刀暴雨一樣地落在棺蓋上，木屑撲簌直落。楔進四角的棺釘轉眼就鬆了，棺蓋不堪重擊，接連裂出縫，新鮮的空氣漏了進來。

游惑活動了一下脖子、手腳，撞開半邊就翻了出來。

他兩下截胡一把刀，做好了硬扛的準備。

結果撲上來的鬼手鬼腳半途一頓，砍刀紛紛揮了個空。

游惑定睛一看，這才發現它們身上都套了麻繩。

麻繩另一頭被人死死拽著，這才阻礙了它們的發瘋之路。

「哥！」于聞他們從樹後蹦出來。

游惑一把抓過繩子，趁著慘白手腳正發懵，給它們捆了個結實，凶器悉數繳獲。

轉折不過一瞬之間。

結果雖然大獲全勝，但他們多多少少都掛了彩。

于聞跟陳斌力量不夠，跟鬼手較勁的時候滾了一身泥，臉頰脖子都是樹枝灌木劃傷的痕跡。

老于胳膊撞在樹上，扭脫了臼。

游惑拎著繩子往回走，于聞擔心地叫了一聲：「你的手！」

殷紅的血從他的小臂淌到手背，又沿著指縫滴落在地，乍一看觸目驚心。

「沒事，劃了一下。」游惑甩了甩手，血水濺了一地。

那傷口不深但很長，應該是剛才搶刀的時候擦到了刃口。

他脫下滿是泥汙的外套，用裡襯胡亂擦了擦血。

「你怎麼這樣！起碼處理一下。」老于一邊給自己掰正胳膊，一邊齜牙咧嘴地勸說游惑。

寒冬溫度低，傷口滲出的血很快凝成一條線。

「止血了。」游惑伸手給他看了一眼，儼然不打算管。

老于：「……」

游惑氣完舅舅正要走開，抬眼卻撞上了監考官的目光。

「看什麼？」游惑問。

他剛在棺材裡悶過，又出了一點兒血，臉比平日更白。火光也沒能把那色調照暖，倒是投映在了耳釘上，亮得晃眼。

秦究的視線似乎剛從他手臂上移開，又掃過耳釘。

他抬了抬手裡拎著的圍巾，說：「沒什麼，本來想關愛一下考生，借你個臨時紗布，現在看來似乎用不上。」

游惑嘴唇動了一下。

不過他還沒想好怎麼回，秦究已經把圍巾重新圍上了。

游惑目光從他襯衫前襟掃過。

寒冬臘月冷風割臉，他的襯衫領口卻吊兒郎當敞著兩顆扣。

他看著秦究把圍巾收進大衣衣領，攏至喉結，就覺得這人真夠怪的。

幾天下來，他就知道秦究根本不怕冷，卻總愛裹圍巾。裹又不好好裹，只象徵性地掩著前襟。

游惑悶聲片刻，從圍巾上收回目光，說道：「外套能扔，圍巾沾了血我還得給你洗乾淨。血多難洗你不知道？」

秦究笑了一下，「我不怎麼掛這種彩，真不知道。」

游惑：「……」

這就真的是挑釁了。

他凍著一張臉，扭頭就要走，秦究突然問：「你是打定了主意要給系統省一張牌？要是這群怪物來得再晚一些你怎麼辦？悶死？」

游惑心想我又不是智障，但他嘴上卻「喔」了一聲，說：「你猜。」

這天晚上，他們因為答不出題，收穫頗豐。

這次他們沒有再放過機會，溜著一大群胳膊大腿進了樹林深處。

林子依然霧瘴重重，但他們早有準備。

黑婆那些屋裡有提神的陳茶，每人都抓了一些，空口嚼著。味道雖然不怎麼樣，但至少能緩解一下暈眩。

過了大約半小時，那些狂奔的手腳終於慢了下來。它們在一片荒草環繞的空地上敲敲打打，扭動著掘開黑泥，試圖往裡鑽。

火光映照下，黑泥深處有東西泛出一層啞暗的光澤。

「那是什麼？」

「感覺像石碑？」

眾人疑惑著小心靠近。

游惑用腳排開泥，蹲下身。

「火呢？」他說。

于聞他們舉著火把湊近，照亮了那個東西。

那是一方平鋪的墓碑，有死者照片，有死亡原由，還有一行地址。他們之所以看得這麼清楚，是因為這方墓碑上面的字是中文。

姓名：趙文途

准考證號：860511-12091327-745

他的朋友村民丁懷念他，為他立碑於此，願他安息。

墓碑最底下是立碑人的信息。

立碑人：丁

住址：查蘇村四號

樹林中，潮濕的冷風穿梭而過，發出清遠的哨聲。

眾人面色空白，一片死寂。

墓碑上，照片中死去的考生濃眉大眼，意氣風發。但仔細看一會兒，就能從中找到依稀的熟悉感，如果他留上鬍碴，頭髮長一點兒並亂一點，再換上髒兮兮的煙熏衣服……就跟村裡那位說見過秦究的瘋子村民一模一樣。

而查蘇村四號，墓碑上村民丁的住址，恰好就是那個瘋子的家。

「我有點懵……」陳斌指著墓碑輕聲說：「這是什麼意思？」

游惑沒有立刻回答。他往旁邊走了幾步，沿著另兩隻鬼手挖掘的痕跡掃開一層泥。

第二個墓碑露了出來。

姓名：儲曉楠

准考證號：860575-04221703-1124

我將永遠懷念妳。

立碑人：乙

地址：查蘇村二號

照片上是一位鵝蛋臉的姑娘，梳著高高的馬尾，沒帶笑，看起來清秀又幹練。

如果把她的頭髮散下來幾綹，裹上厚重的圍巾，換一件長到腳踝的冬衣，再配上乾裂發白的嘴唇和黯淡的眼珠……那就是在河邊每日鑿冰的女人。

眾人臉色更難看了。

他們沉默地站了片刻，紛紛開始挖泥。

第三塊、第四塊、第五塊……大家翻找的面積越來越大，露出來的墓碑就越來越多，多到人頭皮發麻。

他們陸續找到其他熟悉的面孔。比如另外兩位每日去河邊的村民，再比如村長……

陳斌臉色刷白，這次不用確認，他也清楚是怎麼回事了——那些看起來渾渾噩噩的村民，都曾經是考生。

那些被稱為「甲乙丙丁」的人，並非生來就是這個山村的NPC，他們曾經有名有姓。

游惑蹲在某個墓碑前，抬頭看出去，樹林一眼望不到頭。

他們不可能在這裡挖一夜，更何況即便真的不吃不睡，也挖不完這片山野。

林子下究竟埋葬了多少人，無從得知。

老于惶恐地喃喃道：「怎麼會這樣？他們為什麼會變成村民？而且……而且這麼多墳，要是這些考生會變成村民，怎麼會只有十八戶人？」

「這邊有東西！」于遙突然出聲。

她跪坐在趙文途的墓碑前，手裡舉著一個透明的防水袋。

「哪兒找的？」游惑走過去。

「埋在這裡的。」于遙指了指地面。

她大著肚子不方便挪動，便沿著趙文途的墓碑邊緣，一點一點往外挖。沒挖多久，就翻到了這個防水袋，袋裡封裝著一枝筆和一本皮面本。

「應該是這個趙文途的遺物吧。」于遙說。

游惑拆開防水袋掏出本子，正要翻開又頓了一下。

他垂眼看著趙文途的墓碑，說：「借來看看。」

他這話聲音很低，就像一句隨口的咕噥，沒什麼人聽見，除了必須跟著他的監考官。

秦究聞言目光輕輕一動，看了他一會兒，而墓碑上的年輕人依然笑著。

隨便一翻就能知道，這是趙文途的日記本，更準確地說，是他的考試記錄本。

游惑略過其他，直接翻到了這場考試。

外語第一天　晴

這次運氣實在很差，抽到的居然不是英語！

全世界說吉普賽語的人都不剩多少了，這鬼系統居然敢考。不過也不是毫無道理，新隊友裡真的有位妹子略懂。

我覺得「略」是謙辭，反正聽力題她翻譯得挺溜。

妹子當場就把那位黑婆的名字寫出來了，牛逼！

她說Floure這個名字是「花」的意思，挺美好的……

行吧，我真的無話可說。

除她以外，其他隊友看上去都不靠譜（希望不久之後，我會回來狠狠抽這句的臉），也可能是我期望太高了，畢竟之前那種牛逼隊友真的可遇不可求。

村民說，進黑婆的門得抽卡（感謝前女友讓我認識塔羅牌，並且背會了全套牌的含義。打死也沒有想到這東西還能派上真用途）。但我手賤，抽了一張倒吊人……

下午被黑婆關在屋子裡縫了半天娃娃。手工活簡直要我老命，一下午就縫了一隻手與一條腿。有點擔心，不知道這是什麼意圖，反正不會是好事。

現在是夜裡九點，準備睡了，祝我好夢。

Ps：這村子真詭異。

外語第二天　陰

死人了，兩個。

一個是因為娃娃，被砍了四肢。

我就知道縫娃娃沒好事，不縫就是死，縫得最多的又會被砍。媽的血流那麼多，人也消失了，這跟死了有什麼區別？

那個倒楣的隊友年紀挺小，好像還在讀高中。昨天剛認識，我就記得他說自己爸爸姓林，媽媽姓唐，所以叫林唐。

欸……現場太血腥，不想回憶也不想詳記。

另一個是因為答錯題被強制入棺。

聽力第二題我們答錯了，但怎麼會錯呢？真的想不通……

妹子給我們翻譯過黑婆講的故事。說是因為上一任村長太刁，嫌她幹死人活太晦氣，長年累月地排擠，搞得雞飛狗跳死了丈夫和孩子（我都懷疑是村長找人幹的，然後黑婆又把上一任村長搞死

了），她說把一家人都葬在東樹林了，從此以後沉迷做娃娃，因為在她那一族的信仰裡，娃娃能傳遞一切情感，她要以此懷念家人。

妹子填了東樹林，以防萬一又加了一句墳墓裡。這樣居然會錯！

想不通，搞得我想去東樹林看看。不過村民提醒過我們千萬不要進樹林，他們好像特別害怕那裡。有了昨晚的教訓，今天縫娃娃大家協商一致，都只縫左胳膊。這樣就挑不出最多的了。

現在是夜裡八點，過會兒要開會商議答案，祝我好夢。

Ps：還是覺得村子詭異，尤其那些村民。妹子說村外的地碑刻的吉普賽語代表「黑色土地」，黑色象徵不祥和死亡，就和黑婆的「黑」一個意思。

這就是個「死亡之地」。

外語第三天　陰

又死了一個隊友。

還是因為娃娃。

縫得一樣也沒用，居然是按照兩天疊加來算的。那我豈不是已經縫了兩條胳膊及一條腿了？

唯一慶幸的是今天答題答對了。

黑婆的禱告信很長，妹子只能看懂一小半。我們連蒙帶猜，覺得那個黑衣服的娃娃跟村民甲有點像。禱告信裡說，要站在門口敲三下門，說「我有個禮物送給你」，不能送錯。我們照著做了，門倒是真的開了，但甲看到娃娃當場發了瘋……

算了，打打殺殺的不記了，太累，活著就行。

今天大家又協商了一下，保持縫娃娃的總量一樣。

現在是夜裡八點，過會兒又要開會蒙答案……人越來越少，再這樣下去就不能叫開會了。

外語第四天

又死一個。

縫娃娃總數一樣，砍人就變成了隨機。

另外，發生了一件可怕的事……村民甲的房子換了人住，住進去的人居然是第一天死掉的林唐。

真的是林唐，不是長得像的誰誰誰，連痣都一模一樣。

他看上去很恍惚，跟其他村民一樣抱著個鐵盆鑿冰。最可怕的是，他不認識我們了，也不記得自己的名字了。

他說他叫甲，之前的房主離開了，房子空了出來。他今天剛搬來住，以後就在這裡定居了。

難道……拿了娃娃代表解脫？被砍過肢體的考生，會替代他成為新的村民？

現在是夜裡七點，只剩三個人了。

我想……這場考試我可能熬不過去了，雖然每場考試都做好了心理準備，但真到這時候還是有點難過。

希望保妹子多活一天吧，這場考試難為她了。

如果有萬分之一的可能，我們順利過關……希望某天在某個城市再見到她，換個不那麼挫的自我介紹，重新認識一下。

好了，我在做夢。

外語第五天

我被砍了，但又活了。

有手有腳，摸著很奇怪，像棉絮。如果這是活的話……

我有點記不清昨天的事了。

趁著還有時間，我要挖一個墓。

希望墓挖完我還能記得自己是誰。

祝她好夢。

我叫趙文途、我叫趙文途……

真正的記錄到這裡戛然而止，最後一篇已經有了語無倫次的跡象。

而在這篇記錄的反面，寫滿了「我叫趙文途」這五個字，越到末端越笨拙。

最後一行，只剩一個「我」。

看完趙文途的日記，所有人胸口都是冰涼的。

從日記內容來看，這座墓碑真的是趙文途自己立的。他在立之前還不斷重複自己的名字，努力讓自己記得久一點。

可當他真正在墓碑上寫下「安息」的時候，他已經變成了村民丁，什麼都不記得了。

也許在極偶爾的瞬間，他會忽然覺得自己不屬於這裡，忽然覺得某個來客似曾相識，但他永遠也說不出原因。

於是，他成了這裡眾人皆知的瘋子。

鬼手砍人時說過，聽話的客人可以活著，不聽話的只能去死。

這能叫活著？砍去手腳就像一種詛咒，受了詛咒的考生就此變為村民，永遠被捆縛在這個山村裡，頂著甲乙丙丁這樣的稱呼，直到某一天，有新的考生把正確的娃娃送給他。

直到那時候，他才能真正死去……

怪不得那些村民如此懼怕黑婆，因為他們曾經都是考生。也怪不得他們不願進入林子，因為這裡有他們自己的墳。

游惑翻完最後一頁，臉上沒有一點表情。

他把日記本塞回防水袋，本打算埋到原處，卻在半途改了主意。

他拎著袋子說：「走了。」

「去哪兒？」大家還沒從情緒中緩過來，非常茫然。

游惑：「不想考了，趁今晚把娃娃送完。」

大佬嘴上說的是「送娃娃」，臉上寫的卻是「炸考場」。

【第六章】

我是 BUG ？考生？還是 NPC ？

上一場的經驗告訴他們，考試中刷出來的小題不一定要挨個完成。

非關鍵的那些可以跳過，只要考生能承擔不寫答案的後果，比如收卷的時候沒分可踩。

而結束一場考試有三種方式：一種叫全軍覆沒、一種叫熬時間，還有一種叫提前答出關鍵題。

獵人甲的關鍵題是找到那套餐具。

這裡的關鍵題，就是這道閱讀——送出那些娃娃，找到回家的路。

在這之前，于聞他們都以為送娃娃會是一個很長的過程。

就像趙文途答題日記中寫的那樣，大家湊在一起，連蒙帶猜地給其中幾個娃娃找到主人。每天完成一部分，小心翼翼地熬到結束。

萬萬沒想到金大腿嫌慢，居然想要一夜搞完。

十八戶人家啊，一夜？開什麼玩笑呢……不是不相信游惑，他們是真的完全沒底。

回到小屋的時候，夜已極深。

游惑房內維持著眾人離開的樣子，不過茶几上的水已經冷透，乾麵包邊緣泛著白，看上去更難吃了。唯獨爐火燒得很旺。

游惑在沙發旁轉了一圈，突然問：「袋子呢？」

「袋子？什麼袋子？」眾人沒反應過來。

游惑正想說「裝娃娃的」，就見秦究衝爐邊一抬下巴。大家跟著看過去。

火爐旁的針織地毯上，灰撲撲的布袋掉落在地，其中一個娃娃直接從布袋裡摔了出來，就落在爐火旁邊。

只要火舌跳動的幅度再大一點，就能燒到它。

「怎麼掉這裡了？」于聞趕緊過去，把袋子和娃娃撿起來。

游惑指了指沙發問道：「之前放在那邊，誰動過？」

大家面面相覷，答不上來。

老于說：「發現你入棺，我們抄了繩子就衝出去了，可能惶急慌忙地有人順手放錯了？」

但他們仔細回憶一遍，又都能確定自己沒碰。

難不成……是它們自己動的？想像一下，那畫面有點詭異，眾人沒敢細想。

于聞咕噥著：「要是燒掉一個對不上號，我們就慘了。」

他把娃娃一條腿拎起來，「就差一點，看，這裡燎出一塊焦斑。」

「還有這裡和這半邊衣服……」于聞翻轉著娃娃。

游惑打斷他，「這兩處之前就有。」

于聞一愣，「啊？」

這個娃娃是黑婆最後加進去的四個之一，游惑當時就注意到它身上有火燎的痕跡。

「這麼說它之前就差點被燒？」于聞拎著娃娃說：「這麼多災多難？多災多難算線索嗎？村裡有誰被火燒過？」

于遙說：「趙文途。」

眾人一愣，連游惑都看向她。

于遙被看得不大自在，「呃……就是村民丁。」

她不好意思稱呼別人為「瘋子」，紅著臉說：「可能我有一點點潔癖，就總會注意到別人衣服乾不乾淨。他袖子和衣服側邊沾了很多爐灰，後面衣襬也有焦斑。也不一定是被燒過，我只是覺得……沒準兒呢。」她說完就不吭氣兒了，紅著一顆頭坐在那裡。

「有道理啊！」于聞看著娃娃說：「要真有這些痕跡，應該就是他吧！」

游惑「嗯」了一聲。

他一點頭，大家瞬間放心。

這場景就像學渣拉著學霸對答案，一不小心對上了就很高興，因為穩了。

趙文途在日記裡寫過，他們覺得那個娃娃跟村民甲有點像，才會送給對方。所以送禮物的關鍵，就是找到娃娃跟村民的相似處。一個娃娃代表一位村民。

「突然感覺自己在玩一個遊戲……」于聞左手摟著一袋娃娃，右手捏著其中一個晃了晃，說：「猜猜我是誰？」

「那就猜吧。」老于指著他，「你給我放下別作怪！」

娃娃被一字排開，眾人圍著沙發坐了一圈。

互瞪了一分鐘，他們就崩潰了。

猜個屁！除了趙文途的娃娃被火燒過，有明顯區別，其他娃娃根本找不到特點，區別可以忽略不計，共性倒是很明顯：都醜。

布團上面縫幾根線就敢說是眼睛鼻子，布片一裹就是衣服。

舉著這個對村民說「這代表你」，這是要氣死誰？

「有沒有胎記什麼的？」陳斌舉著手尷尬地問：「衣服……能脫嗎？」

「你脫了它能還手還是怎麼？」老于一臉愁容，「但有個問題，就算在衣服底下找到了胎記，你能去把村民扒了印證一下？」

陳斌：「……」話雖然挺糙，但道理沒錯。

更何況，還有那麼多村民整天關在屋子裡，壓根沒出來過。

趙文途說，只有敲三下他們的房門，說「送你一個禮物」，那些村民才會來開門。而一旦開了門，在他們重新回屋之前，考生必須送出正確的娃娃，不能出錯。

大家默然無語地看著娃娃，再次陷入了考場終極問題——這踏馬又該怎麼辦？

「現在幾點？」游惑忽然出聲。

眾人齊齊看向他，又齊齊看向秦究。

秦究掏出手機，「半夜兩點，姑且收卷之前都算今晚，還剩五個半小時。」

游惑：「夠了。」

秦究：「你確定？」

游惑喝了一口水，悶著嗓子「嗯」了一聲，把娃娃掃進了布袋。

他站在屋裡掃了一圈，伸手指了幾樣東西，「繩子、刀、布條，趁手的東西都帶上。」

「喔。」大家紛紛照做。

他們把東西全都拿好，跟著游惑走到門口才突然懵逼，「這是要幹什麼去？」

游惑說：「打劫。」

眾人：「啊？」

秦究突然沉聲笑了一下，低沉的嗓音在近處響起，很容易弄得人耳根不自在。

「去旁邊笑。」游惑繃著臉偏開頭，又對其他人說：「別堵著，走不走？」

眾人：「……走走走。」

很快，他們站在了一幢小屋前。

屋門上的標牌寫著：查蘇村四號。

篤篤篤。游惑敲響了面前的門，「送你一個禮物。」

大家屏息等了片刻，門裡真的響起了沙沙聲。

這應該是腳步聲，聽著卻像是布料在地板上摩擦拖行的動靜。

眾人想起趙文途日記中的話，他說自己有手有腳，摸著卻很軟，像棉絮……讓人害怕，又讓人有些難過。

吱呀一聲，屋門開了。

趙文途探出頭來，他面容滄桑、神情麻木，兩鬢間雜的白髮在月色下閃著暗淡的光。

他黑洞洞的眼珠一眨不眨地盯著游惑，慢吞吞地問：「什麼禮物？」

游惑掏出防水袋和那個被火燎過的娃娃，說：「一本日記，還有一個代表你的娃娃，名叫趙文途。」

月色把影子拉得很長，籠在趙文途的臉上。

他在光影中僵立許久，眼睛終於透出一星微末的亮光。

「趙……文……途……」他看著那個簡陋的娃娃，緩慢地重複這個名字，因為太久沒有說過，發音居然有點生疏。

「趙文途……」他又念了一遍。

他站在那裡，喃喃地念了十多遍，突然哈哈笑起來，前仰後合。

「別是又瘋了吧？」老于擔心地說。

趙文途沒有聽見。他大笑了半晌，又開始嚎啕大哭，然後一把奪過兩樣禮物，重重撞開游惑和其他人狂奔進了樹林，眨眼間就沒了蹤跡。

「這算……解脫嗎？他要去哪裡？」

「不知道。」游惑就像根本不關心結果一樣，抬腳就走。

轉眼，他們又站在了另一棟房前。

這次是查蘇村一號，村民甲的房子。

眾人一臉忐忑，欲言又止。

這位村民甲他們連見都沒見過，更別說和娃娃對上號了，怎麼送？把布袋遞過去說隨便抽？

正要打退堂鼓，游惑已經敲響了門。

「開門，送禮物。」

「……」好，退不掉了。

眾人面色麻木地看著屋門打開，面容陌生的村民問游惑：「什麼禮物？」

游惑上去就是一根麻繩，套在對方脖子上，三撥兩轉給人捆了個結實。

村民甲：「啊？」

眾人當場崩潰：居然真的是打劫……

游惑繩子一抽，把另一頭塞進于聞手裡，「別鬆，丟了找你。」

于聞攥著繩子跟甲對臉懵逼，不知所措。

等大家回過神來，游惑已經站在了村民乙的門前。

他們眼睜睜看著大佬抬起罪惡的手，說：「開門，送禮物。」

然後，老于手裡也多了一個人。

半個小時。

只需半個小時，他們就洗劫了全村。

十八棟房子十九口人，除了已瘋的趙文途，全都拴在他們手裡，其中還包括村長及其老母親。

這是查蘇村全體村民有史以來收到最騷的問候。

他們在河邊找了塊空地，按照游惑的吩咐把村民們聚成一團。

「然後呢？」老于問。

就見游惑掏出布袋，倒出所有娃娃，然後把那偌大的一坨往全村人民面前一推，「黑婆的禮物，我們帶到了。」

村民：「……」

「這他媽也行？」

老于他們眼珠都瞪出來了，但轉而又想：對喔，題目也沒說一定要分開單獨送。

河邊一片寂靜。

然後全村人民當場就瘋了。

十幾隻娃娃就像十幾隻手，豁然撕開了平和假象。

那些村民尖叫著掙扎起來，失去理智的情況下，力氣陡增，他們繃脫繩子瘋撲過來，攻擊著視線內的所有人。

這種瘋法跟趙文途完全不同，眾人始料未及，根本招架不住。

他們雖然帶了刀，但那是起威脅作用的。在知道村民是考生的前提下，沒人下得了手。

纏鬥間，林子突然有了動靜，窸窸窣窣的爬行聲從四面八方蜂湧而來。

游惑一回頭，瞳仁驟縮。

這次出來的鬼手不是一個兩個，也不是十幾個……樹林曠野六尺黃土掩埋過的所有人，這些年在這場考試中被剁去的所有肢體軀幹，全都鑽了出來。

這動靜，說是顛覆考場也不為過。

尖叫聲響成一片，眾人相互拉拽著，在鬼手的追逐下拔足狂奔。

「把它們兜進樹林！」游惑說。

「還要進樹林？為什麼？」

嘴上問著為什麼，眾人還是兜起了圈，此生最快的速度和最高的體能都在這裡被逼了出來。

剁骨刀冰涼的觸感無數次從背後伸過來，貼著臉皮、頭皮擦過。

這種「只差一點」的威脅感比什麼都恐怖。

很快，眾人被潮水般的殘肢衝得四散開來。

游惑躍過橫弓的樹幹，目光掃過周圍樹木，飛速算計著疏密。

從趙文途跑進林子起，他就一直在思索一件事：在這裡，什麼叫解脫？

按照日記上說的，送完娃娃就是解脫。

但那是趙文途的理解，當時的他作為考生，看到的只有一部分。他看到自己給村民甲送了娃娃，又在第二天看到甲已經不在了，所以將這兩者連成了因果。

現在看來，這其中顯然缺少了關鍵環節。否則，他們不會被追殺得這麼狼狽。

一定還得做點什麼，才能平息這些殘肢的怨恨，才能讓那些考生徹底安息。

游惑一直在想這個問題。

然後，他想到了那個被火燎過的娃娃。娃娃也好，趙文途也好，為什麼會一次又一次地出現火燒痕……村民為什麼說查蘇村的習慣是土葬，不能火葬……

思來想去，只有一個理由——土葬會將他們禁錮在這裡，火葬才是真正的安息。

游惑看準一片極容易引燃的地方，心想就是這了，把那些胳膊、大腿引過來，在這裡燒一窩，時機剛好。

他腳下一剎，打算掏出打火機，點燃了扔在這片樹上。結果手伸進口袋，眉心就是一跳。

沒了，口袋裡空空如也。

游惑：「……」

一定是之前撞來擠去的弄丟了……

可有些時候，一秒鐘的停頓都會要命。

只是一個剎步，無數慘白鬼影已經堵了過來，頃刻形成了包圍圈。

最要命的是，還有令人昏昏欲睡的霧瘴。

殘肢乍然而起的瞬間，游惑手指抵著樹幹，飛速寫了幾筆，速度快得甚至沒來得及思考。

等他猛然意識到自己寫的似乎不是001時，飛撲的殘肢中驟然爆出一團火。

就像往熱油中丟了一枚火星，那團火在落地的瞬間奔騰四竄。

這裡的樹纏枝繞，比現實中的一切都容易燃燒。

頃刻間，漫無邊際的森林就燒成了火海。

無數慘白的肢體在火舌中支棱出來，又無聲地墜落下去，化為焦泥。

游惑在火光中瞇起眼睛，淺色的眼珠鍍了一層亮色。他的目光越過高竄的火舌，落在了遠一些的地方。

那裡，監考官001把倒空的油桶拋進火中。

火光驟然蓬開，他在光亮之下大步而來，嘴角噙著的笑意裡隱隱有種囂張意味，比起平日的百無聊賴，多了一絲活氣。

整個考場在他手下付之一炬，所有迴圈囹替的行屍走肉都沒入火海。

塵歸塵，土歸土。

這一瞬間的秦究不大像監考官，更像一個不受管束的考生，傲慢中透著遊刃有餘的野勁。

不可否認，這對很多人而言非常具有吸引力。

明明沒認識幾天，游惑卻橫生了一種篤定的直覺。他覺得……這一刻的秦究更接近本性，居然順眼許多。

秦究在他面前站定，從口袋裡掏出一個打火機，「我在河邊找到的，不知是哪位不大乖巧的考

生在這裡亂扔東西。」

游惑的臉當時就冷下來，心說剛剛果然是瘋了，這人順眼個屁。

秦究撥了一下打火機，咔噠一聲跳出火苗，他又呼地吹熄，把它合上了。

「真沒人要？」

游惑一把奪了過來，冷冷嗤道：「不挑釁不會說話？」

秦究笑了一聲，謙虛地說：「彼此彼此。」

游惑臉都繃硬了，他不想理秦究，但沒過幾秒還是問道：「這麼大的火，都是你弄的？」

秦究：「不一定，也可能是考場自燃。」

游惑：「……」

看到這位大佬忍無可忍的白眼，秦究又笑起來，「這裡還有第二個人有時間放這麼大的火？你非要問這種顯而易見的問題，我只好配合一下，想個新鮮答案了。」

游惑嘲道：「那可真是難為你了。」

秦究說：「不客氣。」

游惑：「……所以你是哪裡來的時間？我在河邊送禮物的時候，你明明還在。」

「喔，這要感謝今天的殘肢遊街隊，沒有瘋到連監考官也追的地步。」秦究環視一圈說：「你們竄得比兔子還快，一眨眼全進了樹林。我覺得怪沒意思的，正好家家戶戶大門敞開，就進去參觀了一番，順便借了幾桶油。」

游惑：「沿林子潑了一圈？」

秦究點評道：「中規中矩的傻瓜辦法。」

游惑：「……」

他只是這麼隨口一說，並不代表他自己會這麼幹。但秦究這麼一評價就有了古怪的意味，尤其他說「傻瓜」的時候還瞥了游惑一眼。

真是要多找死有多找死。

秦究欣賞完他臭臭的臉，逗他似地還沒住嘴：「笨辦法其實很有用，不過無趣了點，我不大喜歡。」

游惑其實也覺得無趣，但他不說。

「我懶得兜圈，就把油淋在了路過的手腳上。」

然後，那些斷手斷腳猶如春天的蒲公英，把油帶去了四面八方。

秦究找到一桶便在門口就近潑一群，一共找到了十二桶，潑了十一桶半。

那些手腳終於明白這是個瘟神，老遠就繞開他。

於是監考官先生本著「既然開了就不要浪費」的心理，拎著最後半桶油進了樹林。

游惑終於沒忍住，納悶道：「你提前潑油，不算違規？」

「預判能力是所有監考官應當具備的。」秦究說。

監考這麼多年，哪位考生會在什麼時刻提出哪種救助，他都預估得非常準確。提前做一些必要的準備，是很多監考官會做的事情，免得真正碰到事情時根本來不及。

秦究從大衣口袋裡掏出求助牌，兩根手指夾著，在游惑勉強輕輕一晃，「有這張牌做前提，怎麼能算我違規？」

「你的意思是求助牌已經用了？」游惑疑惑地說：「怎麼可能？我沒有寫001。」

「沒寫？」秦究以為他不好意思承認，笑了一聲，「沒寫001我怎麼會站在這裡？」

游惑：「誰知道。」

秦究瞇起眼來，「沒寫001……那你寫的是什麼？總不至於是我的名字。」

游惑心說誰知道你名字，真夠自戀的。

ao愛呦文創
f 愛呦文創
《全球高考1》
木蘇里／著、黑色豆腐／繪

他硬邦邦地說：「忘了，寫得太匆忙，反正不是你。真要是你，這求助牌怎麼毫無變化？」

說話間，秦究手中的幫助牌突然亮起了火星，無風自燃起來。

它變成灰燼的瞬間，一隻烏鴉拍打著翅膀棲在枯枝上。

牠張著鳥喙，用粗啞的聲音說：

【考生游惑所獲幫助牌共計一張，已使用一張，剩餘為零。】

游惑：「……」垃圾考試，公報私仇。

秦究攤開手，紙牌的灰燼從指縫中落散在地。

「看，系統證明。」

——看你奶奶。

游惑頂著一張極帥的棺材臉，捏著打火機轉頭就走，他去找其他考生了。

秦究身後，游惑扶過的那棵樹枝幹龜裂，中端偏上的地方隱約有一處灰痕，那是手指塗抹劃過的痕跡。

如果仔細分辨，就能發現灰痕寫的是兩個字母：Gi。

秦究目光掃過那處，正要走近看，火海旁突然衝出來一個人。

那人踉蹌著停下，盯著監考官001，目光一轉不轉。

他面容滄桑，衣襖被劃破很多處，狼狽不堪，但眼睛卻亮得像寒夜裡的星。

不是別人，正是之前發癲的趙文途。

過了很久很久，趙文途恍惚地說：「秦……究，秦究？」

秦究一愣，眉心微皺，「你認識我？」

趙文途似乎剛清醒，又似乎停留在多年前的某個夢境裡。

他笑起來，那一瞬間竟然依稀有墓碑照片上的風發意氣，「怎麼可能不認識，咱倆一起考過三門試呢，你可能不記得我了，但我記得你。」

「你怎麼來這裡了？」他輕輕嘆了口氣，又說：「那個跟你很不對付的監考官呢？沒在？」

「哪個監考官？」秦究沉聲問。

趙文途壓低聲音湊過來，「考官A啊。」

從別人口中聽見這個稱謂，秦究眉心輕輕一跳，說不上來心情是好還是不好。

趙文途又說：「你不是運氣特別背，總跟他分到一個考場嗎？這次不在？」

秦究沒有即刻戳破對方的夢境，「嗯」了一聲。

「好一陣沒見了，你考完幾門了？能順利出去嗎？」趙文途說完，又低聲：「我好像問了個傻問題。你通關肯定不成問題的，我就不行……」

他轉頭看著火海，輕聲說：「我就不行了……我出不去，出去了也沒用。我可能都不算人了。」

秦究看著對方。

趙文途站著看了好一會兒，似乎要記住這個漫天大火的時刻。

好半晌後，他從胸口的懷裡掏出一樣東西，「我該走了，你能幫我保管一下這個嗎？」

秦究看著遞過來的防水袋，那本日記本完好無損地躺在其中，除此以外多了一個很久沒用的灰撲撲的手機。

「我才想起來，藏它藏了很久。」趙文途指了指手機，又說：「我不大想徹底離開，而這些至少能證明我活過。」

秦究：「……好。」

趙文途鬆了一口氣。

「我是趙文途。我叫趙文途……」他哈哈笑起來，轉身撲進了火海。

秦究握著那個防水袋，在原地站了好一會兒，像在給某個陌生的朋友送行。

直到大火燒到了更近處，他才收起東西。

不遠處傳來說話聲，是游惑陸續找到了其他人，虧秦究一把火燒得及時，沒人送命。

大火燒遍了所有地方，他們腳下站著的這一圈卻始終沒事。

也許是系統勉為其難地留了一塊站腳地，為了讓他們聽清最後的考試結果。

幾幢屋子裡的烏鴉都飛了過來，在頭頂僅存的枯枝上站成了排。

趙文途身影徹底消失的瞬間，牠們「啊」地叫了一聲，說：

【考場崩潰，無法恢復，考試終止。】

眾人：「……」

本場考試共分為兩部分。

聽力三題，共計十五分

（一）黑婆的名字（五分）

（二）黑婆的家人在哪裡？請找到他們（五分）

（三）黑婆房子裡有幾個人？（五分）

閱讀兩題：

（1）幫助黑婆給村民送禮物（九分）

（2）找到回家的路（三分）

黑婆名字五分、送禮物九分、找到路三分。

陳斌頭一回聽到這樣的考試結果，直接驚呆了。過了好半天，他終於忍不住問：「我們什麼時候找到回家的路了？我一度懷疑這裡根本沒有路。」

結果于聞伸手一劃說：「一會兒火燒完了，林子還有嗎？林子都沒了，到——處都是回家路！」

陳斌：「啊？」

系統繼續通報最終結果。

考生所得分數共計十七分，超出本題平均分數十二分。共計用時兩天半，相較於平均用時，節省了七天又五個小時。

又是高分！又提前交卷了！還炸了考場！

眾人正要歡呼，就聽考試系統憋了半天又憋出兩句。

【考場遭受永久性損傷，考生總分扣除五分，最終合計為十二分。】

游惑嗤了一聲。

【監考官處分一次。】

秦究：「呵。」

這時候，大家對監考官的態度已經有所不同。畢竟這位001先生一把火廢了考場，還救了他們的命。

他們一直認為秦究等同於系統，把他放在完全的對立面上。

現在看來……似乎不是？至少不完全是。

他們沒想到監考官也會吃處分，頓時萬分意外。

不過系統似乎認為這是他們內部的事情，並不打算在此細說。那些烏鴉的尖嘴張張合合，過了好一會兒又繼續補充。

【抵扣之後，總分仍然超過本場考試平均分。】

【獎勵：考生游惑獲得一次抽籤權。】

從上一次的考試結果來看，總分高於平均分或者有其他突出表現，都會得到一次獎勵。獎勵對象是該場考試拿分最多的人。

這次游惑給村民送溫暖就得了九分，拿獎勵本是意料之內。

但是……考場都被搞垮了，系統快要氣死了，還不忘給人發獎勵，這系統是有病嗎？

眾人完全摸不清頭腦。

陳斌更是懵成蛾子。他之前可從來沒想過，又是處分又是扣分的，成績居然還比平均高！

秦究手機「叮」的一響，收到了通知。

他沒多廢話，掏出那盒熟悉的卡牌。

游惑狐疑地盯著他的手。

秦究把牌攤成扇形遞過去，「手好看嗎？看這麼久。」

游惑：「……」

這位監考官先生根本沒把處分放在眼裡，居然還有興致逗考生。

看著游惑一張冷臉逐漸發綠，大概是無聊公務裡唯一的趣事。

「或者是擔心我出老千？」秦究說。

游惑：「……誰知道你會不會拿出一排黑卡。」

「放心，規則不允許，考試裡規則最大。」秦究眨了眨眼睛，「相信我，如果不是受這個限制，系統會給你一整盒保送卡，隨便抽。」

游惑：「……」

聽到這話，眾人恍然大悟。為什麼系統氣得要死，還要給游惑獎勵？人家不是有病，人家是為了送瘟神。

很遺憾，這個願望一秒落空。

歐皇游惑隨手一抽，抽到一張好人卡。

三好學生，以資鼓勵。

註：這是對考生智力、體能以及品德的肯定，你是一位優秀善良的考生，望繼續保持。

「……」這是諷刺誰呢？

考場一片沉默，只有烏鴉撲棱著翅膀，用刻板的聲音說：

【使用一次抽籤權，抽籤結束，恭喜。】

說的是恭喜，聽著像「去死」。

「這牌你留著，還是我暫代保管？」秦究問道。

好像這破牌多有價值一樣，游惑翻了個白眼轉頭就走。

所有獎勵和懲罰結算完成，幾隻烏鴉展開翅膀飛離枯樹，牠們盤旋了幾圈，一頭扎進火海中。

「臥槽……」眾人驚呼一聲。

牠們就像完成任務一般，化成了幾蓬炸開的火。

大火又燒了幾秒鐘，然後驟然消失。

整個過程在眨眼之間，大家愣了很久。

牠們不知道查蘇村在這裡存在了多少年，也不知道這裡葬送過多少考生的命。

但從此以後，唯剩焦土。

老于看了一圈，說：「到處都燒黑了，有點看不清路，這條有碎石頭的是嗎？」

「不管了，先走吧。四面八方都是路。」

于聞又轉頭問：「姐，妳還行嗎？」

于遙在躲避鬼手的過程中最為狼狽。當時殘肢太多，衝勁太強，大家拽都拽不及，眨眼就沒了蹤影。

眾人找到她的時候，她正蜷在一叢尖刺灌木後面，背抵著樹幹，渾身泥汙，衣服褲子都破了。萬幸，沒有生命危險。

她從剛才起，一直坐在斷裂的樹根旁。

Mike加大加肥的外套把她裹得嚴嚴實實，只露出蒼白的臉，柔弱得幾乎沒有存在感。

見眾人擔心，她輕聲說：「沒事，還行。」

「咱們現在得離開這兒，來，我背妳。」于聞在她面前蹲下。

也許是因為都姓「于」，也許因為于遙平日裡溫聲細語，于聞真的把她當成自己的姊姊。

「沒事不用，我能走的。」于遙拍了拍他的肩膀。

「瞎逞能。」于聞熱心說道：「妳這肚子，能苟活到現在都是奇蹟了。死裡逃生完了還能走山路？騙誰呢！」

于遙原本還想說什麼，聽見這話後咬了一下嘴唇，垂著眼睛說：「那……你如果半路累了，一定告訴我。」

「行行行，累了換妳背我，行了吧？」

于遙拍了他後腦杓一下，于聞嘿嘿笑起來。

其實這一瞬間，不止一個人心裡閃過一絲疑惑：一個孕婦，這麼折騰下來，真的沒事嗎？

但也許是死裡逃生的關係，老于他們筋疲力盡大腦空茫，沒有深入去想。

即便閃過這個念頭，下一秒也都奔著「擔憂于遙逞強」去了。

老于找到的卵石路真的是出口。

他們在焦土中走了很久，終於走到了考場邊緣。

那是一條橫貫而過的公路，路邊豎著一塊生銹的站牌，上面印著四個熟悉的字「城際大巴」，和來時一模一樣。

他們剛在鐵牌下站定，那輛眼熟的破爛中巴車就蛇行而來，連司機都沒換。

司機對著門，看著他們魚貫上車。

老于沒忍住，調侃道：「怎麼了師傅，您這表情跟活見了鬼似的。」

司機沒有回答，他站在駕駛座旁點著下巴數人頭。

來回數了三遍，才終於開口說：「我開這輛車快三年了，只送人不接人。這是第一次，有人能活著出來要我接。」

老于說：「說到這個，就是您不厚道了。來的時候擱那兒裝啞巴，臨走前又叮囑我們，千萬不要進林子。知道嗎？要不是我們叛逆，您現在飆的就該是靈車了。」

眾人紛紛附和。

「沒裝啞巴。」司機在駕駛座裡坐下，聲音又粗又啞：「車上的人反正都是要死的，聊天浪費感情，何必呢？」

眾人居然反駁不來。

司機繼續說：「至於樹林……每次送人進考場，都得說這句。這是我的規則，不能違反。考試麼，就是規則最大。」

這是他們今天第二次聽到類似的話。

大家有點好奇，「話說……師傅，你是NPC嗎？」

司機：「……」

「但您又跟黑婆那些NPC不一樣。」于聞說：「他們在一個考場，就過那個考場的日子。說話

做事都是跟著題目背景走的，您不同，您還知道考試規則呢。這算哪種？」

司機含糊道：「進過休息處吧？見過酒店、超市老闆嗎？我跟他們差不多。」

「喔。」于聞又問：「那您肯定知道這考試是怎麼回事吧，能跟我們說說嗎？考了兩場了，我還沒弄清這考試想要幹麼，總得有個目的吧？」

司機：「……」

這個問題，其實是于聞從游惑這兒領的旨。

但是非常可惜，沒有得到任何答案。

司機從後視鏡裡飛快瞥了一眼，壓低棒球帽的帽檐說：「不知道，別問了。有什麼想法留著去休息處跟考生討論，跟我討論個什麼勁？」

于聞衝游惑攤開手，用口型說：「又一個企圖憋死我們的。」

游惑並不意外。

司機嘴唇緊抿，表情緊繃。

黝黑精瘦的手臂一邊轉著方向盤，一邊小心地盯著後視鏡。

游惑搭著刷卡機的橫槓，突然問他：「你們也會被監控嗎？像監考官一樣。」

司機差點兒懟上樹，他一腳踩在剎車上，轉頭瞪著游惑。

「什麼叫像監考官一樣？我以前就是監考官！」司機冷笑一聲，語氣非常不爽。

全車人都驚呆了：「那你怎麼來開車了？」

「犯了點錯。」

眾人愣了半天，又問：「那你說你跟休息處的酒店、超市老闆一樣……」

司機又說：「他們也都是監考官下來的，我這麼說有什麼問題？」

「犯錯就會這樣嗎？」于聞忍不住問。

「不一定。」

司機想說他們只是儲備性的監考官，如果是正式的還得看級別，級別不同懲罰方式也不同。但想想，這話說出來也沒什麼意思，他又有點意興闌珊，板著臉閉上了嘴。

司機不再說話，游惑卻想起了即將遭受處分的監考官001，不知他會被罰去哪裡。

游惑把秦究的臉複製黏貼到司機身上，又黏貼到旅館老闆娘身上，然後是倉買店老闆身上。反正見過的人都沒放過，挨個貼了一遍。

不知道是秦究慘一點，還是那些人慘一點。

游惑想像著那個畫面，嗤笑一聲。

司機以為自己遭到了嘲諷，揮著手憤怒地驅趕他，「走開，坐你的位置、睡你的覺！別妨礙我開車，不然同歸於盡。」

游惑垂著眼皮看他半晌，把背包掛在右肩，一聲不吭地去了最後一排。

這次的路程格外長，城際小中巴搖了四個多小時。

司機居心叵測，把車開得像喝大了，搖搖晃晃，愣是搖昏了一車人。

游惑醒來的時候，車窗外一片暗色。

黃白的燈光交織成片，從不遠處鋪向更遠處。

乍一看，像城市燈火零落的夜。

他眯著眼看了片刻，恍然間以為自己回到了現實，之前的一切只是坐車時不小心做的夢。

下一秒，司機的叫魂聲就把他拽了回來，「趕緊下車，休息處到了。」

他們下車後就傻在了原地。

眼前是一條街道，兩邊高樓商鋪林立。高樓有點舊，像上個世紀的百貨公司；商鋪櫥窗灰濛濛的，角落的燈在上面打了一層光圈，就像城市中某條被遺忘的老街。

「這是休息處？」大家一把抓住司機，沒讓他上車。

「拽著我幹什麼？」司機很不高興，把幾隻手從胳膊上扒下來，「就是休息處，沒看見這裡有家飯店嗎？」

這破爛小中巴確實停在一家飯店門口。

飯店是最常見的快捷店裝修風格，坐落在街道轉角處，門可羅雀……其實不止門，整條街都能羅雀。

「休息處還帶變的啊？」大家非常詫異。

「小旅館呢？楚老闆呢？咱們好不容易跟她混熟了點。」

「楚老闆？楚月？」也許是燈光映照的關係，司機黝黑的臉皮居然有一點點紅，但很快，他的神色就頹了下去，「你們見過她了？她還在那個小旅館休息處吧？休息處國內一共有五個，經常輪換。」

游惑：「國內？考試還包括國外？」

司機抿了抿嘴。

他似乎不想多說，但看在楚月的份上，最終還是開口道：「當然有的，你旁邊不就站著個老外？況且科目有外語，當然就有外國考場。」

剛在村子裡考完外語的人無聲盯著他。

司機：「……」

「你們這是小機率事件。」他又補充道。

游惑掃視一圈，高樓燈火通明，彷彿住滿了人。

「休息處可以選擇？」他問。

司機說：「一般情況下隨機。五個地方各有特別之處……」

游惑想起之前那個休息處，勉強找到一個特點，「特別破？」

司機：「……楚月那個確實有點……」

游惑看著他。

司機：「……特別破。」

「那個休息處可能是唯一一個找不到優點的吧。」司機皺著眉低聲咕噥：「不然也不至於把她罰過去……」

「不過其他地方還是有優勢的。楚月那個是一號休息處。二號休息處像軍事基地，武器特別多，想得到的、想不到的都有，那裡對部分考生而言就是天堂。」

「三號休息處的標誌性建築是賭場，運氣好的人可以去試試，沒準能拿到保送牌。四號休息處吃的多、玩的多，在那待幾天能暫時忘記考試這種煩心事。五號就是這裡了。」

游惑眉心一皺，有了不祥的預感，「這裡的優勢？」

司機說：「超市比較便宜。」

眾人：「多便宜？」

「五到九折不等。」

陳斌忍不住道：「說實話，我現在零點一分都扣不起。」

司機：「好巧，大多數考生跟你一樣。所以抽到這裡運氣比較差……」

歐皇游惑扭頭就走。

不管怎麼說，這個五號休息處比上一個好一些，他們不想用「繁華」這種形容詞，聽著像反諷。

總之，這裡連飯店審查都更嚴格。

自動玻璃門安裝了掃描機，考生經過時有紅光掃過。

本著老弱病殘優先的原則，游惑靠在門邊，等其他人全部進門，他才綴在隊伍末位跟過去。

他剛邁進一隻腳，警報響了。

飯店櫃臺小姐「蹭」地起身，脖子伸得老長，「你帶什麼了？」

游惑剎步，「什麼意思？」

大家也不明所以，又擔心游惑有事，紛紛警惕地瞪著櫃臺。

櫃臺衝游惑招了招手，「麻煩過來一下，我得檢查。」

游惑把黑包丟在檯面上，拉開拉鍊，抬起薄薄的眼皮說：「查什麼？翻吧。」

這張臉近看衝擊性有點大。

小姐從脖子紅到臉，解釋了一下，「呃……你自己翻也行。你可以回想一下，是不是把考場上的東西帶回來了？」

眾人一頭霧水。

于聞說：「不可能吧，那倒楣考場上壓根沒有正常東西，誰腦子有泡帶回來，又不是土特產。」

櫃臺姑娘被他逗樂了，「不排除有的東西企圖跟著考生溜出來，以前有過，差點兒在休息處搞出人命，那之後就開始查了，算是一種提醒。」

眾人心想：在上一個休息處就沒查。

不過既然警報器都響了，也不能不講道理，所以大家只是點了點頭，沒有為難櫃臺。

那小姐看他們挺好說話的，又紅著臉對游惑補充說：「我知道你肯定不是故意的，正常人哪裡會幹這種事。所以說最好翻找一下，看看有沒有什麼危險東西偷偷……」

游惑連翻都沒翻，從背包側邊口袋裡掏出一個東西，「這個？」

「……」櫃臺姑娘「偷」不下去了。

就這掏東西的速度，顯然是這位帥哥自己動的手。

游惑瞥了于聞一眼。

于聞慫得不行。難以置信！半分鐘前他罵了他哥腦子有泡。

「哥你……你怎麼把黑婆的娃娃順回來了？」他小聲嘟囔。

游惑：「順手。」

于聞：「……」這得多瞎的手？

游惑手裡拿的正是黑婆的娃娃。

不是他自己縫的那種，而是最初就放在木架底層，那個腳上紋著風鈴花圖案的娃娃。

大家被折磨了好幾天，看到娃娃就有陰影。

像于遙、陳斌這樣的，更是臉都嚇綠了。

誰他媽能想到，大佬去考場遛達一圈，還要帶個伴手禮。

游惑又問櫃臺：「規定不能帶？」

櫃臺：「主要是怕考生在休息處有危險，你如果實在想要，也可以留著。」

游惑又把娃娃收回來。

櫃臺：「……」行吧，牛逼。

這小姐臉也不紅了，啪啪啪啪地敲著鍵盤，迅速掏出一疊卡發給眾人，「這次的休息時間為五天，卡上標有房間號，注意不要走錯，以免影響其他考生休息恢復。頂層是餐廳，二十四小時開放。其他生活用品或者考試用具可以去商店購買，五天後，也就是你們休息的最後一天，百貨大樓早上七點到十點折扣最多，有需要的考生不要錯過。」

游惑接過卡翻到反面。

果然，跟上次小旅館的房卡格式一模一樣。

姓名：游惑

准考證號：860451-10062231-000A

已考科目：物理、外語（2/5）

累計得分：27

于聞拿著自己的卡在旁邊直撓頭，「這考試算分機制有點問題，明明是你答題得分最多，最後大家拿到的卻是一樣的分。」

而且游惑之前買過東西，同樣兩場考試下來，他剩餘總分還最低。

「無所謂。」游惑沒多看，把卡塞進兜裡。

陳斌插話說：「不是每場考試都這麼算，五場中至少會有一場是單獨計分，誰拿到的計給誰。我之前就碰到過。」

于聞：「然後呢？拿了多少？」

陳斌一臉鬱卒，「三分。」

眾人被這個消息嚇懵了，直到進電梯都沒人再說話。

他們的房間就在餐廳樓下，倒是很方便。

眾人拿著卡找房間的時候，老于忽然說：「欸，不對啊。」

「什麼不對？」

老于問游惑：「娃娃都送給村民了，你如果帶回來一個，就有一個村民沒拿到？那我們為什麼那題拿了全分？」

游惑說：「多一個。」

「啊？」

游惑舉著手裡的娃娃說：「這個跟村民對不上號。」

大家愣了一下，紛紛注意到了娃娃腿上的花紋。

「之前咱們分析娃娃是誰的時候沒有這個。不然這麼一串花紋，不可能看不見。」

游惑說：「我沒把這個放進去。」

「那要這麼說，這個也是黑婆給的？」于聞問。

游惑：「嗯。」

「這就怪了啊！總共十八戶人家，算上村長的母親，一共十九口人。黑婆給我們二十個娃娃？她不會數數？還是為了混淆讓我們弄錯？」

游惑捏了捏娃娃腿，說：「也可能漏了一個跟它對應的人。」

這話一出口，大家當即站住。

什麼叫漏了一個人？村民十八戶，一戶沒少都送了，難道還有沒出來的？

不會啊，連題目都判定他們全對，那考場上哪裡還有人可以漏？

大家想了兩秒，臉突然綠了——當然有人啊，考生不就是嗎？

于聞打了個尿驚，「哥，大晚上的，你不要講鬼故事。」

這麼一嚇，大家忍不住相互看了一眼，彷彿此時人人都可能是鬼。

接著，他們發現游惑正看著右邊的一個人。

被看的是于遙。她是第一個找到房間的，此時剛刷開房門。

酒店暖氣很足，Mike借給她的大外套被她脫了。

破損的衣褲自然露了出來。衣服壞在肩線，褲子則破在褲腳。

她露著蒼白的腳踝，那串風鈴花的刺青就紋在右側。走廊的燈光足以將它照清楚，跟娃娃腿上的一模一樣。

于遙愣在原地，臉色慘白。

其他人臉比她還白。

「……姐？」于聞聲音都抖了，「妳……妳怎麼回事？」

于遙垂著眼，肩膀也在抖。

過了好一會兒，她抬起頭看向游惑，兩隻眼睛紅得像哭過，「你……什麼時候發現的啊？」

即便這時候，她的聲音依然很溫和。

游惑也沒有情緒上的變化，依然是平日那副睏懶模樣，「我？覺察到是上一場考試，確定是剛剛。」

于聞很惶恐，「上一場？上一場怎麼了？」

游惑：「題目說用餐的有十三人，你掰指頭算算實際多少人。」

于聞默默掰了一遍，「十三啊！」

剛說完，他又猛地反應過來，「不對，考生十三個，但是用餐的人裡面還包括獵人甲，那就是十四個……有一個不算人？」

眾人齊齊看向于遙，臉色由白轉青。

「姐……妳究竟……」于聞想說「妳究竟是什麼東西」，但話出口的時候，這個剛成年的男生還是心軟了一下，「妳究竟是誰啊？」

于遙緊攥著門把手，輕輕吐了一口氣說：「進來吧，我告訴你們，走廊裡不大方便。」

誰敢進？眾人還在猶豫，游惑卻先點了頭。

不久後，所有人都圍在了于遙房裡。

于遙盯著那個娃娃看了好一會兒，終於說：「之前說這是我第一次考試……其實是騙你們的。」

「我確實是考生，但那是好幾年前了。當時很倒楣，碰到的第一場考試，就是咱們剛剛結束的那場。考吉普賽語，跟……趙文途一批。」

她會一點吉普賽語，給同伴們做過簡單翻譯。

一來二去，就成了趙文途日記裡每天出現的姑娘。

不過，那時候的她並不知道還有這樣一本日記。

趙文途不在後，考生還剩兩人，于遙，還有一位中年男人。

那天夜裡，鬼手如期上門。

原本是衝著那個中年男人去的，結果那人情急之下，一把把她拽到面前，往前一推，送到了鬼手的刀口下。

「我現在就記得他說，砍她吧，別找我，求求你們。鬼手沒砍準，刀落了好幾下。應該……挺難看的。」于遙縮在椅子裡，陷進回憶。

眾人聽得不忍，「那妳……」

「那我應該跟其他考生一樣，葬在樹林或者變成村民對嗎？」于遙說：「我也以為會那樣的，但是也許是我走運吧。」

她為趙文途哭了一整個白天，甚至忍不住去了一趟樹林，試圖去找趙文途的血跡，看看他被拖去了哪裡。最不濟……給他立一座墳也是好的。

結果她找到晚上，也沒能找到趙文途的任何蹤影，反倒撿到了一張卡。

「什麼卡？」游惑問。

于遙說：「就是那位監考官讓你抽的那種卡，不知道為什麼會有一張掉在樹林。」

「卡面寫的什麼？」

于遙說：「重考一次。」

「我被……砍之後，那張卡發揮了作用，但因為是撿到的，作用只發揮了一半。」

眾人茫然地問：「還能一半？什麼意思？」

「我沒有像其他考生一樣，變成鬼手或者村民。但也沒有真正活過來，重新開考。」于遙說：「我漂在那個村子的河裡，被黑婆撿了回去。」

游惑忽然想起來，村長曾經說過，黑婆專做死人活，曾經從河裡撿過一個姑娘，用竹筐拖了回去。

「我明明是考生，卻好像變成了考場的一部分。」

作為考題的黑婆把巫術用在了于遙身上，居然起了作用。

她用她死去女兒的頭髮縫製了一個跟于遙一樣的娃娃，然後于遙就像那些村民一樣，死而復生了。

「我醒過來的時候就是這樣，大著肚子。黑婆說，她把女兒藏在我身上了。」

眾人毛骨悚然。

然後，他們就發現了一個問題：「妳能聽懂黑婆的話？」

「我作為考場的一部分時，是能聽懂的。」于遙說：「但後來我離開了，那之後我就聽不懂吉普賽語了，包括我原來會的那些，也都忘了，怎麼都撿不起來。」

「離開？」游惑說：「司機說他沒接過人。」

于遙說：「我算人嗎？我自己都不知道。」

她就像誤弄出來的一段BUG，介於考生和NPC之間。

她離開考場也不是坐的那輛城際巴士，而是自己徒步走了很久，穿行了不知多少地方，然後機緣巧合跟著一群考生進入了某場考試中。

也許是系統刻意為之，也許是受其他影響。她的記憶越來越差，考試前的很多事她都想不起來了，只記得有人害過她，也有人護過她。

「本來我不知道自己該幹什麼，就偶爾幫考生一把。」于遙說：「直到某一次考試，我又見到了那個害我的人。」

于聞沒忍住，憋出一句髒話：「操？他居然沒死？」

「我後來才知道，他有一張免考牌，賭場裡弄到的。」于遙說：「那次外語考試，他本想試試能不能僥倖通過，最後發現實在太難，把那張卡用掉了。」

于聞一聽，更火了，「他媽的，他有免考牌還把妳推出去？那他後來呢？」

于遙說：「他考試不行，但陰招很多，而且好賭，賭運居然不錯。我後來打聽到，他在賭場又弄到了兩張延期卡，一次最多能延兩年，他用了兩張，躲在休息處過了四年，再沒弄到新的延期卡，只能出來繼續考試。」

「那妳找到他了嗎？」

于遙還沒開口，游惑說：「找到了吧，在上一場考試裡。」

眾人一愣。

于遙沉默片刻，點了點頭。

「誰啊？」

游惑說：「最後變成獵人甲的那位。」

眾人愣住。

許久之後，于遙才輕輕地吐了一口氣，「一直想跟你說對不起，我很多時候會被系統漏掉。那次違規……應該就漏掉了我，你當時沾了墨，系統就把違規誤判給了你。以前也有過這樣的事，我

一直在找機會補償。」

游惑說：「補償就算了。」

反正罰了幾次，他本人毫無損失。

「倒是妳。」游惑說：「為什麼見到趙文途不去認？」

于遙沉默了很久，苦笑了一下輕聲說：「我已經變成這樣啦，臉跟原來不大像，可能受了黑婆女兒的影響，像個剛成年的小姑娘，他認不出來的。而且，我不知道自己是人還是鬼，就……不讓他失望了。」

如果不見面，那麼……想起名字的趙文途，在最後那個瞬間，至少是滿足的。

至於遺憾，全都留在日記裡。

他自己已經不會去苦惱了，只有看的人知道。

于遙後來又說了很多，大家從中得知了一些資訊。

她說考試內容五花八門，古今中外都有。

每場都以相應的科目知識為基礎，知識點本身可能並不難，甚至非常簡單，但系統總有辦法讓它要你的命。

不同考場能容納的考生數量不同，所以能不能成為隊友，全靠隨機。

于遙作為BUG，是僅有的自由考生，她可以自主選擇考場。

所以，她才能跟害她的禿頭一起考物理，又能跟幫她的游惑、于聞一起考外語。

她會利用自己的身分給同伴幫忙，但不會幫得太明顯，比如在查蘇村。

「那些鬼手找人有個特點的。」于遙說。

如果既有客人縫了娃娃，又有客人沒縫，它們會優先去找縫過的客人。

于遙被黑婆復活後，算是半個查蘇村的人，只要她在的地方，鬼手會下意識忽略。

所以考試的第一天晚上，只有梁元浩和陳斌縫了娃娃，也只有他們兩人落單，鬼手當然直奔房屋。

而第二天晚上，鬼手本該先找陳斌，但當時陳斌和于遙他們在一起，於是鬼手退而求其次，轉頭去找游惑送死。

至於第三天……游惑一人縫了十六個娃娃，拉足仇恨，于遙則緊跟著其他人。鬼手目標明確，所以瘋得徹底。

陳斌直到現在才知道，自己居然又死裡逃生一次。

他對著于遙千恩萬謝，又忍不住問道：「這些事妳怎麼不直說呢？」

于遙聲音輕柔，低聲說：「我看起來是個孕婦，如果表現得太反常，知道得太多。同伴的第一反應往往不是照我說的做，而是懷疑、警惕，甚至把我放到對立面。」

眾人沉默下來。他們試想了一下，居然無從反駁。

「但你們很特別，真的。」于遙認真地說：「從剛見面起，你們釋放出來的就都是好意。要給我包紅包，喊我姐姐，替我受了懲罰也沒有怪我，還借我衣服穿。我以前總是不開心，覺得自己像遊魂，在考場裡穿來穿去。現在偶爾會覺得自己還活著，這得謝謝你們。」

「所以我才打定主意跟著你們，能幫一點是一點。」她挽了一下頭髮，補充說：「不過這是我之前的想法，現在你們應該不大樂意了。沒關係，我都可以理解，換我我也會有點膈應。」

游惑始終靠在房門口。

等于遙全部說完，他突然打破沉默說：「沒有什麼樂意不樂意的，我跟誰一個考場都一樣。」

于遙愣了一下。

老于父子也連聲說：「想跟就跟嘛！反正我們不膈應，妳又沒害過我們。」

「對了，姐。」于聞忍不住問：「于遙不是妳的真名吧？」

否則第一場考試，那個禿頭男人聽見這個名字怎麼會沒有反應？

于遙這次真的紅了臉，她抱歉地說：「對不起，當時沒說真話。這個名字是臨時編的，因為感覺你們很親切，還借了你們的姓。」

她說著，把手裡的房卡翻開，背面朝上往前一推，上面寫著——

姓名：舒雪

准考證號：860575-02091318-1127

已考科目：外語

累計得分：12

「這個是我的名字。」

「數學？」于聞樂了，「姐，妳爸媽取名跟我家一個品味。看來不同姓也沒影響，八百年前準是一窩的。」

于遙……喔，該叫舒雪了。

舒雪跟著笑起來，說：「我以前還碰見過名字諧音像物理的呢，湊三個結拜吧。」

「不過……妳怎麼只顯示了一門？累計分數也沒疊加。」大家又納悶起來。

「一直都這樣。每次到了休息處，只顯示剛考完的科目和分數。」

「喔，這樣啊……」

大家還沒反應過來，游惑就直戳重點，「那妳不是永遠不能考完？」

「是啊。」舒雪沉默片刻，又笑了一下說：「不過能把你們順利送出去，我也挺高興的。」

游惑垂眸思索片刻，把娃娃放在她面前。

村民拿到娃娃是解脫，那麼舒雪呢？會不會也是解脫？

「謝謝。」舒雪溫聲說：「其實以前住在查蘇村，我每天都會拿起這個娃娃，但什麼也沒有發生。可能只對村民有用吧……」

游惑卻說：「不一樣。」

「嗯？」舒雪一愣。

「題目說過，得是考生送的。」游惑彎了一下腰，又把娃娃往她面前推了一下，鄭重道：「我現在送妳。」

舒雪愣住，目光落在那個代表她的娃娃身上，一眨不眨。

那一瞬間，她居然覺得很緊張。

游惑瞥了一眼她緊扣的手指，拎起桌上的背包說：「收不收自己決定，我睏了，睡覺去了。」

眾人心想你怎麼又、又、又睏了……

游惑一走，其他人也覺得圍觀不妥，打了招呼便紛紛回房。

這之後的幾天，除了一日三餐去樓上餐廳，舒雪始終沒有出過房門。

其他人也差不多。頭兩天，他們還去周圍溜達溜達。

後來發現這個休息處實在冷清，大街小巷見不到人影，好多樓夜裡亮著燈，但敲門從來不應，估計只是裝裝樣子。

飯店他們吃不起，唯一可逛的百貨大樓目前折扣有限。

游惑被拽著逛了幾次，終於不耐煩了。

直接把房門反鎖了事，門口掛了個「勿擾」的牌子，悶頭補覺。

五天的休息時間，眨眼就過。

第五天清早七點不到，酒店大堂聚了一堆人。

游惑這次睡夠了，難得沒有起床氣。

他塞著耳機下樓，一進大堂就看到了舒雪。

那姑娘悶了五天，再出現時居然沒有什麼變化。

游惑掃了一眼她的肚子，摘下左邊的耳機。

舒雪搶在他開口前說道：「我想過了，我還想再跟你們考一場，就讓于聞把娃娃先收起來了。以前聽人說過，考試難度每場會有波動，第三場很大的機率會麻煩一點，我有點擔心……等你們考完這場，我再把娃娃收了也不遲。」

游惑不愛插手別人的決定，聽完沒說什麼，點了一下頭，又把耳機塞了回去。

七點整，他們準時進了百貨大廈。

大廈上下一共八層，應有盡有，跟一般商場的規格差不多。

「我的媽，還有珠寶首飾吶？」于聞看著一列列櫃檯，感嘆道：「這些東西何必放出來呢，乾占地方不頂用，哪個二傻子會買啊。」

話音剛落，他哥就從櫃檯裡拿了一塊男錶，連盒一起丟進了購物車。

于聞：「……」他立刻補救說：「手錶不算，手錶特別有用！」

如果考場的鐘砸了的話……

這天的百貨大廈終於有了點繁華的影子，逛的人挺多，甚至包括飯店服務生以及隔壁餐廳老闆。

長長的布條從大廈頂上掛下來，寫著：一週一度折扣日，活動自七點至十點，半數商品五折起。今天是十二月十三號，第十二位、十三位結帳的客人，可額外獲取抽獎機會，中獎率高達百分之九十，大機率折上折。

游惑此生與抽獎無緣，所以他看都沒看布條，順著手扶梯上了二樓。

之前買的羽絨服被棺材板報廢了，他二、三兩樓轉了一圈，拿了三件外套。

于聞看得心驚肉跳，忍不住說：「哥，你省著點，外套要這麼多幹麼？」

游惑：「以防萬一。」

萬一又違規呢？這誰能說得準。

他買完衣服，轉頭又進了超市，拿了點速食和罐頭。

今天折扣雖多，但對大多數考生而言，過過眼癮可以，買是不可能的！所以真正需要結帳的人少之又少。

游惑從樓上看了一眼，見收銀臺空著不用排隊，便推車上了手扶梯。

他那一車東西非常惹眼，所到之處，是個考生就瞪著眼珠看他。

當他從七樓搭到一樓時，空空如也的收銀臺居然熱鬧起來了。

游惑納悶地走過去，頓時明白了。

此時的收銀臺前站著一位客人。那人穿著煙灰色襯衫，身高腿長。手撐檯面的時候，襯衫布料勾勒出精悍的肩背輪廓。

游惑腳步一頓，翻了個白眼。

這背影太好認了，不是監考官001又是誰？

監考官周圍，一圈考生不遠不近地站著，嘴巴張得老大，都在看他的購物車。

這位大佬居然一輛不夠用，推了兩……

收銀員合上嘴巴，木著臉清點車裡的東西。

游惑慢吞吞地走過去，聽見收銀員問：「……四套衣褲、兩件大衣確定都要嗎？」

秦究：「嗯。」

「這些牛肉罐頭也要嗎？」收銀員在「些」上加了重音。

秦究：「嗯。」

「這塊錶……」

秦究：「對。」

收銀員的臉癱到極致，「那這個行李箱……」

秦究耐心告罄，手指敲著檯面催促，「不用確認了，都要，麻煩算個帳。」

收銀員啪啪敲鍵盤的時候，秦究餘光一掃，看到了後面的游惑。

他挑眉笑了一聲，衝游惑說：「早啊，今天睡醒了？」

游惑：「……你怎麼在這兒？」

秦究說：「買點考試用品。」

游惑從上到下掃量一眼，不鹹不淡地說：「監考還要考試用品？你不是有樓？」

秦究「喔」了一聲：「當監考當然不用，當考生就難免要準備一下了。」

游惑冷哼一聲。

兩秒後，他又突然抬起頭，「後面那句再說一遍，誰當考生？」

秦究：「我。」

游惑：「……為什麼？」

秦究說：「系統認為我提供說明的陣仗大了一點，按照處罰規定，我得當一輪考生。」

這處分源於幫助牌，跟游惑多少有點關係。

他想了想，又多問了一句：「一輪是多久？」

秦究說：「目前考制來看是五門，跟你們一樣，合格通過才算數。」

游惑：「喔。」

他想了想，也不知道說什麼好，又要重新塞上耳機。

結果剛抬手，秦究又開口了：「處分期間沒有科目選擇權，按照規定要跟著考生走。考生可以自主挑選，我比較懶……所以選了默認。」

游惑拎著耳機，「默認是誰？」

秦究笑起來，「別臭臉，這是規定。我給你用的幫助牌，現在慘遭罷黜，你當然跑不掉。」

他摘了手套，漫不經心地伸出手，「請這位考生多多關照？」

「……」游惑想把購物車懟他臉上。

【第七章】

有一種關係叫
誰都別放過誰

收銀員忙著錄帳。

秦究跟游惑說完話，轉頭指了一下貨架，「對了，再幫我……」

他忽然頓了一下，似乎話到嘴邊卻忘了自己要什麼。

收銀員等了片刻沒等到下文，便念著貨架上的東西試著提醒，「要什麼？菸？打火機？酒？」

秦究輕輕「啊」了一聲，垂下手玩笑道：「慣性，總覺得還應該買點什麼，記不起來了，就這樣吧。」

收銀員點頭報出總價：「您這一共……十九分。」

旁邊的考生聽得十分迷醉——踏馬的他們手裡總分可能都不夠二十，這人一刷就是十九。

最騷的是，這位聽完居然對收銀員說：「後面貨架隨便幫我拿一樣吧，湊個整。」

收銀員「……」湊個整，聽聽，這都是什麼瘋話。

這位收銀員其實是監考官預備役裡罰下來的，以前就見過不少監考官，當然也聽說過001號。

但他工作的那陣子，秦究在休養，而且作為001號主考官，不是什麼考場他都會出現，所以收銀員不認識他。

這位小夥子語重心長地勸解道：「這位先生，是這樣的，您剛好是今天第十二位結帳的客人，會有一次抽獎機會，折上折。也就說……現在湊整也沒用，一會兒折完了還是有零頭的。」

「是麼，還有這種活動？」秦究說。

「對，布條上寫著呢。」收銀員往上一指，「第十二、十三位客人是今天的幸運兒。不過需要二位先結帳，過會兒一起兌。」

「喔。」秦究看完布條，似笑非笑地對游惑說：「幸運兒，過來結帳。」

游惑：「……」

就憑這張嘴，不知道001以前有沒有被人壓著打過，他希望有。

游惑推著購物車走到臺邊，撈起車裡的東西放上檯面。

收銀員的臉又綠了，今天這是什麼情況？購物狂聚會啊？

他心裡犯著嘀咕，一一清點游惑的東西，唸道：「兩件大衣……兩盒速食麵、兩個牛肉罐頭、一塊錶。」

嗯……有點眼熟。收銀員偷瞄了兩人一眼，沒敢說話。

他幫游惑把東西裝好，打出價格單，「一共五分。」

他生怕游惑也來一句「幫我湊個整」，連忙從櫃檯底下抱出一個木箱。

「來，抽獎箱。」收銀員介紹說：「裡面一共有一百張獎券，最好能到一折，一折券只有五張，不過沒關係，還有十五張三折券，三十張五折券，以及四十張八折券，這個優惠力度真的非常可觀，全世界能找到第二個這樣的休息處，我把頭砍下來。」

游惑不關心這些，也不關心他的頭。

他問：「剩下是什麼？」

收銀員說：「呃……五張九折券，三張九點五折，還有兩張原價。不過你想啊，九折馬馬虎虎，但機率跟一折一樣，很難抽的。至於九點五折只有三張，原價更是只有兩張。」他又立刻補充道：「這什麼概念？比一折券還少！相信我，我來這裡這麼久，見過抽到一折的，真沒見過抽九點五或者原價的。畢竟我們活動的宗旨就是給大家減負，能省一點是一點，每分都是命。」

游惑說：「直接抽？」

「……」收銀員白瞎了一番熱情。

他耷拉著眉眼把抽獎箱轉了一圈，讓寫字的那面朝向游惑和秦究，「喏，為了加強考生互動，抽獎有個規則。互抽，也就是你抽到的獎券歸他，他抽到的歸你。這規則挺有名的，不知道你們聽沒聽說過。」

秦究：「略有耳聞，普遍評價是你們老闆不幹人事，生怕考生不打起來。」

「……畢竟這麼大的折扣呢，哪能拿得那麼容易？」

「來吧。我就喜歡看這一幕，刺激！基本決定了兩位的關係，今後能不能成為朋友就在此一舉了。」收銀員搖了搖箱子，比了個「請」。

五秒鐘後。

秦究送了游惑一張「九點五折」，游惑反手就是一張「原價」。

秦究：「……」

收銀員：「……」

有一種非酋[2]叫互相傷害。

有一種關係叫誰都別放過誰。

大家今天算是見識了。

最終，秦究還是讓收銀員給他湊了個整。

游惑見他掏出一張卡，覺得奇怪，「你哪裡來的分？」

「系統送的。」秦究說。

游惑有點意外。都處分了還送起始分？這算哪門子處分？

秦究：「知道這代表著什麼嗎？」

游惑：「什麼？」

秦究：「很多考場對考生是有門檻的，比如第一次考的考生分在一起，考過兩門的分在另一個

考場。難度上會有差別。系統這時候送我分，就表示你們這次待選的三門，都有門檻限制。這就意味著，考過的科目越多，進入的考場越難。它送我一點起始分，一是遵守規則，讓我跟選定的考生，也就是你進入同一個考場。二來保證難度，以免我被分到零經驗的考生中。」

以前問這些跟系統有關的事，秦究都避而不答，還會收到警告。

現在他被處分成了考生，居然不那麼避諱了。

游惑便多問了幾句：「送了你多少？」

「說是按照考生時期單科最低分來算，真假就難說了。」

游惑心說你自己的最低分自己沒數？一看就明白了，算哪門子的真假不知？

秦究拎著卡，翻轉一面給游惑看。

慘遭罷黜的監考官001，卡跟普通考生差不多，寫著基礎資訊。

姓名：秦究

准考證號：86010-06141729-Gi

已考科目：2

累計得分：20

跟考生不同的是，考生考號的末尾是數字，他卻是兩個意義不明的字母。

見游惑盯著Gi神情疑惑，他說：「監考官違規專用，模擬了個考生號。」

考生號的結尾是系統設定的英文稱呼，為了區分監考官。

秦究原本應該是Gin，但寫卡的時候漏了一個字母，變成了Gi。

註釋2：非酋：網路遊戲用語，形容運氣不好的玩家

這件事他原本是知道的，但記憶受損後給忘了。

具體是當時負責寫入的監考官手誤，還是故意跟他開的玩笑，已經不得而知了。

在收銀員看「瘋子」的目光中，秦究刷空了初始值，二十分一分沒留。

「你跟自己有仇啊？」收銀員忍不住說。

秦究笑了一聲，給游惑留了一句「晚上見」就離開了休息處。

夜裡，飯店踩著準點自動退房。

街道上不知何時豎起了標牌，眾人按照路標往某個路口走去。

意料之中，那是一個丁字路。

他們走到路中央，身後的景色就變得模糊起來，很快被夜色下濃重的霧氣遮擋。

三個路牌分別寫著未考科目：語文、數學、歷史。

路中間有個熟悉的保安亭。亭內小喇叭突然出聲時，秦究一秒不差地從濃霧中走來……推著他的行李箱。

「我他媽頭一次看到這麼休閒的考生……」于聞悄悄對他哥說。

說完他靜了兩秒，又道：「喔不，我面前就有一個。算了，當我沒說。」

秦究在人群旁站定。

小喇叭已經放完了千篇一律的屁。它停了片刻，引起眾人注意後，終於說到了重點。

【本輪實行突擊性考制改革，現考試制度更改為等級，按照全球考生排序百分比劃分ABCD四個等級，其中前百分之十為A，A後一位至前百分之五十為B，B後一位至百分之七十五為C，

其餘為D。】

「我日……」被改革威脅三年的于聞同學表情凝固，在心裡熱切問候所有喇叭。

而被問候的還在繼續。

【現有分數將核算為等級，之後每場考試結束核算一次。】

【考試實行末尾淘汰制，每場考試結束後，等級為D的考生直接淘汰，等級為C的考生留待查看，需要重考。】

【重考題目背景以原題為準，小題適當修改。】

【重考達到B及以上的考生可以順利進入下一科目，依然為C的同學再次重考，D等級考生直接淘汰。】

【現在更新考生成績……】

眨眼間，保安亭門外的液晶螢幕突然亮了，刷出幾行字來，那些是在場考生的等級換算結果。

于聞：A

于益國：A

Mike Rogen：A

這三位托游惑的福，又老老實實守著分數沒亂用，目前等級很高。

陳斌：B

游惑：B

上面那位多虧抱上了大腿，下面這位是東西買多了，作掉了級。

舒雪：C

可能永遠都是C。

秦究：D

「……」

自己騷出來的零分，無話可說。

刷出所有等級，聒噪的小喇叭沉默良久，不知道是不是被秦究氣昏過去了。

游惑看著液晶螢幕，突然說：「哪個智障核算的結果？」

小喇叭：「……」

眾人一愣，轉頭看向他。

「怎麼了？」

大家一時間反應不過來。

游惑對舒雪說：「按照准考證卡面，妳只考了一門，總分十二分。」

舒雪點了點頭，輕輕「嗯」了一聲。

「我不知道只考一門的人普遍多少分，但沒記錯的話，吉普賽那場平均分只有五，就算別的考生碰到的考試簡單一點，但單科十二分等級排C？」游惑說：「騙鬼呢？」

小喇叭依然死在那裡。

看得出，系統並不想回答這種問題。但鑑於游惑語氣表情都過於嘲諷，系統憋了半天，終於刷新了液晶螢幕。

考生陳斌已完成數學、語文、外語三場考試，分數為二十二，在同類考生中排行百分之四十九，等級為B，核算無誤。

考生于聞、于益國、Mike Rogen已完成物理、外語兩場考試，分數分別為三十點五、三十一、三十一，在同類考生中排行前百分之二，等級為A，核算無誤。

考生游惑已完成物理、外語兩場考試，分數為二十二點二五，在同類考生中排行前百分之十一，等級為B，核算無誤。

考生舒雪已完成外語一場考試，分數為十二。系統在核算過程中檢測到該考生資料異常，為防止作弊等違規情形，維持公正，依照百分之五十折算分數，最終進入核算的分數為六分，同類考生中排行百分之五十二，等級為C，核算無誤。

監考官秦究考分核算方式參照考生游惑，以兩門計，分數為零，同類考生中排行倒數第一，等級為D，核算無誤。

秦究：「……」

某些不是人的玩意兒，明明可以用百分比來表示排名，非要強調成倒數第一。

螢幕上，等級核算明細一打出來，舒雪的臉刷地白了，大家卻不知該怎麼安慰。

其實說實話，她能在考場中自由來去這麼久，已經夠令人驚訝的了。

一個足夠精明的系統，怎麼會容忍BUG一直存在？游惑甚至懷疑，系統突擊改革，就是為了名正言順地把舒雪這個BUG排到C級，永遠在重考同一場，永遠困在某個考場裡，不見天日。這算是另一種意義上的囚禁。

他還沒回神，秦究突然說話了。

「行，罰吧。」他一手搭著行李箱的拉杆，衝保安亭說：「一個C級、一個D級，懲罰是什麼來著……啊，想起來了。」他佯裝成剛想起來，指著舒雪說：「小姐需要重考上一門，上一門考場是吉普賽，送她去吧。」

小喇叭：「……」

舒雪一愣，眾人突然高興——對啊！考場已經毀了，上哪兒重考？

刺激一句還不夠，秦究又極其光棍地說：「至於我這種被淘汰的，就不勞送了，我可以原路回去。」

小喇叭：「……」

如果系統是個人，恐怕能表演當場發瘋。

拖這位001過來考試是為了處分，還沒進考場就直接淘汰，這是噁心誰呢？

小喇叭陡然詐屍，在沙沙的電流聲中說：

【由於資料異常，考場故障，針對在場C、D兩級考生的原處理措施不予執行，考生正常參與新科目考試，C、D兩級考生進入新考試後，起始總分扣除五分，具體核算如螢幕所示。】

液晶螢幕立刻刷新，配合得一秒不差。

考生舒雪，新一輪考試入場後起始總分為一分。

監考官秦究，新一輪考試入場後起始總分為負五分。

舒雪倒是鬆了一口氣，至於秦究……

秦究：「……」

這兩行分數刷出來，液晶螢幕最底下又緩緩滾出四個字：以資鼓勵！

——鼓你爸爸。

安撫完所有考生，小喇叭終於說道：

【除受處分監考官001號外，考生擁有自主選擇權，可以安排待考科目順序。】

【請在三十秒內做出選擇。】

整個丁字路口響起了滴答、滴答的數秒聲，讓人一下子緊張起來。

「選哪個？」老于嚥了口唾沫艱難問道：「不過……其實選同一個科目也不能保證會在一個考場是嗎？」

秦究作為監考官，經驗自然豐富一點。

「隨機參考的因素很多，分數、選擇科目的時間、上一門的難易程度、同隊次數……綜合來說，看臉。」

「聽天由命了，先選一門吧。」于聞說。

陳斌說：「數學和語文我都考過……建議能不選還是別選吧，看看我兩門合計的十分。」

其實不用他提醒，大家也不是很想選數學，總覺得更麻煩一點。

「那就歷史？」于聞說。

一來在座的人包括陳斌都沒考過，至少不會在選擇的時候就拋下誰。二來……聽起來好像簡單一點。

「歷史會不會就是把我們投放到某個朝代，參與個把歷史事件？」于聞掰著指頭說：「只要不是生靈塗炭的時期就還成吧。我覺得就咱們這些，不論老少，多少知道一點歷史方面的東西，至少不會兩眼一抹黑。」

游惑問：「你記得多少？」

于聞撓了撓頭說：「……唐宋元明清吧。」

「就這些？」

「不少了，親哥！都是重點。」于聞說：「我複習的時候想著，抓重點比較划算……不過其他那些我也沒全忘，多少也記得的，只要別問我具體年份，什麼幾幾年幾幾年誰在搞事，其他都能胡謅上幾句。」

滴答滴答的計時聲越來越重，表示著選擇時間臨到盡頭。

「走吧。」游惑拍板完，轉頭看向秦究，「你？」

秦究挑眉說：「我有得選？」

緊接著，他又笑了一下，「隨意吧，我已經過了迷信科目的階段了。」

眾人無語。不過想想也是，人家作為監考官，什麼科目沒見過？哪個難一點、哪個簡單一點，對他而言可能早就沒有意義了。

大家踩著最後幾秒的時間，進了標著「歷史」的路口。

游惑穿過濃霧。

乳白色的霧氣從眼前散開，露出路口後的景象。

這是一座碼頭。說是碼頭抬舉它了，嚴格來說這是一個大約七、八平方公尺的石臺，石臺兩邊是低矮的金屬柵欄，石臺往前……是一望無際的海。

一艘木船停靠在旁，高高的桅杆上掛著一盞……煤油燈？

游惑一臉古怪地盯著燈和船的式樣，有了不大好的預感。

一個穿著灰色上衣、黑色馬甲的老頭正挽起袖子，把一團東西甩了下來。

游惑定睛一看，那是一段長長的繩梯。麻繩濕漉漉的，散發著漚了八百年的酸味。

一位老頭扠著腰站在船舷邊，扯了扯船帆的繩，然後扶著它居高臨下地對游惑招手，「上來，你們兩個，別磨嘰，我趕時間。」

兩個？游惑正疑惑，行李箱咕嚕嚕的滾輪聲在他身邊停下。

「嘖。」秦究抬頭看了一眼，不大滿意地說：「我最厭煩船上的考試。」

游惑不客氣地說：「哪裡的我都厭煩。」

老頭又在催促：「快點！」

游惑說：「再等等。」

老頭說：「等什麼啊？沒人了，就你們，我這裡催著時間呢，快上來！」

游惑一愣。

秦究輕輕「啊」了一聲，說：「看來他們這次運氣很糟，沒有跟咱們隨機到一場。」

沒在一場？那會是什麼結果？游惑想起那群人……眉頭皺了起來。

在老頭接二連三的催命之下，游惑跟秦究先後上了木船。

髒兮兮的船帆微微扭轉方向，一鼓一收間，船便乘風離開了石臺。

等游惑在甲板上站定，轉頭看過去，石臺已經淹沒在了濃霧裡，沒了蹤影。

只剩他們一艘木船，突兀孤單地航行在海面上。

下一秒，船上突然響起了叮叮噹噹的音樂。

游惑循聲望去，就見老頭身邊的木箱裡放著一個簡陋的音樂盒，像個半成品。

音樂盒詭異的音樂放完後，系統熟悉的聲音又響了起來。

【考生已從各處登船，駛往最終考試地點。】

【三十分鐘後，考試將正式開始。】

【本場考試科目：歷史。】

【考查知識點：世界史，海上馬車夫。】

【請考生做好準備。】

游惑：「……」說好的唐宋元明清呢？

老頭改好帆，在褲子上草草擦乾手。

他從舵臺上跳下來，目光在游惑和秦究之間來回掃量。

「身強體健的年輕人，怎麼好意思看我一個手無縛雞之力的老人忙活呢？」老頭露出的胳膊肌肉虯結，單論膀子，能有常人兩倍粗，還手無縛雞之力……

秦究笑說：「雞多冤。」

老頭：「……」他氣不打一處來，狠狠瞪了秦究一眼，「別抱著胳膊不幹事，我最煩年輕人抱胳膊抬下巴。喔，還有放冷臉，都是裝樣！」

游惑無辜遭受牽連，「……幫什麼直說。」

老頭踢了踢地上的一塊甲板說：「轉軸有點鏽，我一個人搞不定，幫我把它打開。要不然你們就待在甲板上等浪來撲！」

行吧。

游惑內心無語，伸腳就去試甲板虛實。

這個舉動純粹出於慣性，結果他一腳踩在了秦究鞋面上。

游惑：「……」

秦究：「幼稚嗎？這位考生。」

「我查甲板，你腳送過來幹什麼？」

「巧了，我也是。」秦究說。

他抬起鞋面試了幾處說：「還行，下面是空層。這兩邊不平，可以……」

說話間，游惑已經從旁邊的雜物堆裡叮鈴鐺啷地抽出一根細鐵鉤。

他把鉤子一頭鑿進不平的甲板處，啪地一聲，木屑飛濺。

老頭默默往旁邊退了兩個碎步。

就見游惑抬起一條長腿，往斜立的鐵鉤上猛地一踩。

咔嚓——甲板整個裂開一條縫。

秦究依然戴著那副黑色的皮質手套，還沒等游惑有動作，他已經彎腰把手伸進翹起的縫隙裡，大力一掰，甲板整塊被掀了，生銹的鉸鏈噹噹掉了一地。

游惑拎著鐵鉤，看了秦究一眼，他倒是很久沒碰到能跟上節奏的人了。

但老頭的臉已經綠了。

那塊甲板其實是活板門，掀開之後能看到通往船艙的樓梯，艙裡四處掛著煤油燈，能看到裡面分隔的鋪位。

老頭張開嘴，正要吩咐什麼。

游惑已經拍了拍他的背，一抬下巴，「帶路，謝謝。」

老頭又瞪著眼睛把嘴巴閉上。

三人一起下了船艙，又把那塊壞甲板蓋上，船裡登時暖和起來。

老頭也不管他們，自己進了個單間鋪位，當著他們的面哐噹關上門。

這人毫無心事，不出一分鐘，鼾聲如雷。

游惑一看那髒兮兮的被子就不想碰，在艙內找了把椅子坐下。

沒片刻，秦究也過來了，手指還抵著鼻尖，顯然熏得不輕。

就這樣他還不忘調侃游惑，「今天什麼日子，你居然醒著？」

游惑：「……」他睨了秦究一眼，「我把你摁那床上呼吸半小時，你看怎麼樣？」

秦究笑了一聲，「也行，不過我可能會拽著你有福同享。」

游惑心說去你媽的。

「關於海上馬車夫還記得多少？」秦究問。

他一隻手肘搭著桌面，另一隻手又在燈苗上撩撥，撥得火苗輕輕晃動。

看在撬甲板還算默契的份上，游惑答道：「荷蘭。」

高中畢業這都多少年了，他學的又不是文科，高三一整年根本不碰歷史，所以想起來的東西很有限。

總之哪個世紀來著，荷蘭被稱為海上馬車夫，理由游惑記不清了，似乎是因為便宜。

荷蘭有能容納更多貨物的大肚船艙，比其他商船更便宜的租金，據說還很能豁命。

這就是他所記得的關於海上馬車夫的全部了。不過……

「記不記得有差別？」游惑又說：「會規規矩矩考這些？」

秦究：「運氣好的話有千分之一的可能。」

游惑「呵」了一聲，「做夢比較快。」

這傻比系統的特性還不夠明顯嗎？典型的哪裡不會考哪裡。

就算考會的，也拐了九曲十八彎，很不老實。

這條負責接人的船體積很小，行駛不到幾分鐘，海面突然出現了風浪。

就好像剛剛離開模擬出的假海，終於進入了真正的大海，大海正波濤洶湧。

他們隔著厚重的木質船艙，能聽見雷暴的轟鳴，偶爾有電光從活板門一閃而過，小船被撲得歪斜搖晃。

游惑一個不暈船的人都很不痛快，秦究臉色同樣不好看。

這種極不舒適的環境下，他們居然雙雙趴在桌上睡著了，並對此毫無知覺。

游惑是被刺骨的寒冷驚醒的。

他猛地睜開眼，就看到了陰沉沉的天空。

天空？他翻身坐起，發現自己早已不在小船髒兮兮的艙內。

他身下是一塊勉強算平整的黑色礁石，上面覆了一層冰。礁石面積很大，秦究就側躺在旁邊。

這應該是在海上，因為他們身後是一座亂石構成的孤島，孤島周圍歪七扭八地靠了近二十艘木船。

其中十來艘跟他們乘坐的那艘一樣，小而破舊。

還有三艘則大得多，三艘中的一個就歪在游惑近處。

可以看到這種船的甲板很窄，艙卻極大，像個速凍的大肚餃子。

船上掛的燈都熄了，有些船頭和桅杆已經凍住，看得出來已經停泊了一段時間，沒有人在。

游惑拍了秦究兩下，心道奇怪，他都醒了，這人居然還沒反應……

對方被拍兩下，瞇著眼轉醒。他最初沒有覺察到異常，這也足以說明秦究真的一點都不怕冷。

他捏著鼻梁坐起來的時候還衝游惑說了句：「早……」

游惑想把早字刻他臉上。

「你先吹吹風，再決定要不要繼續這樣打招呼。」

游惑往旁邊挪了一步，被他擋住的風劈頭蓋臉糊向秦究。

效果立竿見影，監考官瞬間清醒。

秦究站起身，用手套擋在眉上望出去。

目之所及，到處都是翻捲發白的冰雪，像極地的冰原。

「還在海裡？」秦究皺著眉說。

「嗯。」游惑拇指朝後指了指說：「後面是島。」

秦究掃視一圈說：「走，上島看看。」

片刻後，游惑、秦究……還有秦究的行李箱就站在島上某個石洞前。

石洞門口有人壓了一片灰白帆布，用來做記號。

令人不舒服的是，他們原本以為壓住帆布的是一團雪。

走進了才發現雪上有一枚眼睛。

秦究皺著眉辨認了一番，說：「北極兔。」

那隻北極兔已經死去多時，跟帆布凍在一起，被一層冰封住。

游惑正要彎腰去看，系統熟悉的聲音從北極兔身體裡傳出來。

【所有考生已抵達考場。】

【本輪考試為大型考場，考生共計三十六人，以出發碼頭為準分為十八組，每組兩位考生。組內考生分數之和為本場考試等級核算的基礎。】

【本場計分方式採用行為參與模式，沒有答題卡、沒有標準答案。除原定分數外，有額外加分的機會，也有額外扣分的可能。】

【本場考試結束時，組合分數排名為C的需要參與重考，排名為D的共同淘汰。】

【現每組考生起始分數公布如下。】

偌大的石洞內外同時響起了叮叮噹噹的鑿石聲，眨眼間，北極兔頭頂那片平整的石面上就出現了十八組考生的姓名。

那些姓名兩個一組，旁邊是一根長條，表示他們的合計分數。

分數越高，等級越高，長條越長。

整個排名按照分數從高到低一路排下。

游惑掃了一眼，排名最頂上的那組合計四十二分，然後是一組四十分的、一組三十九點五分的、一組三十五分的……依次往下。

他們在中端偏下的位置看到了舒雪的名字，她和另一個叫做吳俐的考生同組，兩人合計二十六分，目前排在第十二位，等級暫定為C。

除此以外，再沒找到熟人。于聞父子真的不在這個考場，不過往好了想，也許他們碰到的就是唐宋元明清呢。

至於游惑、秦究……這兩位大名端莊持重，沉在倒數第二的位置。

監考官001號不加反減，以一己之力把小組總分拉到了十七點二五，風雨不動地霸著D級。

游惑臉比北極兔還凍人。

秦究對上他的目光，攤開手說：「謝謝優等生扶貧，沒讓我穩坐倒數第一，我決定好好表現，爭取給你長點臉。」

游惑：「……」

這麼光棍的話系統死兔子都聽不下去，系統的聲音毫不客氣地打斷他。

【分數即時更新，如有任何無關考試答案的問題，可詢問本場監考官154、922、078、021。】

游惑聽到154和922的時候，朝秦究看了一眼。

「同樣是監考官，為什麼你聽到154和922就一副很高興的模樣。」秦究問。

「……你哪隻眼睛看出來的謬論？」

說話間，死兔子又說話了。

【本場考試正式開始，現在播放考試題目。】

【一五九七年冬，三艘荷蘭商船在途經俄國時被冰封的海面困住，暫時停靠在一座無名荒島上，等漫長的冬季過去。這是他們在此生活的第八個月，距離冬季結束海面化冰還有十五天，請各組考生幫助商船隊所有人員順利返航。】

【題目要求：不能讓任何一位船員死去，否則，由當日凌晨零點排名最後一組的考生承擔死亡責任。】

【如果當天死亡人數超過兩人，則順延至第二天，仍由當日凌晨零點排名最後一組的考生承擔死亡責任，以此類推，直至覆蓋死亡船員人數為止。】

承擔死亡責任？怎麼承擔？代替死亡？還是去陪葬？

游惑忍不住想起查蘇村的村民，臉色又難看起來。

突然，他感覺手背被人敲了兩下。

游惑低頭一看，發現是秦究的手指。

「別看我的手，讓你看那邊洞口。」秦究說著，抬手指了一下。

游惑看過去，就見洞口裡有人探出了身子。

那些人穿著類似中世紀的灰布厚衣，棕色毛料馬甲，有些還圍著髒兮兮的獸皮，看模樣都是老外。

他們形容枯槁，神色木然，抬著幾個人慢吞吞地走了出來。

「怎麼了？」

游惑看著被抬的人，心裡咯噔一下。

那些人雙眼緊閉，面容灰敗，了無生氣，有兩個甚至都硬了……

為首的人似乎能聽懂一點中文，他目光呆滯地轉了一下，慢慢看向游惑和秦究，用極為蹩腳的中文說：「死了，船員。」

秦究的聲音在旁邊輕輕響起：「有點糟糕，開場先死了八個船員。」

倒數第一那組根本不夠填，馬上就輪到他們倒數第二了。

游惑和秦究一前一後鑽進石洞，裡面的人齊齊看過來。

雖然天色陰沉，已至傍晚，但洞裡並不漆黑。

幾盞煤油燈擱在地上，投照出一個光圈，人影就圍坐在光圈四周。

游惑掃視一圈。圍坐的人男女都有，除了少有的幾個中年人，其他都是年輕面孔。

不同於剛剛抬人出去的幾位，他們沒有穿統一的服裝，羽絨服、夾克、大衣、毛衣……裹什麼的都有，甚至還有一位穿著醫生白袍。

粗粗一數三十來位，應該就是另外十七組考生了。

就在醫生旁邊，游惑看到了熟人——舒雪兩眼亮晶晶地衝他們招手，又拍了拍身邊的空位，示意他們過去。

游惑點了一下頭正要過去，秦究卻說：「稍等。」

然後眾目睽睽之下，他從洞外拎進來一個行李箱。

考生們頓時就瘋了，嗡嗡的議論聲瞬間炸開。

一個考生沒壓住嗓子，聲音便格外清晰：「……這是出差途中被拉過來的嗎？這都三輪考試了還帶著行李箱，怪不得倒數第二呢！」

話音剛落，眾人突然安靜下來。

他們來得早的做過自我介紹，彼此一清二楚。所以游惑和秦究一進來，全洞的人都知道送人頭的來了。

但心裡想想可以，說出來就很尷尬。尤其在兩位當事人經過的時候說出來，真的尷尬到窒息。

說漏話的是個非常年輕的男生，可能跟于聞差不多，燙了一頭微捲的奶奶灰。

他低頭咳了兩聲掩飾尷尬，悄悄對同伴說：「完了，太激動……」

誰知游惑沒聽見似的。

而落後他一步的秦究，還覺得挺有意思地笑了一下。

舒雪小聲說：「嚇死我了，我還以為沒能跟住你們呢！剛剛看到名單出來就很高興。」

「喔？」秦究玩笑說：「我這位同組就很不高興，看這臉綠的。」

游惑：「……」

「對了，介紹一下，這位是我的同伴。」舒雪指了指身邊穿著醫生白袍的女人，「她叫吳俐，是位腦科醫生，你們應該在排名上看到了，她很厲害。」

游惑的目光再一次落在白袍身上。

吳俐面容素淡，身材清瘦，這種混亂環境下也給人一種乾乾淨淨的印象。唯獨不合整體的是她的頭髮，短得有點凌亂，像是臨時剪的。

游惑只是一眼掃過，沒有多看。

吳俐不是個活潑熱絡的人，也不擅長聊天，盯著人看的時候會給人一種嚴肅的探究感。她用這種探究的目光看了游惑片刻，又看了秦究片刻，點頭說：「你們好。」說完也不等兩人回禮，就收回了目光。

舒雪想到他們的排名，又有點驚惶，「對了，剛剛宣布的考試規則你們聽到了嗎？」

秦究：「非常清楚。」

「那抬出去的人你們應該也看見了吧？」舒雪臉色不大好，難過又擔心：「都是船員，一共八個呢……」

這代表著幾個小時後的零點，如果排名沒有變化的話，最末尾那組人要先倒楣了。

舒雪悄悄介紹了一圈在場的人。

在他們不遠處，那兩位名叫陳飛和黃瑞的倒楣蛋失魂落魄，已經發呆很久了。

而令人意外的是，那個年紀不大的奶奶灰以及他說悄悄話的同伴，現在排名第一，總分四十二。

奶奶灰名叫狄梨，據說剛滿十八，跟于聞一樣。

洞內的石壁上也有考生排名。

游惑從那裡收回目光，突然問：「人呢？」

舒雪一愣：「啊？」

「船長、船員，商船上的那些人。」

「都在裡面。」舒雪往身後一指。

游惑順著她手指的方向看過去。

他們剛剛就注意到，那裡還有一個洞口，跟另一塊空間相連。裡面點了火，石壁上映著光，但看得出來火勢很弱，彷彿隨時會熄。

「裡面更避風，地方小，稍微暖和一點點。」舒雪說：「船長和船員都在，你們來之前我們數過，一共三十六位，跟我們的人數一模一樣，現在……只剩二十八位了。」

「死了的八人怎麼回事？是受傷還是餓的？」游惑問。

「剛剛問了一下船員，這些原因都有吧，又冷又餓，這幾個又一直在生病。」舒雪說。

「這裡溫度太低太冷，保證不了體溫就必須靠食物補足，但他們食物有限，每天都處於饑餓狀態，抵抗力下降。」一個考生分析說。

「也就是說，要保證他們活到返航，先要找火，再要找食物？」

「對。」

「不是，先找藥。」吳俐突然開口。

「啊？」

吳俐說：「船員身上有傷口，猛獸襲擊造成的。」

舒雪低聲驚呼：「什麼？這裡還有猛獸？」

大家都警惕地朝洞口看了一眼。

「不知道。」吳俐一板一眼地說：「但死了的幾個應該是因為感染，加上又冷又餓，傷口遲遲得不到恢復。剩下那幾個船員也差不多，沒藥一個都活不下來。」

她身上的白袍加強了這番話的說服力。

眾人面面相覷，頹然一癱，「火和食物還能想想辦法，藥上哪兒找？」

奶奶灰狄黎突然說：「商船裡就有。」

眾人一愣：「什麼？」

狄黎說：「一五九六到九八年吧，一名荷蘭船長……沒記錯的話叫巴倫支，被困在北極圈內某個地區。連船長帶船員一共十八人，在孤島上生存了八個月，靠打獵獲取食物，皮毛剛好能當衣服。燃料用完了，就拆船上的甲板燒火，保持體溫。據說貨物裡就有食物、衣服還有藥，但他們沒碰。到最後一共死了八位船員，終於等到了春天，把貨物完好無損地送到目的地。」

大家還沒反應過來，他又吸了吸鼻子說：「高二考卷上做過的題。」

同樣是剛高考完，狄黎和于聞充分證明了物種多樣性。

他還記得高二的題，于聞只蹦出了「唐宋元明清」。

「我一來這裡就想到了那道題。」狄黎說：「不過應該不是完全一樣，首先人數就不同。原題到最後一共死了八個人，這裡就說不準了。所以商船裡有沒有，還得去看一下。」

「有的。」一個口音生澀的聲音回答。

游惑循聲看過去。

是剛剛抬屍體出去的船員，他們已經處理完同伴，陸續回來了，其中一個平頭男人有著亞洲面孔，張口說的是中文。

他咳嗽了幾聲，眼珠一轉不轉地盯著狄黎，表情冷硬，「我們船裡有藥，但那都是貨物，誰都不能動。」

狄黎：「我們也不想動，但那是為了救你們啊！再不吃藥你們就活不成了，沒聽見嗎？」

平頭男人：「活不成又怎麼樣？你這是對我們的侮辱。」

狄黎：「……」你這是對我們的恐嚇……

說話間，其他船員也紛紛圍過來，烏泱泱的人頭全衝著狄黎。

狄黎的同伴試著緩和一下氣氛，「沒有沒有，那畢竟是你們的商船，我們怎麼會隨意亂動。只

是看你們這樣太擔心了。」

有幾個船員低聲說了幾句話，配合表情，像一種警告。

「他們說什麼？」

平頭男人板著臉，「他們說，我們從不私用任何貨物，一根針都不可以，這是代代相傳的規矩，誰破壞就是跟整個商船隊作對，我們不怕來場決鬥。」

「……」眾人臉色精彩紛呈，心想誰踏馬要跟你們決鬥，誰敢啊！不小心弄死一個還得賠。

「好了好了，不破壞，誰破壞我們跟誰急！」大家安撫著。

平頭男人發了兩通火，力氣就用盡了。他垂著眼睛衝船員招了招手說：「走，先進去。」

他應該是個大副，至少船員都很聽他的話。

排著隊去鑽那個狹小的洞口。

平頭男人排在隊伍最末端，忍不住又對眾人強調說：「我們每天早晚都會去清點一遍貨物，少一種，我就找你們。那些藥本來就很稀缺，我們每一樣都記得清清楚楚，不要指望糊弄過去。要動它們，先從我們的屍體上踏過去。」

眾人：「……」

僵持間，石洞裡突然響起「咔噠咔噠」兩聲動靜。

大家掃了一圈，找到聲音源頭——秦究把那只非常扎眼的行李箱打開了，從裡面挑挑揀揀拎出一個盒子。

「幸好，來之前補了點東西。」

他彎下腰，把盒子擱在吳俐面前，兩根瘦長的手指朝前推了半寸，比了個「請」的手勢。

吳俐愣了一下，打開盒子。

眾人好奇地伸長脖子往裡看。就見盒子裡面整整齊齊碼著三盒藥，消炎的、消毒的、退燒的，旁邊則塞了一瓶維生素。

眾人：「……」

游惑掃了一眼，「經驗豐富，這叫一般不掛彩？」

「去休息處前922大呼小叫給我塞的購物清單，我當然用不上，其他人他也不認識，可能在替你以防萬一吧。」

秦究毫不猶豫賣手下。

游惑：「……」

海面上，燈火通明的船艙裡。

922連打八個噴嚏。

154抽了幾張紙巾給自己擦臉，嫌棄地問：「有病能不能上甲板？船艙裡空氣閉塞，會傳染知道嗎？」

922：「不，我沒病。我覺得是有人在想我。」

154翻了個白眼，「鬼在想吧。」

「說到鬼……」922皺起臉，活像吞了個南瓜，「這場考試有那位瘟神，你說他會不會又來？」

154想了想說：「不會吧，有老大在。沒弄錯的話，他倆應該同組，跟監考官一組還能犯規？」

922：「噢……也是。」

考生剛進場時，船員當他們是不速之客，總是一臉菜色。

當然，在孤島生活八個月，想有肉色也不可能。

現在因為考生主動送藥，他們的態度有了明顯改變。

為了表示感謝，船員決定跟考生分享火堆。

於是，所有人都搬進了裡面的石洞。

這個石洞確實小，考生一進去，就把剩餘空間填滿了。

平頭男人抵著嘴唇「噓」了一聲：「船長守夜熬了很久，儘量小聲一點不要吵醒他。」

他指了指角落的一個人影。

那是一名中年人，蜷曲在離火較遠的位置，把近處留給了其他船員。

他面朝火堆，皺眉睡著。火光也沒能改變灰白的臉色，反倒將他凹陷的臉頰，突出的顴骨照得更為明顯。

「船長？」狄黎好奇地打量了一番，悄聲問：「是叫巴倫支嗎？」

一干船員面色古怪地看著他。

「怎麼了？」狄黎被看得有點慌，補充道：「我只是……」

話音未落，一個年紀很小的船員驚奇地說：「你怎麼知道？你是巫師嗎？」

狄黎得意極了，露出兩枚犬牙說：「我是狼人。」

平頭男人慢吞吞地說：「狼人？喔，不大清楚真假……反正不管女巫還是狼人，都小心點為妙。在島上還好，出去會被抓起來燒死的。」

狄黎的嘴當時就笑硬了。

吳俐給所有船員做了簡單檢查，有傷口的一共十四人，包括平頭男人和巴倫支船長在內。

這位女士做正事的時候，很討厭被人圍觀。

但看在藥的份上，她給游惑和秦究破了例，因為她需要有人摁著這群帶洋味的封建餘孽，比如消炎藥，這藥是針劑款，一盒十二瓶，附送一枝注射劑，這裡沒條件扎一個換一個，只能借助火烤消毒。

吳俐擰上針頭的時候，幾個船員輪番後退，一臉懷疑地嘀嘀咕咕。結果沒退兩步就被游惑抵住了腳後跟，當即一臉絕望。

「幹什麼？」吳俐板著臉問。

船員的表情好像她不是來救人的，而是來宰人的。

平頭大副解釋說：「他們說，妳的醫術太奇怪了，正常醫生不會拿著這東西滋水。」

吳俐推氣泡的手一頓，「……滋水？」

平頭敏銳地感覺了她的不悅，立刻補充：「只是形容，別當真。」

吳俐依然板著臉，「他們的正常醫生怎麼做？我聽聽。」

船員嘰哩呱啦連說帶比劃，還發出「啪——啪——」的擬聲詞。

平頭簡單概括，「一般會有一根這麼長的細棒，靠這個來鞭打病人。」

吳俐：「……」

「靠什麼？」舒雪沒聽清。

秦究更言簡意賅，「往死裡抽。」

舒雪：「……」

游惑反諷，「你怎麼這麼會概括？」

秦究笑說：「過獎。」

船員又比劃了一氣。

平頭大副繼續解釋：「或者放血也是個好辦法，很多醫生也會選擇這樣做。」

吳醫生實在聽不下這種洋屁，對游惑和秦究說：「幫忙控制一下，我一個人恐怕不行，謝謝。」

舒雪剛想上前一步，吳俐背後長眼一樣說：「妳給我坐回去。」

「……」假孕婦快憋死了。

那些船員一聽要控制，紛紛要溜。

其他考生也沒乾坐著，四處攔截。

他們正勸得苦口婆心，就見秦究抽出那根常用的皮繩，眨眼便挽了個繩結，甩出去套上一位船員的雙手。

他極其熟練，三秒一個結，眨眼就捆了一排。

一數七個，剛好勒成一束人送給吳醫生。

就在他正要去套第八個的時候，橫空插過來一隻筋骨修長的手。

正是游惑。

這位大佬五指併攏成掌刀，一刀一顆頭，精準地敲暈了其他船員，獨留下平頭這位大副兼翻譯，平頭目瞪口呆。

吳俐看著一束人和一地人，臉都快繃不住了。

她嘆了口氣，挨個清創打針。

游惑注意到，船員的傷口很奇怪。

有的皮開肉綻，有的在背後或者手臂留下一道瘀血長痕。瘀血久久不散，就開始發青發黑，觸目驚心。

這可不是猛獸利爪的抓痕，更不是咬痕，可這種冰天雪地，不就是北極熊、北極狼一類的？哪種猛獸的襲擊會留下這種傷？

趁著平頭沒暈，游惑問了他。

他嘆了口氣說：「我也不知道，我們都不知道。」

「什麼意思？」

「這事其實是最近才開始的……」平頭說。

最近是指大約十天前。

他們那天碰到了冰下的魚潮，趁機撈了一批，吃了個撐，這是孤島上少有的幸運日，他們吃完便圍著火堆取暖，聊點值得期待的事情相互鼓勁。

結果不知怎麼，聊著聊著就全都睡著了。

等他們突然驚醒的時候，火堆不知怎麼熄滅了，洞裡一片漆黑。

他們聽見了一聲尖叫，就在平頭大副旁邊。

「還好我的手總是快過腦子，當時第一反應就是去撈一把。」平頭男人說：「也是運氣好吧，剛好抓住了他的腳踝。他當時正被什麼東西拖出洞去，反正勁奇大。我招呼了一群人在後面綴著都沒用，差點連我們一起拖出去。」

這種驚心動魄一直延續到火堆重新亮起。

拖拽他們的力道陡然一鬆，他們就摔成了一串狗啃泥。

「第二天，被勒拽過的地方就變成這樣了。」平頭嘆了口氣說：「我們後來白天火也不敢熄，只要有人就必須有火，所以才輪番守夜。就這樣有時候還是防不住。我們後來發現，火團越大越安全，於是燃料木柴用量直接翻倍，越用越多。燃料用完了，不得已只能拆了一部分甲板來燒。本來是足夠堅持到雪化的，被這件事一攪和，今天就要斷火了。」

「不行。」吳俐打斷道：「火一分鐘也不能斷。」

眾人看向她。

她說：「打針吃藥又不是萬能的，體溫必須得保證，火滅了，洞裡溫度要不了幾分鐘就會直降

下去，藥就白打了。不僅要有火，還得大一點，柴多一點，最好裡外兩個石洞都點上，才能保證健康的溫度。」

「道理都懂，實行起來有點困難。」一位考生說：「來的時候我大致轉了一圈，這島上幾乎全是石頭。」

「實在不行，還得靠商船。」狄黎對考題的印象太深了，總惦記著商船的木頭。

平頭急了：「不行！貨物不能動！真動了我們也沒臉回去了。船長說過，丟了貨他跳海謝罪，我跟他一個想法。」

眾人：「……」

狄黎連忙說：「不動貨物，知道你們貨比命重，就這主觀題我寫了一年呢。我是說拆甲板！」

「甲板也不能再拆了。」平頭說：「再拆下去，船就沒法用了，風雨都擋不了，貨還是要遭殃，最後還是要跳海。」

狄黎：「……」你們死因怎麼這麼豐富？

「一根都不行？」大家試著討價還價。

平頭說：「不行，而且也不夠燒的。」

石洞裡，拳頭大的火苗微微晃動起來，又比之前小了一圈。

「不行，真的要熄了。」狄黎年紀雖小，但畢竟占著第一的排名，覺得自己是命中註定的考生代表。

他拍了拍屁股站起身，說：「這樣吧，一部分人再去島上找找，看能不能找回一點兒樹枝。另一部分人跟著這位叔……」

平頭：「……」

「……大哥去商船再看看，萬一還有漏網之魚呢？有一塊是一塊。」

其他人年紀都比他大，有點讓著他。

更何況這小子說話也挺有道理的，於是大家分頭照辦，吳俐則留下來照顧傷患。

舒雪在心裡準備好了十條藉口，打算一起出去，她想跟著游惑和秦究，看看有沒有需要幫忙的地方。畢竟這兩位知道她不是真孕婦，不用束手束腳。

誰知兩位大佬不慌不忙綴在隊尾，臨出洞前把舒雪攔住了。

游惑說：「我單獨去轉一圈。」

秦究瞥了他一眼說：「巧了，我也是。」

游惑「喔」了一聲，衝洞口一抬下巴，「不同路，你可以走了。」

秦究舌尖頂了一下腮幫，想了兩秒瞇起眼說：「行吧。」

等秦究離開，游惑這才轉過頭來。

舒雪溫聲問：「你確定不用幫忙嗎？這種情況下找柴是個麻煩事，你們都在忙，我乾坐著不好。不過如果不方便，我還是回去陪吳俐。」

游惑說：「不麻煩，頂多有點不合規。」

舒雪：「……」

他擺了擺手，轉頭就走，臨到洞口又回頭說：「妳就在這吧，那誰的行李箱給他盯一下。」

說完他又補充一句：「吃的多。」

舒雪：「……喔。」

暮色下，系統用來接送考生的小船整整齊齊停成一圈，跟題目中的三艘商船隔了一小段距離。

按照最初宣讀的考試規則，到考試順利完成時，這些系統建置的小船才會重新啟航，帶著各組考生離開考場。

除此以外，這裡都不該有人。

但此刻，其中一艘系統船的甲板上突然出現了一個高䠷的身影。

他剛從繩梯翻上去，彎腰在舵臺旁挑挑揀揀，尋找趁手工具，正是剛剛說要單獨轉一轉的游惑。他在找上船時候用過的長鐵鉤，印象裡明明丟在這裡的，不知怎麼就找不到了。

游惑轉了一圈，沒了耐心，翻了個比手略長的匕首就打算辦事。

他手指順著甲板拼合的縫隙摸了一下，抬刃就要撬。

結果船艙裡突然響起了「咔嚓咔嚓」的斷裂聲。

有人？游惑愣了一下，皺著眉走到樓梯旁，用腳挪開活板。

他本以為會看到留守的老頭船長，結果看到了秦究……

對方一手拿著失蹤的長鐵鉤，一手丟開一塊撬好的木板。

哐噹一下，木板落在旁邊，那裡已經堆了一小堆了。

秦究聽見頭頂的動靜，手裡長鉤轉了一圈，搭在肩上，仰頭道：「好巧啊優等生，你也來逛系統的船？」

游惑：「……」

他垂著眼皮看了一會兒，拎著匕首在活板門旁蹲下。

「你還記得自己是監考官嗎？」他隔著高高的木樓梯問秦究。

秦究笑起來：「是嗎？有點印象。不過眼下看來，我更像你的同夥，你覺得呢？」

游惑居高臨下地看了片刻，終於轉頭哼笑了一聲：「行吧。」

半小時後。

狄黎他們分批回到了石洞裡，帶著他們的戰利品：兩捆濕漉漉的樹枝，三塊用來續命的甲板。沒了。

這顯然差得遠了。

眾人鬱鬱寡歡的時候，離洞口最近的那位考生突然站了起來。

「怎麼了？」大家緊張起來。

「我聽見了聲音……等等，我去看看！」考生說著便鑽了出去。

沒過半分鐘，他又狂奔回來。

「我操……」他進門就是一句粗話，然後大喘了兩口氣。

「怎麼了？別喘氣快說！」

「倒數第二那兩位！」

「嗯？」

「帶了一大堆乾木材回來，就在門口！」

「一大堆？怎麼可能？哪來的？」狄黎話沒問完，人已經飛出去了。

飛出去的瞬間，他聽見那位考生說：「船上撬的！他們把系統船給拆了！」

狄黎：「……」啥？

三十多名考生風風火火出了洞，當即就被洞口大半人高的木材堆驚到了。

還沒等他們合上嘴巴，洞外的死兔子詐屍了。

【考生游惑、秦究違規拆除系統船隻，已通知本場監考。監考官154、922、078、021正在趕來的路上。】

違規公告一出，游惑丟下手裡的木板，對飛奔出來的狄黎說：「這堆先收進去。」

說完，他抄匕首扭頭就走。

正對石洞洞口的地方，一艘系統船可憐巴巴地泊在那裡，從船舷幾處缺口來看，就是慘遭拆卸的那艘沒錯了，而游惑正朝它走去。

狄黎傻了片刻，連忙喊道：「不是等等，你又要幹麼？」

游惑壓根沒聽見。

「什麼意思啊？」狄黎問他的同伴：「監考官都要來了，他們不應該在這等著嗎？寫點檢討認個錯什麼的，看看能不能寬大處理？奔著船去幹什麼？跟船道歉？」

「不知道，這倆小年輕的想法我跟不上。」同伴比他年長不少，說：「看看過會兒監考官來了，能不能說個情吧。」

狄黎說：「對啊，李叔你不是搞法律的麼，死的也能說活。」

同伴沒好氣說：「我剛過三十五，管誰叫叔？」

狄黎：「習慣習慣，沒有說你老的意思。以前見到長輩都得喊叔叔阿姨，進大學突然就不讓喊了，我需要一個適應過程……」

同伴哭笑不得，「誰給我一個適應過……什麼聲音？」

木板落地的哐噹聲打斷了他的話。

大家愣了幾秒，順著聲音看過去。

不遠處的系統船上，游惑站在船舷旁邊，又扔了幾塊木板下船。

他身後，高高的桅杆突然傾斜，連帶著帆布一起倒在船邊，轟隆一聲，驚得眾人閉了一下眼。

等他們重新睜開眼的時候，就見秦究從斷口旁直起身，從游惑手裡抽走匕首，乾脆俐落劃開綁繩，抬腳給了桅杆一下，它便整個滾落下來。

游惑彎下腰，消失了一會兒。等他再回到船舷邊，就又開始哐噹扔東西了。

椅子……桌子……木箱子……還他媽有櫥櫃。

服了。

三十來位考生懵成一排皇帝企鵝。

這哪裡是悔過自新去認錯啊，這是反正違規了，乾脆全拆光啊！只要是能燒的，都跑不掉。

監考官的小白船就是這時候從海上駛來，四位監考站在船頭。

眾目睽睽之下，秦究衝監考官打了個招呼，轉頭又哐噹扔下一個船舵。

考生：「……」

狄黎轉頭看同伴，「李哥……」

李哥：「……喊叔吧，這回八張嘴都說不活了。」

小白船上，922目視前方，嘴皮子動了動，「我暈船。」

154：「……」

922：「特別暈，特別難受，站不住了，我能不能先去船艙休息一下。」

154：「閉嘴吧，我也暈。」

新來的078：「啊？」

922說：「別看我們，沒病。你現在還不瞭解，一會兒就知道了。」

078左右活動了一下脖子，扶了一下墨鏡，淡定地說：「什麼樣的考生我沒見過？」

922瞪著他。

078：「001不提，這是意外，我是說除了他之外。」

922「呵」了一聲。

另一位新來的監考官021是高䠷的女人，頭髮中長剛及肩，一邊挽在耳後，碩大的耳環在海風裡搖晃碰撞。

她戴著比078還大的墨鏡，說：「聽說要逮001，在船艙裡抖了十分鐘腿的人是誰？」

078：「……」

小白船的船頭跟游惑、秦究那艘碰上。

游惑扔下最後一樣東西，拍了拍手上的灰塵，瞇眼看向小白船。

船上伸過來一個梯子，四名監考正往這走。

游惑：「監考船什麼材料的？」

秦究輕笑一聲，「怎麼？這都敢拆？」

「要拆監考船我就不陪你了。」秦究避開破損的甲板，踩在能走的地方，邊走邊說：「畢竟還有下屬在。」

這句人話剛說完，他就衝不遠處的四位監考官說：「來送新木材？」

「……」四位監考當場綠了三位。

021墨鏡太大，看不出綠沒綠。

「四個都是你的人？」游惑淺色的眸子掃了一眼。

秦究搖了搖頭，「那倒不是。那兩個戴墨鏡的跟著009號。」

「主監考官這麼多？」

秦究說：「說少不少吧，001到010一共十個，帶著十個小組，排在後面的監考官隨機歸入其中一組。不過國內主要是我和009，其他人負責別的地區。」

「你名聲是不是有問題？」游惑突然說。

秦究挑眉，「誰說的？」

游惑目光落在唯一的女士身上，說：「那位看上去對你很有意見。」

154、922兩個就不說了，078上船後就摘掉了墨鏡，對秦究點了一下頭。在監考官應有的矜持嚴肅下，表現出了一點兒客氣。

唯獨021，她從頭到尾都沒有要摘墨鏡的意思，也沒有任何要客氣客氣的跡象。

秦究看向021，「她對我有意見？我怎麼看不出來。」

游惑心想：可能你瞎吧。

「不過就算有，也不是因為我的名聲。據說按最初的分組算，她原本應該會成為A的下屬，還沒進組，A就不在了。後來她又差點兒成為我這組的，但我那陣子在休養。於是她就去了009那邊。也許她聽過那些傳言，下意識抵觸我？」

秦究想了想又笑說：「不大熟，隨意吧。」

差點成為組員都沒過問？

游惑覺得秦究實在很奇怪。他作為001號主監考官，是這傻比系統裡不可分的一部分，但從他的字裡行間卻能感覺到，他並不喜歡這個系統，也不喜歡跟系統牽連太深。

包括跟系統本身，也包括跟其他監考官。

154和922站在秦究和游惑對面，臉憋得像兩個南瓜。

誰能想到……三十年河東三十年河西。昔日老上司，今成階下囚……

階下囚還在那兒笑。

154心想：我上輩子是刮了多少民脂民膏，這輩子才被罰來當監考。

沉默維持了好幾秒。

078站了一會兒，終於站不住了。

他看看左邊，154和922兩位同事的嘴巴可能被縫了。

再看看右邊，算了，021他惹不起。

於是他清了清喉嚨，繃著臉說：「十分鐘前，我們收到系統通知，說二位拆卸了系統用於接送考生的船隻，破壞了部分甲板……傢俱、桅杆、船舵、樓梯……」

他嘴角抽動一下，又繃住了繼續說：「請兩位上一趟監考船。」

游惑「喔」了一聲，「這次罰什麼？」

078：「啊？」

他扭頭看同事，922用口型說：「老客戶了。」

078：「……」他想了想說：「這是本場考試第一次違規，按照規則，要關三個小時的禁閉。你不是第一次吧？應該知道流程了，有個心理準備吧。」

078說完，催促幾人上了橫梯，他在最後一個押尾。

剛走沒幾步，078就看見那位老客戶開始準備了，他問922說：「有吃的嗎？」

078一個趔趄，差點兒掉海裡去。

「沒有，沒吃的，沒帶牛肉！我這裡是食堂嗎？一來就點餐？」922怕了這瘟神，三步併作兩步下了橫梯。

他扔下一句「我暈船暈得要吐了」，就火燒屁股一樣跑了。

154終於看不下去了，他說：「老大，不瞞你說，一小時前，我跟922剛賭咒發誓說有你在，他……某考生不可能違規。老大你看看我的臉，它慘遭毒打，馬上就要腫了。」

秦究說：「近墨者黑，某考生把我帶壞了。」

某考生：「……」這麼不要臉的話也說得出口？

154嘆為觀止地看了自家老大一眼，也繃著臉跑了。

四名監考溜了倆，人才凋零。

078只能跟021一起帶著違規考生下船艙。

監考船秉持傳統，除了外表刷了方便區分的白漆，內裡布置跟整個考場風格一致。

船艙有三層。

一層跟系統船一樣，是兩兩相對的隔間，每個隔間有床鋪桌椅，是供監考官休息的臥室。畢竟他們跟考生一樣，要在海上漂到考試結束。

現在標著154和922的兩間都鎖著門，生動地表達了「離瘟神遠一點」的意願。

鋪位下面一層，是餐廳和廚房。

壁爐裡火燒得正旺，整個船艙都很暖和，甚至有點熱。

秦究把脖頸間的圍巾解下，拎在手裡。

「要幫你收起來嗎？」078開始尬聊。

秦究說：「那倒不用。」

尬聊結束。

078：「……」

他看了021一眼，021依然戴著墨鏡抬著下巴，沒有要出聲的意思。

078在心裡嘆了口氣，帶著游惑和秦究繼續往下走。

船艙最底下一層非常逼仄，總共只有幾個緊閉的房間和一條狹窄的走道。

078打開第一扇門，對游惑說：「進去吧，時間到了021會來給你開門的。」

禁閉室的布置跟以前沒什麼差別，依然是一張桌子、一張凳子，雜物不多。牆上是一排鏡子，變相拓展出無限空間。

游惑熟門熟路，進去之後還主動關上了門。

078瞪著門，又默默打開了第二間對秦究說：「唔……」

不用他開口，秦究就進去了。

078尷尬地咳了一聲說：「三個小時後，我來開門。」

接著，門吱呀一聲關上了，光源絕斷，屋內一片漆黑。

這片漆黑僅僅維持了一瞬間，取而代之的是一片陽光。

秦究瞇眼適應了一下，再睜開時他發現自己站在一片廢墟中。

廢墟很大，至少比禁閉室大得多，周遭是彎曲的被絞斷的防護網，環繞著箍了一圈。防護網內有生銹的汽車、散落的機器，斷裂的纜線……

啊，還有長長的金屬管和鋼筋條，就在旁邊。

如果他曲起一條腿坐在那堆金屬管上，再脫下大衣，給襯衫前襟潑上血跡，那就跟記憶中的那片場景一模一樣……

秦究在金屬管前垂眼站著，手指無意識地動了兩下，又把圍巾重新圍上了。

他一派紳士地掖進大衣領口，把襯衫前襟給遮住了。

那一瞬間，他腦中閃過一個念頭。

似乎……這樣才是對的。

那個久遠模糊的場景中，他應該是戴著圍巾的。

黑色或是灰色，剛好遮擋住了胸前所有的血跡。

那人站在他面前，而他坐在金屬管上，除了有一點疲憊，看上去就像是毫髮無損一樣。

好像……這種記憶才是對的。

禁閉室的這個場景沒有其他人，沒有那個站在他面前的監考官A。

秦究沿著防護網走了一圈。廢墟外的遠處依然是防護林，高直的枝幹指著天空，偶爾有飛鳥乍然驚起，又成群地沒入林子裡。而另一側，同樣遠的地方卻灰霧滾滾，依稀有硝煙的痕跡。

作為監考官，秦究對禁閉室再瞭解不過。

這裡會讓人置身於這輩子最怕的場景，反覆經歷最怕的事情。

他以前對這點深信不疑，因為禁閉室裡尿褲子的考生千千萬，就連已經成了監考官的154他們都對這地方敬而遠之。

但是現在，他突然覺得有點扯了。一圈廢墟、一片林子，包括這安安靜靜的環境，究竟哪點值得「怕」？

當然，「怕」這個字延伸一下，包含著太多含義。

而當他站在這裡，看見這片廢墟乃至防風林時，確實有種寥寥的曠寂感，好像……很難再高興起來，但這離「怕」差得遠。

他一度認為這個字跟他毫無關係。

在這之前，他一直覺得如果自己進入禁閉室，看到的要麼是一片空白，要麼是房間原樣。

可現在，這就變得很耐人尋味了。

那位監考官A究竟幹了什麼，以至於禁閉室拿這個場景來唬他？秦究想在廢墟裡找點遺留的痕跡。

轉了二十分鐘，卻一無所獲。

這應該跟記憶有關，他能想起來的部分僅止於此，禁閉室的內容當然多不到哪裡去，頂多在潛意識的基礎上來點兒藝術加工。

監考船二層。

趁著游惑關禁閉，922從房間裡溜出來，鑽進樓下廚房繼續煎他的燻雞肉和羊排。

直到一面微泛焦黃，起了一層酥皮，香氣溢滿了船艙，922才從「逮了上司」的打擊中恢復過來。

他蹲在木櫃底下找乾淨盤子，一抬頭就見078聳著鼻子進來，說：「跟著你們監考真夠不錯的，伙食都不一樣，怪不得021挑了這組呢，以前是不是跟你倆合作過？」

「要吃先洗盤子。」922搬了四個餐盤出來塞給他，「021選的？不會就是為了來看我們老大關禁閉吧……」

「不至於吧？誰能想到他會違規啊是不是！可能只是為了給001當監考過過癮？」078邊洗邊說：「反正當時系統提供了幾組考場任選，我正猶豫呢，她就拍板敲定了！不過這位小姐一直很乾脆就是了。」

922「唔」了一聲，把雞肉和羊排分到洗好的餐盤裡，吩咐道：「所以乾脆小姐人呢？告訴她可以吃飯了。」

「監控室坐著。」078說。

922一愣，「坐那兒幹麼啊？」

「盯著啊。」078比他還愣：「你們關禁閉不看監控的嗎？」

「不大看。」922搖頭說。

這麼說已經很委婉了，事實上他們根本不看。

每個監考處都有一間監控室，監控室內有若干螢幕對著禁閉室。考生在禁閉室內會遭遇什麼，都會呈現在螢幕上。

至於需不需要監考官全程盯著，沒有硬性規定。

這個沒有硬性規定，在其他監考組那裡約等於「要看」，在秦究這裡約等於「擺設」。

要麼監控室鎖著，空無一人。要麼乾脆連監控器都關了。

這次兩組監考官湊一塊兒，各有各的習慣。

922也沒攔著，只說：「那你倆怎麼說，輪著吃？還是你把這個端去監控室跟她一起吃？現煎的比較酥，涼了就不好吃了，趁熱啊。」

「我端過去給她吧，她一向這樣。」078說：「我就不在裡面吃了，我胃淺，萬一看到點什麼血絲拉糊的畫面，我怕吐出來。你跟154確定不來看？」

922端著盤子，腦內天人交戰。

老實說，他其實萬分好奇自家老大進禁閉室會碰到什麼。但最終，求生欲戰勝了好奇心。

他搖頭說：「算了算了，我去喊154吃肉。」

按九組的習慣，078和021是換班制，上半天021盯監控室，下半天078盯。

所以這會兒，078還沒見過那兩位的禁閉室長什麼樣。

「乾脆小姐，您的晚餐。」078推門進去便愣了一下，「妳幹麼站著啊？」

021正站在控制臺旁邊，聞言轉頭說：「坐久了影響身材。」

078：「……」服。

021沒多聊這個話題，「你剛剛喊我什麼？」

「乾脆小姐，922取的，我覺得還挺貼切。」078把盤子擱在檯面上，「922煎了雞肉，我又給妳焯了點蔬菜。妳……站著吃？」

021拉開椅子就坐下了。她這會兒總算摘了墨鏡，眼睛漂亮得很銳利，她切開一小塊雞肉，正要吃，又挑眼看向078，「你不去吃飯？難道還要等著給我收盤子？」

078不是第一天認識她，早就習慣了她的說話方式，也不惱。他說：「吃啊，就打算去吃呢。我就是想看看禁閉室什麼樣，我太好奇001會在禁閉室裡……」

他說著一轉頭，就見監控屏有一塊亮著。

監控視角是斜側方的俯拍，那應該是一片廢墟，秦究正倚靠在某個相對乾淨的金屬臺上……安靜看書。

078：「……」他差點兒趴到螢幕上，確認了又確認。

真的在看書……或者看某個皮面本子。誰知道呢？總之，禁閉室裡該有的雞飛狗跳、大呼小叫這裡一概沒有。

078半天憋出一句，「這他媽是來喝下午茶的吧？」

021慢慢咀嚼著一小塊雞肉，頭都沒抬地「哼」了一聲。

「那另一位呢？」078又問：「怎麼就一塊螢幕亮著？」

021小姐非常講究食不言，她塗成暗紅的手指戳了戳右下角，示意078另一位在那裡。

078又趴上了螢幕，他感覺自己可能瞎了，那裡黑黢黢的明明什麼也沒有。

「這位又是什麼情況？怕黑啊？」

021沒廢話，一把拍開夜視模式。

這下078終於看清了禁閉屋裡的景象，那位本該關禁閉的考生正趴在桌上，睡得人事不省。

湊近收音裝置使勁聽，還能隱約聽見平穩的呼吸聲。

一個看書、一個睡覺，這禁閉關得有什麼意義？這是羞辱監考官還是羞辱系統呢？

078：「……」

「算了，我吃飯去了。」

他活活氣餓了，轉頭去了餐廳。

監控室重新安靜下來，021嚥下蔬菜，終於抬起眼，漂亮的眼珠一轉不轉地盯著螢幕。

五分鐘後，餐廳的三位監考官正吃著羊排，021上來了。

「監控壞了。」她端著餐盤和水杯，那瞬間有點無辜。

078囫圇吞下叼著的肉，「啊？為什麼突然壞了？剛剛不是還好好的？」

021說：「我不小心打翻了杯子，水全潑操作臺上了，擦的時候可能沒注意，可能按到電源鍵或者別的什麼了。」

「那怎麼辦？」078說：「上報系統？」

021有點不情願。

這也正常，監考官也不樂意惹系統。

922吐出骨頭，解圍道：「大海上漂著呢！兄弟，報什麼啊。那監控看不看都沒關係，禁閉這塊是系統僅有的放養區了，反正禁閉室本身夠考生受的了，又有隱私原則，系統一直不大干涉的。我們這組就從來不看，你看小紅燈都沒亮。」

078原本還想掙扎一下，但看書睡覺這種監控也確實沒什麼可看的，看久了還容易氣成腦癱。於是他動了動臀，還是坐穩下來，屈服在熱騰騰煎羊排下。

沒監控可看，078和021便加入了吃撐了聊天的隊伍。

他們烤著爐火，一邊說話一邊盯著牆上的時間，只想早點送瘟神。

船底的二號禁閉室內，秦究又翻過一頁。

他看的並不是書，而是趙文途塞給他的考試日記。

這本日記他一直隨身帶著，直到這會兒才第一次翻閱內容，因為禁閉室是一個特殊的地方，整

個考試系統只有這裡額外安裝了監控。

換句話說，其他地方包括監考官生活區、考場、休息處，系統都無處不在，它總能第一時間知道每一個人在幹什麼，只有禁閉室例外。

遵循最早的隱私原則，這裡沒有系統無形的眼睛，只有有形的攝像頭。關掉它，禁閉室就是最私人的地方。

當然，進出禁閉室還是受限的。

只有違規考生才能進。也只有在接送違規考生時，監考官才能進。

在這段難得的私人時間裡，秦究已經翻了小半本日記。

這裡面有趙文途參與的每一次考試，碰到的每一個值得記錄的人。

秦究在裡面看到了自己的名字……也看到了監考官A。

數學第二天　雨

昨天一天淨用來發瘋了。不過就算是冷靜下來的現在，我也還是想不通。我做了什麼孽，要被拉來考這種試（上任女朋友是和平分手，沒渣）。

我寧願退學重複十年高考，也不想考這破玩意兒！至少高考做不出數學題我不會被燒死。

喔，有一點勉強算好事吧。隊伍裡有個牛逼人物，叫秦究。昨天能活下來全靠他。

但他總在違規邊緣遊走，我有點慌。不是，全隊都很慌，除了他自己。

希望他穩住，千萬穩住（當面跪太嚇人，我在日記裡跪一跪吧，撲通）。

現在是夜裡十點，祝全隊一夜無事，晚安。

數學第三天　雨

今天真的驚心動魄，一個隊友差點兒被揪去燒死，結果秦究反燒了對方大妖怪（他怎麼敢的……）

說實話，當時看著挺痛快的，千鈞一髮起死回生的感覺。

然後秦究就被抓走了（全隊唯一的希望啊）！

對，這糟心考試居然還他媽有監考官，活的。總之，監考官A把違規的秦究帶走了，最騷的是他居然一點都沒當回事，還逗人家監考官。

Ps：監考官A太他媽年輕了，我懷疑跟我差不了多少，可能比秦究還小一兩歲？人家那氣場一出來不說話，誰都不敢動（不過也可能因為他是監考，所以大家不敢動，除了秦究）。

據說違規懲罰是關禁閉，秦究說可能關禁閉的根本奧義在於罰考生在屋子裡靜坐，悶死一個是一個（我怎麼聽著這麼不靠譜呢？光罰靜坐有什麼可怕的）。

總之，還是希望他穩住，這場考試要十二天呢。

現在是夜裡九點半，秦哥萬歲，希望明天別見火，祝我好夢。

數學第四天　晴

今天差點死了一個小姑娘。人小姑娘才六歲，就被拉來考這噁心玩意兒，操蛋。

小姑娘掏了一顆糖給秦哥，秦哥幫她幹翻了一禮堂行走的題目。

就是結果沒控制住，禮堂塌了，所以秦哥又被監考官抓走了。

今天的監考官A也是冰的，就是臉色有點臭（完了，在秦哥的影響下，我甚至有點緊張不起來了，也不知道是好事還是壞事）。

我懷疑再這麼來兩回，這位監考官A和秦哥要互拉黑名單了。

Ps：憑我國防生的直覺，這監考官應該在部隊待過吧？或者至少有過類似經歷。那不是跟秦哥

算半個同行？所以相煎何太急……

可怕的是，秦哥說下回再關禁閉要給監考官找點事（鑑於他看不見，我還是在日記裡稱之為作死吧）。嗯……表情看不出來真假，反正他說話一貫那樣。

他別是悶瘋了吧？

現在是夜裡十點，好夢。

數學第五天　晴

我日，我們考完了……

只是，剛出考場，秦哥就被監考官帶走了。

一時間不知道該擔心哪一個。

算了，祝我下一場還能碰到秦哥。

【第八章】

你抽菸嗎？我不抽菸

趙文途的第一場考試日記更像「秦哥日記」，秦究在裡面占據的篇幅比他自己都多。也許是因為當時環境危險，而秦究在那支隊伍裡太出挑，就成了日記裡最值得記錄的角色，不過這個篇幅多也只是相較而言。

趙文途的日記寫得並不細緻，至少不足以讓人憑空想像出畫面。但在某幾個瞬間，秦究居然生出了微妙的熟悉感，好像他再多看幾篇，那些忘記的事情就能想起來了。

秦究又往後看了一點，不過那幾天裡，趙文途提到他的次數就很少了。因為其他人考完數學就進了休息處，秦究卻沒有去，他在監考官那裡受罰……直到幾頁之後，他的名字才再次出現。

考間休息第五天　晴

今天早上起床的時候也一樣有錯覺。窗簾一拉，看到外面有大廈高樓，總感覺自己放假在家睡到了自然醒。這休息處可太能騙人了，還不如把我們塞到更荒謬的荒郊野外呢，至少那樣我不會搞混，弄得我一個上午都打不起精神，據說休息處不止一個，我們運氣還行，碰到最像熱鬧城市的那個。就今天早上，老李還在我們住的地方旁邊發現了一家棋牌室，真的棋牌室，有麻將有撲克那種（寫出來我都覺得扯）。

一個考起試來要人命的世界，居然在休息的地方安排棋牌室這麼接地氣的東西……老李他們湊了個麻將局（也是心大，對面還有家網咖呢，我就很淡定），我不會打也沒什麼興趣，就溜出來了。

下午四五點我下樓吃飯，他們居然還在打，而且午飯都沒吃，有點醉生夢死的意思。想想挺可怕的，但又可以理解……

吃完晚飯心情挺煩的，我就到處亂逛了一氣，拿著手機拍影片（休息處能用手機大概是唯一的安慰了，不過連不上正常世界的網路，狗屎），不知道等我通過考試回到正常世界，這些影片會不會變成雪花屏，因為我拍到監考官了。

就在商場旁邊的街上，秦哥跟那個監考官A一起，我鏡頭掃過去的時候嚇一跳。

怎麼說呢，反正冷不丁看到那樣兩個人吧，感覺隨時會有刀嗖嗖嗖飛過來（我的語文真的沒救了，考這門該怎麼辦），雖然秦哥是笑著的，但是……不知道怎麼形容，看上去這兩位是徹底槓上了。

監考官A沒待幾秒就走了，還好沒看見我在拍影片，不然反手甩我一個違規怎麼辦。

秦哥說是處罰結束了，監考官A按規定送他回休息處。據說是開車送的，據說很不情願，過程中幾次拐到了荒郊野外（雖然這狗屁地方荒郊野外真的很多，但我還是認為考官想滅口）。

晚上跟秦哥一起去了趟商場，我只買了一把折疊水果刀自保，他裝滿了一個小型行李箱。

我懷疑我們待的不是一個世界，我是來考試的，他是來出差自由行的。

人和人的差距怎麼這麼大？被這些事打個岔，心情沒那麼糟了。

下場考試不知道還能不能跟秦哥一組，不管能不能，都希望我自己變得厲害一點，好歹也是練過的人，只是缺了點實戰經驗。

Ps：最近的日記真的越寫越長，可能悶了幾天，想得越來越多吧。另外我們湊一起討論了很久，依然沒弄清楚這系統是誰造的，目的是什麼，為什麼把我們拉進來。老李說現在考慮那麼多沒什麼用，不如先保證自己活著。

……但我還是想弄明白，連自己在幹什麼都不知道，還怎麼叫活著。

現在是晚上十二點，離下一門考試又近了一天，祝我們都有好運氣，好好活著，弄清一切，晚安。

趙文途這篇日記占了好幾頁，秦究手指壓在日記本的中縫上。

他的目光長久地停留在某一行，腦中突兀閃過一段模糊的畫面……那應該是某個夜晚，他面前停著一輛車，黑色，車窗上流淌著路燈的光，隱約能看到車裡人側臉的剪影。

很奇怪，明明時間、地點包括車的全貌都毫無印象，偏偏那塊玻璃窗在畫面中異常清晰。

他一手扶著車頂，彎著腰敲了敲車窗，不記得自己抱著什麼樣的心情了，逗趣？找碴？挑釁？

總之他等了一會兒，車窗並沒有降下來，喇叭卻響了一下。

他也不記得喇叭響的意思了，也許是車裡的人在反挑釁？請他拿開手別礙事？又或者是別的什麼。

他直起身，那輛車便頭也不回地開走了。

畫面像飛鳥一掠而過，等他再去回想時，就只能捉住最後一點影子——他抱著胳膊靠著路燈，看著倏然遠去的車影。

隔壁的一號禁閉室裡。

游惑搭在後脖頸上的手指突然動了一下，他從睡夢中驚醒，卻在醒來的瞬間忘記自己夢見什麼了。他揉了揉脖子抬起頭，半睜著眼看了一圈四周。

一片漆黑。並非那種關了燈的黑，而是徹徹底底眼盲式的黑暗。

游惑的眼睛曾經受過傷，對這兩者的區別非常敏感。

當初在醫院休養的時候，他在這種黑暗中生活了將近一年。

一年，對於眼盲又缺失記憶的人來說真是漫長得很。他會長時間地陷入沉默，以免問出什麼蠢不自知的問題。又或者長時間地處於懨懶睏倦中，悶頭睡覺，以免做什麼都得摸瞎試探……那太弱勢了，他不喜歡，久而久之，反倒成了習慣。

醫生說他有點情緒缺失，喜怒哀樂的表現太淺了，連好奇和疑惑都很少，他卻沒當真。

這也就是沒碰到人而已，若搞來八個監考官圍成一圈，他的情緒絕對不會缺失。像001那樣的，一個就夠。

而且現在，他還有了一絲疑惑。上一場考試關禁閉的時候，屋內擺設原封不動，一點兒變化都沒有，這次怎麼睡一覺起來就瞎了？

這輩子最怕的事情……這禁閉室究竟用了什麼傻比演算法，認為他會怕瞎？如果真的怕瞎，為什麼之前關禁閉毫無反應？

游惑在黑暗中坐了片刻，又一臉冷然地趴回桌上。

禁閉室寂靜無聲，除了他以外沒有任何其他人的動靜。

他淺棕色的眼睛在黑暗中無聲眨了幾下，用手肘抵住眼皮，不一會兒就重新睡著了。

船艙裡，時鐘又挪一格。

對監考官而言，三個小時的禁閉時間眨眼就過。

時鐘「噹——」地一響，078驚魂一樣從沙發上彈起來，「走，該把那兩……021？」

話沒說完，他就發現二層船艙裡根本沒有021的身影。

「奇怪了，剛剛明明還坐在地毯上玩手機呢。」078納悶地咕噥著。

他料想乾脆小姐可能去洗手間了，以對方的性格不大可能錯過時間，於是沒多管，先行下了樓。

結果一下到底層船艙，他就看見021站在一號禁閉室門前，剛把門推開一條縫。

「妳在這裡啊！」078開心說道：「我說呢，怎麼一轉眼就不見了。妳以前不是都等鐘響麼，這次積極啦？」

021看了他一眼，說：「剛剛想倒水喝，看時間差不多，就懶得再坐回去了，免得剛坐下又得站起來。」

078不疑有他，點點頭說：「喔這樣，行吧。妳叫這位，我去叫001，一會兒來喊妳。」

021點了一下頭，推門進了游惑那間禁閉室。

078看她背手關上了門，心說喊個人就幾秒的工夫，關門開門不嫌累嗎？不過想歸想，這話他可不敢跟021說，大小姐長得是好看，脾氣也不小。

078推開二號禁閉室的門，廢墟的場景正在慢慢消退，因為沒發生任何衝突，所以屋子裡乾乾淨淨，沒有什麼血肉殘渣。

而那位被關禁閉的001先生已經沒在看書了，他正拿著一個黑色手機，垂眼撥弄著。

「你……您這是在幹什麼呢？」078擰著眉走近。

秦究不見外地招呼說：「來得正好，問你件事。」

078：「什麼事？」

秦究晃了晃手機，說：「幾年前的舊機子，打不開了，你會修嗎？」

078：「……」叫誰給你修手機，你再說一遍？

秦究真的又說了一遍：「會嗎？」

078崩潰道：「不會，真的不會。你禁閉關得好好的，幹麼突然撥弄起手機了？」

秦究說：「朋友的遺物，留給我做個紀念，想看看裡面有些什麼。」

078：「……」他二話不說，衝門口比了個手勢，「請。」

跟「滾」一個意思。

隔壁。

021站在禁閉室桌前，暗紅色的手指一直在懟游惑的肩。

周遭的黑暗正慢慢淡去，屋內新打開的燈光投照下來。

021站在光下，看著游惑低聲說：「你自己說的，如果你被登出出局但系統還在，一定要把你拉回來叫醒……」

「你、倒、是、醒、啊、大、考、官。」她戳一下說一個字，表情跟平日沒什麼區別，語氣卻生動許多。

這長串戳完又過了片刻，游．一睡不醒．惑終於抓了抓頭髮，弓著脊骨坐起來。

他睖著眼抬起頭，冷白好看的臉被燈光照得晃眼。

021正要張口，身後的門就被敲開了。

「還沒好？走了。」078探進一顆頭。

「……」021唇角抽動了一下，撈出大墨鏡戴上，她忍住揪掉那顆頭的衝動，抬著下巴冷靜地說：「正要走。」

夜色已深，海面之下暗流陡然洶湧，小白船在顛簸中返航。

從禁閉室出來後，021沒再試圖跟游惑說話。

一切宛如上船時，這位乾脆小姐戴著大墨鏡在船艙橫行，不搭理其他人，逮住機會就對078作天作地。

078不知道自己又做錯了什麼，有鑑於這位小姐一貫大脾氣，他也沒有多想。

只有極偶爾的瞬間，她會在沒人注意的情況下透過墨鏡悄悄看游惑。她想知道自己在禁閉室裡說的話，游惑究竟有沒有聽見？可單從臉色看，游惑毫無反應。

他正在跟922說話……

他負責「在」、922負責「說」。

「行行好，別看了，看我也沒用。浪就是這麼大，我哪來的本事讓船別動。」922舉起雙手。

「這不是監考處？」游惑說。

「監考處要跟整個考場保持一致步調，該顛顛、該晃晃，沒有特殊待遇。」

922指著桌邊，「你看154，臉都跟膽汁一個色了，要有辦法讓船穩住，他還等到現在？」

154扶著餐桌，臉色鐵青地站著。他剛想張嘴附和，神色突然一變，扭頭就跑了。

「可憐的，又去吐了。暈船貼都不管用。」922說。

小白船晃得太厲害，不論監考官還是考生，臉色都不好看。

唯獨口口聲聲嚷著「暈船」的922跟沒事人兒一樣，地板都搖成蹺蹺板了，他依然穩如老狗。

不過老狗對游惑有陰影，生怕解釋著解釋著又被套話。他下意識把秦究推出來，「老大，這船有多破你最瞭解了，你……」

922一轉頭，發現最瞭解的秦究熟門熟路進了廚房。

922：「……」你要幹什麼……

轉眼，秦究又出來了，拿著一碟鮮橙。

明明椅子就在那裡，他不坐，非要在游惑旁邊的沙發扶手上坐下，生生比游惑高出一大截。

他換了個放鬆的姿勢，把盤子一遞，「冒險從廚房順來的，看在一起關禁閉的份上，分你一半怎麼樣？」

「……」神他媽冒險。

「不吃。」游惑被船晃得一臉毫無胃口，直接拒絕。

秦究挑了一瓣說：「不知道你聽說過沒有，中世紀的船員水手非常容易得壞血病，石洞裡那些船員說不準，我們要久待的話也很難說。生病的人身上臉上都會長黑斑，牙會變鬆，不小心磕碰一下，可能就全豁了。」

游惑：「……」

「再然後……」秦究還想說，游惑直接拿了三瓣柳丁。

922：「……」

千防萬防，防不住上司倒戈。他能怎麼辦，只能由他們吃。

而那缺德上司還在逗考生，「恭喜，從死神手裡逃過一劫。」

考生還了他三片柳丁皮。

922看不下去了，索性已經這樣了，他破罐子破摔又去煎了兩塊羊排。

上司和瘟神他都惹不起，不如讓大家都高興一點，更何況他本來也想給老大開個小灶。有明文禁止考生在監考處吃便飯嗎？沒有。

畢竟當初制定規則的時候，鬼都沒料到會有考生關禁閉關成這樣。

想到這個，922在廚房忙得心安理得。

小白船從返航到靠岸花了半小時。

游惑離開前對922表達了謝意，並問922還有沒有多餘的食物，生熟都行。

922：「……」這踏馬是伙食不夠還要外帶啊？

他剛要開口，手指上的紅燈終於不負眾望亮起來，伴隨著「滴滴滴」的預警。

「看，警告來了。」922給他看手指，「你們這場的考試內容是讓一船的人活下去，包括提供他們足夠的食物。我要是讓你外帶了，那不就是變相幫你答題麼！你見過哪場考試是監考老師幫忙算答案的？」

這話戳中了心思。

游惑確實想過要點肉回去烤給船員，不過既然警告了，他也沒強求。

他自己違規是自我選擇，強迫別人違規就太過了。更何況幾場考試下來，他對922印象還不錯。

小白船停泊的地方並非石洞口，而是荒島的另一端。

兩人權當熟悉環境，沿著並不清晰的路繞島而行。

按照狄黎描述的原題，這裡應該地處北極圈。所以跟一般的荒島完全不同，除了石洞附近，目之所及淨是冰雪凍原。

游惑和秦究一前一後走在雪上，發出嘎吱嘎吱的沙響。

這半邊異常安靜，天幕陰雲籠罩，只有某處依稀可以看見一兩顆星星。就連洶湧的海浪聲都被一塊屏風似的巨大礁石阻隔了。

秦究抬頭看了一眼跟海交接的天線，忽然聽見游惑問他：「禁閉室那個地方很特別？」

「嗯？」秦究一愣。

腳步停頓間，游惑比他快了一步，高高的背影一半融在夜色裡。

秦究挑眉說：「怎麼問這個？」

「隨口而已。」游惑轉頭瞥了他一眼，低聲催促：「你走不走？」

秦究不緊不慢地跟上去，「你在誘導我違規，作為優等生應該老實乖巧……」

游惑：「……放屁。」

秦究笑了一聲。

「你不是被貶為考生了，怎麼還違規？」游惑瞥了一眼他的手腕。

那裡現在戴著一塊手錶，剛好遮住了違規提示燈亮的地方。反正自從秦究開始參與考試，那個紅燈就再沒亮過。

「跟考生相關的事多說一點當然可以。」秦究道：「系統不行，系統不想提的更不行。」

游惑目光動了一下。

這句話雖然什麼都沒說，但本身就透露著一個資訊。

禁閉室確實特別，跟系統設定有關，而且系統不想提。

不想提的會是什麼呢？要麼是機密，要麼是BUG。

一時間兩人都沒說話，雪地裡又只剩下腳步聲。

秦究始終落後半步，走了一會兒他沉聲道：「我很好奇。」

游惑眼也不抬，習慣性沉默著等下文，結果對方半天沒下文。

他站住腳步，服了似地看秦究，憋出一個回應：「說。」

秦究這才繼續，「你在禁閉室真的什麼也沒看見？」

游惑當然不會跟人說他看見了什麼，鬼知道對方會不會以為他怕黑，尤其秦究這種……

所以他「嗯」了一聲，反問：「聽說你在禁閉室看了三個小時書，還試圖修了個手機？」

「聽誰說的？」

「922。」

秦究又記一帳，「不是書，是日記。日記和手機都是趙文途的。」

游惑一愣，「趙文途？」

「有點遺憾，他衝過來的時候你已經走開了。」秦究說：「不然還能見到他神志清醒的樣子，至少名字想起來了，也算是一點安慰吧。」

「所以他確實認識你。」

秦究看著天邊，呼吸間的白霧在夜裡迷蒙成團，「做考生的時候和他同隊過，不過我沒什麼印象了。所以翻翻日記，試著回想一下。」

秦究做考生那都多少年前了，那時候的事情記不清也很正常。畢竟他雖然常笑，卻並不熱情。

「回想起什麼了？」游惑隨口問道。

「日記裡的事印象依然不深，倒是想起點別的。」

「什麼？」

「比如考官A。」

游惑依然對這位考官A有點興趣，一副等著聽他說下去的樣子。

秦究安靜片刻，說：「一些不大愉快的零碎小事而已。」

「零碎小事翻出來想，你也挺厲害的。」游惑冷不丁冒出一句。

秦究挑起眉，「你常這樣？」

「哪樣？」

秦究佯裝斟酌，繼而拖著調子形容道：「為了氣某個人，比如我，給一個你根本不認識的誰，比如監考官A幫腔？老實說，這樣有一點幼稚。」

游惑「呵」了一聲，拉高衣領掩住嘴唇和下巴，目不斜視往前走，「嘴長我臉上。」

北極圈夜裡的風能把面癱吹成真癱，沒人願意在風裡張嘴。

兩人又沉默地走了一陣。

沒了人聲，這個礁石島嶼安靜得有點過分，正如之前剛上岸一樣，總好像缺了點什麼。

游惑又走了幾步，突然反應過來——沒有海浪聲。

他們在小白船裡聽了一路的洶湧海潮，上了岸就消失了。

「怎麼了？」見他突然停步，秦究有些疑惑。

游惑說：「海面封著冰，監考船是怎麼一路開過來的？」

題目中，三艘荷蘭商船之所以停泊在這裡，那些船長船員之所以被迫在荒島生活八個月，就是因為海面被厚重的冰層封住，他們無法行船。

那個平頭大副說，原本商船有破冰鉸鏈，綁在船幫上鎖好，一般的冰層都能通過，但這裡的冰實在太厚太多了，曠無邊際，三艘船的破冰鉸鏈都報廢了。

但他們剛剛乘的小白船卻一路暢行無阻，速度也不慢，而他居然到現在才想起這事。

「監考船有特別的破冰裝置？」游惑問秦究。

對於考場和監考處的設定，秦究再瞭解不過，像一本將近一百九的活體工具書。

秦究說：「怎麼？想去監考船上騙裝備？」

游惑被一眼看穿，也不掩飾，「不行？」

「不是不行。」秦究說：「而是沒有。監考船不是靠破冰裝置航行的，否則剛剛一路你就會不斷聽見冰層裂開的聲音。922說監考船沒有任何特殊待遇，其實是有的，航行本身就是特殊待遇。」

秦究看他一眼接著說：「監考船所經過的地方，冰層會消失，變成正常的海水，根本用不上破冰裝置這種東西。你考到現在還沒發現嗎？在促使監考官順利抓考生這件事上，系統還是很樂意行方便的。」

那現在讓那些船員收拾一下，開著商船走剛剛監考船走過的路呢？

游惑一邊思索，一邊往礁石邊緣走。

秦究就像能讀出這個想法一樣。他打開手機電筒光往剛剛登岸的地方照了一圈，說：「不用費勁琢磨了，看看，監考船一走，冰就已經封上了。」

果不其然，燈光掃過的地方，冰層就像從未被打破一樣茫白一片。

……行吧。

游惑打消了念頭，監考船上的眾人暫時逃過一劫。

石洞中，眾人忙碌不息。

兩位大佬砸船砸出來的木材堆積如山，直接解決了後續十多天的全部燃料供給。

大家當然不會浪費這種冒險得來的財富，他們把木材放在最乾燥的角落，各自找了點趁手工具，把它們劈砍成更易燃燒的木柴。

船員生存經驗豐富，沒有受傷的幾位跟著考生一起設置生火點，既要保證洞內足夠溫暖，又要能散煙，還得以防火堆倒塌傷人的危險。大大小小的火堆全部生好，裡外兩個石洞驟然變得溫暖起來，火光通明。

凍硬的頭髮、含著冰碴的衣服被烘乾，各處創口的血色也有了鮮活的跡象。

大家的心情明顯好了許多，圍著火堆歇坐下來。

幾個受傷嚴重的船員包括船長還在昏睡，吳俐每隔半小時會粗查一下體溫和傷口，舒雪兢兢業業給她幫忙。

不得不說，孕婦的身分讓她看上去毫無威脅，她氣質又很溫和，總能以最快的速度跟人親近起來。

就連最嚴肅的吳俐，跟她說的話都比別人多一些。

吳俐在烤火休息的間隙，忽然問了舒雪一句：「妳那兩位朋友，有沒有得過腦部疾病？」

舒雪：「……」

這位嚴謹的女士問得非常禮貌，但聽著真的很像罵人。

舒雪哭笑不得地說：「沒聽他們提起過，為什麼這麼說？」

吳俐說：「偶爾一些表現有點像。」

舒雪想了想說：「其實我跟他們認識的時間也不算長，一起考過兩場試，所以瞭解有限。要不……妳問問他們？」

她當然看不出游惑和秦究有什麼疾病跡象，只覺得他們強悍又厲害，不像生過病的模樣。況且……腦部疾病不至於好發到這種地步吧？隨便碰上兩個朋友就兩個都有病？

這機率太低了，舒雪覺得不大可能。

但她畢竟不是專業的，吳俐說話肯定有她的理由，舒雪不想擅自給游惑、秦究下定論。

舒雪心想：唔……萬一真有什麼徵兆，耽誤了怎麼辦？

吳俐搓了搓暖和起來的手，說：「再看吧，也許只是我職業病發作，敏感過度。」

游惑和秦究回到石洞的時候，大家已經分工完畢，開始輪換著休息了。

一部分人蜷在火堆旁邊睡了過去，發出輕微的鼾聲。大多數人睡得並不踏實，時不時會睜眼翻個身。

舒雪看起來很睏，坐在角落裡摟著行李箱打盹，頭一點一點的。

游惑和秦究放輕手腳走過去。

她拍了拍臉醒過來說：「你們總算回來了……我算了算時間，已經超過三個小時了，還以為你們又出什麼事了。剛剛想去找你們來著，被攔住了。」

平頭大副把懷錶塞回去，刻板地說：「夜裡不安全，當然不能讓你們冒險。」

「既然最後兩位也回來了，去把洞口封上吧。」他叫上一名船員，一起去了外面，用火堆設置了幾個障礙。

「抓緊時間休息吧，儘量早點睡。這樣夜裡如果發生什麼事，起碼不至於醒不過來。」

聽到「醒不過來」這幾個字的時候，秦究意味深長地看了游惑一眼。

游惑往牆角一坐，伸直腿說：「我守夜。」

「你在禁閉室睡飽了嗎？如果沒睡飽我不介意今晚先辛苦一下。否則我很擔心你守一半倒下，睡得比我還沉。」秦究說。

游惑：「……」

在他的目光逼視下，秦究做了個嘴巴拉拉鍊的動作，和衣閉上眼。

游惑後腦杓靠在石壁上，目光靜靜掃過洞裡的人，最終落在某一處。

那裡縮著兩個男人，一直在小幅度地抖著，牆上放大的影子因此跟著顫動不息。

他們面如金紙，其中一個神經質地啃著指甲，一臉風雨欲來的不安。

這兩人游惑記得，一個叫陳飛、一個叫黃瑞，總分只有十一分，比游惑和秦究還少六分多，目前排名在倒數第一。

他們試著努力過，找過樹枝上過商船，收穫太小，無力回天。不出意外，再過幾個小時的零點，他們將會作為第一組為死亡船員負責的人，經受應有的處罰。

儘管目前不知道處罰是什麼，怎麼才叫為死亡負責，但想想也知道一定很可怕……沒準會直接送命。現在的他們，就是在數秒等待鍘刀落下。

大副胸前的懷錶靜靜走著，代表著考場時間。

夜裡二十三點五十七分，洞裡突然響起打鈴聲。

睡著的考生猛地驚醒，甚至有人頂著雞窩頭一咕嚕蹦起來，「考試了？」

蹦起來的是狄黎，他茫然地看了一圈又搓著臉坐回地上，「臥槽……嚇死我了，我幻聽聽見上課鈴了，還他媽以為高考遲到了。」

「不是幻聽。」

「真的有鈴聲，嚇得我……」

「為什麼突然打鈴？我最怕這種聲音。」

其他人七嘴八舌地說。

秦究正捏著眉心，游惑突然拍了他一下。

「嗯？」他抬起頭。

游惑指著石壁說：「重新算分了。」

話音剛落，死兔子的聲音在洞內響起來，帶著詭異的回聲。

【距離零點還有兩分又二十一秒，重新核算今日分數。】

【今日考生觸發得分點共兩項。】

【一、為船員治傷。】

【二、找到燃料保證洞內溫度。】

【具體計分如下：為船員治傷共計六分，其中找到藥物兩分，診治四分。】

【找到燃料保證洞內溫度共計八分，其中找到充足燃料五分，劈柴一分，安全地生火兩分。】

石壁上，考生們的分數開始發生變化。

秦究、游惑因為提供藥物、找到燃料，直接加了七分，從十七點二五搖身一變成了二十四點二五，直接上竄四名。

舒雪、吳俐則加上了診治的四分，也上跳了兩名。

狄黎他們幾個雖然也找到了燃料，但數量離「充足」太遠了，所以只加到了一分。

剩下的多數小組都加到了劈柴和生火的兩分，聊勝於無。

陳飛和黃瑞盡了努力，一共加了四分，總分從十一變成了十五，依然排在倒數第一。他們頹然癱坐，空茫又驚恐。

就在這時，死兔子又說話了。

【全部加分項核算完畢，現在核算額外扣分項。】

【今日考生觸發扣分點共一項。】

【一、考場違規，拆分系統船。】

【具體計分如下：被拆系統船功能喪失，徹底報廢，無法維修，行為性質後果極其嚴重，扣除違規考生共計十分。】

石壁上的分數條再次應聲而變。

游惑、秦究的分數慘遭腰斬，從二十四點二五飛流直下臉撲地，變成了十四點二五。

在兩人的共同努力下，反向操作一波沉底，全天得分合計為負三，成功踢開陳飛和黃瑞，穩坐倒數第一。

一眾考生呆若木雞，最木雞的就是陳飛和黃瑞了。

峰迴路轉一瞬間，騷得人措手不及。

陳飛正打算給自己哭個墳，這麼一鬧哭就不合適了，高興更不合適。他卡在張大嘴的表情上，茫然地看著兩位大佬。

下午大家還感慨這倆是活生生的希望，這才幾個小時，希望就要把自己浪死了。

在全洞三十幾口考生的注目下，游惑從唇縫中擠出一句耳語：「智障什麼時候學會的扣分？」

「你都當面說它智障了，總要扣點分挽回面子。」秦究似乎覺得悄悄話很有意思，也壓著嗓音：「這種事倒也不少見，你們第一場不就扣過卷面分？」

游惑：「只扣兩分。」

幸虧他聲音小，要讓其他考生聽見游惑那個「只」字，恐怕會引起生理不適和眩暈效果。

畢竟人家辛辛苦苦一下午也就三分以內浮動，那是「攀爬」，這兩位得叫「上下翻飛」。

秦究說：「卷面不整潔和拆船，兩者嚴重程度還是有點區別的。」

「獵人甲死了算不算嚴重？」游惑說：「非但沒扣，還加了。」

秦究有點想笑，被貶的官也是官。

他看著游惑冷靜的側臉，招了一下手示意對方附耳過來，「我覺得有必要給離經叛道的優等生開個小灶，科普一下。」

游惑：「……說。」

「在這裡，動題目和動系統是完全不同的性質。」秦究說：「當然，最好是兩者都不動。」

「……」游惑木然看著他。

作為一個什麼都敢動的監考官，也不知道他哪裡來的臉說出這句話。

秦究看見他的表情，頓了一下又補充道：「理論上兩者都別動。但如果要比較一下，毫無疑問後者更嚴重，這甚至不是一個層級上的問題……因為你在挑戰它的權威。」

聽到權威兩個字，游惑暗嗤一聲：「權威。」

一個毫無道理拉人考試的系統，一個隨隨便便決定人生死的玩意兒，有臉說權威？

「別對著我冷笑。」秦究隨便指了幾下說：「考場上它無處不在，你可以對著分數牆或是任何一個空地角落啐它幾下，包括那隻兔子。」

死兔子：「……」

「罵兩句再扣十分？」游惑說：「也行，不虧。」

死兔子：「……」

「這倒不至於。」秦究沉笑一聲說：「你上一輪亂摸烏鴉頭，烏鴉扣你分了嗎？所以隨便罵。」

死兔子：「……」

游惑古怪地看了秦究一眼，「你在幫它說話？」

他問完又覺得這話很有問題，秦究作為監考官的一員、系統的一部分，幫它說話本來天經地義。可他這句話……不知不覺間把秦究放在了系統的對立面，放到了己方陣營。而他卻完全沒有意識到這種轉變是從哪個時刻開始的……

游惑眉心輕蹙了一下，幾乎是立刻道：「算了，當我沒說。」

秦究：「我聽見了。」

「……」游惑的臉逐漸變癱。

「有些東西你如果真的好奇，以後可以另找機會討論，萬一又被請去監考處，也能留點話題打發時間。」秦究說這話的時候，輕眨了一下右眼。

游惑微愣。

轉瞬的工夫，秦究已經繼續說道：「總之，系統有它遵循的規則。挑釁題目內容遠不如挑釁系統嚴重。所以，搞死獵人甲只會受違規處罰，該拿的分一分沒少。但拆了系統船就不一樣了。這點系統算得很精。」

游惑看了他片刻，又提出一項異議：「毀考場比拆船嚴重，但上一輪只扣了五分。」

「……看來貴人多忘事，我不得不提醒一句。」秦究指著自己，「只扣五分是因為有另一個人承擔了至少一半處罰，這人此刻正在跟你說話。」

游惑：「……」

秦究：「老實說我一直在等一份謝禮，但某些考生好像完全沒有這方面的自覺？」

游惑：「……」

「不過沒關係。」秦究又說：「我在某些事上耐心非常好，不介意多等幾天。」

游惑漂亮的眼珠終於動了一下。他想了幾秒，不緊不慢地回答說：「巧了，我也不介意。」

秦究：「……」

不遠處，狄黎一臉懵逼地說：「那兩位是在討論自己的生死嗎？怎麼說著說著還帶上笑了。」

他同隊的李哥仔細辨識了一下，說：「主要是其中一位在笑……」

狄黎：「……有區別嗎？」

李哥：「沒有。」

大家都在擔心即將發生的事情，唯獨兩位當事人淡定異常，還有心情聊天。

至此，狄黎總算明白這兩位的分數是怎麼來的了。作為一個陳年的考生，他對分數無比敏感，

平日裡少拿一分心就痛，現在看著游惑和秦究，他渾身都痛。

他甚至冒出了一點點衝動，如果系統允許的話，他可以送兩分過去。但他轉而又想，不論送給誰，總有人會站在倒數第一的位置上，總有人逃不掉那個懲罰。

看著游惑、秦究直線俯衝到最後一名，他會覺得不舒坦。

那換成陳飛和黃瑞就舒坦了？一樣不會。

換成任何一組、任何一個人站在送死的路上，他都會不舒坦。

歸根究柢，人心都是肉長的。而這垃圾系統，從來不幹人事。

眾人還沒從分數的大起大落中回神，洞裡忽然起了風。

最先覺察到的是商船的船員，這些考場NPC在死兔子說話的時候突然犯睏，紛紛靠著牆打起盹來，此刻又猛然驚醒。

平頭大副搓著手臂，茫然地問：「哪來的風？洞口的火堆移開了？」

他問身邊的船員。

船員咕噥著：「不會吧，我去看看。」

大副又問考生：「你們感覺到了嗎？」

說話間又是一陣風掃過，潮濕的、帶著海的腥味。

這次很多考生都覺察到了。

他們在那瞬間打了個寒顫，一陣麻意倏然爬上頭皮。

外面的石洞正對著洞口，偶爾有風也就算了。他們現在都聚在裡面的石洞中，拐了兩道角，又有火堆阻隔……怎麼可能會吹到這種帶著海腥味的風？不論什麼濕漉漉的水氣從火裡穿過也該乾了！

眾人四下掃視，到處找尋風的來源，越想越怕。

忽然間，又有人慌張叫道：「等一下，有聲音！」

大家一愣，立刻僵在原地，「什麼聲音？」

「你們聽，別出聲，你們仔細聽！」

那個考生眼睛瞪得極大，驚慌地在眼眶裡轉悠，狐疑地看向各個角度。他手指壓在嘴唇上，維持著那個姿勢，他眼珠剛轉兩圈，就聽呼地一聲，幾處火堆同時熄滅。

洞內陡然一黑，伸手不見五指。

驚呼和尖叫幾乎同時響起，驚慌的氛圍瞬間達到頂端。

「別叫。」游惑低斥一聲。

他從口袋裡掏出打火機，彈開蓋子。

咔噠一聲。一簇細細的火苗在黑暗中亮起來，雖然比不上火堆，但聊勝於無。

他和手裡的火苗頓時變成中心，三十多位考生外加幾位醒來的船員全部以他為基準，向中間靠攏。

人擠人絕不是什麼美妙的體驗，游惑被人拱了一下，差點兒雙腳站上秦究的鞋。

平頭大副的聲音響起來：「來了來了，我們之前碰到的就是這樣……莫名其妙睡著，火突然全熄，然後就會有怪物突然襲擊過來。」

這話把大家嚇到了，統統愣住，誰都不敢妄動，石洞在這一瞬間出現死寂。

然後……古怪的聲音響了起來

吱吱呀呀，很難形容，就像是某種軟膠質的東西被拉扯摩擦……聽得人牙酸。

不僅如此，還伴隨著某種空洞的滴答聲，那應該是水滴從高處掉落的迴響。

啪——狄黎臉上突然一濕，他摸了一下。

啪——游惑眼前也是一濕，濺得他眯起了眼睛。

他眨了幾下，剛要緩解，一隻手忽然輕抓住他的手腕，藉著他舉高打火機，在頭頂晃了一圈。

秦究說：「往上看。」

眾人順著卜滴的水，緩緩抬頭。

就見石洞頂上，不知什麼時候趴了東西。牠有著肉白色的皮膚，藤蔓一樣四處衍生的軀體，以及兩隻碩大而漆黑的眼睛。

牠悄無聲息占據了整個石洞頂部，扭過滑膩的頭，靜靜地俯視著所有人，然後張開了黑洞洞的嘴。

呼——潮濕的、帶著海腥味的風撲面而來。

打火機噗地熄了。

這次沒人尖叫，真正恐懼的瞬間，其實是顧不上尖叫的，只有窒息在洞裡瀰漫。

狄黎感到了片刻的大腦空白。

等他嗓子能發出細微叫聲的時候，身邊似乎少了點什麼。

又過了兩秒，他突然意識到，剛剛被他擠著的游惑沒了。

不僅游惑……他在黑暗中摸了一下瞎，發現秦究的位置也空了。

很快，更多人發現了這一點，嗡嗡聲瞬間爆發。

「人呢？」

「不在了！真不在了！」

「游惑？是叫游惑吧？秦究？」

有人試著在黑暗中叫這兩個名字，但毫無回應。

就在眾人手忙腳亂的時候，死兔子的聲音再次響起。

【很遺憾，這一天共有八位船員死去，依照本場考試規定，當日凌晨零點，排名最後一組的考生應當承擔死亡責任。如果人數不足以抵扣死亡船員人數，則次日繼續，以此類推。】

【這座荒島並非獨屬於避難的船員，這八個月中，島上獵物和附近魚流都進了船員的肚子，有位原住民不滿意了。牠餓了很多天，饑腸轆轆，一直在試圖填飽牠的肚子，但始終未能如願，直到今天……】

【今天對牠來說是個好日子，死去的船員剛好能填一填牠的胃。可是大副下令把同伴的屍體藏起來了，壞了牠的計畫。但是沒關係，有些陌生來客同樣美味，看得牠食欲大增。】

【於是，牠把他們抓走啦。】

死兔子頓了一下，又用刻板的聲音說話。

【兩個小時後，剩餘考生可以為同伴斂骨默哀，祝你們好運。】

就像那次被封進棺材一樣，這次的怪物抓人也很沒道理。

只是眨眼之間，眼前的景物就變了，根本不給人反應的機會。

大副船員他們至少還有被怪物試探拖行的過程，還能在那個過程中掙扎一下。到考生這裡，「抓」的過程直接省略，睜眼就已經不在石洞了。

餘光裡的周遭環境全然不同，具體是哪兒游惑暫時顧不上看，因為他正在直面怪物的嘴……應該是嘴，總之好大一個洞，鹹腥的「海風」劈頭蓋臉。

游惑：「……」

他腳下是空的，身上被勒了一道，那偌大的、邊緣肉白的洞正蠕動著離他越來越近，轉瞬便要將他包裹住，給他噁心得不行。

事實證明，系統為了懲罰人，多畜牲的事都幹得出來。

被包裹的瞬間，游惑聽見秦究低聲對系統罵了句粗。

「優等生，打……」他話沒說完就聽見咔噠一聲。

打火機的蓋子在游惑的手指間彈開，一簇火苗亮了起來。

他們確實被包裹進了怪物的軀體裡，因為四周一片滑膩的白色，腳下是肉質的軟實感……但這不是真正的腔口。

真正的腔口就在幾步之遙，帶著一圈細密的尖齒，散發著更難聞的味道。

游惑鐵青著臉對秦究說：「這邊口袋有包菸。」

他上臂被捆得死死的，手肘雖然能動，但角度搆不著上衣口袋，只能試著側過身。

眼看著腔口越送越近。

一隻手伸進他的口袋裡。

游惑：「……」

這時候，大佬又有點後悔這個提議了，因為別人的手在自己上衣口袋裡拿東西的感覺，實在很奇怪……

好在秦究動作算快。

在他催促之前已經抽了出去。

撕拉一聲——窸窣紙聲在旁邊響起來。

游惑：「………你他媽還有工夫撕包裝？」

那腔口都快懟上臉了。

他實在難得用這種語氣，秦究居然笑了起來，不過拆封的聲音也立刻停了。

游惑打火機一橫，秦究抓著一把菸送過去……

腔口尖齒微微張開，像細密的刀刃觸碰上皮膚，冰冷潮濕，香飄十里。

——操！

游惑偏開臉屏住呼吸。

肉白色的怪物肢體包裹成團，捂著剛塞進去的食物，像老太太沒牙的嘴。

空間彷彿凝固了，每一秒都像一年，過了大概十幾年吧，沒牙老太太開始往外漏煙。

牠蠕動了兩下，憋住。

又過了十幾年……老太太憋不住了。

牠活像得了肺癆一樣，連噗幾下……然後「哇」地吐了。

落地的時候，游惑下意識撐了一下，結果按到了一堆古怪的東西。

就像是凌亂的硬物堆了一堆，被他一撐，又七零八落地鬆散開來。

他的手掌還被某個尖角劃了一道口子，但他沒顧得上，他迅速摸索到某個掩體，衝秦究示意了一聲，兩人翻躲到掩體後面。

他撥了三下打火機，火光終於又亮起來，但微弱許多。

游惑舉著火苗掃了一下，發現給他們當掩體的居然是個櫃子。

櫃子鏽得不成樣，鎖和櫃門已經融到了一起，根本拆不開，但依稀可以看到上面殘留的花紋。

花紋樣式非常眼熟，平頭大副的懷錶蓋就是這種風格。

緊接著他們看到了半蓋著綠藻的木地板、木櫃以及木箱，塌垮了一半的樓梯……甚至還有一扇灰濛濛的圓形舷窗，就在他們面前。

這應該是一艘廢棄已久的船，但這艘船停在哪裡，他們還沒弄清楚。

游惑探頭掃了一眼，船艙中有兩根豎直石柱，捅穿了天花板和地板。

從這兩根石柱可以想像，當時這艘船也許碰上了大浪，挑高又掀翻，然後直直插在了尖利向上的石刀上。

石柱旁邊的地面上，堆滿了黃白的人骨，像一座垮塌的小山。許多頭骨歪斜在其中，黑色的眼洞以各種角度靜靜對著兩人。

他們剛剛落地撐到的就是這些。

游惑探頭去看這些的時候，右手撐了一下地。鐵櫃底下不知什麼時候積了一窪水，他手掌剛好按在上面，冰冷刺骨，寒意直衝頭頂的瞬間，他忽然產生了一種……似曾相識的感覺。

歪斜的船艙，尖利的石柱，包括那一地白森森的骨頭。甚至就連這種令人窒悶的氣味，彷彿在哪兒聞過，就好像曾經的某天某時，他在同樣的位置探出頭去，看到了同樣的景象。

水比現在更刺骨一點，船艙裡還有怪物飛濺的黏液，散發著腐壞混雜著銹蝕的味道，跟現在如出一轍，甚至更濃郁一些……濃郁得叫人張口就能吐出來。

他緊抿著嘴唇，手指關節抵著鼻尖，一口也不想呼吸。

然後有人拍了拍他的肩，說：「大考官，給根菸。」

「什麼？」游惑倏然回神，下意識回頭。

秦究在他身後，伸手抹了一下舷窗玻璃，留下三根手指印。

他撚著指腹，愣了一下，「什麼什麼？」

「你剛剛說什麼？」游惑問。

「我？」秦究說：「我沒說話。」

游惑眉心皺了一下，又很快鬆開，恢復了一貫的面無表情。

「怎麼？這裡味道太沖，熏出了幻聽？」秦究失笑。

「嗯。」

游惑收回目光，又重新探頭看向船艙。

他換了個姿勢，剛要把那句話撇到腦後，手指就碰到了某樣東西。

很短一截，落在鐵櫃底下的縫隙裡。

游惑皺著眉把那東西挑出來，用火苗照了一下。

他仔細辨認了片刻，發現那居然是一根燒了半截的菸。

幾天前？還是十多天前？在那個山腳下的考生休息處裡，那位名叫楚月的潑辣老闆說過，有些考場清理得並不乾淨，也許能在那裡找到多年前某個人遺留的痕跡……

不遠處，被嗆了滿嘴煙的怪物正在石柱後，龐然巨大，看不清全貌。

牠很快會緩過來，向這裡發起攻擊。

游惑知道自己應該集中注意力，看準時機反擊……但不知怎麼的，他看著那半截早已變質的菸走神了好一會兒。

試著回想剛剛那句話，卻發現已經記不全了，他既沒聽清所有內容，也沒聽清那個聲音，他根本不知道那是誰說的，但是在它消失的那一瞬間以及看到半截菸的這一刻，他居然有點……毫無來由的難過。

啪。有人在游惑臉側打了個響指。

力道刻意放得很輕，也許是怕驚動怪物，也許是怕驚到人。

游惑一愣，回過頭來。

秦究正收手，「想什麼呢？想得一動不動？」

「沒有。」游惑搖了一下頭。

打火機苟延殘喘，呼地又熄了。

船艙一片漆黑，只有秦究的眼裡隱隱有亮光。

游惑捏著菸的手指動了一下，那種似曾相識的感覺再次一閃而過。

他轉過頭去盯著怪物。

沒過片刻，又在黑暗中突然出聲：「你抽菸嗎？」

這話問得沒頭沒尾，秦究愣了一下，「現在？」

游惑這才反應過來有歧義，「不是……」

一瞬間的感覺過去，忽然有點索然無味。

他碰到秦究這麼多次，也從沒見他買過菸，更何況隨便揪住一個人問這個也太奇怪了。他現在回想起剛剛問的話，覺得非常傻X。

「算了，當我沒問。」游惑又恢復了那股懶懨懨的調子。

秦究似乎想說什麼，但他剛開口就倏然收了聲，手指在游惑肩上敲了兩下，像一種提示。

石柱後面，怪物終於從咳嗆中緩過來，開始悄悄移動。

牠身上彷彿自帶一點螢光，又或許是那種不正常的肉白色在黑暗中比較顯眼，游惑足夠看清牠的動靜。

牠碩大的眼珠從石柱後面露出一點，上下左右轉了一圈。足夠填充半個船艙的身體在呼吸中起伏，無數條延伸出來的肢幹隨著起伏的節奏，在木質地板上輕輕敲著，咔噠咔噠。

這怪物長得就像隻變異的大章魚，肢幹就是觸手，裡側甚至還布滿了吸盤，但長得比章魚瞎眼多了。

游惑在嫌棄中屏住呼吸。

醜章魚的觸手還在延伸，碩大的腦袋在石柱後面歪過來，眼珠跟著轉開。

突然，牠某根觸手瞬間抽長，就像壁虎舌頭彈蚊子一樣，猛地伸向某處。

轟地一聲，那處堆疊的木箱倒塌滿地。

被觸手直接擊中的那個已經斷裂成了幾塊木板。

不過可惜，那裡沒有人。

醜章魚又把碩大的腦袋歪向另一邊，眼珠跟著轉過去，仔細感知。

船艙裡一片寂靜，只有牠挪動的時候會發出嘰咕水聲。

游惑感覺自己肩膀又被人悄悄戳了兩下。

他轉過頭，就見秦究衝他攤開手掌，掌心上有一個腐壞的木塞。

對方比劃了一個手勢。

游惑瞬間了然。

秦究空餘的手伸出食指比畫。

一！

二！

三！

三根手指豎起來的瞬間。游惑把手裡那半截菸頭扔出去，於此同時，秦究把木塞扔到了相反方向。

颼颼——觸手伸出的速度快得離譜，還帶著風聲。

醜章魚身體一點兒沒動，兩根觸手同時彈往兩個方向。

不出意外，一個木櫃遭了殃，直接被擊倒。倒下的過程中，一端斜卡在石柱上，形成一個三角框。

而另一端，如山堆積的人骨被它打散了，盆骨、頭骨、腿骨飛了一地，還有一些潑散到了游惑面前。

游惑跟那個頭骨面面相覷。也許多年前，它還有血有肉，是上一批被困的船長船員，又或者是某個被捉來考試的考生。

游惑伸向骨頭的手指停了一下，改抓了幾個釘子和木片。

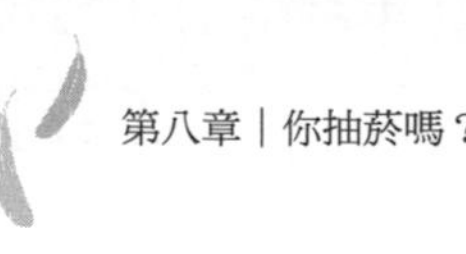

他二話不說，一一把這些東西扔了出去。

每扔一個，醜章魚就應聲飛出一根觸手。

再扔一個，又飛一根。一步不落，非常亢奮……

怎麼說呢，游惑突然明白了養狗人扔飛盤的意義。

秦究那邊也一樣。

一時間，船艙陷入某種詭異的對峙中。

他身體不動，秦究也不動，醜章魚更是一動不動，只有胳膊和觸手在飛。

僅僅幾分鐘。船艙被拆成了徹徹底底的廢墟，桌椅櫥櫃四處歪斜交錯，兩位食物依然沒影。

醜章魚：「……」

兩位大佬探頭看了一眼，對目前的亂象表示基本滿意，他們消停了一會兒。

船艙突然安靜，醜章魚的眼珠又轉了起來，身體起伏慢下來，似乎又淡定了。

牠就像在跟到嘴的食物玩遊戲，不慌不忙。

今天這對食物比較皮，但沒關係，牠不介意玩一會兒捉迷藏再進食，適當的消耗總會讓牠食欲大增，也讓食物看起來更加美味。

牠大度地想，會反抗的吃了才是好吃的，嚇懵的肉就鬆了，沒了嚼勁。

牠甚至覺得一口氣吃完太無趣了，最好能讓牠吃兩口墊墊肚子，玩上一天，再吃兩口墊墊肚子，保持一定的饑餓感，每一口都會變得特別滿足。

牠也不怕食物跑掉，反正不管怎麼逃跑，到了夜裡零點，食物都會送到牠面前，帶著驚恐、絕望以及一點點無可奈何，味道異常豐富。

游惑不知道那醜章魚究竟在想什麼。

只看到牠使勁抿住腔口軟肉，咂了兩下，然後嘩嘩漏下幾股口水。舷窗外的幽光剛好映過去，亮晶晶的。

游惑：「……」

怪物一掉口水，船艙內的味道就更加銷魂。

游惑屏住呼吸比了一下眼……終於受不了了。

他頭也不回，連懟秦究好幾下，然後用手指靜靜比著數字。

一！

二！

三！

他弓身竄了出去。

另一邊，秦究沒有辜負他，也同時有了動作。

醜章魚陡然興奮起來，十多條觸手接連發起攻擊，動靜響到哪裡，觸手就打到哪裡，一根不行，兩根，兩根沒抓到就三根。

雜亂無章的船艙本就是他倆刻意搞出來的，對他們百利而無一害。

一個穿過石柱的時候，另一個剛撐手躍過樓梯。

一個側身靠上鐵櫃的時候，另一個則從傾斜的木櫥底下矮身而過。

沒過兩分鐘。

游惑在石柱後站定。

醜章魚的觸手末梢又尖又細，他手裡抓了一把……

秦究半蹲在樓梯上，身側是另一根石柱，腳下踩著剩餘所有。

至於醜章魚……

牠的觸手分成兩撥，在雜物中繞了九曲十八彎的路，被兩位大佬抻著。

碩大的腦袋矮了一截，以劈叉劈癱了的姿態趴在原地。

游惑問秦究：「你那繩子帶了沒？」

「監考官的東西一概不讓帶，這點我一直很遺憾……」秦究嘴上說著遺憾，目光卻在四下掃著。他伸手一撈，從樓梯拐角處撈出一截繩索，翻看了一眼，「剛看到有這個，應該是用來綁船帆的，給。」

游惑接住，當即給手裡的一把觸手末梢捆在一起，紮了個馬尾。

秦究伸手一拋，把繩索扔過來。

「你真是……」秦究說。

看著又冷又傲，怎麼什麼東西都能玩。

游惑丟開紮好的馬尾，撩起眼皮看他，面無表情等著他把屁話說完。

秦究「唔」了一聲，改口道：「風趣幽默，很有意思。」

他說著，也從樓梯口那摸索了一番，又找了一截繩索，把腳下踩著的那把觸手末梢也捆在了一起，這就是雙馬尾。

醜章魚：「……」

秦究單手撐著，從樓梯上跳下來。

被他紮起來的觸手從樓梯一側耷拉下來，裝死似地垂著。

秦究翻看了一下，說：「這東西能吃嗎？」

醜章魚：「……」

游惑：「……不能。」

秦究還挺意外：「不可以？看著跟魷魚鬚也沒什麼區別。」

游惑難以置信地看了他一眼。

秦究以為他會說「你是變態嗎」這類的話，結果這位大佬迸出一句：「頭太醜了。」

醜章魚：「……」

說話間，就見醜章魚腦袋迅速變大。

牠憋足了一股勁……就聽啪啪幾聲，被捆住的觸手末端突然齊齊斷裂。

醜章魚一旦脫離禁錮，立刻縮回所有觸手。

就見那肉白色的龐大身軀陡然一矮，伸縮自如地鑽進牆邊縫隙。

僅僅是一眨眼的工夫，牠就滑走消失，只留下兩捆主動放棄的馬尾。

斷髮保命？

……行吧。

游惑重新撥亮打火機，走到醜章魚消失的地方。

就見那裡的木質船板斷了幾塊，留下一個直徑不足一公尺的洞，透過洞口可以看到凹凸不平的礁石，還有幾條深邃的縫隙。海水的鹹腥味從縫隙裡傳來，隱約能聽見一點海浪聲。

沒過片刻，秦究在舷窗旁輕輕吹了個口哨。

游惑注意力被引過去。

「跑了。」秦究敲了敲窗玻璃。

舷窗之外是幽深的海水，一邊是礁石，一邊是冰層下的海水。

看來這艘廢棄船隻還在島上，只不過卡在了某個刁鑽的邊緣位置，以至於之前他們沒能發現這裡。游惑心想著，走到舷窗旁往外看。

就見不遠處的海水中，一抹肉白色的影子一閃而過，頭也不回地游走了。

轉瞬，海水又變回了靜謐幽深的模樣。

「我不抽菸。」秦究突然說。

游惑一愣，直起身。

就見秦究正靠在舷窗邊看著他，「你之前問的是這個意思嗎？」

游惑沒想到他還記著這事。

秦究又說：「為什麼想問這個？」

「沒什麼。」游惑頓了片刻，「撿了個菸頭問問失主。」

秦究想起那發了霉的東西，高高挑起了眉毛。

游惑已經走了。

船艙裡一場糊塗。游惑和秦究掃蕩「戰場」，從碎裂的箱子和倒塌的櫥櫃下找到了不少能用的東西。

包括蠟燭、風燈、指南針，甚至還有中世紀風格的徽章、懷錶和一個生銹的匣子。

游惑點了風燈，終於給打火機一個喘息的機會。

兩人撥了撥指南針，順著船艙漏進來的風找尋出口。

不久後。

石洞裡，一眾考生舉著火把陸續進洞，交換著消息。

「找到沒？」

「我們去那邊轉了一圈，沿著海岸走了半個小時，沒找到那個怪物的痕跡。」

「那……有什麼骨頭嗎？」

「沒有沒有。」

「喔喔喔那就好，沒看到骨頭至少還有活下來的希望。」

游惑和秦究消失之後，他們本來挺怕的。

但舒雪一個孕婦主動抓了火把要去找，其他人又怎麼可能坐得住，當即組隊出去了。

但找了將近一小時，也沒找到什麼痕跡，說是沒有屍體就還有希望。

但希望究竟有多小，他們心裡清清楚楚……

眾人突然陷入一陣沉默，又一臉愁容地嘆著氣。

這口氣還沒嘆到底，洞口出現了兩個身影。

眾人一回頭，就見他們心裡快變成骨頭的兩個人，拎著兩捆魷魚鬚，帶著一個鐵匣、拎著一盞風燈……大包小包地回來了。

眾人：「……」

而此時，兩位大佬中的其中一個還看了一眼分數牆，當著死兔子的面低聲咕噥了一句：「這次怎麼沒違規……」

死兔子：「……」

這他媽違規上癮是吧？

【第九章】

為了給手機充電，
稍微弄出點動靜

荒島有一片礁石林。

高高的礁石毫無規則地排列著，形成一條條狹縫，勉強能容一人通行，不過，島上的考生從不走這裡。

一來，這裡尖石叢生，冰凍的地面極滑，實在危險。

二來，每一條狹縫中穿過的風都能把人吹成傻逼，還會齊齊發出呼哨聲，時高時低，跟鬧鬼一個動靜。

膽子稍微小一點的，能把尿聽下來。

可此時，這片礁石林裡卻有兩個蹣跚的身影——狄黎和同伴李哥。

這兩位恰好都有點強迫症，找人的時候體現得尤其明顯——一定要一條道、一條道順著走一遍，漏一處都覺得渾身不舒坦。

於是把自己走到了這種鬼地方，為了儘快找一遍，他們是分開的。

一人一條狹縫，隔著礁石齊頭並進。

狄黎正臉撞海風，瞇著眼艱難前行。

正走著，突然聽見身後傳來了奇怪的聲音。

起初他以為是風吹出來的呼哨，沒走兩步，他又覺得不對勁。

呼哨聲確實很大，嗚嗚咽咽拖得很長，和著風的節奏。但除此以外，還藏著另一個聲音……

就像……從背後追上來的腳步聲。

回音？狄黎在心裡自我寬慰。

他刻意放輕步子，扶著兩邊的礁石壁，慢慢地走……

結果背後的腳步聲跑起來了。

狄黎：「……」

難道是李哥跟過來了？他又開始自我寬慰。

為了求證，他壯著膽喊了一嗓子：「李哥——」

「哎呦我去，突然喊我嚇我一跳！」李哥的聲音從隔壁縫隙傳來，在他斜前方，「怎麼啦？」

狄黎：「……」

他剎住腳步，猛地扭頭，手裡的油燈吱呀搖晃，光也忽明忽暗，而他身後空無一人。

隔壁礁石縫隙裡，李哥問完等了片刻，沒等到任何回音。

狄黎喊完那一嗓子突然沒了下文，這讓他有點擔心。

「小狄——」李哥提高嗓門又問了一聲：「你怎麼啦——」

依然沒有回答，耳邊只有海風瘋狂抽他的聲音。

李哥心裡咯噔一聲，扶著牆快走幾步，「小狄你……」

話沒說完，死了很久的隔壁終於有動靜了。

狄黎慷慨激昂的聲音響在風裡：「富強！民主！文明！和諧！自由！平等！公正！法治！」

李哥：「……」這是什麼玩意兒？

他驚得腳打滑，一屁股坐地上了，還因為慣性往前滑行了小半公尺，直到被東西勾住褲腿，才勉強停住。

李哥好氣又好笑，低聲罵了句：「小兔崽子淨嚇人……」

他撐了一下障礙物，企圖從打滑的地面站起來，握住的瞬間，他頭皮突然一麻。

掉落在地的油燈咕嚕嚕滾過，燈火不穩地晃了兩下，噗地熄了。

但那一瞬，足夠他看清自己握住的東西……那是一隻手。

一隻青灰堅硬的手，從積雪冰層下突兀伸出來，因為太冷的緣故，還黏住了他的手掌皮膚。

李哥：「……」

沒過片刻，礁石狹道裡出現了兩個聲音，中氣十足：「愛國！敬業！誠信！友善！」

狄黎和李哥連滾帶爬奔回老窩。

人未進洞，聲先至：「找到他們了！快！火把多拿幾個！還需要鏟子或者刀，能鑿冰的就行！得挖……」

話沒說完，兩人一前一後進了洞，跟游惑、秦究來了個面對面。

狄黎：「……操？」

「挖什麼草？」秦究目光在兩人身上掃了個來回。

「……」狄黎懵逼半晌。

他瞪著本來就很大的眼睛說：「你……你們不是……」

他指著洞外，再看看完好無損的游惑、秦究，終於明白自己跟李哥鬧了個多大的烏龍。

摸到那隻手的時候，李哥根本不敢細看也不想細看。只以為那怪物的效率遠超預期，才一個小時出頭，屍體都埋在冰下凍硬了。

他們原打算衝回來帶上足夠的人和工具，把兩位同伴的屍骨收回來，萬萬沒想到，人家自己回來了。

不僅完好無損地回來了，還帶了一堆伴手禮。

狄黎閉嘴驚豔，他拍了拍衣服上的冰碴和雪，就近蹲在一個火堆前。

剛烤了個翻面，他突然納悶嘀咕：「嘶——你們回來了，那剛剛跟李哥握手的是誰？」

「什麼握手？」游惑問。

狄黎和李哥把剛剛碰到的事說了一遍。

秦究衝裡面石洞抬了抬下巴說：「忘了？那些船員也埋過人。」

「喔——對啊！」狄黎敲了敲額頭說：「瞧我這腦子，海風一凍，智商就開始跳樓甩賣了。」

其他人也紛紛附和說：「是啊，之前題目還說過，大副把死去的船員藏起來了。」

也許就是怕被怪物吃，所以先埋到了冰下，讓他們跟冰層融為一體，這樣那怪物也不好下嘴？

但是，狄黎他們去的那塊兒也不算多隱蔽吧？畢竟摔個跟頭都能握上手。

游惑不大能理解大副的想法。但這畢竟是船員之間的事情，他們有他們的洋味封建，也許不僅僅在考慮隱蔽性，也在考慮水手船員的風俗習慣。

兩位大佬帶回來的東西引起了所有人的興趣。

指南針應該來自於考生，而且似乎還能用。

「不過現在這種孤島考場，東西南北暫時沒啥意義。」有考生嘆了口氣。

「怎麼沒意義？題目的最終要求不是讓我們送船員返航嗎？」狄黎同學信奉存在即合理，並且有一點倉鼠病，什麼東西都喜歡留著以備不時之需，「指南針沒用難不成返航靠你用手指嗎？」

他凶完又覺得不合適，補充道：「……我也不是在懟你。」

那考生：「我說的是暫時，暫時肯定是用不上的，咱們又不可能明天就返航。」

大家沒再反駁。

話確實沒錯，離題目規定的化冰期還有十來天呢，他們還得在這裡繼續熬很久。

想到這點，眾人的情緒又低落起來。

不過很快他們又亢奮起來，因為那對雙馬尾。他們又怕又好奇地圍成一圈，盯著那兩大捆鬚鬚，問道：「這個……帶回來是幹什麼用的？」

狄黎沒少打遊戲，評價說：「關卡boss的觸鬚，通關價值？藥用價值？」

秦究在木材堆裡挑挑揀揀，拎著兩根尖長的木棍走過來，痞裡痞氣地說：「海鮮的價值。」

「啊？」眾人呼啦退開。

他們還記得一個小時前，那怪物是怎麼趴在頭頂石洞上陰森森地瞪著人呢，這是要嚇死誰！

這反應真是半點兒不意外，秦究連眉毛都沒動一下。

他用木棍穿了兩捆鬚鬚，又俐落地搭了個支架，架在火上烤了起來。

火舌有一下沒一下地舔過鬚尾，洞裡漸漸響起了滋滋的灼烤聲，單聽動靜，真的很誘人……眾人意志遭受到了前所未有的考驗。

游惑在監考處吃過一頓便飯，本來不是很餓，況且他這次帶了牛肉罐頭和速食麵，雖然比不上922現做的，也還是能吃的。

所以秦究拎著「魷魚鬚」上火烤的時候，他完全不為所動。

比起烤觸手，他更想知道系統這次要憋到什麼時候判違規。

滋滋的聲音直往游惑耳朵裡鑽。

他皺著眉看了秦究一眼，從裡洞走到了外洞，手插著口袋看分數牆。

照理說，那醜玩意兒是系統搞來懲罰他們的，也算是系統的一部分吧？身為系統一部分，被他們，不，被某人收割來做燒烤，系統能忍？

以之前的表現來看，應該……魷魚鬚打捲了。

游惑：「……」

他發現分數牆還是不夠遠，起碼餘光還能看到秦究。

他默然片刻，又主動挪到了洞外。

這個角度，某些不幹人事的被貶監考官被擋得嚴嚴實實，頭髮絲都看不見。

洞外海風呼嘯，啪啪抽臉。其他人沒事不往這裡站，尤其是晚上，所以只有游惑一個人，以及腳尖正對的冰凍死兔子。

他半蹲下來，垂眼看著兔子，兔子在沉默中與他對峙。

秦究說過，其實考場上系統無處不在，並不是只憑藉幾隻鳥、一隻兔子來聽和看。

那麼，那些所謂的眼睛耳朵都分布在哪裡呢？究竟以什麼樣的……魷魚鬚香味飄出來了。

游惑：「……」

秦究曲著一條腿坐在火堆邊，有一搭沒一搭地轉著木棍。

鬚鬚在滋滋的炙烤中捲曲變色，有些地方變得油亮，有些則泛起焦黃。燒烤的香氣滲透力太強，很快溢滿石洞，瓦解了大部分考生的意志。

一來因為真的餓……二來忘記怪物那張臉，這玩意兒就可以是魷魚鬚！

陸陸續續有考生蹭了過來，再接著是船員們，最後連昏睡不醒的船長都爬起來了……

事實證明，餓太久了連胃都會變小，但這並不妨礙他們體會到「撐」的樂趣。

石洞裡一片歡愉放鬆。

游惑與醜陋的食物對抗了整整半小時，快在洞口蹲僵了。

就在他準備站起來的時候，沉默已久的死兔子突然開口，

【時隔多日，船員們終於體會到了飽餐一頓的感覺，達到額外獎勵條件。】

【原定於十五日後的升溫化冰期提前近兩週，改為兩天後，請所有考生抓住機會，送所有商船隊的成員返航。】

【注，化冰機會只有一次，錯過後果自負。】

【另外，該組考生獲得六分額外獎勵。】

分數牆上，秦究、游惑的分數一個鯉魚打挺，從十四點二五，直升到二十點二五。

陳飛、黃瑞重歸倒數第一名，兩人當場就嚇涼了。

游惑皺眉盯著兔子，但牠報完獎勵就死了，再沒出過聲。

這跟他的預期相差甚遠……

眼前突然落下一片陰影，秦究走過來，「我燒烤的手藝真的那麼差？以至於你寧可在這裡蹲了

三十二分鐘，也不願在洞裡待著。」

游惑心想：真那麼差我至於出來？

「或者比起烤魷魚，你對烤兔子更有興趣？」

「……」

死兔子又比假魷魚好到哪裡去？

秦究忽然伸出手來，「站得起來嗎？可以勉為其難借你一點力。」

游惑沒起身，他看著秦究乾燥的手掌，忽然問：「真烤了能不能算違規？」

秦究：「……」

算不算？001先生不知道，但不妨礙他說試就試。

五分鐘後，監考處小白船收到了兩張嶄新的違規通知單。

熟悉的名字、熟悉的人。

922：「……」

154：「……」

078：「……現在申請調組來得及嗎？」

調組肯定沒戲。

078手指點著桌上的通知單，「001號你倆比較瞭解，這位考生你倆也打過交道，我現在就想問一下……這一場考試十五天，他倆能違規幾次？」

154皺眉道：「……不會算，不知道。另外提醒一下，他們的化冰期提前了，不是十五天，改

成兩天了。」

「對啊！我怎麼把這個給忘了，兩天！」078眼珠亮了幾秒，又噗地熄了，哀怨道：「兩天也很漫長……」

「大半天的工夫來了兩趟，兩天就是四個半天，夠他們來八回……」078數著數著就很絕望，「怎麼想的我就搞不懂了，這兩位究竟怎麼想的？」

922也很絕望，「可能晚飯消化了來蹭宵夜吧。」

154：「……」

078癱在椅子上，「……我以前覺得監考挺輕鬆的，是個考生都膽戰心驚生怕違規。哪個考場如果有人不小心違規了，其他考生每天都跟踩地雷一樣，恨不得拿腳尖走路，絕對不會再出第二個。」

922一臉懷念，「是啊……」

沒碰到游惑之前，他們過的也是這種日子。

「我以前也常跟別的組合作，按理說四人組只會更輕鬆……」078說。

「是啊。」922附和。

「怎麼就眼瞎挑上你們了呢？」078又說。

「是啊。」922又附和。

021哐噹一下，把手裡的杯子擱在桌上。

078：「……」差點兒忘了，眼瞎挑上這組的是021，大小姐能惹？當然不能。

078毫不猶豫地說：「對不起。」

舷窗外夜色濃重。

遠望出去，海面冰封千里，唯獨小白船周圍是洶湧起伏的水。

一旦啟航，船身又開始顛簸搖晃，154隱隱要吐，仰倒在椅背上緩神。

922去樓上房間給他找暈船貼，078則下到底層去準備禁閉室。

021拿起桌面上的墨鏡，擦了擦。

躺屍的154突然出聲：「妳確定深更半夜接考生要戴墨鏡嗎，小姐？小心掉海裡去。」

021手指一頓，往桌對面看了一眼。

154依然仰倒著，眼也沒睜，皺著眉一臉忍耐。

021沒好氣地說：「我傻嗎？」

傍晚戴著這個還能說擋海風，反正她平時一直表現得萬般嬌氣，做什麼都不會有人懷疑。夜裡再戴，就算智商如078，恐怕也能覺察出問題。

她本來也只是擦一擦墨鏡上的霧，打算收起來，倒是這位154……好像很敏感？

她漂亮的眼珠一轉不轉，細細打量著對面那位模樣斯文的同事，154也剛巧直起身，他看了這位乾脆小姐一眼，正想說什麼，突然噌地彈起來，捂著嘴去洗手間吐了。

021：「……」我長得這麼催吐？

沒多久，小白船泊在海岸邊。

四位監考官列成一排站在啪啪打臉的海風裡。

078是個很講排場的人。他掏出兩張紙條，例行公事宣讀違規通知，「就在不久之前，我們接到通知，二位把系統用於廣播的兔子給烤了……」

他頓了一下，忍不住問：「您就缺這麼一口吃的嗎？」

「沒吃，烤著玩。」秦究站在船下，非常混帳地笑了一聲，「通知不用繼續念了，把繩梯扔下

來，你們也能早點進艙，這風吹得很爽嗎？」

「……」你有臉說？

078心想：踏馬的要不是你們又違規，我們用得著出來吹這鳥風？

但這話也就在心裡抱怨抱怨，對方畢竟是001，某種程度來說，也是一位活在「聽說」和「傳說」中的人物，反正他是惹不起。

021站在船舷邊，用鞋尖挑了一下，搭在船沿的繩梯便落了下去。

游惑和秦究一前一後順著繩梯上來了。

她這會兒沒戴墨鏡，正努力繃住表情，但在游惑跨過船舷的瞬間，她的眼珠還是亮了一下。

可惜……對方就像毫無察覺一樣從她面前走過，熟門熟路下了船艙。

021心想果然，上次說的話這位恐怕一句沒聽見。雖然意料之中，但她還是不可避免地感到一點失望。

這位小姐心情好的時候不上臉，心情不好卻明晃晃地擺在臉上，搞得其他三位同事生怕惹到她。

帶兩位瘟神下底層的時候，078小聲對021說：「要不……咱倆換換？上次我負責001，說實話真的太尷尬了，這次能不能……」

他一抬眼，對上021特別清涼的目光。

「……」078閉嘴想了想，悄聲說：「好了好了，當我沒說，知道妳看不爽那誰。來，您先請吧。」他說著側過身，讓出了一號禁閉室的門。

游惑走進禁閉室。

門沒關上之前，這裡還是原本的模樣，沒有變成一片漆黑，屋內有桌有椅，牆上掛著大片的鏡子。

游惑這次沒有拉開椅子趴下睡覺，而是轉了幾步，在某面落地鏡前停下，鏡子裡正好映照著門口的景象——

078打了一聲招呼，往隔壁三號禁閉室走去。秦究跟在他身後，邁步前抬了一下眼，目光隔著鏡子跟游惑對上，他輕輕眨了一下眼睛，擦著021的肩走開了。

接著021進了禁閉室，背手關上門，屋內一片安靜。

鏡子裡，這位長了一張冷豔臉的乾脆小姐背靠著門板，伸手把頭髮挽到耳後。

她深吸一口氣，正要開口。

游惑說：「妳上次說的，我聽見了。」

「……」乾脆小姐一口氣憋在喉管裡，忘了呼出來。

游惑偏轉上身，眸光投落過來靜靜地看著她。

這完全在意料之外。

剛剛那一路，021一直在想該怎麼開頭，怎麼在短時間內把話說清楚。就算說不清楚，最起碼要留點關鍵資訊。

她大綱都組織好了，結果游惑迸出這麼一句，她忽然……就不知道該說什麼了。

「坐下說？」游惑拉開椅子，轉了個方向擱在她面前。

021被這動靜一驚，終於回神。她連忙搖手說：「不用，沒那麼多時間。考生關進來頂多一兩分鐘，禁閉室就會開始發揮作用。那時候我如果繼續留在這裡，哭的就是我了。」

這句話說完，她終於想起了打好的腹稿，連珠炮似地說：「你曾經說過，如果你被登出出局，系統做的第一件事就是清除你那幾年所有的記憶，現在看來是應驗了。我知道你會有很多疑問，但請先別問，先聽我說。我知道你對這個考試系統很好奇，但我只能長話短說。」

她看了游惑一眼，接著快速說道：「這個系統創設於很多年前，最初的設想是應用於部隊之類的地方，作用是篩選特殊人才。每場考試綜合性高，難度也大，因為要考察篩選對象的方方面面，

而被選中的對象都屬於危險人物。像雙刃刀，用不好就會割手。最初為了考試的公平和安全，挑選了一批執訓官，負責監察所有考試對象。能夠壓住那些考生的，當然各個都是精英，大多也是國內外部隊上來的。為了應景，這些執訓官後來改叫監考官。」

她喘了口氣，繼續道：「你進系統比我、比這艘船上的任何一位都要早，就是最初的那批監考官之一，是整個監考組的組長，排號是A。後來系統出了一些問題……不用我說你也能看出來，拉進來考試的對象越來越奇怪，老人孩子孕婦什麼人都拉，我到現在也沒弄明白它採用的篩選原則是什麼，總之有點失控。我參加考試很早，那時候系統還沒變成這樣。我跟你一所學校出來的，你算是我的直系學長，當然了，你不認識我，現在剩餘的記憶裡估計也沒我這號人。反正考試期間你監考過我幾次，後來憑藉我單方面努力，慢慢熟悉了一些。」

021加快語速說道：「我轉為監考的時候，系統已經開始不對勁了，但是我脫離不了。系統對於監考官的監視掌控，甚至高於考生，因為我們成了它的一部分。監考官的分組很早就定好了，我本來過了儲備期就會進你那組，結果還沒來得及進，你出事了。」

停了一下，她接著說明：「所有跟那次事故相關的東西，系統都抹殺得很乾淨，很難找到相關的痕跡。我那時候剛從儲備監考轉化過來，沒能直接參與那件事，但我知道，你是想要毀掉它。你試著銷毀它，但成功的可能性有限。所以你給我留了話，你說系統很可能會將你註銷出局。如果你出去了，而系統還在，讓我一定要把你拉進來，重新叫醒。」

021嘆了口氣，「其實，你選擇把話留給我，我挺意外的。我能力有限，耗費了一點時間。不過……幸不辱命，我來了。」

禁閉室的燈光開始變暗，021語速越來越快，除了最後這句。

說完，禁閉室又陷入了安靜中。

游惑坐在桌沿，眸光落在虛空某處，看上去有些出神。他總是這樣，不吭聲的時候表總是冷的，喜怒哀樂不會從眉梢眼角透漏出來，讓人摸不透他在想什麼。

片刻之後，他抬眼看著021說：「謝了。」

那一瞬間，021有點感慨。

她深吸一口氣，終於第一次笑起來。

「那……剛才說了這麼多，你有一點熟悉的感覺嗎？或者想起什麼片段沒？」

「目前沒有。」

021面露失望，不過她又立刻打起精神，「那也沒關係，總能想起來的。」

游惑點了點頭。

禁閉室已經越來越暗，021說：「我得趕緊走了，我知道你還有很多問題，以後我會儘量創造機會去找你，你配合一下。」說完她又想起這位大佬一貫的操作，連忙補充道：「配合一點點就行，不用多。」

在她握住門把手的時候，游惑忽然道：「對了，問個問題，另外還需要妳幫個忙。」

021轉頭，「什麼問題？」

游惑說：「做監考的時候，我跟隔壁那位關係怎樣？」

021：「噫……」

游惑：「噫什麼？」

021：「不要提隔壁，提了心情就不好。你倆關係很差，非常差，據說當時你出事故，主要原因在他。」

她說完，又問游惑：「跳過這個話題，免得你好的沒想起來，想起最糟的。你剛剛說還要我幫個忙，什麼忙？」

游惑：「考生關禁閉能合併嗎？幫忙把我關到隔壁。」

021：「……」MMP[3]。

門已經打開了一條縫，燈光從縫裡投落進來，照亮了乾脆小姐綠汪汪的臉。

「可以操作嗎？」游惑問。

021在心裡垂死掙扎，「……不可以。」

游惑一聲不吭看著她。

她又補充道：「難度非常高，危險性很大。」

游惑：「比如？」

「比如……」021絞盡腦汁，「曾經有過一次這種情況，監考官誤操作，把考生塞進了已經有人的禁閉室裡。」

游惑靠在門邊等她扯。

021說：「巧的很，那兩位考生是認識的。更巧的是，還互為噩夢，聽著是不是很耳熟？」

游惑：「繼續。」

021：「總之，甲最怕的就是見到乙、乙最怕的是見到甲，差不多就是這種關係。這兩位到了一間禁閉室，你覺得會碰到什麼樣的場景？」

這位小姐不僅要扯，還要互動，可惜聽眾並不買帳。

好在她早已習慣對方的高冷臉，沒等游惑說話，便揭曉謎底，「一間禁閉室裡，兩個甲、兩個乙。一個是本尊、一個是因為對方害怕見到他擬造出來的。再想想你和001，跟甲乙很像是不是？萬一關一起弄出兩個001、兩個你，八目相對……」

註釋3：MMP：網路用語，罵人的粗話

021恰當地停頓了一下，營造出恐怖氛圍，「先不說可怕不可怕吧，禁閉室還要不要了？」就算監考不瘋，系統也得瘋。

游惑聽完點了點頭，「所以其實可以操作，只不過雙方最怕的場景會疊加？」

021心想：白瞎了。我剛剛費勁說了那麼久，不是讓你所以這個的！

這要換成078，頭都給他擰下來。

但是對面是游惑，她只能深吸一口氣，保持笑意。

「不一定是疊加。」021解釋說：「也有覆蓋的。其中一個人的恐懼明顯高於另一個，就會出現這種幾乎完全覆蓋的情況。也有兩者融合之後產生新場景的，新場景往往更要命。」

她想多說幾種，讓游惑考慮到麻煩自己放棄。

誰知大佬聽完點了點頭說：「你們不止操作過一次？」

「……」去你馬的，021小姐現在殺人的心都有了。

除了罪魁禍首游惑殺不動，誰來砍誰頭。

正想著，有人就來送頭了。

一號禁閉室虛掩的門被敲響，021打開一看，078那個棒槌站在門口。

他看上去有些驚訝，「妳還沒走？」

021言簡意賅，「正要。」

078問：「怎麼這麼久？」

「試一試是禁閉室故障，還是這位細皮嫩肉的考生真的天不怕地不怕。」021說。

這位小姐表情冷豔得很唬人，手卻背在身後衝游惑猛搖。

078早已習慣這位小姐的講話風格，正色道：「沒走正好，省得我往樓上跑了。剛001跟我開了個玩笑，倒是提醒我了。」

021狐疑地看著他，有了不好的預感。

「這樣吧，把他倆關一塊得了。反正各自待著也無聊，懲戒的目的一點兒也達不到，湊一起沒準能起化學效果。」078說：「不是有條規定嗎？說禁閉室出現問題或者完全無法滿足使用需要的情況下可以適當調整。裡面就包括合併。」

021：「……」

其實他們以前幹過這種事，不是零經驗。但078對著021就慫，總喜歡在說提議的時候把理由都掏出來，顯得說服力強一點。

看，今天不就把021震住了嗎？呃……可能震過頭了。

078心想。

幾秒鐘後，乾脆小姐頂著一張「要把同事狗腿打殘」的冷漠臉，親手把游惑送進了二號禁閉室。

「不管怎麼樣，小心一點。」她背對著門外，用口型對游惑說。

說完轉頭就變了臉，去找078掃墳。

二號禁閉室內，廢墟的景象已經鋪開。

依然是極其高遠的天，空氣透著寒意，遠處的防風林也依然安靜。

跟上一次區別不大，但又有一些細節上的變化，好比那些堆疊的金屬管，上一次，金屬管表面的鏽跡不多，算是這片廢墟中最新、最乾淨的東西。

這次，金屬管上卻多了三道紅痕。

秦究在金屬管面前彎下腰，伸手摸了一下，不出意外，是乾涸的血跡，不僅是金屬管上，他腳下的地面也有幾點同樣的痕跡……秦究摩挲著手指微微出神。

一場禁閉下來，他對這個場景的印象似乎更清晰了。

這種變化他自己並沒有意識到，直到現在投射在禁閉室中，因為這裡的表現更加直觀，多了一些上次沒有的細節。

秦究盯著那些血跡沉吟片刻，在記憶中的那根金屬管上坐下。

一旦變成這個姿勢，那三道血痕就跟他的契合起來。

就像是他手指沾了血，順手抹在了管面上。至於地面的那些……則是從他前胸滴落下來的。

出神間，遠處的防風林又有飛鳥驚起盤旋，緊接著天色沉了下來。

他從大衣口袋裡掏出趙文途的手機，眼睛卻看向天邊。

那裡清明一片，既沒有烏雲也沒有雷暴，可天色依然在不斷變暗。

就好像停駐的時間被突然拉快，從清晨變成黃昏再到夜色初降，整個過程只花了十幾秒。

不過很快他就反應過來，這並不是時間在變化，而是有另一個人進入這裡，於是周遭的一切開始慢慢變暗。

好在沒有全黑，停在了傍晚的最後一刻。

不遠處傳來腳步聲，沙沙的動靜很輕，並沒有破壞廢墟的安靜。

秦究朝聲音來處看過去……

那裡的牆根有一處豁口，金屬防護網斷裂彎曲，形成一道破損的門洞，被機器和堆疊的報廢品擋了一角。

游惑就是從那堆機器後面拐過來的，高高的身影在夜色中留下不甚清晰的輪廓。

他抬手抵住捲曲的防護網，弓身從門洞裡走進來，抬眼就和秦究目光相撞。

他不緊不慢地走到近處，在金屬管面前停下腳步。

這個場景實在跟記憶中的片段太相像了……

儘管知道時間不對，人也不對，秦究還是有一瞬間的怔愣。

結果就見游惑掃視一圈，打破安靜：「你怕一個人待在郊區？」

秦究瞬間回神，「……」

別說，就場景而言真挺像的。

他喉嚨底沉笑一聲，沒有反駁。而是同樣掃視了一圈，問游惑：「你呢，怕黑？」

游惑：「……」

秦究伸開長腿，拍了拍金屬管示意游惑坐下。

游惑剛要彎腰，就看見了那幾道血跡。

那一瞬間，一種極為排斥的情緒倏然冒了頭。明明是早已乾涸的東西，卻說不出地扎眼。

「你弄的？」他忽地出聲問道。

「不是。」秦究回答得很快，幾乎是一種下意識的行為。

說完他愣了一下，心裡有些哭笑不得。

這些血確實是他的，不過已經是多年前的舊痕，承認了也沒什麼大不了。他不明白自己剛剛為什麼否認。

不過既然已經否認了，他便繼續道：「來的時候就有，不知道是誰留在這裡的。」

游惑盯著那幾道痕跡看了一會兒，那種排斥感依然久久不散。

他直起身轉了兩步，隨意找了臺報廢機器坐下。

021所說的壓倒性覆蓋沒發生，078期待的能嚇人的化學反應同樣沒有發生。

這裡沒有兩個他，也沒有兩個秦究，只有一片被黑暗半覆蓋的廢墟……他們兩人的場景居然融合得毫無衝突，異常平靜。

「手機是趙文途的？」游惑的目光落在秦究手上。

「嗯，他上次留給我的。不過太久沒用，一時間開不了機。」秦究說。

游惑說：「我看你折騰很久了，沒效果？」

秦究說：「比上次好很多了，至少能跳出開機畫面。」

「然後呢？」

「然後？自動進入關機程式。」

「……」游惑看著他撥弄片刻，問：「叫我過來想說什麼？」

秦究：「我叫你過來？什麼時候？」

游惑：「……眼睛抽筋的是鬼？」

秦究「喔」了一聲，佯裝剛想起來，「我只是體諒某些考生。作為經驗豐富的監考官和顯而易見的知情者，決定滿足一下你的好奇心，所以你給個提示，如果有想問的，可以來禁閉室。」

聽見「監考官」和「知情者」兩個詞，游惑目光一動。

021說得太急，那些東西才剛開始消化。

要說問題，確實是有的，這也是他併過來的目的。

「禁閉室有多安全？」游惑問。

秦究卸了手錶，解開袖釦，露出勁瘦的手腕。就見拇指往下的腕關節處嵌著一枚小小的指示燈，米粒大小。

「安全到我可以在這裡把所有祕密抖摟出來，這東西也不會亮一下。」秦究說：「這是系統內僅有的沒長眼睛耳朵的地方，完全不同於考場。」

他說完又補充了一句：「已知範圍內。」

「為什麼？」游惑說。

秦究：「因為一些原始規則，系統可以自我干預，但不能干預考生。」

他笑了一下，說道：「所以某種程度上來說，在這個考試系統裡，考生才是擁有更多自由的人。你們腦中在想什麼、要做什麼，是不受系統控制的。你有權安安分分也有權違規，只需要承擔相應後果。禁閉室是考生的世界，是基於考生的記憶和恐懼擬造的地方，根據不干預的規則，系統不能偷偷摸摸主動窺探。」

「那監考官呢？」游惑說著便皺了眉，「你這表情什麼意思？」

秦究聳了一下肩，「沒有，只是突然覺得你的表述很有意思。」

「什麼意思？」

秦究解釋說：「我以為你會問『你們呢』，這代表一種潛意識的群體劃分，所以我可不可以理解為……」

游惑面無表情地打斷說：「不可以。」

秦究挑眉看了他片刻，似笑非笑地說：「行吧。監考官跟考生不一樣，他們……」

這位說著還在「他們」兩個字上加了重音，游惑的表情頓時變得很嫌棄。

「他們被系統預設為自身的一部分，必要時候可以強加干預，包括行為、包括這裡。」秦究指關節敲了敲太陽穴。

游惑：「干預到什麼程度？」

秦究沉默片刻，說：「什麼程度都有，也許短時間，也許長時間，也許只是干預某個想法，也許是一整段記憶。」他眸光在夜色中眯了一下，又說：「也有可能整個人都有問題。很久以前曾經流傳過這麼一個說法，說最初的那幾位監考官就不是什麼正常人……」

游惑偏了一下頭，表情在夜色中變得模糊不清，「最初的幾位？包括你說的考官A？」

秦究：「以他為首的那些，正不正常另說，是不是人也值得商榷。」

游惑踩著機器某個把手當腳蹬，另一隻長腿垂落下來，就這麼靜靜地看了秦究片刻，然後動了動嘴唇：「我記得你說過，跟考官A水火不容？」

「那是別人的說法。」秦究想起記憶片段中遠去的車燈，補充道：「不過確實不怎麼樣。」

游惑又不帶表情地看了他片刻，終於忍不住問道：「你腦子是不是受過干預？」

秦究：「嗯？」

021在禁閉室裡說的那些話，游惑聽進去了。至於信或不信，還得另說，就目前來看，他所接觸的知情人寥寥可數——154、922跟他非親非故，身分上還是對立的，不會主動透露太多。都說裝瘋賣傻、裝瘋賣傻，這兩位……尤其是922有沒有裝過瘋他不知道，反正傻是論斤賣的。

對於系統和考官A，他們知不知情、知情多少，暫時還很難說。

至於秦究……「水火不容」也好，「關係不怎麼樣」也好，不論什麼評價都應該建立在打過交道的基礎上。

秦究一定是認識考官A的，那為什麼見到他卻沒有反應？

秦究的表現和021的一些話剛好相悖。

如果021說的是真的，他確實是考官A，那秦究為什麼始終沒認出他來？是在假裝陌生人故意逗他？還是秦究本身有問題？

如果秦究一切正常，那就是021說了謊，這個系統跟他沒有關係，他也不是她口中的考官A。

游惑其實傾向於021說了實話，或者說大部分都是實話。

因為她實在沒有理由千方百計躲過系統監控，就為了編這樣的謊話來騙一個陌生考生。圖什麼呢？給自己找個上司？這得無聊到什麼程度才幹得出來……

不過實話並不等同於完全的真相，一個人的所知所見很片面，他必須從秦究這裡再次確認一下。

廢墟裡穿過一陣風，掃起塵埃。

秦究換了個更為放鬆的姿勢，懶洋洋地問：「你這句話是在罵我呢？還是認真發問？」

「你說呢？」游惑反問。

「我？我覺得你是在罵人，但沒找到理由。」秦究說：「剛剛對於系統的一番解釋……有哪句惹我們優等生不高興了？」

他點了點自己的耳朵，「說說看，我洗耳恭聽。哪裡用詞不當，我可以重說一遍。」

游惑：「……」

也不知道什麼時候起，調侃的稱呼從「優等生」變成了「我們優等生」。

游惑心想……如果是故意逗弄，應該說不出這種話。

誰能對討厭的人用這種語氣？傷敵一千自損八百，噁心自己嗎？

他看著秦究，忽然沒頭沒尾地問了一句：「想吐嗎？」

秦究：「什麼？」

四下一片暗色，但秦究臉上的疑惑卻清清楚楚。

游惑晃了一下頭說：「算了沒什麼。認真問的，你有沒有受過干預？」

秦究並沒有直接回答這個問題，而是沉吟片刻道：「我剛剛的話可能會讓人產生一點兒誤解，認為系統有事沒事就干預一下監考官的思想，或者說……是個監考官就有可能受過干預。」

「不是嗎？」

「當然不是。」秦究手指比了個縫隙，「是必要時候。這種必要的情況占比並不是很高，並且有規則加以限制。」

從最初起，游惑就經常聽他們提到一個詞——規則。

並且在後來的這段時間裡，他們總會重複這個詞的重要性。

這個是某某規則定的，那個不符合某某規則，系統需要遵循某某規則。

游惑有點無法理解……

「我沒弄錯的話，這個系統是凌駕在上的，怎麼聽你的意思，它幹什麼還需要有規則允許？」

游惑譏嘲：「是不是有點荒謬了？」

「荒謬嗎？不荒謬。」秦究說：「這恰恰是它認為自己可以凌駕於上的理由，是它自認為最優越的地方。人總會因為各種各樣的理由違背規則，它不會。它永遠不會違背定下來的規則，不管因為什麼理由。如果哪天它破壞了規則，就失掉了自己優於人的東西，那跟人又有什麼區別？這是它最不能忍受的一點。」

他衝游惑說：「眼下就有一位……你就是它最不喜歡的。一直在做它最討厭的事情、一直在打破考場的要求。」秦究聳了聳肩，痞痞一笑，「所以它看不慣你，又幹不掉你。只能在規則範圍內，想盡一切辦法讓你死，或者轟你出去。」

「不過，我始終對你很好奇……」秦究說。

游惑悶頭按摩著手腕關節，聞言抬頭問：「好奇什麼？」

——好奇為什麼系統對你有種……更為寬容的感覺。

秦究心想。

但這話更傾向於直覺，他直覺系統似乎對游惑更為寬容，但細細琢磨又十分放屁。

更寬容會把他扔進棺材？更寬容會把他送進怪物嘴裡？這話問出來，恐怕會變成反諷和挑釁。

於是秦究想了想，又搖頭說：「算了。」

一般而言，這種說一半、憋一半的混帳東西，十有八九會被打，而且聽的人怎麼也要追問兩句。

誰知游惑只是異常平淡地「喔」了一聲，問：「所以你還是沒說，你有沒有受過干預？」

001監考官意味不明地「嘖」了一聲：「你為什麼這麼執著於這個問題？」

游惑：「因為你執著於岔話題。」

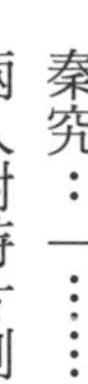

秦究：「……」

兩人對峙片刻，誰都不動。

游惑下巴抵在曲起的膝蓋上，盯著秦究看了片刻，突然發問：「你不會是覺得丟人吧？」

秦究摸著下巴，一臉被戳中又打死不想認的模樣，鐵老虎瞬間變脆皮。

他含糊道：「我為什麼要覺得丟人。」

游惑：「我哪會知道。」

秦究沒好氣地看著游惑，片刻後放棄地說：「……行吧。」

他垂下眸光，把趙文途的手機翻了個身，開開關關地撥著那個按鍵。

手機螢幕亮起的光很黯淡，就像隔了一層黑霧，模模糊糊的。

「確實有那麼一段。」秦究說：「不過官方說法不是干預，而是說系統出現了一次BUG，以至於對內部人員比如監考官產生了誤傷。很不巧，BUG發生的時候，我剛好在那個現場。因為某些原因和某些人起了衝突。總之，那次能活下來說明運氣不錯，休養了一陣子才回到考場。至於那幾年發生的事情……因為誤傷的緣故，已經忘了。」

游惑心裡突然一動，問：「某些人是指考官A？」

「你怎麼知道？」他的語氣一如既往漫不經心，但神色很淡，能感覺到他的興致又落了下去。

——因為我好像就是你口中的某些人……

游惑心說。

但也許是夜色和曠野太安靜的緣故，他遲疑了片刻，沒有開口。

轉瞬，秦究又恢復如常，「不過你剛才說得也沒錯，確實有點兒丟人。被一個連人都不是的東西干擾，影響記憶、想法甚至行為，確實有點廢物點心的意思。」

同病相憐的游惑被廢物點心拍一臉，心想真是放屁。

「被干擾之後有辦法恢復嗎？」他問。

「有。」秦究說：「不過你突然這麼關心我，我忍不住要懷疑你另有企圖了。」

游惑：「……」

——滾吧，沒句正話。

一陣提示音突兀地響起來。

兩人愣了一下，齊齊看向趙文途的手機。

直到這時，秦究才注意到這裡的夜色很奇怪。不管是「怕黑」還是什麼，那都是普通的黑暗，點了燈就能照亮一片。

但這裡不同，手機螢幕的亮色並不足以穿透夜色，字跡圖案都很暗淡。

秦究盯著螢幕，第一反應居然不是手機開了，而是詫異地看了游惑一眼。

「瞎過一陣子，現在好得很，看你的手機。」游惑說。

過了好半天，秦究才收回目光。

趙文途的手機又響了一聲。

右上角的小電池只剩一層血皮，孜孜不倦地提醒他低電量，岌岌可危，馬上就要掛了。

這是趙文途留給秦究的東西，也許是給他的留言，也許是別的什麼資訊。

游惑自覺是不相干人士，本著非禮勿視的原則，他在秦究點觸螢幕的時候走開了。

被糟踐過的手機靈敏度很低，秦究費了一點勁才點進照片影片的介面。

趙文途在休息處拍了很多東西，光是影片就二十多個，一下都拉不到頭。

秦究：「……」

螢幕又開始微微閃爍，預示著它隨時會蹬腿嗝屁。

他瞇著眼仔細辨認影片名稱，看清之後一陣無語。

沒有一個正經名字……「雞同鴨講」、「倔驢的早餐」、「來條狗跟我說句話」，這都什麼跟什麼？

他堅信拍到自己跟考官A的視頻應該沒被劃歸進牲口行列，於是跳過一群動物，終於在下面找到了某個疑似的影片。

那影片被命名為——瘟神出街，凡人避讓。

秦究：「……」

影片縮圖隱約是個街口，十有八九就是這個了。

他手指一點，就見苟延殘喘的手機螢幕忽閃兩下，忽地黑了。死得真是時候……

游惑繞過一臺機器，三摸兩摸居然掀開了一個金屬蓋，裡面整整齊齊擺著一排炮彈頭。

他詫異抬頭，就見秦究那張俊臉風雨欲來。

「怎麼了？」

「沒電關機，要看的東西一點沒看著。」秦究沉聲說。

「有地方充電嗎？」游惑轉頭看了一圈。

「這裡沒有。」秦究說：「上一次我就看過了。」

「等出去找你那兩位下屬？」

秦究說：「禁閉室只剩這一次，下次再違規，就是監考官隨行了，來不了這裡。」

游惑：「那怎麼辦？」

「只能麻煩他們現在來一趟了，922出門必帶備用電池。」秦究四下看著，似乎在找什麼東西。

「怎麼麻煩？」游惑對禁閉室不瞭解，不知道變成曠野和廢墟的地方，該怎麼呼叫監考官。

但秦究瞭解。

「我得稍微弄出一點動靜，引起他們注意就行。」

片刻之後，他從某個廢舊車的後備箱裡拎出一個肩扛式火箭炮。

從游惑剛剛打開的盒子裡拿出幾個炮彈頭。

幾秒後。

船艙底下突然轟地一聲響，驚天動地。二層休息室聊天的幾位監考官被震得一跳，四臉懵逼，面面相覷。

「臥槽！」

「什麼玩意兒這是？撞冰山了？」

而禁閉室裡，游惑看著在天際炸開的炮彈，一瞬間覺得秦究這人是真的瘋，但下一秒，他又沒忍住偏開頭笑了一下。

講個笑話：為了給手機充電，稍微弄出點動靜。

這裡的黑暗是燈光穿不透的，但炮火居然可以。

那一瞬間的光有點耀眼，從黑暗籠罩的廢墟上方劃過，映照出更遠處的半片天空。

游惑忽然想起眼睛恢復的那天，紗布還沒有完全拆除，久違的光順著針織網格滲透進來，乍然成片。談不上多高興，卻讓他倏地放鬆下來。

「笑了？」秦究看了游惑一眼，拎起一枚新彈頭熟練裝載上。

他瞇起一隻眼，衝著天際又是一下。

後座力撞起塵埃，炙熱一片，即便站在安全區域，依然能感覺到驟然撲來的熱浪。

游惑拍了拍秦究的肩。

對方轉過頭來，嘴角的笑意很深。這人的囂張包裹在衣冠楚楚之下，有種別樣的瘋勁。

「怎麼，想玩一下？」他問。

「試試。」游惑伸手去拿。

秦究偏開頭玩笑似地讓了一下，「知道我們優等生很厲害，但這個不能亂玩。」

游惑撈了個空，「幼稚嗎？」

「還行，總體成熟。」秦究不大正經地點了一下頭，「只是想告訴你，這東西沒受過專業訓練很容易把自己玩死。」

游惑瞥了一眼炮筒側邊的制式標誌。

這是AT4CS RS的低配粗糙版，比原版稍重，有效範圍三百公尺，可以重複填彈，有密閉空間發射能力，但後方有阻隔物的情況下，依然有一定機率反撲傷到人，確實容易把自己玩死。

秦究剛剛打得隨意，但該注意的地方一處沒漏，一看就是經驗豐富，這屬於典型的有資本可浪。

「你在部隊待過？」游惑問。

「四年軍校、三年部隊。」秦究說：「然後被轟來了這裡。」

「我在部隊時間比你短，但軍校比你久，因為跳過級還比你年輕。」

「所以你沒玩死，我就死不了。」

游惑睨了他一眼，把炮筒拎過來乾脆地墊上肩，又抬腳踢了兩下秦究，示意他讓開點。

他半閉著左眼，抬手就是一發。

秦究高高挑起眉，目光劃過那枚耳釘，落在他平直的唇角。

又一抹亮光在天邊炸開。

游惑垂下手，炮筒「鏘」地一聲杵在地上。

「船會塌嗎？」他問。

「難說。」秦究編得跟真的一樣，「搞不好一會兒海水就灌進來了，你水性好嗎？不好的話可以勉為其難撈你一把。」

游惑：「……」

被那冷冰冰的目光凍了好幾秒，001監考官才改口說：「你可以把現在的禁閉室當成另行開闢的小考場，跟監考船有聯通。就我們搞出的動靜還不至於把船弄塌，頂多讓他們有點輕微震感。」

三下「輕微震感」過去，船艙二層的休息室裡盤子碎了兩個、咖啡潑了三杯、油燈摔了一盞。

四位監考官轉了八圈，到處找震源。

海面冰封一片，沒有可疑漂浮物，船底也沒有什麼海怪尋死覓活。

他們找了好半天，終於……難以置信地……站在了二號禁閉室門前。

「真是這裡？」078依然不大相信，「禁閉室能搞出這動靜？我怎麼沒見過？」

922：「我也沒……」話沒說完，裡面又是一聲炸響。

監考官們被炸成了面部截癱。

922：「……我現在見識了。」

154木然地說：「去開門。」

922不滿：「為什麼是我？」

154：「你活潑。」

922：「……」

僵持片刻，門還是被922打開了。

他小心翼翼探進一顆頭，就見自己扒在一片黑黢黢的圍牆旁邊，濃重的硝煙味熏著他的鼻子。

「老大……你拎的是個什麼玩意兒？」

秦究：「……」

門開前一瞬，某人打完第四發彈藥，及時把炮筒塞回他手裡，企圖把後兩炮一起栽贓給他，典型的玩夠就翻臉不認人。

秦究「嘖」了一聲，拎著炮筒往面前一杵，對922說：「來得正好，找你有點事。」

922一看火箭筒都祭出來了，嚇一跳，「出什麼事了？禁閉室有問題？」

「沒有……」

「那不會是系統又BUG了吧？」922更不安了。

「什麼？系統BUG！」門外154一聽這話也跟著探進頭來，「老大你沒事吧？有人受傷嗎？」

078和021也嚇一跳，扒著門就要往裡衝。

游惑第一次看到監考官這樣接二連三演變臉，一個接一個臉色刷白，有點訝異。

倒是秦究說：「別慌，系統沒事，沒有BUG，扒著門的可以先放放。」

「真沒事？」

「沒事。」

922脖子又長一截，四下轉看著，見確實沒有什麼怪相，這才鬆了一口氣。

秦究見他們一驚一乍，忍不住說：「就算真有BUG也不至於這麼急吧？」

「當然至於……」922訕訕地說：「之前BUG一來您都扛不住，直接休養在加護病房躺兩年，我們怎麼可能不急……」

154在後面猛拽他袖子，可惜拽晚了一點，這位智障同事已經把話說完了。

秦究看了922一眼，問154：「922來得晚，上哪兒知道的？你跟他說的？」

154默默捂住臉，心虛地說：「有次話趕話聊上了。」

078這個智障還跟著湊熱鬧，「這事兒知道不是很正常？我當年一進我們組就聽說了，據說驚險異常，你被下了幾次死亡通知單，這裡還有這裡全都是血，釘了好幾處鋼……」

他對上秦究略顯冷淡的神色，終於反應過來驀地收口：「唔……差不多就是這樣。」

「藝術加工得不錯，誇大了系統BUG的危險程度。」秦究又不鹹不淡地補了一句。

078說：「確實有點……系統BUG是一方面，那位傳說中的考官A也是一方面。不然你應該傷不了那麼重──嘶──」

這棒槌突然「嗷」一嗓子，低頭看向自己的腳。就見021小姐混亂之下沒看清路，高跟鞋釘子似的細跟碾在他腳指尖上。

「小姐妳……」078抓住門框。

021一愣，輕輕「啊」了一聲：「抱歉，急著想進門。」

078順著門框滑下去，捂住鞋憋出一句：「沒事……」

「你們組真是出乎意料地關心我，有點受寵若驚。」秦究順手拉了078一把，「還聊什麼了？說我聽聽？」

他態度挺好，說到最後還帶了一點開玩笑意味。

078單腳蹦了兩下，總算緩過了痛勁說：「差不多就這些。其實就是剛進組那陣子聊過幾句，新人嘛……什麼都好奇，猜猜那個BUG是怎麼樣的，猜猜你怎麼解決的，要不就是猜猜考官A去哪兒了。翻來覆去也就這麼點花樣。後來聊聊發現也沒什麼好猜的，就不聊了。」

秦究聽著他說的話，忽然覺得有點好笑。

他作為當事人，這兩年裡偶爾想起那件事來，狀態居然跟這些局外人是一樣的──同樣會猜測那天究竟發生了什麼，猜測最終是怎麼解決的，猜測考官A最終結果如何。

前兩個問題他毫無印象，系統內可接觸的範圍內也沒留資料，光憑想是想不出來的。

至於最後一個……儘管他記不清，也查不到資料，但按照系統慣來的邏輯，多少能推出一個結果。

那位考官A要麼死了，要麼廢了，既然被系統除名，那麼記憶應該也被干預了。

很久以前，154冒冒失失聊起這件事時，曾經問過他。

「老大，萬一……我是說萬一考官A沒死，您哪天又碰見他了呢？」

當時的秦究隨意地說：「碰到？他不記得我，我不記得他，這種不能叫碰到，就是陌生人走了同一條路。」

154追問：「那要認出來了呢？」

「還他幾張病危通知單？」秦究隨口回答了一句，片刻後又懶洋洋地說：「……應該會請他離遠一點，不管真矛盾假矛盾，畢竟湊在一起沒好事。」

秦究眨了一下眼，回神對078他們說：「行了，該休息休息吧，我找922有點事，犯不著這麼興師動眾。」

一眾監考心想：你之前那些動靜可不是這麼說的！

922問：「找我什麼事啊？」

秦究伸出手：「行動電源帶了嗎？借我用一下。」

922：「……」

至此，078終於意識到自己出了個多餿的主意。

為了即時止損，他硬著頭皮把這兩位大佬又分開了。游惑還回一號禁閉室，秦究繼續待在二號。

轉身去隔壁前，游惑拉了秦究一下，想說點什麼。

但他想起剛剛078的那些話，那些死亡通知單和記不清數的鋼板，又覺得這種時候跟秦究說自己是考官A並不那麼合適……

難得氣氛還不錯，何必急著搞僵呢？況且，他也沒有確鑿的證據證明自己就是考官A。連自己這關都還沒過，有什麼必要去給別人添堵呢？

這輪禁閉後半段過得格外漫長。

至少秦究等待手機活過來的過程顯得尤為漫長……長得像一個世紀。

那手機似乎在故意跟他開玩笑，硬是在922又一次來開門的前一刻，才忽然亮起了螢幕。

這次秦究沒有浪費時間，很快點進了那個影片介面。

播放鍵一按，那條街道在模糊的光影下活了過來。

影片亮起來的一瞬，秦究第一反應居然是去看充電線的接頭有沒有插牢，免得看到一半又斷電。直到捏住資料線端頭把它按緊，他才愣了一下，接著啞然失笑。

怎麼說呢……如果此刻的他是一位旁觀者，看到922或是154做出這種舉動，一定會覺得他們在緊張。

他秦究活了三十年，至少在現有的記憶裡，還是頭一回這樣。

而這種情緒來得不知緣由，莫名其妙。

明明只是一個不常想起的、在回憶裡從沒露過臉的人，卻好像……他等著看這一眼等了很久一樣。

影片開頭景色掠得很快，從一條空蕩蕩的街道轉到一片普通的公寓樓，再到一條商業街區，最後才轉到一位男生的臉上。

男生看上去很憔悴，眼下是濃重的青影，但目光依然亮而有神，這是還沒有變為村民的趙文途。

直到看見這個影片，秦究才忽然意識到，那個整天在日記中「秦哥」長「秦哥」短的是個大學還沒畢業的大男生。

他把手機聲音打開，趙文途的聲音響了起來，「……我現在剛出公寓，出來遛彎消食。這是今天的大街，我一棍子出去也掄不著一個人，鳥都沒有。」

鏡頭重新轉到那條空蕩蕩的街口。

趙文途解說道：「看見沒，那邊一直走到頭是白霧，我們從考場出來就是從那兒走的，穿過白霧就進了這片休息處。我這兩天一直在琢磨，要是我現在走過去，還從白霧鑽出去，會看到什麼？霧裡會有怪物嗎？還是會回到上一輪考場？或者就去到別的地方了？」

鏡頭隨著他的腳步輕輕顛簸，這位男生說著，還真往白霧的方向走了一段。

「算了算了，有點慫。我還是順著……欸？」趙文途說著話，腳步突然一頓，鏡頭晃動起來。

「我靠嚇我一跳，怎麼還有人從那裡直愣愣地鑽進來啊……」他咕噥著。

因為驚嚇的緣故，他似乎轉頭跑了兩步，但很快他又停住了。

「等等等……那好像是我秦哥！」

趙文途的語氣有點高興。

鏡頭又是一陣晃動，伴隨著咔啦咔啦的雜聲，但很快又重新穩住。

從一晃而過的枝枒來看，他似乎避到了路邊，站在某片圍牆旁。

趙文途的聲音陡然變清晰，似乎貼近話筒在悄聲說話。

「考官A！那個考官A也在，跟秦哥站在一起，不知道在說什麼。公寓服務臺說過，監考官一般不來休息處。這大概是我唯一一次拍下監考官的樣子了……四捨五入就是拍到系統了。希望等我活著通過考試，這段影片不會變成大漠飛沙，雪花亂飄。來……看瘟神……」

隨著趙文途的話，鏡頭再次對焦在那個街角。

原本空蕩蕩的地方忽然有了人氣。街邊停著一輛車，低調的黑色，跟秦究記憶中片面的圖像逐漸重合。

車邊站著兩個人，他們個子都很高，把不遠處一間落了灰的書報亭對比得有點小。

不過左邊那位略竄幾公分，還要更高一些。他手肘掛著外套，說了兩句話便斜靠在了身後的車門上，襯衫領口的扣子沒繫，就那麼隨意地敞著，抱著的胳膊勾勒出筋骨肌肉的輪廓。

那是幾年前的秦究自己。五官輪廓沒什麼變化，只是頭髮稍短，神色更傲，那股懶洋洋的囂張氣質更外放一些。

至於他旁邊那位……即便鏡頭的距離拉得很遠，也能看出來，那是一位極其俊秀的青年，皮膚在西落的陽光下依然白得晃眼。

他穿著最簡單的素色襯衫，軍綠長褲，小腿裹在制式皮靴裡，又長又直。他在聽人說話的時候，總是垂著眉眼，冷冷的，又顯得有些睏懨，像一柄收束在長鞘內的窄刀。

這套衣服偶爾會出現在系統遺落的資料中，是最早一批監考官的制服。但在那些遺落的圖片中，沒人能穿得這樣恰到好處。

手機又閃了一下，出現了兩秒短暫的花屏。

秦究卻像沒有覺察一樣，目光死死釘在上面，一動不動。

等到花屏消失，鏡頭內的場景逐漸放大。

趙文途拍到中途，覺得距離太遠，不足以記錄那兩人的全部細節，於是把遠景拉成了近景。

那個青年的模樣清晰地出現在鏡頭正中……

熟悉的眉眼、熟悉的唇角，就連偶爾蹙眉時透出的不耐和摸向耳垂的動作……都再熟悉不過。

唯一的區別是，他的耳垂上乾乾淨淨，沒有戴那枚晃眼的耳釘。

不到兩小時前，他還站在這間禁閉室裡，就站在秦究身邊。

他們認識還不足一個月。

在這裡，秦究叫他「優等生」、系統叫他「考生游惑」。

而在多年前的這個視頻中，他是「考官A」。

秦究看見幾年前的自己從車邊讓開，站直身體，說了句什麼。角度問題，他沒法用唇語讀出內容。

而考官A徑直從他面前走過，繞到駕駛座旁拉開車門，他扶著車頂，不冷不熱地說了一句話。

這次，秦究看得很清楚。

他說：「借你吉言，最好是再也別見了。」

背對著鏡頭的秦究抬手碰了一下額角，又點了點耳朵，似乎在吊兒郎當地表示自己聽進去了，不會再見。

鏡頭中的街角應該正值深秋，連西落的陽光都帶著淺淡涼意。

圍牆的枯葉掉落在地，又在風渦中打了個旋。

考官A鑽進駕駛座。不一會兒，車子調轉方向，沿著街道逐漸加速，轉眼便沒入白霧中，再沒了蹤影。

這次的禁閉解除，本該是078來。

這位猛士在休息室裡坐了一小時，幡然醒悟，意識到自己之前提了些不該提的事，起碼是不大愉快的事，讓那位001不高興了。

他左思右想，決定別去添堵，臨時跟922換了崗。

922對之前的火箭炮心有餘悸，生怕進門撞彈頭，開鎖前先敲了敲門，結果無人應答……

禁閉室的隔音效果還不錯，門外聽來一片安靜。

922又敲了敲門，依然沒有得到回音。

他一臉古怪地想了想，還是主動開了鎖。

「老大，禁閉時間結束了。」

他說著鑽進門裡，一轉身就愣住了。

秦究並非不在。他就站在那裡，離禁閉室的門很近，手裡握著一只舊手機，裡面傳來沙沙的雜音。

不知播放的是什麼東西，他始終定定地看著螢幕，渾然未覺有人進門。

「老大？」922納了悶，走到秦究身邊。

他看向手機的時候，影片正放到後半。

只看了幾秒，他也定住了。

那套早期的監考官制服922是認識的、游惑那張臉922也是認識的，但當這兩者放在一起……他突然就不認識了。

直到影片再一次開始循環播放，922才猛地回過神來。

外面響起了敲門聲，154的聲音模模糊糊傳進來。

「922？人呢？接老大把自己接迷路了？」

922一愣，再轉頭時，秦究也已經抬起了眼。

「老大……」922指了指螢幕，又指了指門外方向，「那誰怎麼會在這裡面？那不是最早一批的監考官制服嗎？他怎麼會穿著那個？」他遲疑一下又問道：「這拍的是……誰啊？」

門外響起了開鎖聲。

禁閉室門打開的瞬間，秦究在陡然照進來的燈光中瞇了一下眼睛。

不知他們在這裡耽誤了多久，船艙走廊裡已經有幾個人等著了。

154看到他們的瞬間鬆了一口氣，沒好氣地說：「嚇我一跳，我以為又怎麼了呢。今天這輪禁

閉真的是……」

旁邊021補了一句：「身心俱疲。」

154下意識點了點頭，瞥了眼秦究又立刻搖頭說：「還行吧。」

而在他們旁邊，游惑靠在舷窗旁懶懶等著，一手下意識地摸著耳釘。他抬了一下眼皮，淺棕色的眼珠被油燈映得透明，朝秦究看了過來。

那一瞬間，他的神情模樣和影片中的考官A逐漸重合，好像這麼多年來，從未變過。

秦究嘴唇動了一下，鬼使神差地，他按滅了手機螢幕，放進大衣口袋，又深深看了游惑一眼，對922說：「沒誰。」

922：「……」我瞎嗎……

返航的路，整個船艙氛圍異常詭異。

154這麼能扛的人，都覺得有點繃不住了，但他一時間又說不上來究竟哪裡不對勁。

直到小白船停泊靠岸，他目送那兩位在海風中鑽進石洞口，才猛地反應過來……兩位瘟神居然沒有趕著922去做宵夜？

「禁閉室裡發生什麼事了嗎？我怎麼覺得老大情緒不大對？你也是，一出來跟遊魂一樣遊到現在，想什麼呢？」他拱了拱靈魂出竅的922。

922歪了歪，定定地看著他。

影片中的一切飛速轉了起來……

已知，那套制服只有最早一批的監考官穿過，後來就隨意了。

又已知，最早一批的監考官922基本都見過，就算沒見過真人，也見過照片資料。

只有一個人除外……考官A……

922抓住154就是一聲：「臥槽！」

他剛要說話，一腳踏空。

就聽撲通、撲通兩聲，154就被這倒楣同事直直拽墜了海。

【第十章】

降龍十巴掌，掌掌靠臉扛

154萬萬沒想到，他一名監考官，日子過得比考生還刺激。

他只是例行公事出來目送一下違規者而已，居然被迫泡了個澡。

北極圈的澡那是人能泡的嗎？牲口才幹得出這麼莽的事。

922就是個牲口，純的。

078和021的反應非常快，從發現到懵逼再到打撈上船，總共也就耗費了不到二十分鐘的時間，但在這浮冰的海裡，二十分鐘夠去掉小半條命了。

好在021小姐雖然看不慣秦究，但沒有搞連坐的癖好，對154和922也算盡了同事之誼。

她蹬著高跟鞋在船艙裡健步如飛，一手磕開一瓶酒，哐哐倒進木桶裡。

連倒了近十瓶，湊了大半桶，然後指使078說：「能找到的都在這，留了一瓶過會兒給他倆灌下去。先用這些搓吧。記好了，搓熱了再去烤火，否則那倆倒楣蛋能烤爛了。」

078好歹也是個排號靠前的監考官，這些道理他都懂，只是反應比乾脆小姐慢半拍，此刻只能埋頭聽訓，「好好好，我知道了。」

「速度要快，不然還是要爛的。」021說。

078說：「姐姐，我一共就兩隻手……」

「總不至於讓我去扒一個吧？」021把桶往他面前踢了踢，「實在不行，桶給他們，讓他倆自己對著搓吧。」

078想了想那個畫面，挺美。他叫了聲「好主意」，拎著桶就跑了。

聽到他的腳步聲蹬蹬去了樓上，021又往火爐裡填了炭，撥弄了幾下，火光驟然高竄，發出灼灼輕響。

021蹲在那裡看了一會兒，拽了個枕頭窩進椅子裡。

休息室異常暖和，而她愁容滿面。

之前禁閉結束的時候，她趁機跟游惑又說了幾句，其實不能叫「她跟游惑說」，她只是傳話而已，是考官A讓她給未來的自己留了一個關鍵資訊——「去休息處，找一樣東西和一個人。」

游惑問她：「哪個休息處？」

她說：「不知道。」

游惑問：「要找的東西是指什麼？」

她說：「不知道。」

游惑問：「要找的人？」

她說：「也……不知道。」

游惑：「……」

一問三不知，乾脆小姐就捂住了臉說：「大概找不到比我更差勁的傳話人了。」

「跟妳無關。」游惑順口安慰了一句：「得怪說的人不講人話。」

021一時間居然不知道該不該懟他。

到這裡，他們的交流還很正常。

她拍胸脯說一定幫游惑找到線索，對方表達了感謝，氣氛一度非常融洽……

但是緊接著，游惑突然問了她一句：「我跟001的關係究竟差到什麼地步？」

光是問還不夠，這位昔日的考官先生居然還試圖讓她舉個例子。

舉它姥姥的例子！這事兒需要舉例？這不是山呼海嘯隨口就來的共識？

但是當時時間有限，沒法細說，最要命的是她所知道的東西其實也不多。

這會兒021靜下來便開始發愁，上哪兒才能搞到點東西，讓這位考官先生眼見為實呢？

樓梯口突然傳來腳步聲，078帶著兩位跳海的同事過來了。

021收斂了神色，看著他們在火爐邊坐下。

154和922一人裹著一條被子，窩在沙發裡抖得如癡如醉。

「好點了？」021問。

078點了點頭，「反正叮鈴鐺啷一頓搓，皮都搓紅了，開始自己發燙，我才把他們領下來。」

154被子裹到脖頸，只露出泛紅的臉，不知道的還以為他害羞，其實宰了922的心都有。

「你你你你跟我說說……」他哆哆嗦嗦地問922：「你發的哪哪哪哪門子呆，想什麼呢，能能能想進海裡去？我記記記得你當時要跟我說……說說什麼來著。」

922就縮在他身邊，因為個子高的緣故，裹著被子就像一顆大一號的蠶蛹。

墜海之前所想的東西，他記得清清楚楚，被冰冷的海水一凍，甚至還更明白了——聽說那個手機是某個考生的遺物，那影片拍的應該是好幾年前的事，影片裡的人是考生時期的秦究以及當時還在的考官A。而考官A就是游惑……

他想起這些年的傳言。

都說考官A大概已經死了，被系統除名了。

現在看來非但沒死，還回到了系統裡，只不過換了個身分，變成了考生。

根據之前接觸的情況來看……他應該不記得以前的事情了，那他這次回來是幹麼的呢？

這些事震驚歸震驚，跳個海就冷靜了。

真正讓922意外的是秦究的反應。他之前旁敲側擊聽154聊過幾次自家老大受傷失憶的事，每次必不可少要提到的人就是考官A。

眾所周知這兩人是死對頭的關係。

死對頭不是該趁火打個劫？或者給對方多找一點麻煩，平復內心怨懟？為什麼秦究看完影片的第一反應是說「沒誰」？這是一種下意識的隱瞞吧？

瞞著游惑本人也就算了，怎麼連他這個最親近的下屬也要瞞？

要不是知道這兩人關係差，知道秦究對考官A態度不怎麼樣，922簡直要懷疑……這種隱瞞是一種變相的維護了。

不過肯定不是。

922心想，也許是另有打算？

他縮在被子裡，琢磨很久也沒摸透秦究的意思，但這不妨礙他無條件站在老大這一邊。

「922？」

「呆子？」

「傻……」

「嗯？」922在154不斷升級的稱呼中猛然回神。

154嘴唇哆嗦了好幾秒，開口道：「問你話呢，你之前一驚一乍地是要說什麼？」

922一邊發抖一邊在心裡默念「對不起」，嘴上說：「我……嘶太他媽冷了。我要跟你說什麼來著？我凍……嘶……凍忘了。」

被吊了半天胃口的154繃著棺材臉，心想：嘶你姥姥，打不死你我跟你姓。

一輪禁閉三小時，被放出來的時候正值考場深更半夜。

石洞裡一片鼾聲，主要來源於那些吃飽沒煩惱的船員們。再看考生，居然各個都瞪圓了眼睛，像一群蹲坐著的貓頭鷹。

其中狄黎和他隊友手裡還抓著木枝，木枝上穿著那隻死兔子，就像捧著供品似的，恭恭敬敬等人來。

「又餓了？」游惑進洞就被烤兔子傷了眼，納悶地問。

狄黎：「……餓死我也不能吃這個啊。」

「那你們捧著幹什麼？」

「打算處理它……」狄黎想說因為其他人都不敢碰。

舒雪、吳俐倒是敢，但她倆看起來清清瘦瘦的，他又不好意思把麻煩丟過去，只好自己捧著想。

「那怎麼沒處理？」

「畢竟是你們烤的，怕你們真的想吃。」

「……」

「所以你們還吃嗎？」狄黎謹慎地問。

「沒興趣。」游惑想說扔了吧，又想起「們」裡還包括秦究，萬一秦究就好這口呢？

「你呢？吃嗎？」他回頭問道。

就見秦究落後他一步，正用一種非常、非常複雜的目光看著他。

游惑：「……」吃個兔子而已，這麼糾結？

他剎住腳步，問：「你怎麼了？」

秦究一愣，倏然回神。

「……沒事。」

他飛快地蹙了一下眉心，又偏開頭揉捏了幾下鼻梁。

就好像突然犯了睏，在盡力讓自己清醒一點似的。

再回過頭來，他已經神色如常。

「怎麼？特地把這東西留給我們當宵夜？」他問狄黎。

狄黎懵了兩秒，訝異道：「真要吃？」

「開個玩笑。」秦究伸出手來，說道：「拿來吧，我去門口埋了，沒準兒一會兒凍硬了還能繼續說話。」

誰知這話一出，好幾位考生臉色都變了。

「別出去了……」狄黎說。

其他人急忙點頭。

「對，先別出去了。」

「等天亮再說吧。」

「現在幾點了？有三四點了沒？誰有手錶，或者偷偷借船員懷錶看一下。」

「三點三刻，離天亮也沒多久了。要幹什麼都等等吧。」

這七嘴八舌的，游惑沒聽出個所以然。

舒雪衝他倆招了招手說：「剛剛出了點事，你們去監考處了，不清楚狀況。」

「什麼事？」游惑走過去。

「外面有東西在靠近。」舒雪說。

「靠近？什麼意思？」

「是這樣……你們被監考處那邊帶走之後，大家本想換個班，一半休息一半等你們回來，我是守夜的那班……」

當時，休息的人很快睡著，洞裡呼吸交織成片。

舒雪正靠在牆邊用長枝撥弄火堆，突然聽見了很奇怪的說話聲。就像幾個人湊在一起竊竊私語，夾雜著一陣很輕的哼唱，但又聽不清內容。

有四個男人一直守在洞口位置，舒雪以為是他們在小聲交談解悶，便沒放在心上。

誰知過了片刻，竊竊私語聲又響了起來。這次她特地看向了那幾個男人，發現他們正出神，沒人說話……

她又等了一會兒，在私語聲第三次響起的時候，俯身搜找了一番，終於發現了私語的來源……那聲音並不在洞內，而是在洞外某處，順著厚實的冰層和石壁，隱約傳過來的。

舒雪沒大意，立刻把發現告訴了其他幾個守夜人。

眾人立刻貼著牆壁坐了一圈，等著怪聲。

「我們一共聽見了六次。」舒雪說：「比較嚇人的是，那聲音每次響起來，都好像離我們更近一點。」

狄黎插話道：「對。你們回來前不久，我們幾個剛帶了火把沿著洞口照了一圈，但沒找到什麼東西。」

「沿洞口照？」游惑朝洞口瞥了一眼：「怎麼個照法？」

狄黎乾咳兩聲。

他走到洞口一個弓箭步，把火把伸出去掃了一圈說：「就……這麼個照法。」

游惑表示服，他走到火堆旁彎腰拿了一根火把。

狄黎問：「你……幹什麼？」

「出去看看。」游惑說著又要去拿第二根，不過手伸到一半，他又頓住了。

這場考試進行到現在，每回出事都剛巧是他和秦究一起。

其實細數起來也沒有幾次，但很奇怪，他居然已經形成了習慣，習慣性地認為「出去看看」也是兩個人。

游惑手指停在距離火焰幾公分的地方，表情冰冷，內心尷尬。

但這尷尬沒持續多久。他手指動了一下，最終還是若無其事地把第二根火把拿上了。

出於鬼都不知道的理由，他暫時不大想讓秦究知道自己是考官A。

按照種種說法，跟秦究針鋒相對的考官A應該打死也做不出邀請對頭並肩出門的事。

他現在反向操作，秦究就算長了十個腦子，也不會把他聯想到考官A身上。

完美。

他拿起火把瞥向秦究，八百年來頭一回主動問：「走嗎？」

秦究：「……」

可能真的太難得了吧，001監考官高興得臉都木了。

曾經，秦究對154說，如果再見到考官A並且不小心認出來了，他會還對方幾張病危通知單，然後請對方離遠一點，別自找麻煩。

那話說得信誓旦旦，理所當然，這才過了兩年。

僅僅兩年……活生生的考官A現在就在他面前。

他既沒有把對方搞進加護病房，也沒有請對方滾遠一點。人家邀請他一起巡島。

他心情複雜地想了幾秒拒絕詞，然後回了人家一個「好」。

降龍十巴掌，掌掌靠臉扛。

游惑把火把遞過去，秦究不言不語地接了。

他在原地站了兩秒，突然偏頭抹了一把臉。

游惑走了幾步，見他沒跟上來又納悶停下，「怎麼了你？」

秦究弓手揉著下頷骨說：「臉疼。」

游惑：「啊？」

「算了沒事。」秦究又給火把裹了層紅焰，跟上去說：「走了。」

剛走到洞口，他們就被人拽住了。

拽人的除了狄黎和李哥這兩位活躍人士外，居然還有長年墊底的陳飛和黃瑞。

「怎麼，不讓去？」秦究問。

陳飛搖了搖頭，「不是，我們……我們有個請求。」

「說。」

游惑不喜歡被阻攔，也沒什麼耐心，就這麼不冷不熱地扔了一個字。

陳飛和黃瑞對視一眼，小心地說：「我們能不能一起去？保證不拖後腿。」

秦究：「這算什麼請求？」

「呃……」陳飛不大好意思。

相比而言，黃瑞要直接得多，他撓了撓頭說：「剛剛那只是一方面。還有一個請求就是……如果，如果路上有空的話，能不能教我們一點應對怪物的手段？」

黃瑞訕訕地說完，又解釋道：「按照現在這個情況，我倆穩坐倒數第一沒得跑了。天馬上就要亮了，離明天晚上越來越近。之前聽你們說怪物腿腳全斷，已經跑了。但我倆還是很慌……」

陳飛點了點頭，跟著說：「別笑話我們，真的挺慌的。我們一直在想，萬一明晚怪物準時又來捉人，那該怎麼辦？」

游惑凍人的本事很足，安慰人卻很不在行，他默默聽了會兒，突然拱了秦究一下。

秦究盯著被拱的手肘，嘴上慢半拍開始安慰人，說：「糾結就不用了，牠有百分之八十的可能還會過來。」

游惑言簡意賅：「九十。」

陳飛：「……」岌岌可危的僥倖心理噗地破了，倒數第一組的兩位臉色煞白。

「那……」黃瑞連嚥了好幾口唾沫，努力讓自己冷靜下來，可怎麼也說不出完整的話。

他「那」了好幾下，秦究終於從手肘和游惑身上移開注意力。

「你剛剛問什麼？」秦究一時沒想起來。

黃瑞：「……」

「我們對付怪物的手段是吧？」

「對。」

秦究顛了顛手裡的火把說：「靠這個。」

游惑：「啊？」

「真的？」陳飛和黃瑞面露疑惑，「可是……你們消失的時候帶火把了嗎？沒有吧？」

秦究：「沒帶，他有個打火機。」

「打火機？」兩人將信將疑，「那小火苗有用？」

秦究：「差不多吧，沿著那東西的嘴燙一圈。」

游惑：「嗯？」

「那、那怪物這麼容易對付的嗎？」陳飛和黃瑞面面相覷，他們其實覺得有點扯……不。這都不是有點，而是太扯了。就靠一個小小的打火機，能搞定那麼嚇人的玩意兒？以那怪物的體積，所有觸手舞起來搞翻一艘船都不成問題，光是眼睛就有小半個人那麼大，還是位能伸能縮能變形的主。

一簇小火苗就可以？騙誰呢？

但秦究說話的時候並沒有調笑的神色，而是懶洋洋的。就好像你是隨便一問，他也就隨便一答，沒有要展開細說的意思，不知怎麼的，反而很有說服力。

也許是他不慌不忙的模樣太穩了？又或者嗓音低沉顯得更可靠。

陳飛和黃瑞兀自糾結，越琢磨越覺得……好像也不是不可能？

「真的？」陳飛又確認了一遍。

秦究垂著眼皮看他，一副信不信隨意的樣子。

陳飛縮了縮脖子，又自己回答說：「應該是真的。」

游惑：「嗯？」

「要是打火機那點火苗就可以，那我們一人帶個火把，豈不是更容易？」黃瑞說完又覺得自己口氣太大了，改口說：「我是說，沒有那麼可怕。」

陳飛想了想，又疑惑地問：「可那怪物嘴巴一閉，打火機可能還能活一會兒，這麼大的火把真的不會熄嗎？」

秦究：「那就再帶兩把刀，或者別的什麼利器，夠了。」

兩人聞言又琢磨起來。

「有工夫不如去找找趁手工具。」秦究說著，衝游惑使了個眼色，一前一後出了洞。

陳飛、狄黎他們抓了火把匆忙跟出去，兩位大佬早已不見蹤影。

「這地方還能有奇門遁甲嗎？怎麼三轉兩轉就沒了。」狄黎咕噥著。

「怪我們，估計把他倆問煩了。」黃瑞有點懊惱，「早知道應該陪他們巡完島再問。」

「別多想。」好脾氣的李哥又開始灌雞湯，「過於突出的人都有點獨來獨往的特性，因為別人配合不了。那兩位一看就是習慣獨來獨往的人。」

狄黎撇了撇嘴：「沒啊，人家明明是雙來雙往。」

李哥：「剛好配合上了嘛。」

狄黎有點喪氣，「我覺得他們就不想帶我們。」

他好歹也是個場內第一，某種程度來說也算可以了。但有那兩位在，他怎麼都跟不上節奏了，顯得很被動。

那顆奶奶灰的腦袋耷拉下去，李哥看著有點好笑，「怎麼了小狄同學？」

狄黎悶悶地說：「感覺自己變成拖油瓶了，人生頭一回。」

「其實不是你拖。這麼說吧，咱們之前考試拿分靠什麼？」李哥問。

「有勇有謀。」狄黎吹完牛逼自己先捂了一下臉。

「算是吧。」李哥說：「你想啊，勇是什麼？確定答案之後，該決斷的時候要決斷是吧？」

狄黎：「嗯。」

「那謀是什麼？對咱們來說是小心行事，別莽撞，一步一計畫，步步為營。對吧？」

狄黎：「嗯——」

「你再想想那兩位拿分靠什麼？」李哥靈魂發問。

狄黎想了想，發現那兩位一靠撒野二靠剛……

「是不是完全相反？」李哥說：「這就好比他們用掛科的方式拿分，你走規規矩矩的路，想不拖都不可能，因為核心觀念就是反的……」

狄黎突然恍然大悟。

「那怎麼辦？」狄黎問。

李哥想說「那我們就搞好後勤，別讓人家有後顧之憂」，結果還沒張口，就聽狄黎靈光一現說：「掉個頭，跟他們一起剛？」

李哥：「啥？」

洞口發生的對話，游惑一無所知。

他只知道秦究三岔兩岔，那些要跟過來的人一個都沒跟上，也許另行組織走了別的方向。

這條路上還是只有他們兩個，火光從凍層上流淌而過，給冰白的地面鍍了一層橙黃，影子在火光下晃。

這跟游惑預想的巡島不同，氛圍有一點怪。

但作為一個從不在意氛圍的人，會冒出這種念頭……本身就很奇怪。

游惑一手舉著火把，一手插在口袋裡，眸光掃過成片的礁石。

作為一個冷慣了的人，他居然覺得這條路過於安靜了，只有踩在冰碴上發出的腳步聲，他在前面，秦究略微落後半步。

游惑聽了一會兒，突然出聲問：「你剛剛為什麼騙他們？」

「讓他們適當膨脹一下。」秦究說：「能活到第三輪，本來也不是什麼廢人，虛了點而已。讓他們相信靠一個打火機就能逃生，他們好好準備準備，沒準真的就可以。」

游惑說：「也沒準依然不可以。」

他說完，好一會兒沒聽見回音。

轉頭就發現秦究又在看他，瞳仁上映著火把的光。

「說錯了？」

「沒有。」秦究收回目光，繼續看著前面的路。片刻後他說：「我發現你有時候喜歡大包大攬，而且是一聲不吭地大包大攬。」

游惑不是很滿意這種描述，輕輕嗤了一聲。

「如果有個百人考場，我很懷疑你忙不忙得過來。」秦究說。

「五十步笑百步？」游惑睨了他一眼，「你包攬得比我少嗎？我做的事你都摻和了吧？」

秦究「唔」了一聲，沒吭聲。

過了那麼幾秒吧，他忽然又補了一句：「心理動機不大一樣。」

游惑：「怎麼不一樣？」

「你是主動包攬。」秦究說話的時候，口鼻前攏著團團白霧，「至於我……剛剛回想了一下，大多數時候算被動。」

——放屁。

游惑不知道他哪裡來的流氓邏輯，忍不住道：「你失憶了還是我失憶了？」

「我是真失過憶。」秦究接得毫無心理障礙，他說完這句，頓了一下，想了想又道：「你，我就不知道了。」

游惑被他噎住，從鼻腔裡哼了一聲便復歸安靜。

秦究的目光落在游惑的影子上，微微瞇起。

他在等一個回答。

就在他以為等不到的時候，游惑突然開口說：「我還真跟你差不多。」

秦究眉心一跳，抬眼看他。

火光給他的側臉鍍了一層溫暖的輪廓，顯得比平日略微柔和一些，減淡了那股倨傲的冷意。

游惑說：「有幾年的事情一點都記不得了。」

「……都不記得是什麼意思？」

「字面意思。」游惑說。

「那你之前跟我說軍校幾年、部隊幾年，唬我的？」

監考官001往試探的路上又邁一步。

「那些還記得，不過印象也不算深。」游惑說：「那之後的都忘了。」

「因為什麼？」

「訓練意外受傷。」

這是他當初醒來時聽到的理由，自己也信了這麼多年，不能算騙人。游惑心想。

秦究輕輕「喔」了一聲，直到這時，他才發現自己鬆了一口氣。

游惑還不知道自己是考官A，這件事居然讓他……有點慶幸。慶幸什麼不知道，反正001先生把口袋裡的手機又往深處懟了懟。

冰原又靜了下來，兩人各懷心思往前走。

「等我……」突然，一個輕輕的低語響起來。

游惑心頭驀地一跳，轉頭問秦究：「什麼？」

秦究同樣一愣，手機差點兒從兜裡帶出來，「嗯？我沒說話。又是幻聽？」

話音剛落，他就發現這次不是游惑幻聽了，因為他也聽見了。

幾聲隱約的私語順著風而來，又悶又輕，就像是有什麼東西如影隨形，這應該就是舒雪所說的動靜。

兩人猛地站住腳步，舉著火把掃了一圈。

聽了一會兒他們發現，那聲音不是從風裡來的，而是從腳底……

游惑蹲下身，火把貼近冰面。

這裡的冰層日積月累，厚得驚人。有些地方清透一些，可以一眼看到深埋在底的黑色礁石，有的蔓延著蛛網似的裂痕，是不透明的白色。

在某一片裂痕之下，蒼白的人臉上仰著，散開的瞳孔顏色深黑，占據了大部分眼眶，他靜靜地看著游惑。

「讓我們一頓好找，原來藏這兒呢？」秦究的聲音從頭頂落下來，沒個正經地跟人臉打招呼：「晚上好。」

他這一句晚上好就像扔進塘裡的魚食，十多張人臉接連浮出來。

他們以同樣的角度仰著，幾十顆眼珠一齊盯著游惑。

游惑：「……」

秦究嘴唇動了動。

「你閉嘴。」游惑說。

秦究睇了一下眼睛，老老實實抿住嘴唇。

游惑：「……」他表情古怪起來。

不過沒等細想，秦究又指了指地面，示意他往下看。

游惑一垂眼，臉當時就癱了。

他那一句「你閉嘴」，像是撒了一把新魚食，一大批人臉成群結隊地就來了。真的是成群結隊……但凡火光能映照到的地方，全是臉，活像大型演唱會現場。

秦究沒憋住，掃視一圈評價說：「人氣不錯，一呼百應。」

游惑心想：滾你爺爺的一呼百應。

他冷冷逼視著秦究。

秦究又老老實實閉了嘴，還痞痞地用食指比了個「噓」。

游惑表情更古怪了……

沒錯，秦究以前也逗他，什麼「哼先生」、「優等生」亂取外號，興致上來了語氣還會給人一種「親密隊友」的錯覺。就像是獅子吃飽了暫時懶散下來，用爪子尖一會兒戳你一下、一會兒戳你一下，有一點扎人，但不疼。

這種舉動太具有蠱惑力了。會騙人忘記獅子的攻擊性，忘了警惕，開始習慣……游惑就是典型。

但他覺得自己可以站在警惕和習慣之間，保持某種平衡。

結果對方現在突然連爪尖都收了，只剩肉墊……吃錯藥了吧這是，還是有什麼打算？

游惑拿著火把站在臉上，突然陷入冥思。

他有了一點微妙的擔憂……這樣下去，等秦究知道自己在逗誰，會不會拎著皮繩來他面前表演吊死？

「嘿！在那兒呢，找到了！」喊話聲在遠處響起來，「喂——」

游惑倏然回神。

他抬起眼，發現秦究正轉開臉，似乎剛從他身上收回目光。

遠處的人還在喊，可能覺得喊「喂」不禮貌，又改口道：「游哥——秦哥——等著啊，我們這就過來！」聽聲音應該是狄黎。

他身後還有一群手持火把的人，估計把洞裡的考生都叫出來了。

奶奶灰同學的嗓門穿透力很強，整個荒島都迴蕩著他的喊話。

「秦哥」這個稱呼讓秦究忽然想起趙文途。

他愣了一下，衝遠處奔來的奶奶灰說：「先別過來，也別出聲。」

狄黎喊道：「什麼——風好大啊——我聽不清——」

秦究：「……」

這時候閉嘴已經沒用了，冰下的人臉眼珠一轉，突然改了方向，朝著狄黎蜂擁而去。

如果只有一兩張臉，那悄沒聲息的動靜很容易被忽略。

但這數不清的一大群就很要命了，狄黎只覺得冰層之下，一大片白色像雲一樣飄過來，直奔他腳底，他低頭一看……

「媽耶——」他驚叫著，腳底打滑，接著一屁股坐在冰面上。

屁股底下就是追逐的白色祥雲。

「我日……」他連滾帶爬，一路掙扎到兩個高個兒身影面前，終於被提溜起來。

「這踏馬什唔唔——」

狄黎同學剛活過來，獲救感言發表一半，兩隻手便同時捂了過來。一隻摁住了他的嘴巴鼻子，另一隻又在鼻子和眼睛這塊加了個蓋。

狄黎撲了兩下，一陣窒息。

事實證明，動作太敏捷也不常是好事。

尤其在碰到反應一致的人時……

游惑捂著狄黎，秦究的手壓著他半邊手背，也捂著狄黎，兩人均是一愣。

游惑被壓著的手指動了一下。

秦究看了他一眼，低頭對奶奶灰同學說：「不想被追著跑就閉上嘴巴，別出聲。」

三人腳下，一大片人臉嗷嗷待哺。

秦究想了想又補充道：「最好眼睛暫時也別睜。」

話音落下，又過了幾秒，游惑手背上的體溫一撤，秦究鬆開了手。

臉上兩隻手先後拿開，狄黎深呼吸兩口，老老實實閉眼不動了。

他知道現在腳下一定全是那玩意兒，這種時候，過於生動的想像力就很要命了。

他腦子裡不可抑制地出現了一些畫面……畫面裡，那些人臉爭先恐後穿透冰層，紛紛叼住他的腳，然後一路往上啃。啃了小腿啃大腿，啃了大腿啃……

游惑跟秦究打了個手勢，正彎腰用火烤礁石邊緣的冰。

一轉頭，就見學霸同學默不作聲護住了胯下。

游惑：「……」這是想什麼呢……

「小鬼危機意識很強嘛。」秦究從游惑烤過的地方掰下冰塊和碎石。

狄黎忍了一會兒，沒忍住，用蚊子哼哼的聲音說：「為什麼你們可以講話？」

秦究：「因為我們不怕。」

狄黎又哼哼，「你們現在在幹什麼？」

「三十來位考生正往這裡趕來……」秦究往人群看了一眼，「為了避免有人一路鬼哭狼嚎甚至尿褲子，撿點小玩意備用。」

行吧。不就是人臉嗎，誰還沒見過啊，滿大街都是。

狄黎做了一番心理建設，深呼吸一口，睜開了眼睛。

他先是聽見砰砰幾聲響，發現腳下那些人臉正企圖破冰上來。

他猛地竄上礁石，轉頭就見游惑一腳蹬在礁石上，蹬下一塊腦袋大的石塊，伸手撈起來。

「……」狄黎感覺自己對「小玩意」的小有點誤解。

儘管事事都和預想不一樣，狄黎還是扛住了。

他跟著游惑和秦究，在人群蹭過來之前撿了一兜大大小小的石塊。

果不其然，剛兜好就聽見一眾考生此起彼伏的驚叫。

游惑直起身說：「別吵！」

考生條件反射收了聲，瞪著眼睛。

游惑：「轉過去。」

他們又乖乖照辦。這下不用游惑再提醒，他們本能地往石洞方向跑去。

撞擊冰層的人臉愣了片刻，齊齊朝前游了幾公尺，眼看著就要追過去。

游惑一把將腦袋大的石塊往反方向甩去。

咚——石塊砸在礁石上，發出一聲重響，又從邊沿落到冰面上，咕嚕嚕的滾動聲一路往前。

這幾下動靜比打滑的腳步要大得多，追逐的人臉一個急剎車，扭頭直奔石塊而去。

他們三人往後退了一些，慢慢跟上考生人群。

眼看著人臉蠢蠢欲動要來，秦究也甩出一個石塊。

咚——又是一聲重響，人臉又順著聲音滾遠了。

狄黎心想：這他媽也行？

然後嗖地扔了一塊小石頭，石頭雖小，但撞擊在堅硬的冰面上，依然會發出一串脆響。

不出所料，人臉又去了。

他們一路往石洞走，一路朝反方向扔石頭。

狄黎看著小白臉們呼啦一下往東，又呼啦一下圍到西，突然感受到了詐魚的樂趣。

這天後半夜，洞裡呈現出跟之前截然相反的情況。

除了游惑、秦究兩位根本不知道「怕」字怎麼寫的大佬，其他考生驚魂甫定，一個都沒睡著。

不僅沒睡著，還不敢發出聲響，就連兩個打鼾的船員都被人捂住了嘴。

他們拿了幾根細樹枝在火上烤了烤，想說什麼就用烤黑的那頭在地上寫。

因為洞裡安靜，火又烤得特別足。

游惑這一覺睡得很踏實，睜眼已是天光大亮。

他剛坐直就看見一地鬼畫符，差點兒以為自己來到了跳大神現場。

而一眾考生都眼巴巴地看著他，看僵硬程度，可能看了一夜。

游惑揉了揉頭髮，正想問他們幹什麼呢，就聽有人咳嗽了幾聲，拖遝的腳步混著叮叮噹噹的聲響過來了。

起床起得這麼放肆，一看就不是被嚇過的考生，那是商船的船員，打著哈欠伸著懶腰跟他們打招呼。

除了幾個簡單的詞彙是蹩腳中文，那些船員說的都是鳥語，考生沒人能懂，直到平頭大副出來。

考生立刻拽住他，悄悄說：「大副，讓船員們說話小點聲。」

大副一愣，「為什麼？」

「噓——」狄黎立刻比了個手勢，小聲地把半夜的景象描述了一遍。

大副聽完沉吟片刻，說：「我們在這裡待了八個月，也沒見到啊。」

「那我們就不知道了，反正晚上突然冒出來的。」狄黎說。

說話間，一個低沉的聲音插了一句鳥語。

眾人轉頭一看，居然是船長。

這位船長生病又受傷，始終在昏睡，留給大家的印象就是各種各樣的睡姿。

多虧吳俐的包紮治療，再加上昨晚的飽餐一頓，這位也叫巴倫支的船長終於恢復了精神。

他活動著筋骨，一邊將長髮綁在腦後，一邊衝考生們點頭，然後衝大副吹了個長長的口哨。

大副：「……」

「有正事跟你說。」大副道。

船長又咕噥了一句什麼。

大副跟著用鳥語說了一長段。

從他比劃的手勢來看，應該在複述狄黎的話。

沒想到聽完這些話，船長居然有點……興高采烈？

過了好半天，大家才從大副的翻譯中弄明白，船長高興是因為一個傳說。

船長說，這支商船隊有近一個世紀的歷史了，是一支古老的、多災多難但又受著神之庇佑的船隊。

「一直以來，這支船隊始終有一個信仰——貨歸陸地，人歸海底。」大副說。

「貨歸陸地我懂，什麼叫人歸海底……」好學生狄黎真誠發問，覺得這半句瘆得慌。

「船員嘛，終生守著海。如果在送貨途中遭遇不幸，可不就是歸於海底嗎？」大副說。

船長跟大副相處已久，學得一手啞巴中文——聽能聽懂，說只能一個字一個字地迸。

聽見大副的話，船長在旁邊插了一個字：「浪。」

大副：「……」

狄黎：「啥？」

船長扒著手臂傷口的痂，精神滿面地補了一句鳥語。

大副翻了個白眼，表達了對他中文水準的鄙視。

然後翻譯說：「船長剛剛的意思是，沉眠於海是獨屬於航海者的一種浪漫吧。雖然你們可能覺得挺有病的……」

考生們想了想說：「唔……其實可以理解。」

大副又說：「喔對，差點兒忘了，之前聽說你們也是航海者？那應該也是這麼想的。」

狄黎：「不了，我還小。」

船長哈哈大笑起來。

「總之……」大副強行總之，繼續說道：「船隊一代一代踐行著這個信仰，每次出海送貨，不管到了哪裡，不管碰到了什麼事，總會有人活著把貨送到目的地，只有一個地方例外，就是這裡。我們現在待的這片海域是最凶險的一處，走這條送貨路線的時候，常會在中途迷失方向，不小心困在這裡。船隊在這裡折過很多人，最慘烈的時候無人生還。」

考生聽到這裡差不多明白了。

所謂一代又一代船員折在這裡，指的應該是以前的考場，每場考試都有一支商船隊困在這裡。

如果考生能解題，那船隊就能有人活著回去。

如果考生解不出，那船員就會陸續死於各種問題，最終整支隊伍葬身在這片荒島。

「但總有那麼幾次是幸運的，受到了上天的眷顧。」大副說。

「於是活著回去的船員口口相傳留下了傳說，呃……船長說具體誰說的已經不可考了。反正傳說中，荒島上的送行者象徵生機和希望。你們晚上看到的景象，應該就是送行者了。有的人稱它們為亡靈，對於我們來說，它們是天使。」

考生表情一言難盡，心想：你們的天使真嚇人。

船長又在旁邊眉飛色舞地亂插話。

他看起來總是充滿活力，哪怕瘦脫相了，也依然能大笑出來。

這樣的船長確實能振奮人心，就連考生們都覺得輕鬆不少，似乎揮揮手就能告別這裡。

「船長說，生機和希望這種虛無縹緲的詞彙太扯淡了。他重點研讀過一些資料，得知所謂的希望就是指化冰。送行者出現，意味著海面封蓋的冰會融化，我們可以啟航離開這裡了。」

大副也跟著高興起來，但他天性嚴謹，笑了一下又繃起臉說：「前提是一切順利的話。」

船長就像一隻大猴子，哄著一窩船員溜出洞去，沒一會兒又溜回來。

「暫時沒看到送行者，也許白天它們不出現？」

「不過石洞後面出現了幾處坑洞，可能是它們敲出來的。」

船員說得滿面紅光，大副也紅，但把持住了。

考生卻聽得臉發綠。

「敲出洞是什麼意思？你們的天使爬出來了？」

「出來迎接希望與太陽。」

「另外海面暫時沒什麼變化，但梵諾德說他能感覺到冰層的躁動，他是老手了！」

船員們肩搭著肩開始跳水手舞。

考生們倚著牆，生無可戀。

船長耙了耙打結的長髮，一屁股坐在游惑和秦究面前，大副認命地跟過來當翻譯。

「這麼驚喜的事，不值得慶祝嗎？你們的人好像都很平靜。」他們把其他考生誤認成了船員。

游惑也沒多解釋，畢竟跟NPC解釋不清。

「如果是指化冰這件事，我們昨晚就知道了，算不上驚喜。」秦究說。

船長很驚訝，「你們怎麼知道的？也聽過這樣的傳說嗎？」

秦究：「那倒不是，從一隻兔子那裡聽來的。」

船長：「兔子？童話故事嗎？我喜歡。是哪隻有魔力的兔子？我有這個榮幸見一見嗎？」

秦究把角落供奉的烤兔子拿過來。

船長：「……」他看向兔子的目光有點古怪，怪得幾乎不像一個NPC，不過只有一瞬，很快他又撓了撓頭，咕噥了一句。

大副猶豫了一下，翻譯說：「這個童話故事結局有一點點黑暗。」

游惑冷不丁迸了一句：「黑不過兔子自己。」

「你們是兩支船隊湊了個伴嗎？」大副。

「我們？」

大副指了指秦究，又指了指游惑，「你們。」

「為什麼這麼說？」秦究看了游惑一眼，又玩味地問：「我們不像一船的？」

大副搖了搖頭，「你們看著像船長，兩個船長。」

秦究指了指游惑，「有這種不理人的船長？」

大副一本正經說：「反正沒有不理人的大副。」

游惑：「……」

當面被黑，他冷笑一聲站起來，跺了跺發麻的腳，問船長：「明天化冰，我們送你返航，要準備什麼現在說。」

「明天？確定嗎？」

「嗯。」

船長一下子竄起來，「那還真有點緊！」

返航要準備的東西很多，商船有破損，不影響航行的也就算了，湊合能用，影響的必須修補好。

返航途中同樣需要燃料，維持船艙內的生活。另外，貨物也需要清點。

大家急於擺脫人臉的陰影，紛紛爬起來幫忙，也為了能早日考完這場試。

船舷有缺口？拆那艘系統船。

甲板洞太多？拆那艘系統船。

船舵凍壞了？還是拆那艘系統船。

秦究作為監考官的優勢在這時候體現得淋漓盡致。他清楚絕大部分懲罰規則，知道一事不二罰，盯著一隻羊薅毛，薅一半和薅禿了並沒有區別。

反正他跟游惑因為拆船被罰過，那艘系統船的命運就註定好不了了。

考生們求生欲都很強，修船的效率高得驚人，一天下來，三艘商船修了兩艘。

照這個速度，明天啟航基本不成問題。

船員們盤算了一下，又繞著火堆跳起了舞。

不過這種喧鬧沒有持續太久，一入夜考生就摁住了他們，請求他們趕緊睡覺，免得動靜太大又把「天使」引過來。

夜裡十一點五十五分，洞裡火光灼灼，異常安靜。

興奮的船員皆已入夢，氣氛又恢復為緊張不安。

陳飛和黃瑞仰頭靠在石壁上，聽了秦究的一席話，他們白天修船之餘也沒忘準備。

陳飛一手抓著火把、一手攥著刀。

刀是他跟商船船員借的，來自於廚房，適合砍瓜切肉。

黃瑞則攥著兩把長鐵鉤。他考慮過船錨，那一下下去威力無比，掄暈怪物不成問題，但試了吃奶的力也沒能撬動，只能作罷。

兩人攥著凶器，心裡稍稍安定一些，但手指依然克制不住在發抖。

十一點五十七分，被烤過的兔子蹬著腿，突然出聲。

【距離零點還有兩分十五秒，重新核算今日分數。】

【今日考生觸發得分點共一項。】

【一、修葺船隻兩艘。】

【具體計分如下：修葺商船共計六分，其中準備材料工具三分，修補三分。】

石壁上，因為所有人的參與，每個分數條都跑了同樣長的一段，每組都加到了六分。

【全部加分項核算完畢，現在核算扣分項。】

【今日考生觸發扣分點共計一項。】

【一、船員沒吃三餐，以疲勞饑餓狀態入睡。】

考生無語，人家根本沒有提吃飯的事，這也算我們的鍋？

但是系統依然在嗶嗶。

【具體計分如下：極度饑餓的狀態會影響船員返航，他們會沒勁揚帆，沒勁掌舵，後患無窮。每位考生扣除兩分。】

石壁上的分數條再次應聲而變。

說起來加加減減，一共還多了四分，但實際上，今晚的排名沒有任何變化。

之前游惑指望過烤兔子能扣點分，但系統這次似乎學聰明了。

也許是烤過的兔子依然不影響發聲，而且兩人都受過處罰，它有充足的理由不給兩位煩人的考生扣分，以免自己的懲罰工具再度受損。

於是這晚，陳飛和黃瑞還是倒數第一，沒人來救了。

潮濕冰涼的石洞頂上，醜章魚默默趴著。

又到了一天一度的進食時間，但牠一點也不高興，牠很愁……上回的食物皮過了頭，搞廢了牠所有觸手。

牠花了一天時間好不容易養回來，如果再碰到那兩位……牠寧願餓死，至少有尊嚴。

牠趴了好一會兒，終於等到了最終結果，圓溜溜的眼珠頓時一亮！

太棒了，今晚換菜了！終於能夠飽餐一頓了！

牠咧開黑洞洞的嘴，滴滴答答流著口水，自上往下伸出了罪惡的觸手。

石洞中火光一滅，大家明白怪物又來了。

黑暗持續的時間很短，有上次經驗在前，大家生火的速度很快。

但當石洞重新亮起來，他們遺憾地發現陳飛和黃瑞還是消失了。系統又一次悄無聲息地將末位考生送去了怪物面前，就像上次的秦究、游惑一……欸？

「游哥人呢？」狄黎有點懵。

他現在把游惑、秦究當奧賽教程學，全天盯著不移眼，結果只是轉頭的工夫，奧賽教程就少了一本。

「不是在這裡嗎……」舒雪一指身後，卻發現她指著的地方只有秦究。

他左手邊有個空位，怪物來之前游惑就站在那裡，現在連個影子都沒有。

舒雪驚訝地問：「人呢？剛剛我還聽見他說話了。」

秦究拎著長繩一下一下收著圈，「那妳沒聽見他說什麼？」

「我當時在看分數條，沒聽清楚……」

她和吳俐的排名穩步上升，沒什麼可擔心的，但她十分關注游惑和秦究。

這兩位先生自己毫不在意，她作為同伴，得替他們意思意思。

舒雪回憶說：「好像聽見你們說打賭。」

「嗯。」秦究說：「是打了一個賭。」

他們賭自己排名會不會掉。贏的人可以釣魚執法，活動活動筋骨，輸的人只能幹點無聊的善後工作。

秦究贏了。

結果怪物觸手垂下來的一瞬，有人一聲不吭耍了賴，搶在秦究前面被魚釣跑了。

「所、所以現在呢？這是怎麼個情況？」有人問道。

「我去找魚要個人，你們自便。」秦究把盤好的繩子往手上一套，轉身便出了洞。

狄黎愣了幾秒，連忙追上去趴在洞口問：「你要去打怪？我能一起嗎？」

系統的懲罰兌現總是立即的。

醜章魚帶吸盤的觸手剛捲住那兩名末位考生，周圍環境眨眼就變了。

有一瞬間，牠覺得今晚的食物有點沉，哪裡似乎不大對。

但下一秒，破舊船艙映在牠渾圓的眼珠上，熟悉的味道將牠包圍，牠便立刻放鬆下來……

又到了牠平日進食的地方，牠管這裡叫做峭壁餐廳。

因為老舊的船隻一頭嵌在礁石縫裡，一年又一年被冰層加固。而另一頭始終半懸著，好像哪一天它還能從礁石中剝離，落回海中乘風破浪。

不過，今天的峭壁餐廳有點凌亂……不，是一片稀爛，這是上次兩位食物立下的汗馬功勞。

章魚每看一眼都能氣得駕崩，本著眼不見為淨的心理，牠一邊把今晚兩位新菜往腔口裡塞，一邊扭動著轉了個身。

剛轉過去，就發現舷窗邊站著一個人，熟悉的身量、熟悉的臉，不是游惑又是誰？

章魚烏溜溜的眼珠在眶裡轉了一圈。牠看見那個令牠頭疼的食物以剛落地的姿勢等在那裡……腳邊扔著麻布袋，手裡拎著刀，不知道的以為他來活取刺身。

日你個祖宗。章魚柔軟的腔口緊急蠕動兩下，打算先把食物嚥下去再跟面前的人鬥。

結果就這幾秒鐘的愣神，腔口裡的食物突然動了起來。

牠感到一陣灼燒刺痛，皮肉即刻收縮捲曲。

接著又是兩下針扎，牠眼珠一轉，就見兩根鐵鉤從腔口內扎了出來，死死勾著牠的肉。

砰砰砰——腔口內傳來幾聲悶響。

新菜突然發瘟，在腔口內一通狂舞，敲得牠到處鈍痛。

章魚忍了忍，終於還是沒忍住，「哇」地一聲又吐了……

陳飛和黃瑞先後摔滾在地，他們還沒發現自己已經脫困，閉著眼睛啊啊叫著一通亂打。

直到陳飛一腳蹬在黃瑞腿上，踹得對方一聲痛呼，兩人才戛然而止。

陳飛睜圓了眼睛和黃瑞互瞪，餘驚未消。

他們繃著身體急喘了好半天，如雷的耳鳴才慢慢消退。

「讓開！」游惑的聲音突然在背後響起。

也許天生音質使然，即便這種時刻，他的嗓音都極為冷淡。

陳飛和黃瑞被凍得一激靈，連滾帶爬縮到一旁。

等他們背抵著牆壁，無處可退，游惑已經躍過一道樓梯跟那章魚纏鬥起來。

「我……我們活了？」陳飛還很茫然。

黃瑞喘著粗氣說：「活了！活了……居然真的行！」

人就是這樣奇怪的生物。虎口脫險一次，就覺得整隻老虎都沒那麼可怖了。他們突然覺得自己變強了，至少比自己以為的強一點。

陳飛看著游惑敏捷的身影，說：「我們就這樣乾看著？」

黃瑞攥緊了手裡的長鉤，「我反正沒臉。」

「我也是。」

「上嗎？」

陳飛深吸一口氣，跟黃瑞一起撲了出去。

游惑一手撐地，藉著船艙傾斜的地板，從障礙物底下滑過去。

追逐他的觸手剎車不及，重重撞在障礙物上，甩出一個觸手尖，游惑趁機一削。

啪——斷掉的觸手掉在地上，抽搐扭動了幾下才了無生息。

游惑單打獨鬥慣了。這次秦究沒在，他才忽然意識到，有個勢均力敵的人打配合是件多舒心的事，乾脆俐落效率高，至少能讓他少沾一半灰。

不過就這麼一隻巨型章魚，他還不至於招呼不過來，頂多再花幾分鐘而已。

令他意外的是，那兩位差點兒被吞的考生居然沒有完全嚇懵，也衝進了戰局。

跟秦究比起來，他們敏捷度、力量、速度、技巧、體能都不怎麼樣……皮脆血薄不經打，腦子好像也不夠活，但好歹算個隊友。

游惑瞥了麻布袋一眼，心裡估算著，再切三根觸手把袋子裝滿就走。

誰知醜章魚似乎知難而退，溜得賊快。

他剛抬起刀，章魚數十條觸手猛地一撐，把自己反推進了船底破洞中，順著礁石縫隙滑進海裡。

「這是跑了？」陳飛盯著木洞，依然僵著不敢動。

黃瑞小心蹭到洞邊往下看，報告說：「看不見了，應該是走了。」

「差不多，上次也是從那裡走的。」游惑用腳勾起麻布袋，把幾段鬚鬚扔進去，掂了掂重量，略有點遺憾。

就在他準備紮起袋口的時候，船底某處突然傳來了很輕的水聲，就像有什麼東西又悄然附上來了。

游惑眉心一蹙，抬頭對黃瑞說：「別站那裡！」

說時遲那時快。

多虧黃瑞對游惑的指令有條件反射，他都沒細想內容，就應聲撲倒。

倒地的瞬間，幾根粗長的觸手猛地從洞裡竄了出來，只差一點點，就會把他拖拽進海裡。

船艙裡響起古怪的嘰咕聲，像是濕滑的軟體翻了個水泡，又像是……某種奇怪的溝通方式。

游惑直覺不妙。

果不其然，下一秒，三隻一模一樣的章魚接連從洞裡竄了上來，伸縮自如的觸手瘋狂舞動，帶著呼呼風聲。

游惑怎麼也沒想到，這種怪物打不過人居然也會叫家長。

一隻巨型章魚他能應付自如，兩隻也能周旋一下，三隻就有點過分了吧？三個醜東西肥膩至極，老舊的船艙岌岌可危，根本裝不下，擠都能擠死人。

游惑一腳把麻布袋踢到角落，拽起那兩位翻身到了鐵櫃後面。

就聽咔嚓幾聲響，頭頂的船甲板終於不堪重負，被這三隻章魚撐得斷裂開來。

不遠處，冰原之上。

狄黎他們執意要跟，秦究也沒阻攔。於是，一大群考生溜著冰急急而奔，一面努力壓住動靜，生怕把冰底下的「天使」引過來。

「到了嗎？還有多遠？」狄黎努力跟上秦究，壓著聲音問了一句。

話音剛落，海岸邊突然傳來一聲幾聲爆裂聲響，接著一簇肉白色觸手張牙舞爪探了出來。

好了。就這動靜，不用秦究回答，也知道人在哪裡了。

狄黎看著那些巨大觸手，咕咚嚥下一口口水：「我……曰……怎麼好像不止一個頭！那章魚還能生嗎？」

秦究目光落在那處，沒有回答他。

下一秒，他忽然笑了一下。

狄黎心想別是瘋了吧？

這念頭還沒摁下去，就見秦究轉過頭來對眾人說：「勞駕。」

大家天天被他騷瞎眼，頭一次被他勞駕，當即精神一抖擻。

「別別別，別說勞駕。有什麼我們能做的，儘管說就是。」他們低聲說。

秦究說：「喊幾聲。」

眾人：「啊？」

啥？地下那麼多天使看著呢，讓誰喊幾聲？

狄黎呆若木雞，差點兒來了個滑跪。

但他腦子好使，只木雞了兩秒就明白了秦究的用意。於是他兩手做了個喇叭，張嘴就是一聲嚎叫。

光嚎還不過癮，他還在冰上狠狠蹦了幾下。

下一秒，數百張小白臉伸著脖子就追來了。

船艙裡，三隻巨型章魚還在發威。

可能之前被欺負狠了，現在突然找回場子，不發洩一下難掃心頭之恨。

摔砸、撞擊的聲音不絕於耳，混著觸手掃起的呼呼風聲，動靜十分嚇人。

這些之外，隱約還夾著另一些動靜，那是冰層在撞擊之下龜裂翻起的聲音……

可惜章魚們舞得正興，沒有注意到。

等牠們終於顯露完威懾力，掄著觸手準備搞死人的時候，半毀的船隻旁忽然傳來了嘈雜的人語。

三隻章魚先是一愣，然後不耐煩地轉了眼珠，扭身去看。

就見船側的冰岸上，三十多名考生奔襲而來。

這不是重點，重點是他們身後……

無數慘白的人臉扭曲著向前，像一道白色的風牆，山呼海嘯地直衝過來。

「……」章魚不知道自己造了什麼孽，這個考場存在很久了，以現實計算有好幾年，以題目內的時間來算，可以稱為世紀荒島。

近一個世紀以來，章魚始終盤踞在這個角落，從一隻到兩隻，再到三口之家。

牠們當然知道冰下有群小白臉，不僅知道，還親眼看著它們越來越多逐步壯大，變成了島上不可招惹的存在之一。

每次白臉夜行，場景那叫一個嚇人啊……

出於某種原因，牠們不想跟這些白臉碰面。

好在活動內容不一樣，牠們在船艙進食的時候，白臉們在岸上追考生。牠們吃完鑽回大海，白臉們還在岸上追考生。

井水不犯河水。

牠們以為島上的生活永遠都是這樣。萬萬沒想到……會有今天。

三隻章魚當場凝固，牠們張著觸手愣了幾秒，轉頭就要下水。

結果就聽哐噹一聲——船艙裡，游惑一腳蹬在鐵櫃上。

鏽跡斑斑的大塊頭轟然倒地，不偏不倚，剛好封死了地板上的洞。

而船艙外，秦究撐著船幫一躍而下，落在游惑面前，手裡還拎著一捆繩。

游惑理所當然地認為他是來捆章魚的，心想默契還可以，除了動靜鬧太大，善後工作完成得相當出色。

誰知秦究站起身來，抖開麻繩輕輕一拋，事先繫好的繩圈就套在了游惑身上。

大佬毫無防備，入套的時候呆了一瞬。

誇獎和好話頓時煙消雲散——配合個鬼，默契個屁。

直到秦究抽緊繩結，他被捆得肩背一收，這才難以置信地迸出一句：「你幹什麼？」

「這麼明顯看不出？」秦究把多餘的麻繩往手上繞，「翻山越嶺來抓一個耍賴的，順便騙幾個打手。」

「……」耍賴的薄唇緊抿悶了幾秒，說：「能不能分個輕重緩急？」

秦究轉頭看向身後——三十多名考生下餃子一樣撲通進來，「哎呦媽呀」叫成一片。

而他們頭頂上，系統懲罰道具和題目道具已經打起來了……

白臉軍團正面直迎醜章魚，那一瞬，狂風陡然凌厲，呼嘯聲乍然四起。

不知怎麼的，白臉似乎忘了追逐的考生們，對著三隻章魚爆發了前所未有的攻擊性。

它們伸著脖子襲捲而來，眨眼間就將章魚裹進了白色的風圈裡。

考生們第一次見到暴怒的白臉，嚇得驚魂失色，匆忙縮進船艙角落裡。

秦究回過頭來，指著身後對游惑說：「先找好打手再來抓你，我覺得我很分緩急。」

「……」游惑無話可說。

破船被掀了上層甲板，光敞敞的毫無遮擋。

臉們已經把章魚捲到了半空，碎冰碴和寒濕海水在纏鬥中飛濺，一波一波砸落在船艙裡，木地板下雨似地劈啪作響。

沒有考生敢伸頭。

勤學好問的狄黎同學給自己找了個絕佳位置，就坐在秦究旁邊，背靠著一個木箱，假裝它能擋點兒冰水。

他從木箱後伸出頭，看了看秦究，又看了看繩子，再看了看游惑，虛心請教：「秦哥，捆繩是什麼操作？我這次思維沒跟上。」

游惑說：「有病的操作。」

秦究笑了一聲，默認似的。

游惑反手掙開，一邊解繩圈一邊對秦究說：「你不是帶了一箱藥？麻煩吃幾顆再出門。」

完犢子[4]，開始罵人了。

狄黎終於發現自己問了蠢話，訕訕地往回縮。

縮一半，他聽見秦究不急不慌順著話回答：「已經沒有了，都用在了船員身上。」

狄黎：「……」槽？還能這麼回？

狄黎把剩下半顆腦袋也縮回去，假裝自己不存在……

這天夜裡，考生們最後悔的就是奔跑過程丟了火把。

小白臉們氣勢洶洶，巨型章魚也不好對付，兩者掄著膀子打了很久。

從岸上打到海面，又從海面打回岸上，在光禿禿的破船頂上呼嘯著來來去去。打得這樣驚天動地，冰封的海面都沒砸出洞。

期間有考生斗膽看了一眼，萬分懷疑明天……喔不，應該叫今天了，懷疑今天究竟能不能化冰。

其餘時間，大多數人都凍得發抖。

小白臉們吃了手沒章魚多的虧，一場廝殺持續了一夜。直到海平面變成通透的灰色，天亮起來，小白臉們才在晨間的寒霧中慢慢消散。

精疲力竭的章魚掛在礁石上，像等待風乾的海貨，牠們一動不動，考生就可以動了。

三隻半昏迷的巨型章魚突然感到一陣窒息，牠們睜開眼，發現自己臉痛……特別痛。

就好像被人生拉硬扯，又打橫勒了一排橡皮筋。

接著牠們發現……他媽的真是這樣！

牠們真的被人捆著，繞綁在某處礁石上。

如果僅僅綁住觸手不讓牠們舞動，其實沒有關係，牠們可以自斷觸手，保命逃脫。

偏偏某些考生吸取上次經驗，把牠們的臉也捆上了，斷手斷腳還能再生，斷頭就生不出來了。

註釋4：完犢子：形容人或事不如預期，意指「完蛋了」、「糟糕了」。

牠們在陽光灼烤下漸漸變乾，內心憤怒又慘澹。

馳騁荒島這麼久，第一次這麼丟臉……

可這不算什麼，有些魔鬼考生還能讓牠們更丟臉。

有鑑於天亮之後海面遲遲沒有動靜，考生們晾好章魚便開始修葺最後一條商船。

也許是心情急切的緣故，大家效率奇高，只花了兩個多小時就徹底修好了。

之後大家便開始了無趣的等待。等待的過程總是難熬的，他們坐不住，只能給自己找點事做。

太陽挪了位置，章魚晾曬的地方變成了陰處。考生們協商一致，十人一組拖著章魚在冰上前行。

柔軟的臉在崎嶇不平的礁石上噠噠而過，一直噠到了海岸邊。

領頭的商船承重量最高，考生們乾脆把章魚提起來，沿著船舷捆了一排，直面太陽。

最後一道麻繩捆好，巴倫支船長從石洞裡探出身來，他招了招手，喊了一句什麼。

大副的頭跟著探出來，用比他還大的嗓門翻譯道：「你們在幹麼——」

臉變形的章魚醜得瞎眼，游惑目光一觸即收，活像馬蜂螫了眼珠。

他第一個回到洞邊，大副指著商船繼續問游惑：「船長問你們對他的船做了什麼，那綁的是什麼東西？」

「儲備糧，給你們備的。」

船長當即高興起來，他手搭涼棚遠眺過去，終於認出那是他們吃過的鬚鬚。

大副：「船長說謝謝你們，看上去很好吃，他現在就餓得不行了。」

話音剛落，大副自己的肚子叫了兩聲。

他默默凝固，船長拍著他的背大笑起來。

船員們真的很餓，但啟航在即，他們亢奮不已，誰都靜不下心來吃東西。

章魚依然毫無尊嚴地掛在船舷，靜待命運。

太陽慢慢開始西沉，游惑靠在洞口。

旁邊響起衣料輕微的摩擦聲，他瞥眼一掃，是秦究。

「看什麼呢？」秦究扶著洞口頂鑽出來。

游惑衝遠處一抬下巴，「看冰什麼時候化。」

「很著急？」

「我是無所謂。」游惑說：「早幾個小時、晚幾個小時其實沒區別。」

「還是略有一點區別的。」秦究也靠在了洞外，「如果等入夜才化，有可能會把那些人臉招來，到時候又是一片鬼哭狼嚎。」

這話一語成讖。

海面的冰就像老太太的嘴，硬是憋住了不讓漏縫。愣是憋過了傍晚，又憋過了入夜，直到深夜時分，眾人才在寂靜中聽見一個聲音。

「化冰了！」幾名老船員一蹦而起！

下一秒，船長他們就竄了出去。

那是冰層破裂的輕響，一下是輕、兩下是輕，但當廣闊無邊的海面大面積裂冰，聲勢就很嚇人了。

考生們拎著壯膽工具和火把匆匆跟出去，在迎面撲來的聲音中撒腿直奔。

雖然沒人能往腳下看，但他們清楚地知道，那些白臉正在急速靠近。

也許下一秒就會突然撞破冰層，山呼海嘯地撲殺過來，將他們所有人捲進白色的狂風中。

雖然沒有親身領教過，但三隻章魚的下場有目共睹。

就連現在，牠們被捆在船舷蒙了眼睛，什麼都看不見，也依然會下意識扭動觸手，試圖逃脫二次被毆。巨型章魚都這麼怕，更別說如此渺小的人了……

因為要護送返航，考生們得待在商船上。

船員扔下繩梯，他們蹭蹭往上竄，剛站上甲板，白色的風牆就來了。

呼嘯聲此起彼伏，像是從八方而來。人臉掙扎著伸長脖子，從風牆表面探出來。

如此激烈的動作，他們居然表情不變。因為表情和動作反差大，反而帶了詭異的恐怖感。

「草草草快！之前不是都準備好了？不是說轉個輪舵就能走嗎！」

「快轉！」

「拉帆！拉帆啊——」

白臉組成的風牆飛速靠近。

「快——船長快啊啊啊——不走就要死了！」

船上驚叫和咆哮交錯成片。

在叫聲中，舵手將船舵猛轉到底，修好的風帆在轉過去的瞬間倏然鼓滿了風。

白臉們勾著脖子撲到岸邊的瞬間，商船終於離開了岸。

它們僵硬的臉居然露出了一絲失望。

船長心想：太棒了，雖然一直很不安……但總算是熬到頭了。

他手裡拿著一枚生銹的懷錶，重複做著開蓋和關蓋的動作，發出咔噠咔噠的響動。

游惑餘光瞥見懷錶中有張小小的肖像，也許是直覺，他眉心忽然一跳。

與此同時，秦究在旁邊低聲咕噥了一句：「不妙。」

他低沉的嗓音剛落，離岸的三艘商船忽然原地打了個轉，三百六十度後居然又靠回到原處。

接著，船上某個類似音樂盒的東西說話了。

【檢測到未能達成所有返航條件。】

考生：「啊？」

【商船全部歸岸，本次化冰期將在五秒鐘內結束。】

考生：「什麼？」

【倒數計時：五、四、三、二、一。】

【此次化冰期結束後，短期內沒有新的化冰期。】

【祝考生早日順利返航，取得好成績。】

情況突然急轉直下。

考生還沒意識到究竟哪裡錯了，千里海面已經重新凍上，連消化和思考的時間都不給！

還取得好成績……畜生。

（未完待續）

【特別收錄】

獨家紙上訪談，暢談創作源由

Q1：木蘇里老師您好，請先跟讀者打個招呼吧！相信許多讀者對您的作品不陌生，能否談談當初怎麼開始走上寫作這條路？

A1：大家好，我是木蘇里。如果是指寫故事的話，小學初中就喜歡不管題目要求往作文裡塞小故事，後果就是被扣了不少分。

後來自娛自樂寫過不少故事開頭，但總是寫個幾千字就扔電腦裡不管了。大學某天機緣巧合點進晉江，打開了耽美新世界的大門，看了大半年終於忍不住自己動筆創作。

Q2：您寫過多部膾炙人口的作品，擁有許多粉絲，您覺得自己的作品特色是什麼？如何寫出吸引讀者追文的故事？

A2：我作品的特色大概是結局比較輕鬆圓滿？我喜歡皆大歡喜的故事。

至於怎麼吸引讀者追文……這是個玄學，我答不出來，因為養肥我的更多，哈哈哈！

Q3：請問當初寫《全球高考》的創作靈感是怎麼來的？有沒有什麼不為人知的裡設定？

A3：靈感來源於一個夢，夢見自己跟一群人被困在荒島，好不容易逃出生天又進了一座古堡，牆面、路邊都印著准考證，還有我的考試分數。一直到驚醒我都沒及格，心中耿耿於懷，第二天就開了《全球高考》的文案。

Q4：創作《全球高考》的過程中有沒有什麼讓您難忘的回憶？

A4：寫外語考場的時候一時興起選了吉普賽，寫完發現手機裡所有翻譯APP都沒有這個語言選項，為了填上自己挖的坑，找吉普賽語字典和文獻花了一個通宵，第二天頂著黑眼圈工作的時候覺得我可能跟自己有仇。

Q5：請問寫作對您而言的意義是什麼？您的作品大多帶有奇幻背景設定，不知您有沒有比較偏好的創作題材或角色？

A5：意義類似於永無鄉，可以藉由文字最大程度地保留我覺得浪漫美好的東西，時間、星空、人與人之間的羈絆等等。沒有什麼特別偏好的題材，不同時間段裡感興趣的東西不一樣，哪種題材都想試一試。角色偏好倒是很明顯，這兩年喜歡內心堅韌、遊刃有餘型的角色，喜歡具有「不可控」性質的危險人物和冷靜型人物之間的碰撞，最近幾篇小說主角多多少少都有這種偏好的影子。

（未完待續）

愛呦文創
愛呦文創
生存進度條
STAYING ALIVE
全四冊
不會下棋　著
凜舞REKU　繪
「你為什麼一定要待在廉君身邊？」
——還不是因為進度條這個磨人的小妖精啊！
病美人黑幫大佬 X 古靈精怪重生小員警
珍愛生命遠離妖孽，結果抱上冰山金大腿?!

愛呦文創
愛呦文創
星卡大師
STAR DECK☆
GRANDMASTER
全六冊
蝶之靈 ◎著　Leila ◎繪

i 小說 020

全球高考1

國家圖書館出版品預行編目（CIP）資料

全球高考1/ 木蘇里著. -- 初版. -- 臺北市：
愛呦文創, 2020.02
　冊；　公分. --（i 小說；020）
ISBN 978-986-98493-3-3（第1冊：平裝）

857.7　　　　109000321

愛呦文創

作　　者　木蘇里
封面繪圖　黑色豆腐
責任編輯　高章敏
特約編輯　劉怡如
文字校對　劉綺文

發 行 人　高章敏
出　　版　愛呦文創有限公司
地　　址　10691台北市忠孝東路四段59號10-2樓
電　　話　（886）2-25287229
郵電信箱　iyao.service@gmail.com
愛呦粉絲團　https://www.facebook.com/iyao.book

總 經 銷　聯合發行股份有限公司
電　　話　（886）2-29178022
地　　址　231新北市新店區寶橋路235巷6弄6號2樓

美術設計　徐珮綺
內頁排版　洸譜創意設計股份有限公司
印　　刷　沐春行銷創意有限公司
初版一刷　2020年2月
初版十五刷　2024年2月
定　　價　380元
I S B N　978-986-98493-3-3